LES JARDINS DE BARBARIE

Du même auteur
Chez le même éditeur

La Louve d'Irlande
Le Pavillon du Tatar
Les Nuits de Palmyre

Française

BERTRICE SMALL

LES JARDINS DE BARBARIE

Roman

traduit de l'anglais
par
CLAUDE SEBAN

TREVISE

Ce roman a été originellement publié par Ballantine Books, sous le titre :

All the sweet tomorrows

ISBN : 2.86552.125.7

Je dédie ce livre, avec amour et respect,
à mon premier héros :
mon père, David Rogers Williams.

Le monde s'est écroulé
et le vent a éparpillé,
comme des cendres,
Alexandre, César et
leurs fidèles.

Tara n'est plus que de l'herbe
et voyez ce qu'est devenu Troie...
Les Anglais, eux-mêmes, finiront
bien par disparaître à leur tour

Poème irlandais anonyme (*17/18*[e] *siècle*)

LES PERSONNAGES

Les O'Malley de l'Ile d'Innisfana, Irlande

Skye O'Malley (*La Louve d'Irlande*)	le chef du clan des O'Malley
Seamus O'Malley	son oncle, évêque de Mid-Connaught
Anne O'Malley	sa belle-mère, veuve
Eibhlin O'Malley	sa sœur aînée, religieuse et médecin
Moire, Peigi, Bride, et Sine	les autres sœurs de Skye
Michael O'Malley	son frère, un prêtre
Brian, Shane, Shamus, and Conn	les fils d'Anne et demi-frères de Skye

Les Maris de Skye O'Malley

Dom O'Flaherty	le premier, Maître de Ballyhennessey
Khalid El Bey (Diego Indio Goya de Fuentes)	le second, un Espagnol devenu musulman : « le grand proxénète d'Alger »
Lord Geoffrey Southwood	le troisième, comte de Lynmouth, connu sous le nom de « Comte Angélique »
Lord Niall Burke	le quatrième, et premier amour de Skye

Les Enfant de Skye O'Malley

Ewan O'Flaherty	né le 28 mars 1556
Murrough O'Flaherty	né le 15 janvier 1557
Willow Mary Small	née le 5 avril 1560
Robert Southwood	né le 18 septembre 1563
John Southwood	né le 15 décembre 1564, mort le 15 avril 1566
Deirdre Burke	né le 12 décembre 1567
Padraic Burke	né le 30 janvier 1569

Les belles-filles de Skye O'Malley

Susanne Southwood	fiancée à Lord Trevenyan
Gwyneth et Joan Southwood	les deux jumelles, fiancées aux fils de Skye, Ewan et Murrough O'Flaherty

Les amis de Skye

Sir Robert Small	son associé
Dame Cecily Small	la sœur aînée de Robert, veuve
Adam de Marisco	Lord de Lundy Island
Daisy	sa femme de confiance, et confidente
Sir Richard de Grenville	son plus vieil ami, un capitaine au long cours

Les Irlandais

MacWilliam	le père de Niall Burk
Le capitaine Sean MacGuire	le patron de la flotte de Skye
Bran Kelly	un capitaine de Skye
Claire O'Flaherty	la sœur de Dom O'Flaherty
Sœur Marie de la Penitence	anciennement Darragh O'Neil, la première femme de Niall et dont le mariage fut annulé

Les Anglais

Elizabeth Tudor	Reine d'Angleterre (1558-1603)
William Cecil, Lord Burghley	secrétaire d'État et confident intime de la Reine
Robert Dudley, le comte Leicester	favori de la Reine
Sir Christopher Hatton	autre favori
Lettice Knollys comtesse d'Essex	cousine de la Reine

Les Algériens

Osman	un célèbre astrologue et vieil ami de Skye
Alima	sa femme, une Française.

PROLOGUE

– C'est vous le coupable! Vous et vos satanées machinations! vociférait Skye O'Malley à l'adresse de son beau-père, MacWilliam du Mid-Connaught.

Ses yeux bleu-vert lançaient des flammes, et sa merveilleuse chevelure noire tournoyait au rythme furieux de ses pas.

– Pendant des années, vos intrigues nous ont séparés, Niall et moi, mais cela ne vous a pas suffi! Il a fallu aussi que vous me rendiez veuve! Que Dieu vous maudisse! Je ne vous le pardonnerai jamais! Jamais! ajouta-t-elle en éclatant en sanglots.

– Comment l'en empêcher, ma fille? Niall était depuis longtemps un homme. Il n'a pas voulu m'écouter.

Elle lui jeta un regard de mépris.

– Vous saviez que Darragh O'Neill était folle, en dépit de son habit de religieuse, vous le saviez! Et vous avez quand même laissé mon mari aller vers elle et vers sa mort! Oh! Niall, murmura-t-elle en fermant les yeux.

– Il nous reste ses enfants, Skye, son fils et sa fille.

– A vous, il ne restera rien, répliqua-t-elle avec froideur. Je vais rentrer chez moi, à Innisfana, avec mes enfants. J'ai toujours haï ce château. Si j'y ai vécu, c'était pour Niall.

MacWilliam s'enflamma soudain et un peu de son ancienne ardeur se remit à couler dans ses veines.

– Vous ne m'enlèverez pas les enfants de Niall, tonna-t-il. Ce sont mes héritiers! Vous n'en avez pas le droit!

D'indignation et de fureur, le beau visage de Skye s'assombrit et ses yeux flamboyèrent.

– Que le Diable vous emporte! s'écria-t-elle. Je ne vous laisserai jamais mes enfants!

– Vous n'avez pas le choix, ma fille. Maintenant que son père est mort, Padraic est mon héritier et la petite Deirdre après lui. Ils resteront ici.

– Je ferai ce que j'ai décidé de faire, répliqua Skye O'Malley.

Elle se leva et, comme un ouragan, quitta la pièce. Le vieil homme s'affaissa, vaincu. Il la connaissait assez pour savoir que ses menaces n'étaient pas vaines.

Une toux caverneuse le secoua et il cracha un caillot de sang noir dans une coupe d'étain. Cela faisait plusieurs semaines qu'il était malade. Il sentait que ses jours étaient comptés. Jusqu'alors, il n'y avait pas accordé grande importance : son fils était là, un homme mûr, puissant et sage. Mais aujourd'hui Niall était mort, et son seul héritier mâle n'avait que six semaines. Bien sûr, l'enfant était solide, mais l'avenir était si incertain ! S'il mourait avant sa majorité, les Anglais ne feraient qu'une bouchée de ses terres, comme ils l'avaient fait pour tant d'autres, ces dernières années. Ils n'attendraient peut-être même pas sa mort...

Le temps avait fui si vite ! Hier encore, il était un jeune homme plein de vigueur, une jeune fille au sang chaud ne lui faisait pas peur. Et voilà qu'aujourd'hui, il n'était plus qu'un vieillard amaigri et brisé, aux cheveux blancs et rares, qui serrait frileusement contre lui le manteau rapiécé de ses souvenirs et de ses rêves détruits.

Ah ! si seulement Dieu pouvait venir en aide à l'Irlande ! Prise en tenaille entre l'Angleterre et la mer immense, elle ne pouvait compter que sur Lui. Les Irlandais pourtant, avaient leur part de responsabilité. Au lieu de s'unir, ils se divisaient entre mille chefs de clan, mesquins et querelleurs, qui protégeaient jalousement leurs terres et scellaient des alliances égoïstes, sans jamais se préoccuper de l'intérêt national. Alors, bien sûr, les Anglais, rassemblés autour de leur unique et puissante souveraine, triomphaient sans mal. Ah ! ce n'était pas la guerre qui aurait raison de l'Irlande, mais bien ses propres faiblesses.

Et pourtant, se dit MacWilliam avec un triste sourire, sa belle-fille, par exemple, cette femme superbe et obstinée, jouissait d'immenses pouvoirs. En Irlande, elle était le chef du clan des O'Malley d'Innisfana, des gens de mer, riches et puissants. C'était elle qui gérait leurs affaires. Ses frères, bien qu'adultes, ne montraient guère d'empressement à assumer leurs responsabilités familiales et préféraient rester à bord de leur navire. En Angleterre, elle était comtesse douairière de Lynmouth, un vieux titre anglais de la meilleure noblesse. Elle avait eu un fils de cette union et c'était lui qui portait le titre aujourd'hui. Bien sûr, ce petit garçon aux cheveux d'or n'avait que six ans, mais il était le filleul de la reine d'Angleterre et était dans ses bonnes grâces. A la Cour où il était élevé, il était son page favori. Ah ! décidément, Skye O'Malley se tirerait toujours d'affaire. Elle avait plus de vies qu'un chat.

Une larme, unique, coula le long du vieux visage ridé de MacWilliam. Si son fils avait pu être béni de la même chance, il serait peut-être encore en vie. Darragh O'Neil! Il maudit en son for intérieur le jour où il avait contraint son fils à épouser cette garce frigide. Niall avait d'abord été fiancé à sa sœur aînée, Ceit, mais une épidémie l'avait emportée. Les O'Neil et les Burke étaient si désireux d'unir leurs familles qu'ils étaient allés chercher sa sœur cadette, Darragh, dans son couvent, quelques heures à peine avant qu'elle ne prononce ses vœux. Celle-ci, qui était vraiment née pour le voile, ne voulait ni de Niall, ni d'aucun autre ami. Elle avait fini par céder mais, évidemment, le mariage avait été un désastre.

Niall était éperdument amoureux de Skye, alors l'épouse de O'Flaherty de Ballyhennessey. Quand celui-ci mourut, Niall avait été incapable de dissimuler son amour plus longtemps. L'oncle de Skye, évêque de Connaught, s'était alors arrangé pour annuler son mariage et Darrah s'était empressée de regagner son couvent. Niall et Skye s'étaient fiancés, mais le destin les avait de nouveau séparés. Skye, enlevée par des pirates de Barbarie, après de nombreuses épreuves, perdit la mémoire. Quand ils se retrouvèrent enfin, Skye était l'épouse d'un autre et ne se souvenait plus de Niall. De son côté, il s'était remarié avec la malheureuse Constanza, à qui Dieu accorda de mourir. L'époux de Skye, un Anglais qu'elle chérissait tendrement, lui fut arraché quelque temps après. Elle lui était restée fidèle jusqu'à la mort bien qu'elle eût retrouvé le souvenir de Niall, – ce qui lui avait valu l'estime de MacWilliam. C'était une femme vraiment remarquable et il regrettait qu'elle et Niall aient perdu tant d'années.

Enfin, ils avaient été unis, mais par procuration, sans cérémonie ni banquet fastueux. La mariée pleurait encore son ancien mari, en Angleterre, sans se douter que son oncle, l'évêque de Connaught, un vieux roublard, profitant d'une loi qui lui en conférait le pouvoir, l'avait déjà remariée. Au souvenir de cette ruse, MacWilliam fut secoué d'un rire rauque. D'autant plus qu'à son arrivée en Angleterre, Niall n'avait pas été accueilli avec le transport de passion qu'il escomptait! Cette entêtée lui en avait fait voir! Ils avaient failli en venir aux mains!

Mais leur amour avait fini par triompher. Niall avait renoncé à chercher en Skye la jeune fille innocente qu'il avait aimée autrefois. Il avait accepté la femme intelligente et passionnée qu'elle était devenue, accepté que d'autres hommes l'aient aimée. Ils avaient été heureux et, à treize mois d'intervalle, deux enfants vigoureux et pleins de santé étaient venus bénir leur union.

MacWilliam hocha la tête avec tristesse. Tout allait si bien! Les Burke avaient juré fidélité à la reine d'Angleterre pour s'assurer un peu de paix et pour survivre. Bien des familles d'Irlande avaient fait de même dans l'espoir de sauvegarder leurs terres et leurs gens. Le plus souvent en vain, car les Anglais n'étaient pas seulement d'une effarante brutalité, ils avaient aussi un appétit insatiable pour les vertes terres d'Irlande. Jusqu'ici pourtant, ils n'avaient pas touché aux terres des Burke et l'héritage du petit Padraic était intact. MacWilliam avait une entière confiance dans sa belle-fille : elle se battrait farouchement pour défendre les biens et le titre de son fils irlandais, comme elle l'avait fait pour son fils anglais. Skye connaissait son devoir aussi bien qu'un homme et s'en acquittait souvent mieux.

C'était une femme magnifique et pleine de noblesse, mais lui serait-il jamais accordé de trouver la paix ? Elle semblait injustement condamnée par le destin à ne rencontrer l'amour que pour le perdre aussitôt. Maudite soit Darragh O'Neil et puisse son âme de démente brûler des feux éternels de l'Enfer ! Un nouvel accès de toux le déchira. Son cœur battait à tout rompre dans sa poitrine amaigrie. Son fils, ce garçon magnifique, était mort. Il ne leur restait plus, pour perpétuer leur race, qu'un nourrisson qui ne pouvait encore tenir la tête droite.

Sa vieille carcasse fut secouée d'une nouvelle quinte qui le laissa si faible qu'il n'entendit même pas la porte de sa chambre s'ouvrir. C'était Skye, qui poussa un cri de surprise, puis déclara :

– Ah ! monsieur, vous ne reculerez donc devant rien pour me contraindre à rester ? Allez-vous mourir à présent ?

Il eut un pâle sourire.

– Dans ma vie, ma fille, j'ai obtenu ce que je voulais presque aussi souvent que vous.

Elle eut éclaté de rire si la vue de tout ce sang dans la coupe ne lui en avait ôté l'envie.

– Ah ! Rory, soupira-t-elle, en lui mettant la main sur l'épaule. Pourquoi ne m'avez-vous rien dit ?

– Je mourrai à l'heure qui m'a été fixée, répondit-il avec fatalisme.

– Je vais envoyer chercher ma sœur Eibhlin.

Elle l'aida à se lever et à gagner son lit. Il eut du mal à réprimer un sourire malicieux devant cette sollicitude. Le destin s'était fait son complice et il avait gagné ! Elle n'abandonnerait pas un mourant. Elle resterait !

La sœur de Skye, Eibhlin, était religieuse dans une île, au couvent de St. Bride's of the Cliffs. Ses talents de sage-femme et de guérisseuse étaient fort appréciés dans le Connaught, et elle avait grandement contribué à enrichir son petit couvent grâce aux soins qu'elle dispensait aux riches. Elle soignait aussi les pauvres, innombrables, tout en sachant qu'il en aurait fallu des centaines comme elle pour suffire à la tâche.

Ses obligations religieuses et ses patients, toujours plus nombreux, ne lui laissaient guère que deux à quatre heures de sommeil par nuit. Le message de sa sœur lui parvint pendant un de ces brefs repos et elle s'embarqua immédiatement, par une mer d'hiver tourmentée, pour répondre à son appel.

– Il est étonnant qu'il soit encore en vie, dit-elle à Skye après avoir examiné attentivement le vieillard.

– Il n'y a donc rien à faire ? demanda Skye, émue.

Elle lui en voulait encore, mais elle l'aimait comme un père.

– Vous pouvez adoucir ses derniers moments en lui promettant de ne pas partir à Innisfana avec vos enfants.

– C'est lui qui vous a dit ça ?

– Ne l'en avez-vous pas menacé ? répliqua Eibhlin, en lui jetant un regard perçant.

– Je ne supporte plus ce château, gémit Skye. Je ne l'ai jamais aimé, mais depuis que Niall est mort, c'est au-dessus de mes forces !

– C'est l'héritage de Padraic, ma sœur.

– Et je n'ai besoin de personne pour me le rappeler, rétorqua Skye d'un ton sec. Personne ne le lui prendra ! N'ai-je pas défendu Lynmouth pour Robin ? Croyez-vous que j'en ferai moins pour le fils de Niall ?

– Vous avez pleuré, Skye ?

– Oui, j'ai pleuré. Comme si cela servait à quelque chose ! Je devrais pourtant en avoir pris l'habitude. Combien de maris ai-je déjà enterrés ? Quatre ! Non, c'est faux, trois seulement : on n'a jamais retrouvé le corps de Niall. La mer l'a gardé. Celle-là même qui a fait la fortune des O'Malley, fit-elle avec un petit rire amer. Je lui aurai payé mon tribut ! Mais pourquoi fallait-il qu'il soit si lourd, Eibhlin, ... si lourd ! ajouta-t-elle d'une voix tremblante.

– Skye !

Eibhlin l'étreignit affectueusement, mais elle se sentait terriblement impuissante. Comment la consoler d'une si grande perte !

– Elle l'a tuée sans pitié, poursuivit Skye. Darragh O'Neil a assassiné mon mari, et vous savez pourquoi ?

– Non, répondit Eibhlin doucement. Je sais seulement que lord Burke est mort tragiquement sous les coups de Sœur Marie de la Pénitence.

– Sœur Marie de la Pénitence ! C'est Darragh O'Neil qui a tué mon mari et peu m'importe son nom de religieuse ! Elle l'a attiré auprès d'elle en prétendant qu'elle était mourante et qu'elle voulait se réconcilier avec lui. Au lieu de quoi, elle l'a poignardé et a condamné son âme à la damnation éternelle. Elle m'a rendue veuve, elle a fait de mes enfants des orphelins. Et tout cela, par cruauté, par cruauté pure ! J'aimerais la tuer de mes propres mains, Eibhlin, mais son couvent la protège. Ils prétendent qu'elle est folle, mais c'est faux! Je n'en crois rien. Ils m'interdisent de lui parler, sous prétexte que le seul énoncé de mon nom la fait tomber en convulsions! Ce n'est qu'une ruse pour échapper à ma vengeance! Comme je voudrais lancer les Anglais sur ce couvent!

– Skye! s'écria Eibhlin, choquée.

– Oh! bien sûr, il n'en est pas question. Oncle Seamus m'arracherait les yeux. Mais cela m'aurait fait tellement fait plaisir!

– Je vais faire appel à Seamus, dit Eibhlin. En tant qu'évêque de Connaught, il se doit d'ouvrir une enquête sur la mort de lord Burke. Je demanderai à procéder moi-même à l'interrogatoire.

– Darragh appartient à un ordre cloîtré, remarqua Skye. Il ne pourra rien obtenir de la Mère supérieure.

Les yeux d'Eibhlin s'assombrirent de colère. D'un ton que n'aurait pas renié un guerrier O'Malley, elle déclara :

– Avec ou sans l'aide d'Oncle Seamus, j'irai dans ce couvent et je saurai la vérité! Je ne comprends pas pourquoi Darragh a éprouvé le besoin de retrouver lord Burke après tant d'années et de le tuer. Il ne lui a jamais fait le moindre mal. Il a souffert de leur mariage autant qu'elle et c'est lui qui l'a aidée à regagner son cher couvent. Mais je trouverai l'explication, Skye, je vous le promets.

Les deux sœurs tombèrent dans les bras l'une de l'autre et Skye fondit en larmes. Ses pleurs, rauques, amers, témoignaient d'un désespoir si profond, qu'à son tour le visage d'Eibhlin se couvrit de larmes silencieuses. Elles restèrent ainsi, serrées l'une contre l'autre, jusqu'au moment où Daisy, la demoiselle de compagnie de Skye fit irruption dans la pièce.

– Le vieux Burke est mourant, Madame! Il vous réclame, dit-elle en repartant aussitôt.

Skye et Eibhlin essuyèrent hâtivement leurs larmes et suivirent Daisy, le long des couloirs glacés qui menaient à la chambre où Rory Burke vivait ses derniers instants. Le prêtre du château était déjà agenouillé à son chevet et lui administrait les derniers sacrements. Les yeux vitreux du vieillard s'éclairèrent pourtant à la vue de Skye. Il l'appela d'une voix faible et chassa le prêtre d'un geste impatient.

– Vous ne pouvez plus aller à Innisfana, à présent, ma fille, lui murmura-t-il, comme en plaisantant.

– Non, Rory, je ne peux plus y aller, lui répondit-elle doucement.

« Je vous en prie, ne mourez pas! pensait-elle. Vous êtes tout ce qui me reste de Niall. »

– Vous souvenez-vous de la première fois où je vous ai vue? lui demanda-t-il.

– Oh! oui, c'était le jour des Rois... Vous aviez rassemblé tous vos vassaux pour une grande fête. Je n'étais mariée à Dom que depuis quelques mois et je portais son premier enfant. Ah! Rory, quand vous m'avez vue, vous avez regretté d'avoir uni votre famille à celle des O'Neil. Avouez-le!

– C'est vrai. Mais vous avez fini par épouser Niall et vous m'avez donné deux héritiers. Protégez-les, Skye! Vous devez veiller sur leurs terres jusqu'à leur majorité. Faites-m'en la promesse!

– Je ferai de mon mieux, Rory, je vous le promets.

Il lui sourit, confiant et apaisé, puis ferma les yeux et mourut. A bout de forces, Skye quitta la pièce tandis que sa sœur et le prêtre tombaient à genoux pour réciter un rosaire. Elle regagna ses appartements, suivie de Daisy.

– Apportez-moi du vin, dit Skye, en s'asseyant près de la cheminée dans un grand fauteuil.

Le regard perdu dans les flammes courtes qui jaillissaient du feu de tourbe, elle se demanda ce qu'elle allait faire. De quel délai disposait-elle avant que les Anglais ne viennent se saisir des propriétés de son fils? La mort de MacWilliam allait leur fournir un prétexte idéal, si tant est qu'ils aient jamais eu besoin d'un prétexte pour spolier les Irlandais de leurs terres. Et quand ils viendraient, elle serait seule pour les affronter. Il y avait même tout à parier que ses voisins irlandais chercheraient à lui arracher leur part du gâteau.

– Eh bien, ils n'auront rien! s'exclama-t-elle à voix haute.

– Quoi, Madame? Qui n'aura pas quoi? demanda Daisy, surprise.

– Ces maudits Anglais de Dublin et nos voisins irlandais! Ils ne toucheront pas à l'héritage de mon petit Padraic!

– Mais que pouvez-vous faire, Madame? Si nous étions en Angleterre, vous pourriez avoir recours à la reine. Mais Londres est si loin!

– Je pars pour l'Angleterre, Daisy!

– Mais vous en avez été bannie, Madame. Ils vous jetteront sûrement en prison, à la Tour de Londres, comme l'autre fois!

– Je suis peut-être bannie de la Cour, Daisy, mais pas de l'Angleterre, répliqua Skye. J'irai d'abord à Lynmouth et, de là, je demanderai l'aide du Secrétaire d'État de la reine, lord Burghley. S'il est dans l'intention d'Élisabeth Tudor de me prêter assistance, elle m'autorisera à gagner Londres, sinon, je pourrai toujours lui faire parvenir ma requête du Devon. Mais si je reste ici, les Anglais s'empareront de l'héritage de Padraic, et toute la lignée des Burke me hantera pour l'éternité.

– Quand comptez-vous partir? demanda Eibhlin que ni Daisy, ni Skye n'avaient entendu entrer.

– Immédiatement. La nouvelle de la mort de Rory Burke va se répandre très vite et chaque minute est précieuse. Je n'assisterai pas à l'enterrement, mais je suis sûre que Rory comprendrait.

Eibhlin acquiesça.

– Et moi, je partirai pour le couvent de Sainte-Marie, et je tâcherai d'en savoir plus sur la mort de Niall. A qui allez-vous confier la garde du château ?

– A Connor Fitzburke, répondit Skye.

– A ce frère bâtard de Niall ? Est-ce bien sage ?

– Il est d'une loyauté à toute épreuve, Eibhlin. Le voyage va être trop rude pour que je prenne mes enfants avec moi et Connor n'hésiterait pas à payer de sa vie pour les protéger.

Daisy fit la grimace. Après tout, une chevauchée nocturne de plus ne la tuerait pas. Elle avait la peau comme du cuir depuis qu'elle était au service de Skye. Et elle accompagnerait sûrement sa maîtresse. Qui d'autre, sinon, pourrait la coiffer et l'habiller pour la Cour ?

– Daisy !

– Dans une heure, Madame ? répondit Daisy en souriant, sûre de la réponse.

– Ah ! Daisy... Dire que je croyais que nous en avions fini avec l'aventure ! Nous voilà reparties !

– Et je n'en suis pas fâchée, Madame, je commençais à trouver le temps long.

– Dieu miséricordieux ! s'exclama Eibhlin. Elle commence à nous ressembler.

– Tant mieux ! déclara Skye tandis que Daisy quittait la pièce. Une demoiselle de compagnie capable de me suivre à cheval n'a pas de prix !

Eibhlin sortie, Skye se retrouva seule, une fois de plus. Elle se leva, alla à la fenêtre et contempla la campagne obscure. Une lune pâle jetait une faible lumière sur la douceur des collines. Tout était si calme ! Skye aurait préféré qu'une nuit sauvage, une nuit de tempête, accompagnât le dernier voyage de Rory Burke. Au lieu de cela, et en dépit du riche patrimoine mystique de l'Irlande, rien n'avait annoncé l'arrivée de la charrette fantôme qui devait emporter son âme, aucune Dame Blanche n'avait fait entendre la moindre plainte. Elle ouvrit la fenêtre et entendit le cri perçant d'un lapin sur lequel venait de s'abattre un rapace nocturne, puis le silence retomba. La vie continue, pensa Skye. Quoi qu'il arrive, la vie continue. Elle poussa un profond soupir. Il n'était plus temps de penser aux morts.

PREMIÈRE PARTIE

L'Angleterre

1.

A l'aube, profitant de l'obscurité, Skye s'était mise en route.

Tandis qu'on la croyait au chevet de son beau-père mourant, elle galopait à travers l'Irlande pour gagner le port de Waterford où mouillaient plusieurs de ses navires. Poussées par l'urgence de leur mission, Skye et Daisy chevauchaient dix-huit heures par jour, ne faisant halte que pour changer de chevaux, avaler un repas chaud et se reposer quelques heures. Elles ne s'arrêtaient que chez des amis sûrs et dormaient de jour, dans les greniers de leurs granges glacées. Elles évitaient ainsi les regards curieux, les questions indiscrètes et les bavardages inconsidérés des serviteurs.

A Waterford, Skye embarqua sur la *Reine des Brumes*.

– Cap sur l'île Lundy, Kelly! ordonna-t-elle au capitaine dès que le navire eut quitté le port.

Elle gagna ensuite la cabine qu'il avait mise à sa disposition. Quand un vent frais gonfla les voiles et que la houle de haute mer se fit sentir, Daisy poussa un soupir de soulagement.

– Ah! Madame, j'ai cru à chacun de nos pas que les Anglais de Dublin allaient nous rattraper.

Skye éclata de rire. Elle aussi se sentait plus en sécurité sur mer.

– Tu parles maintenant comme une véritable Irlandaise, Daisy! fit-elle d'un ton moqueur. Serait-ce le résultat de toutes ces années passées à mes côtés?

– Oh! je suis Anglaise, Madame, mais du Devon. C'est bien autre chose que ces Anglais de Dublin. Il y a de braves gens chez nous alors qu'eux, ce sont de véritables loups!

Skye opina de la tête.

– Avec un peu de chance si ce vent tient, nous serons à Lundy dans deux jours, observa-t-elle.

– Il va être content de vous voir, dit Daisy qui comprenait les raisons de sa hâte.

Comme tous les serviteurs de confiance, elle connaissait tout de la vie privée de sa maîtresse. Elles avaient vécu côte à côte de longues années et si Skye avait embelli au fil des ans, Daisy, elle, était restée la même. Petite, les joues pleines et vermeilles, il y avait, dans le regard doux de ses yeux marrons, de l'amour pour Skye et de la méfiance envers tous les autres. Elle n'était pas belle, car son visage était aussi piqué de taches de rousseur qu'un œuf de grive. Mais son sourire, bien qu'édenté, était chaleureux et gai.

– Il faut que je lui parle, dit Skye. Je n'ai pas d'autre ami. Bien sûr, il y a Robert Small, mais il est en mer et ne rentrera pas avant un mois.

Elle se pelotonna sous l'édredon qui couvrait le grand lit du capitaine.

– Dieu que je suis fatiguée! Ces trois jours de chevauchée ont été bien rudes. Tu as besoin de repos toi aussi, Daisy. Va te coucher.

Daisy ne se le fit pas dire deux fois. Après avoir défait sa soyeuse chevelure brune, elle s'étendit et s'endormit aussitôt. Sa maîtresse ne put trouver immédiatement le sommeil, en dépit de son épuisement. Tandis que Daisy ronflait gentiment, Skye se remémorait ses dernières années et sa rencontre avec Adam de Marisco, le seigneur de l'île de Lundy.

Le troisième époux de Skye, Geoffrey Southwood, comte de Lynmouth, était mort au printemps au cours d'une épidémie, ainsi que leur plus jeune fils. L'aîné, Robin, avait alors été placé sous la garde du favori de la reine, Robert Dudley, comte de Leicester. Celui-ci avait profité de son pouvoir pour violer Skye. La reine à qui elle s'en était plainte, lui avait brutalement répondu que si elle faisait le bonheur de Dudley, elle n'y voyait aucun inconvénient. Outragée, Skye avait décidé de partir en guerre, seule, contre Élisabeth Tudor, en s'attaquant aux navires et aux cargaisons dont l'Angleterre avait tant besoin pour garnir ses coffres. Elle avait alors engagé, en lui promettant sa part de butin, le seigneur et pirate de l'île de Lundy qui s'était épris d'elle. Il ne croyait pas qu'elle puisse l'aimer un jour, aussi avait-il résolu de devenir son ami.

C'était lui qui avait trouvé un plan pour l'arracher à la Tour de Londres quand la reine l'avait fait arrêter, après son mariage avec Niall. Il l'aimait toujours, bien qu'il s'en défendît, et il était peut-être déloyal de venir chercher son aide. Mais elle avait tant besoin de lui! Il comprendrait sûrement. Elle avait besoin d'entendre le grondement grave de sa voix, besoin de l'entendre l'appeler sa « petite fille » et de sentir son corps mince et dur contre le sien. Elle aurait aimé pouvoir lui rendre son amour, mais peut-être cela valait-il mieux ainsi. Elle portait malheur aux hommes qui l'épousaient.

– Jamais plus je ne me remarierai, murmura-t-elle, à moitié assoupie.

Rompue de fatigue, elle sombra dans un profond sommeil. Sa dernière pensée alla à sa sœur : avait-elle pu franchir les murs de Ste Marie ?

Au même moment, Eibhlin se tenait devant la Révérende Mère Aidan, née Aignais O'Brien, une petite femme ronde au visage banal et inexpressif.

– Je vous suis reconnaissante d'avoir bien voulu me recevoir, Révérende Mère, fit Eibhlin d'une voix douce.

– Il nous aurait été difficile de nous opposer à la volonté de notre évêque, répondit la Supérieure d'un ton glacial.

Ses mains blanches, parées de l'anneau d'or tout simple de son mariage avec Dieu et de celui, plus orné, de sa charge, s'agitaient nerveusement sur ses genoux.

– Vous connaissez la raison de ma présence ici ?

– Oui, mais je n'en saisis pas le but. La mort de lord Burke a assurément été une terrible tragédie, mais votre enquête ne lui rendra pas la vie.

La Révérende Mère gardait ses mains serrées l'une contre l'autre pour les empêcher de trembler. Eibhlin se réjouit de la voir si nerveuse; elle avait certainement quelque chose à cacher.

– L'évêque désirerait savoir de quelles séductions a usé sœur Marie de la Pénitence pour attirer lord Burke dans ce couvent et pourquoi elle l'a tué, déclara Eibhlin par provocation.

– Dieu du Ciel, ma sœur! Elle n'a usé d'aucune séduction! A vous entendre, on croirait que sœur Marie de la Pénitence est une femme de mauvaise vie! s'écria la Révérende Mère en rougissant de l'inconvenance de ses paroles.

– Séduction n'est sans doute pas le mot qui convient. Il n'en reste pas moins qu'elle a usé d'un subterfuge.

Eibhlin avait du mal à rester debout, son voyage nocturne l'avait épuisée.

– Rien n'a été prouvé! rétorqua la Supérieure d'un ton qui manquait de conviction.

– Mais si! répliqua Eibhlin, en s'efforçant à la patience. L'évêque a en sa possession le message que sœur Marie de la Pénitence a envoyé à lord Burke. Elle prétendait être mourante et vouloir se réconcilier avec lui. Soyez donc raisonnable, Révérende Mère! Ce n'est pas par folie, mais bien par vengeance que sœur Marie de la Pénitence a tué lord Burke. elle devait lui garder rancune de ce mariage dont ils avaient pourtant souffert autant l'un que l'autre.

– Je vous assure qu'elle est vraiment folle, ma sœur, fit la

Révérende d'une voix tremblante. Et qui pis est, elle est maudite et j'ai bien peur que le couvent ne le soit aussi!

Enfin! pensa Eibhlin.

– Expliquez-vous, je vous en prie, Révérende Mère. L'évêque prend le plus grand intérêt à l'affaire.

La Supérieure invita enfin Eibhlin à s'asseoir et commença son récit. Dès son plus jeune âge, sœur Marie de la Pénitence avait fait preuve d'une dévotion hors du commun qui frisait parfois l'hystérie, mais en parfaite fille de l'Église, elle restait obéissante et douce. Quand elle était revenue au couvent après l'annulation de son mariage, elle avait été accueillie avec joie. Et si elle était un peu plus nerveuse que par le passé, elle s'était pourtant réadaptée rapidement à la vie simple du couvent.

– C'est à l'arrivée de sœur Marie Claire que tout à changé. Elle a jeté son dévolu sur sœur Marie de la Pénitence et ne perdait jamais une occasion d'être en sa compagnie. Et la pauvre fille, du jour au lendemain, s'est mise à sursauter au moindre bruit et à pleurer à tout propos. Nous avons essayé de connaître les raisons de son tourment mais elle a toujours refusé de nous les confier. Après le meurtre, sœur Marie Claire a disparu et, depuis, n'a plus donné de nouvelle. Nous craignons fort que... que sœur Marie de la Pénitence ne l'ait tuée, elle aussi, bien que nous soyons bien en peine d'en connaître la raison. Que Dieu ait pitié de leurs âmes!

Pour se réconforter, la Mère supérieure se mit à égrener son chapelet.

– Cette sœur Marie Claire, Révérende Mère, d'où venait-elle? Vous n'avez certainement pas accepté une inconnue dans votre couvent? demanda Eibhlin, l'esprit soudain en alerte.

– Elle prétendait venir d'un couvent de notre ordre, celui de Ballycarrick. Il a été détruit par les Anglais, voilà quelques mois. Nous croyions que toutes nos sœurs avaient péri, car elles s'étaient barricadées à l'intérieur de leur église et les Anglais y avaient mis le feu. Mais sœur Marie Claire nous a raconté qu'elle se trouvait alors dans un village voisin au chevet d'une vieille femme, et que les villageois l'avaient cachée jusqu'à ce qu'elle puisse venir nous rejoindre. Cela n'avait rien d'invraisemblable, ma sœur. Il y a déjà eu des centaines de cas semblables en Irlande, cette année.

Plus la religieuse parlait, plus le rythme du cœur d'Eibhlin s'accélérait. Sœur Marie Claire! Non, ce n'est pas possible! Pourtant cela ressemblait assez au genre de tour immonde dont aurait été capable la sœur de Dom O'Flaherty pour assouvir sa soif de vengeance.

– Pourriez-vous me décrire sœur Marie Claire, Révérende Mère?

– Elle avait les yeux bleus, le teint pâle et les cheveux blonds. Elle n'avait pas encore prononcé ses vœux.

Claire O'Flaherty! C'était elle, sans aucun doute! Ce démon s'était une fois de plus attaqué à Skye et à Niall!

– Il faut que je parle à sœur Marie de la Pénitence, Révérende Mère. Je n'ai pas le choix, fit Eibhlin d'un ton ferme.

La Mère supérieure eut un soupir résigné et, se saisissant d'une petite sonnette en argent, appela une religieuse. Celle-ci conduisit Eibhlin jusqu'à une modeste cellule.

Eibhlin souleva l'étoffe de lin sombre qui tenait lieu de porte et pénétra silencieusement dans une petite pièce nue, aux murs blanchis à la chaux, meublée en tout et pour tout d'une paillasse posée sur le sol. Darragh O'Neill était agenouillée au pied de la croix, absorbée dans ses prières.

– Sœur Marie de la Pénitence, je m'appelle Eibhlin, je représente l'évêque. Je suis venue vous parler de la mort de lord Burke, fit-elle d'une voix douce, après avoir attendu poliment quelques instants.

Darragh se releva après avoir fait le signe de croix. Eibhlin la voyait pour la première fois. Ses traits tirés et torturés dénotaient une souffrance intense. Eibhlin l'aida à s'asseoir sur le grabat et s'installa près d'elle.

– Je suis sœur Eibhlin, répéta-t-elle. Je représente l'évêque.

– Vous êtes une O'Malley, répondit Darragh d'une voix morne et désespérée, et Monseigneur l'évêque aussi. Venez-vous pour vous venger?

Eibhlin eut soudain pitié de cette pauvre créature dévorée de terreur.

– Nous ne sommes pas là pour vous punir, ma sœur. Dieu seul peut lire en votre cœur et en votre âme. Nous cherchons seulement à connaître les raisons de cet acte effroyable. Pourquoi avez-vous tué lord Burke et jeté son corps à la mer?

Dans le regard que Darragh leva vers Eibhlin, il y avait de la souffrance, de la culpabilité et un désespoir total.

– Je ne voulais pas le tuer. Mais sœur Marie Claire me disait que si je ne le faisais pas, il me ferait subir à nouveau ses désirs. Il voulait me reprendre! Il fallait que je le tue! cria-t-elle d'une voix que la peur rendait suraiguë.

– Comment avez-vous pu ajouter foi aux calomnies de cette femme que vous connaissiez à peine, alors que vous aviez vécu chastement avec lord Burke, même pendant votre mariage?

– Elle venait de Ballycarrick, où lord Burke régissait des terres pour la Couronne. Tout le monde savait là-bas que c'était un homme aux appétits charnels insatiables, qui poursuivait toutes les femmes de ses assiduités. Sœur Marie Claire m'a raconté qu'il était allé jusqu'à violer deux novices de son couvent. L'une d'elles, en quittant le couvent, a hurlé que lord Burke avait pris goût aux religieuses et que, puisque sa première femme en était une, il avait l'intention d'aller la chercher pour en faire sa maîtresse. Vous qui avez répondu comme moi à l'appel de Dieu, vous devez comprendre que je ne pouvais pas l'accepter!

Eibhlin était maintenant franchement curieuse de savoir ce que Claire O'Flaherty avait bien pu lui dire d'autre pour l'amener jusqu'au meurtre. Elle le lui demanda.

– Ce n'est pas tellement ce qu'elle m'a dit, murmura Darragh les yeux agrandis de terreur. Elle venait dans ma cellule en pleine nuit pour me montrer ce que lord Burke avait fait aux deux novices, et ce qu'il me ferait...

Elle tremblait de dégoût. Eibhlin maîtrisa sa colère pour ne pas l'effrayer davantage.

– Mais comment avez-vous pu la croire, sœur Marie de la Pénitence? Lord Burke a une femme magnifique et deux beaux enfants. Pourquoi aurait-il cherché d'autres femmes? Quand vous demeuriez au château, a-t-il jamais maltraité les servantes, les paysannes?

– Sa femme est morte en couches, répondit Darragh. Sœur Marie Claire me l'a dit.

– Elle est bien vivante, je vous assure, répliqua Eibhlin.

– Ce n'est pas vrai. Elle est morte! Lord Burke était un être immoral, lubrique! Il voulait me reprendre pour me faire subir l'esclavage de la chair!

Darragh O'Neill sombrait dans la folie et se fermait au monde.

– Pourquoi avez-vous jeté son corps à la mer? Qu'est devenue sœur Marie Claire?

Un bref instant, sous la voix pressante d'Eibhlin, Darragh revint à la raison.

– Nous avons laissé son corps sur la plage pour que la marée l'emporte. Il y avait du sang, beaucoup de sang. Quand je me suis retournée pour la dernière fois, la mer lui léchait les pieds. Il ne reviendra plus me chercher, le démon!

– Et sœur Marie Claire? insista Eibhlin.

– Elle n'est plus ici? Nous sommes revenues ensemble de la plage. C'était mon amie.

Son regard se fit absent. Elle se leva et alla s'agenouiller devant le crucifix en serrant étroitement son rosaire entre ses mains. La malheureuse n'était plus consciente de la présence d'Eibhlin, mais celle-ci savait à présent tout ce qu'elle voulait savoir. Claire O'Flaherty s'était servie de cette femme à moitié folle pour se venger de Niall Burke. Il aurait dû la tuer quand il avait la bénédiction de la reine pour le faire! Mais non! il s'était contenté de la chasser de la ville, convaincu qu'il ne la reverrait jamais!

Eibhlin quitta la cellule. Claire O'Flaherty était la sœur de Dom, le premier mari de Skye, et c'était leurs rapports incestueux qui avaient conduit Skye à le quitter. Jamais Eibhlin n'avait rencontré femme plus démoniaque, plus vénale, plus perdue de vices! Si le Diable avait engendré une fille, alors elle s'appelait Claire O'Flaherty.

– Madame, Madame, réveillez-vous!

Daisy secouait fermement Skye par l'épaule.

– Combien de temps ai-je dormi? fit Skye d'une voix encore ensommeillée.

– Presque deux jours entiers, Madame. D'après le capitaine, nous serons à Lundy au coucher du soleil. J'ai pensé que vous aimeriez vous rafraîchir un peu.

Skye eut une grimace à la vue de ses vêtements maculés. Sa jupe et ses épais bas de laine, que ses hautes bottes auraient pourtant dû protéger, étaient dans un état épouvantable. Les bottes, par contre, étaient propres. Daisy les avait sans doute nettoyées. Sa chemise de soie était auréolée de sueur, et son pourpoint terriblement froissé.

– Oh! mon Dieu, Daisy, soupira-t-elle, c'est une catastrophe!

Daisy éclata de rire.

– Un bon bain et il n'y paraîtra plus, Madame! Le capitaine qui connaît bien vos habitudes, a fait charger à bord un tonnelet d'eau, tout exprès pour vous. On est en train de la faire chauffer dans les cuisines.

– Je voudrais aussi manger, Daisy. Je suis affamée.

Tandis que Daisy s'occupait de son repas et de son bain, Skye monta sur le pont où elle échangea quelques paroles avec les membres de son équipage. Une bonne brise soufflait toujours et l'air, vif et pur, annonçait le printemps. Dans moins de deux heures, elle serait à Lundy. Elle pouvait déjà distinguer au loin la masse sombre de l'île. Quand elle redescendit dans sa cabine, un petit bac en bois rempli d'eau chaude l'attendait.

Skye ôta ses vêtements crasseux et s'assit dans le bac, entièrement nue.

– Ah! que c'est bon! s'exclama-t-elle avec délices. J'étais si courbatue que je ne le sentais même pas.

Elle attrapa un petit savon aux senteurs de rose et le fit mousser dans ses mains. Daisy, après avoir épinglé la lourde chevelure de sa maîtresse, lui savonna vigoureusement le dos, puis la rinça rapidement.

– Il fait trop froid pour que vous restiez plus longtemps dans l'eau, déclara-t-elle. Vous tomberiez malade et ça n'est vraiment pas le moment.

Elle l'enveloppa d'une grande serviette rugueuse et la frictionna jusqu'à faire rosir sa peau neigeuse.

– Allez vous recouchez, Madame, et réchauffez-vous. Je vous ai apporté de la bière, du pain frais et du bon fromage.

Skye s'installa confortablement et se mit à dévorer les mets simples mais reconstituants que Daisy lui avait procurés.

– Propre comme je suis je vais être obligée d'enfiler ces vêtements immondes. C'est bien dommage!

– J'avais comme le pressentiment qu'avant le Devon nous nous arrêterions à Lundy, fit Daisy, en souriant. J'ai dans mes sacoches une chemise et des sous-vêtements tout neufs. Un garçon de cabine s'occupe de votre jupe et de vos bas.

Skye lui jeta un regard de reconnaissance. Comme cette bonne Daisy la connaissait bien! Elle finit de manger et commença à s'habiller. Quel plaisir de sentir sur sa peau la soie de ces sous-vêtements propres! Elle passa ensuite une chemise couleur crème et remit ses bas de laine d'un vert sombre assorti à sa jupe. La boue en avait miraculeusement disparu et l'ensemble était tout à fait décent. Tandis que Daisy l'aidait à chausser ses bottes, elle nouait autour de sa taille fine, une large ceinture de cuir. Sur la boucle ovale en bronze était gravé un motif celte, incrusté d'émaux noir et or. Daisy peigna ensuite sa longue chevelure noire et la tordit en une tresse épaisse qu'elle attacha d'un fil de laine sombre.

On frappa à la porte. C'était le capitaine Kelly, le plus jeune des capitaines de Skye. Il avait une épaisse tignasse rousse et de beaux yeux bruns chaleureux. Svelte, à peine plus grand que Skye, c'était un homme intelligent et un marin, plein d'audace.

– Nous entrons dans le port de Lundy, Madame. Je viens prendre vos ordres.

– Repartez immédiatement pour Lynmouth. Vous attendrez mes instructions. Daisy restera avec vous. Faites préparer le château, poursuivit-elle, en se tournant vers Daisy, et envoyez chercher dame Cecily ainsi que ma fille; je désire les voir. J'arriverai après-demain.

– J'attendrai pour partir que vous soyez à terre et que le seigneur de Marisco vous ait rejointe, Madame. Sinon, MacGuire me ferait faire toute la route, d'ici à la Chaussée des Géants, dans l'eau et au bout d'un filin.

– MacGuire devient aussi prudent qu'une vieille femme! grommela Skye.

Mais elle était secrètement ravie que MacGuire, premier capitaine de sa flotte, jouisse toujours du même respect auprès de ses hommes.

– Vous ne voulez vraiment pas que je vous accompagne ? demanda Daisy.

– Non, Daisy, ce n'est pas la peine. De plus, Lundy n'est pas un endroit pour une jeune fille convenable.

– Ah ! ça, Dieu soit loué, il n'y a pas une seule fille convenable sur tout l'île ! s'esclaffa le capitaine.

– Voyons, capitaine ! Vous m'étonnez !

– Moi, pas ! fit Daisy d'un ton sec. Il a bien la tête d'un débauché !

– Oh ! mademoiselle Daisy ! protesta le capitaine.

Skye leur jeta un regard rapide et comprit tout à coup que les deux jeunes gens étaient loin d'être indifférents l'un à l'autre.

– Un marin a la droit d'avoir l'œil gaillard quand il n'a pas de bien-aimée et, à ma connaissance, le capitaine n'a jamais engagé son cœur.

– Personne ne l'aimera jamais si il persiste à être aussi volage ! rétorqua Daisy d'un ton menaçant.

– Emportez mes sacoches sur le pont, Daisy. J'arrive tout de suite, dit Skye en dissimulant un sourire.

Daisy fit une révérence et quitta la cabine non sans avoir jeté un regard plein de hauteur au capitaine qui la suivait d'un œil énamouré.

– Si vous abusez d'elle, vous aurez affaire à moi, déclara Skye. C'est une fille sérieuse et elle est sous ma protection.

– Je songe à me ranger, répondit le capitaine. J'ai déjà plus de trente ans.

– Quand vous en serez sûr, et si elle est d'accord, je vous donnerai la permission de lui faire votre cour. Mais en attendant, surveillez-vous !

Devant le regard de sa suzeraine et maîtresse, le capitaine baissa la tête et rougit.

– Je ferais mieux de remonter sur le pont pour m'occuper du mouillage. Le port de Lundy n'est pas sans danger, comme vous le savez.

Il avait compris. Elle lui sourit.

– Je vous accompagne, capitaine.

La côte, parsemée d'écueils, obligeaient les navires à mouiller au large, dans la baie. Le capitaine fit préparer le canot qui devait emmener Skye jusqu'au rivage.

– Nous avons fait une excellente traversée et je vous en remercie, lui dit Skye en montant dans l'embarcation.

– Madame, vos sacoches ! fit Daisy en les lui tendant par-dessus bord.

– Je n'en ai plus besoin, répondit Skye avec un bref sourire. Laissez aller, ordonna-t-elle au marin qui l'accompagnait.

Le canot glissa à la surface des vagues et atteignit rapidement le long quai de pierre qui servait d'embarcadère à de Marisco. Quand ils touchèrent terre, un soleil écarlate, noyé d'or et de pourpre, sombrait dans l'obscurité de la mer.

Adam de Marisco, sa tignasse noire ébouriffée par le vent, se précipita à sa rencontre. Il avait connu la Cour de France et celle des Tudor pendant sa jeunesse, mais cela n'avait pas fait de lui un de ces courtisans à la mine soignée. Il portait des cuissardes, un justaucorps de daim, une chemise ouverte sur la poitrine et allait sans manteau, malgré le froid.

– Adam! Adam! cria-t-elle en s'élançant vers lui.

– Ah! petite fille. C'est vraiment vous!

Un instant plus tard, elle était dans ses bras et il enfouissait son visage dans la douceur parfumée de son cou. Ses yeux bleus témoignaient de toute la chaleur de son amour.

– Ah! Adam! murmura-t-elle.

Blottie contre ce grand corps familier, elle sut que désormais, tout irait pour le mieux.

– Je suis désolé pour Niall, petite fille.

– Comment avez-vous su?

– Il y a quelques jours, un navire a fait relâche ici et son capitaine m'a annoncé la nouvelle.

Il l'entoura de son bras et ils se dirigèrent vers le château.

– Vous attendiez un enfant. Avez-vous donné le jour à un garçon?

– Oui. Dieu soit loué.

– Il reste donc un héritier au vieux MacWilliam.

Ils pénétrèrent dans la partie basse du château et traversèrent une pièce malpropre et mal famée qui servait de taverne. Il y avait là des individus à la mine patibulaire qui faisaient partie de la suite de Marisco, et l'inévitable Glynnis, une souillon rougeaude dont les charmes opulents étaient bien connus des marins qui faisaient escale à Lundy.

Ils gagnèrent ensemble l'appartement de deux pièces qu'occupait de Marisco dans la seule tour du château qui restât intacte, et ils s'installèrent dans la grande antichambre, devant un bon feu.

– MacWilliam est mort, dit Skye. C'est mon fils qui hérite de ses terres.

– Personne ne le sait encore, n'est-ce pas? demanda de Marisco après un silence.

– Non, personne. Les Anglais de Dublin convoitent les terres des

Burke depuis longtemps; ils n'ont pas osé y toucher du vivant de MacWilliam et de Niall, mais aujourd'hui l'héritage de mon fils est en danger. Je compte solliciter la protection de la reine. Jusqu'à présent, elle avait besoin de mes navires et elle m'a ménagée. Mais sa flotte croît chaque jour en force et en nombre. Si elle peut se passer de mes navires, elle partagera sans hésiter les terres des Burke entre ses courtisans.

Adam de Marisco versa dans de lourdes coupes d'argent sculpté un vin riche et doux, d'une belle couleur pourpre.

– Vous voilà donc aussi désarmée qu'il y a trois ans, à la mort de Geoffrey, observa-t-il.

Skye acquiesça, les yeux pleins de larmes.

– Je pleure vraiment sans arrêt en ce moment, murmura-t-elle. Je ne sais pas ce qui m'arrive!

– Vous êtes un être humain, mon amour! Vous avez vécu de si terribles drames, ces dernières années! et aujourd'hui, vous devez encore vous battre. Je me demande, moi, où vous avez puisé la force de ne pas sombrer dans la folie!

– Je sais que je n'y ai aucun droit, mais j'ai besoin de votre amour, Adam.

– Je suis là, Skye. Je serai toujours là.

Il la regarda avec tendresse et lui effleura la bouche de ses lèvres.

– Vous êtes exténuée, petite fille. Voulez-vous que je vous console comme je le faisais autrefois? Il y a si longtemps, mon amour, que nous ne nous sommes donnés l'un à l'autre.

– Oh! Adam, murmura-t-elle. Quelle genre de femme suis-je donc! Cela fait à peine un mois que Niall est mort et Dieu m'est témoin que je l'aimais, mais... j'ai envie de vous.

Adam sentit qu'elle était trop émue, trop épuisée pour souhaiter vraiment faire l'amour avec lui. Il la souleva dans ses bras puissants et l'emmena dans sa chambre à coucher.

– Vous allez dormir, petite fille. Nous discuterons plus tard de nos désirs. Vous avez besoin de repos et de calme, dit-il en la déposant tendrement sur son lit immense et en la couvrant d'une fourrure.

Curieusement, elle lui sut gré de son attitude et sombra immédiatement dans le sommeil, Adam veillait sur elle, la désirant de toutes les fibres de son être. Quand sa coupe fut presque vide, il se leva pour aller la remplir et se hâta de regagner sa place. C'était un bel homme. Il était très grand et avait un corps admirablement proportionné. Sa chevelure était d'un noir de jais et une barbe élégamment taillée, selon la mode du temps, encadrait son visage. Sa lèvre supérieure s'ornait d'une moustache sensuelle. Il avait d'épais sourcils noirs et broussailleux, et de long cils qui adoucissaient son regard. De ses ancêtres normands, il avait hérité un nez aristocratique, long et mince et des yeux d'un bleu sombre.

Il se coucha enfin, tout habillé, à côté de Skye. Au cours de la nuit, l'entendant gémir, il la prit sans ses bras et la berça de mots apaisants. Enivré par l'odeur entêtante de son parfum qui ravivait en lui mille souvenirs, intensément heureux de la tenir à nouveau contre lui, il se rendormit d'un sommeil profond.

Il fit un rêve extraordinaire. Il était nu et subissait l'assaut d'une myriade de petits papillons aux couleurs éblouissantes qui effleuraient de leurs ailes ses cuisses, son ventre, et se promenaient dans la toison qui lui couvrait le torse. Avec un gémissement de plaisir, il ouvrit les yeux : Skye était penchée sur sa poitrine, et les papillons n'étaient autres que ses lèvres amoureuses.

– Ah! sorcière, grommela-t-il en l'empoignant par les cheveux.

Elle le regarda presque timidement de ses merveilleux yeux bleus.

– J'ai envie de vous, Adam, dit-elle en rougissant.

Sa respiration s'arrêta. Elle était nue et ses petits seins mutins étaient aussi beaux que dans son souvenir, avec leurs pointes roses exquisement dressées. Elle fit glisser un doigt taquin le long de sa cuisse et il se rendit compte qu'il était, lui aussi, pratiquement nu. Devant son étonnement, elle eut un rire malicieux.

– Vous avez le sommeil bien trop lourd, seigneur de Lundy, et si j'avais été votre ennemie, le château m'appartiendrait, à cette heure!

Elle l'attira vers elle et Adam de Marisco put enfin réaliser le désir qui l'avait obsédé toute la nuit. Ses lèvres s'emparèrent des siennes avec plus d'avidité qu'il n'en avait jamais montré. Il en meurtrissait la douceur. Elle passa ses bras autour de son cou et le serra étroitement contre elle. Sa langue frôlait ses lèvres et il sentait contre sa poitrine velue la douce pression de ses seins. Quand il avait compris que Skye ne pourrait jamais à être à lui, il s'était juré qu'il ne lui ferait plus jamais l'amour. Mais cette promesse, il comprit qu'il ne la tiendrait pas cette nuit. Son désir était trop violent.

Un plaisir d'une douceur presque insoutenable l'envahissait au contact de sa langue qui s'était glissée entre ses lèvres et l'agaçait de mille caresses délicieuses. Il reprit l'initiative et leurs langues se mêlèrent en un furieux combat jusqu'à ce que, le corps parcouru d'un long frisson, les seins raidis de désir, elle détache ses lèvres des siennes dans un gémissement. Adam de Marisco sourit en la regardant. C'était vraiment la femme la plus sensuelle qu'il ait jamais connue.

– Vous êtes si belle, petite fille! Votre corps offre tant de délices que je ne sais par où commencer.

Elle lui sourit et il enfouit la tête entre ses seins. Ému par la beauté de leurs pointes délicates et roses que cerclait une chair tendrement dorée, il en mordilla un avec douceur. Skye glissa les doigts dans son épaisse chevelure noire et caressa sa nuque puissante. Il s'enflamma à ce contact et un frisson le parcourut. Il couvrit son visage de baisers et embrassa sa gorge offerte, ses épaules, ses seins. Sa langue s'attarda autour de son nombril, ses lèvres ardentes affolèrent son ventre. Elle s'épanouit sous ses caresses aimantes.

– Oh! Adam, murmura-t-elle. Oh! oui.

Malgré l'exaltation de sa propre passion, il ne put s'empêcher de rire. Elle restait franche jusque dans l'expression de son désir!

– Souvenez-vous de ce que je vous ai dit un jour, petite fille. L'amour est un art que gâte l'excès de hâte. Un précepte auquel j'ai bien l'intention de me conformer puisque je ne referai plus ensuite l'amour avec vous.

– Adam!

Elle tenta de se redresser mais il l'en empêcha et plongea son regard dans le sien.

– Je ne serai jamais votre amant, Skye O'Malley et je suis un personnage trop obscur pour mériter de vous épouser. Vous êtes ce que j'ai de plus cher au monde. J'affronterais des dragons pour vous, mais je n'accepterai jamais d'être votre amant!

Elle savait ce qui le faisait parler ainsi. Il l'aimait. Et malgré l'immense affection qu'elle lui portait, elle ne pouvait lui donner cet amour indestructible qui doit unir des époux. Aujourd'hui, alors qu'il était son meilleur ami, elle était venue lui demander, le supplier de la prendre comme s'il avait été un étalon de son écurie! Son visage s'emproupra à cette pensée.

– Oh! Adam. Je vous demande pardon! Laissez-moi partir. J'ai tellement honte!

– Il n'en est pas question! s'exclama-t-il en l'immobilisant sous lui. Seriez-vous donc devenue une aguicheuse, ma douce? Vous disiez que vous aviez envie de moi, petite fille. Eh bien! moi aussi et je suis las de paroles.

Sa bouche, aussi douce qu'une plume, se porta alors vers le centre de son corps en une caresse fulgurante qui lui coupa le souffle.

– Adam...

– Silence, mon amour, murmura-t-il.

Sous sa langue qui explorait lentement sa fleur de pourpre et de miel, Skye fut traversée jusqu'à l'âme des traits de feu d'un plaisir brûlant. Sa langue, comme une flamme dévorante, léchait le velours secret de sa féminité et l'emportait vers des jouissances tout à la fois connues et inconnues. Elle gémissait sous le torrent de feu que faisait courir à travers elle cette langue qui la cherchait et la trouvait, la suppliciait et l'exaltait, infligeait à son corps et à son âme tous les tourments et les délices de l'amour. Adam de Marisco prenait grand plaisir à la voir aussi réceptive. Quand elle atteignit le paroxysme de son désir et qu'elle se tordit, au bord de l'évanouissement, il se redressa et la pénétra lentement en la serrant tendrement entre ses bras. Elle cria d'extase. Ils se balancèrent ainsi, étroitement unis, jusqu'à ce que Skye, avec un violent frisson, s'abatte dans un gémissement. Certain de l'avoir comblée, il chercha alors sa propre jouissance et la renversant sur le lit immense, il entra plus profondément en elle, la prenant avec force et douceur. Puis, satisfait, il se détacha d'elle et roula sur le côté pour reprendre son souffle avant de l'attirer à nouveau dans la chaleur de ses bras.

Ils dormirent plusieurs heures. La lumière de l'aube les réveilla. Elle avait compris au bruit de sa respiration qu'il ne dormait plus, mais elle ne dit rien. Ce fut lui qui, d'une voix tranquille et grave, rompit le silence.

– Comment une femme peut-elle donner un plaisir aussi divin, petite fille ? Ah Skye ! Que j'aimerais être l'homme qu'il vous faut !

– Épousez-moi Adam. Vous êtes fort. Je me sens tellement en sécurité avec vous ! J'ai honte de ma conduite, mais j'avais tellement envie de vous !

– Il n'y a rien de mal à éprouver du désir pour un homme, Skye, mais cela ne fait pas un mariage. J'espère que vous comprenez pourquoi je refuse votre proposition ?

– Je comprends, Adam.

– Nous sommes amis. Je ne voudrais pas qu'un jour vous rencontriez un homme que vous aimeriez vraiment et que vous l'écartiez par loyauté envers moi.

– En quinze ans, Adam, j'ai déjà enterré quatre époux ! Je n'ai guère pleuré Dom, ce porc, mais j'ai profondément aimé les autres. Il n'y aura plus personne, fit Skye avec conviction. Mes six enfants me suffisent.

– Et vos amants...

– Peut-être... Je ne crois pas pouvoir me passer d'un homme. Est-ce vraiment abominable ? demanda-t-elle en rougissant.

– Vous le pourriez si vous le vouliez. Cette nuit, vous aviez simplement besoin d'un ami qui vous aime et vous console.

– Je dois avouer que personne ne m'a jamais consolé aussi bien que vous ! fit-elle d'un ton moqueur.

– Combien de temps comptez-vous rester à Lynmouth ? demanda-t-il quand ils eurent retrouvé leur sérieux.

– Cela dépendra de lord Burghley. Je dois lui envoyer un message et attendre sa décision pour savoir si, oui ou non, je pourrai me rendre à la Cour et présenter ma requête à la reine.

– Et si la Cour vous est interdite ?

– Dans ce cas, j'enverrai ma requête de Lynmouth et Robbie, qui sera de retour bientôt, ira voir la reine à ma place.

– Vos enfants, où sont-ils ? Dans des endroits différents, j'espère ?

– Bien sûr. J'ai appris à être prudente. Mon aîné, Ewan O'Flaherty, est sur ses terres à Ballyhennessey, sous la surveillance de mon frère Michael. Il a treize ans, c'est presque un homme ! Dans trois ans, il épousera Gwineth Southwood, la fille que Geoffrey a eu de son premier mariage. Son frère cadet est chez les Fitzgerald. Comme il n'a pas de terres, il devra se faire des amis puissants et se tirer seul d'affaire. Je ne peux lui assurer que la fortune.

« Ma fille, Willow demeure chez dame Cecily Small, la sœur de Robbie. Ils l'ont adoptée tous les deux et en ont fait leur héritière, Dieu merci ! Un père espagnol lui aurait nui. Et non seulement espagnol, mais propriétaire du grand bordel d'Alger ! s'exclama Skye en frissonnant. Malgré l'amour que je lui vouais, je ne veux pas que Willow l'apprenne. Cela divertirait beaucoup Khalid de savoir que sa fille est une petite Anglaise bien convenable ! ajouta-t-elle avec un petit rire.

« Le petit comte de Lynmouth, lui, est page à la Cour et c'est le favori de la reine. Geoffrey serait fier de lui ! Quant aux enfants de Niall, ils sont en sécurité dans leur château.

« Lord Burghley ne peut donc rien contre mes enfants. Seul Robin est à sa portée, mais comme c'est un des premiers gentilshommes du royaume, il est intouchable. D'ailleurs William Cecil a le cœur bien trop tendre pour partir en guerre contre des enfants. C'est un homme d'honneur bien qu'il soit tout dévoué à la reine.

– Vous n'avez toujours pas pardonné à Élisabeth Tudor ?

– Et je ne lui pardonnerai jamais !

– Skye, mon amour ! s'écria-t-il en la serrant dans ses bras. Promettez-moi de ne plus partir en guerre contre elle !

– Je vous le promets. Je me suis assagie depuis l'époque où je m'attaquais à ses navires. D'ailleurs elle n'a jamais pu prouver ma culpabilité, ce qui est déjà une victoire.

– Nous avons eu beaucoup de chance, remarqua-t-il avec douceur.

– Sapristi, Adam, j'ai une faim de loup ! Quel hôte déplorable vous faites !

– Et moi qui croyais avoir satisfait tous vos désirs ! riposta-t-il.

– Cela fait des jours que je n'ai pas fait un repas digne de ce nom ! Glynnis sait-elle cuisiner ?

– C'est ce qu'elle fait le mieux, répondit-il en fronçant comiquement les sourcils. Je vais lui demander de nous apporter à manger puisque vous voilà debout et décidée à partir au plus vite.

– Il le faut, Adam.

Moins d'une heure plus tard, Glynnis entrait dans l'antichambre, ployant sous le poids du plateau qu'elle transportait.

– Je vous ai apporté de tout, fit-elle, avec un grand sourire jovial.

Elle fit une courte révérence et les laissa à la contemplation des magnificences qu'elle leur avait préparées. Il y avait deux bols fumants de porridge nappé de compote de poire, des œufs pochés à la crème, du vin sec espagnol et de l'aneth, du jambon de pays avec une miche de pain blanc tiède enveloppée dans une serviette en lin est des petits pots de grès remplis de beurre et de miel. Des pichets de bière brune complétaient le festin.

– Magnifique, s'exclama Skye. J'engage Glynnis pour mes cuisines quand elle veut!

Elle s'attaqua au repas Adam la regardait dévorer avec un amusement attendri. Il avait toujours admiré son bel appétit et n'aimait pas les femmes qui, sous prétexte de bonnes manières, grignotent du bout des lèvres.

– Je vais vous emmener moi-même à Lynmouth, proposa-t-il.

La bouche encore pleine, Skye acquiesça.

– Voulez-vous que je reste avec vous jusqu'à ce que Cecil vous ai répondu?

– Non, il vaut mieux qu'il oublie votre existence et que Lundy reste un port sûr où je puisse venir me réfugier.

– Un refuge qui sera toujours à votre disposition, petite fille, dit-il en l'enveloppant d'un sourire qui la réchauffa jusqu'au fond du cœur.

Quand ils quittèrent Lundy, le soleil se levait à l'horizon et, avec lui, une petite brise de sud-ouest. Ils atteignirent rapidement Lynmouth. Adam mouilla l'ancre tout près d'une grotte qui, pendant des siècles, avait permis aux comtes de Lynmouth de fuir discrètement le château. Il ne voulut pas s'attarder.

– Le vent va tomber et après ce sera le calme plat. Je n'ai pas envie de ramer jusqu'à Lundy!

Il l'attira dans ses bras et posa sur ses lèvres un baiser rapide et tendre.

– Soyez sage, petite fille, et si vous avez besoin de moi, servez-vous de nos signaux habituels. J'installerai des guetteurs, de jour comme de nuit.

Les larmes aux yeux, elle regarda son bateau s'éloigner vers la pleine mer. Puis, grimpant rapidement les marches de pierre qui conduisaient de la grotte à l'aile la plus ancienne du château, elle gagna ses appartements où Daisy l'attendait.

– Wat Mason est ici ?

– Oui, Madame.

– Allez le chercher. Il doit porter un message à lord Burghley, à Whitehall

– Lord Burghley est dans le Devon, Madame. Il séjourne chez M. de Grenville.

– Tiens donc! Cette vieille araignée quitte pourtant rarement la Cour. Qu'est-ce qui l'amène ici ?

– Il y a de la rébellion dans l'air depuis que la reine d'Écosse s'est réfugiée en Angleterre, l'an dernier, fit Daisy d'un air important. On craint que les seigneurs des Marches ne se soulèvent. Ils veulent réinstaller l'ancienne religion, sauf votre respect, Madame.

– Il n'y a pas de mal, Daisy. Je suis née catholique et je ne vois pas pourquoi je changerais, mais je n'irais pas non plus me révolter pour une question de religion. C'est un sujet qui ne devrait concerner que Dieu et l'âme de chacun. Les seigneurs du Nord sont bien fous s'ils croient pouvoir déloger Élisabeth Tudor pour mettre sa cousine, Marie Stuart, sur le trône! Ils ne savent pas de quoi la reine est capable! Elle leur prendra tout, à ces imbéciles, et ce n'est pas l'Église qui le leur rendra! Et maintenant, allez chercher Wat Mason.

Skye s'assit à son bureau pour rédiger une brève note à l'intention de lord Burghley. Elle le priait de lui accorder audience, soit chez les de Grenville, soit en son château de Lynmouth où elle se ferait un plaisir de le recevoir.

Daisy revint accompagnée de Wat Mason, qui plia respectueusement le genou devant sa maîtresse. De sa lourde chevalière en or, Skye cacheta le message en imprimant le dragon marin des O'Malley dans la cire verte.

– Va porter ce message à lord Burghley, le Trésorier de la reine. Remets-le lui en mains propres et attends sa réponse. Tu m'as bien compris, Wat ? A lord Cecil en personne!

– Oui, Madame.

A la grande surprise de Skye, Wat Mason revint avec la réponse avant même la tombée du jour. Elle poussa un soupir de soulagement : lord Cecil viendrait à Lynmouth dans deux jours et y passerait la nuit avant de regagner Londres. Elle paierait certainement très cher la protection qu'il lui accorderait, mais elle n'avait pas le choix :

– Madame, Madame, les voilà!

Daisy était entrée en courant dans la pièce et Skye ne comprit pas d'abord de qui elle parlait. Avant qu'elle ait pu se ressaisir, Willow avait fait irruption dans la pièce et se précipitait dans ses bras.

– Ah ! ma chérie, comme tu m'as manqué ! s'écria Skye en la serrant avidement contre elle.

Avec ses cheveux noirs et ses beaux yeux couleur d'ambre, Willow ressemblait énormément à son père, Khalid.

– Resterez-vous jusqu'à mon anniversaire, maman ? demanda Willow en fixant sa mère d'un regard sérieux.

– Sommes-nous déjà en avril ? fit Skye en feignant la surprise.

– Oh ! maman, bien sûr que nous sommes en avril ! Dans cinq jours, c'est mon anniversaire ; j'aurai neuf ans !

– Déjà neuf ans ! Il va bientôt falloir que je te trouve un mari.

– Je le trouverai toute seule, réplique Willow d'un ton qui fit sourire Skye.

Sa fille avait beau ressembler à Khalid, elle avait le caractère de sa mère.

– Tu n'épouseras que l'homme de ton choix, ma chérie, je te le promets.

– Vous la gâtez, fit la voix familière de dame Cecily.

– Vous aussi, il me semble, répliqua Skye en riant.

– Je ne m'attendais pas à vous voir, déclara dame Cecily en s'installant confortablement près de la cheminée.

Skye s'assit également et prit Willow sur ses genoux.

– J'apporte de mauvaises nouvelles, dame Cecily. MacWilliam est mort et l'héritage de mon petit Padraic est en danger. Je vais avoir un entretien avec lord Burghley à ce sujet.

– Sait-il que MacWilliam est mort ?

– Personne ne le sait encore. Nous l'avons enterré dans le plus grand secret. Si lord Burghley m'y autorise, j'ai l'intention d'aller moi-même présenter une requête à la reine. Sinon, j'espère que Dickon de Grenville ou Robbie voudront bien le faire à ma place.

– Ma chère Skye, j'irai moi-même à la Cour, s'il le faut ! Comme je vous plains pour Niall ! poursuivit dame Cecily en versant des larmes de compassion.

– Est-ce que j'aurai un autre père, maman ? intervint Willow. Je n'ai jamais connu mon vrai papa, mais j'aimais tellement Geoffrey et Niall !

– Je ne crois pas que je me remarierai, Willow. Ta maman a déjà eu quatre maris, c'est déjà bien assez. Et puis, j'ai tous mes enfants ! Tu ne connais pas encore – ton nouveau petit frère, Padraic. Il est très mignon et ressemble beaucoup à Niall. Veux-tu venir avec moi en Irlande pour le voir, cet été ?

Willow acquiesça, à moitié assoupie ; la journée avait été longue. Skye fit un signe à Daisy qui s'approcha.

– Venez, mademoiselle Willow. Je vais vous préparer un bon petit souper avec un bol de cidre, et puis je vous mettrai au lit.

Willow abandonna les genoux de sa mère et la suivit.

– Avez-vous eu des nouvelles de Robbie ? demanda Skye à dame Cecily.

– Oui. Un navire de son avant-garde a fait escale à Plymouth, la semaine dernière. Les Portugais croient peut-être détenir un monopole sur les épices, mais Robbie a ses alliés, lui aussi, et les cales de ses navires regorgent de clous de girofle, de muscade, de poivre et de cannelle. Il vous rapporte également des pierres précieuses de toute beauté, paraît-il.

– Nous allons tirer de gros bénéfices de ce voyage, malgré la part qui revient à la reine, remarqua Skye. Ah ! dame Cecily, mes enfants et la richesse sont bien les seuls plaisirs qui me restent, poursuivit-elle avec un sourire amer.

– Vous connaîtrez encore l'amour, mon enfant.

– Je ne crois pas. D'ailleurs, si je retrouvais les bonnes grâces de la reine, je pourrais me passer de la protection d'un époux.

– N'oubliez pas, Skye, que si vous avez dû chercher cette protection, la dernière fois, c'était justement à cause de la reine.

– C'est vrai, mais aujourd'hui elle sait que je n'hésiterais pas à lui rendre la monnaie de sa pièce. Elle n'a jamais pu prouver que c'était moi qui attaquais ses navires.

– Gardez-vous en tout cas de prendre une décision trop hâtive. Attendez d'avoir vu lord Burghley. C'est un homme juste, j'en suis sûre, conclut dame Cecily.

Les jours suivants, Skye fit préparer le château pour la courte visite de lord Burghley. Il n'y eut bientôt plus un recoin qui n'ait été briqué et astiqué. Elle fit décorer la grande salle de fleurs printanières disposées dans de magnifiques vases de porcelaine, et fit garnir les lits de draps parfumés et de riches courtepointes. Quand William Cecil, Richard de Grenville et leur suite arrivèrent deux jours plus tard, l'allée avait été soigneusement ratissée et ils purent admirer des pelouses bien entretenues et les gais parterres de fleurs qui entouraient le château.

Skye les accueillit dans la grande salle. Elle avait revêtu pour l'occasion une robe de velours noir au décolleté profond qui soulignait l'éclat laiteux de sa peau et la douce rondeur de ses seins. Autour de son cou, qu'ornait un collier d'argent et de lapis-lazuli, une collerette de dentelle s'évasait en corolle. Des rubans de couleur argentée agrémentaient ses manches à gigot et une ravissante coiffe de dentelle enserrait sa luxuriante chevelure.

– Messieurs, soyez les bienvenus à Lynmouth, dit-elle avec une révérence.

– Tudieu, Skye, vous avez l'air aussi jeune qu'à notre première rencontre ! s'exclama Richard de Grenville en l'embrassant jovialement sur les deux joues. Mes condoléances pour Niall, fit-il gauchement, en se rembrunissant.

– C'était un homme de bien dont nous regrettons tous la perte, intervint William Cecil. Mes respects, madame. Je suis heureux de vous revoir en Angleterre.

– Parce que, pendant que je suis en Angleterre, vous avez la paix en Irlande, n'est-ce pas monsieur ? remarqua Skye avec malice.

– Nous nous comprenons parfaitement, madame, comme toujours, répondit lord Burghley avec un petit rire. Et à présent je vous écoute. En quoi puis-je vous être utile ?

– Pourrions-nous parler sans témoin, monsieur ?

– Bien sûr.

– Richard, dit Skye à de Grenville, pourriez-vous conduire ces gentilshommes à la salle à manger ? Des rafraîchissements les y attendent qui, je l'espère, les délasseront des fatigues du voyage.

Puis elle entraîna William Cecil dans la bibliothèque, qu'une somptueuse fenêtre à meneau baignait d'une lumière chaude, l'invita à s'asseoir et lui servit une coupe de vin.

– A la reine! fit Skye en levant son verre.

– A la reine!

– Le vieux MacWilliam est mort et c'est mon fils qui hérite de ses terres, déclara Skye.

– Je n'en avais pas encore reçu l'information, répondit lord Burghley, admirant sa manière d'aller droit au but, mais se demandant pourquoi ses espions ne lui en avaient rien dit.

– Vos services secrets ne sont pas en faute, reprit Skye comme si elle avait lu dans ses pensées. La mort de mon beau-père a été gardée secrète. Vos compatriotes de Dublin et mes très chers voisins irlandais, le sachant mourant, attendent comme des vautours le moment de se jeter sur ses terres. Il me faut le soutien de la reine pour protéger l'héritage de mon fils. Permettez-moi, monsieur, d'aller à la Cour pour plaider ma cause devant Sa Majesté.

William Cecil regardait fixement sa coupe. Les seigneurs catholiques des Marches, Lumley, Arundel, Northumberland et Westmoreland, s'agitaient dans le Nord. Ils voulaient faire valoir les droits à la couronne de Marie Stuart, la reine de ces maudits Écossais. Dieu sait pourtant que la reine les avait ménagés! Certes, la forme de catholicisme qu'elle avait choisie était différente de celle du Pape, mais elle laissait les catholiques en paix, à la seule condition que leur loyalisme envers elle prime celui qu'ils devaient au Pape.

Lord Burghley fit tourner son vin dans sa coupe. Si la reine ne confirmait pas Padraic Burke dans ses droits, les craintes de Skye se réaliseraient : Anglais et Irlandais se dresseraient les uns contre les autres et, comme à l'accoutumée, l'aristocratie anglo-irlandaise demanderait de l'argent et des hommes à la reine d'Angleterre. Elle serait forcée de s'exécuter et l'Irlande engloutirait, une fois de plus, or et armées. Dans la situation actuelle, le royaume ne pouvait se permettre d'affronter de nouveaux ennemis, ennemis qui disposaient de sucroît d'une flotte puissante dont ils n'hésiteraient pas à se servir. Les navires de Skye contrôlaient la Manche et la baie de Biscay. Les prises qu'ils faisaient sur les galions espagnols enrichissaient les coffres du royaume. Il fallait donc garder l'amitié de Skye.

William Cecil avait pris sa décision, mais il entendait monnayer sa protection au prix fort. Il venait justement d'avoir une idée.

– Je pense pouvoir accéder à votre requête, madame, mais nous exigerions en retour que vous nous rendiez un service.

– Je n'ai pas le choix, répondit Skye. Que dois-je faire ?

– Il y a en France, enserré entre la Provence et le Languedoc, un petit duché indépendant, le duché Beaumont de Jaspré. Le duc a tout récemment proposé son alliance à la reine. Il nous offre des accords commerciaux et l'hospitalité de son port. Cette alliance nous serait précieuse car elle nous ouvrirait un poste d'observation sur la France et une base sûre en Méditerranée. Or, comme il n'a qu'un enfant – que la rumeur donne pour faible d'esprit – le duc souhaite épouser une Anglaise. La reine cherche encore l'épouse idéale. Une jeune fille sans expérience se laisserait aller au romantisme de la situation et ne nous serait d'aucune utilité. Mais vous, madame, qui en avez fini avec ces chimères, vous pourriez servir loyalement l'Angleterre. Si vous acceptiez, j'assurerais personnellement la protection de votre fils et en ferais le pupille de Sa Majesté.

– Auriez-vous perdu l'esprit ! s'exclama Skye, atterrée. Quitter l'Irlande et l'Angleterre, ou j'ai mes terres, mes biens, mes enfants... toute ma vie ! Qui plus est, j'ai juré de ne jamais me remarier. Je ne supporterais plus de voir mourir l'homme que j'aime ! Vous ne pouvez exiger de moi un sacrifice aussi cruel !

– Vous n'avez jamais rencontré le duc Beaumont de Jaspré, madame, sa mort ne saurait donc vous affliger. Le duc a résolu d'engendrer des enfants, mais sa santé est déficiente et, selon toutes probabilités, vous serez veuve d'ici un an ou deux. En attendant, l'Angleterre disposera d'un poste inestimable au cœur même de la France.

– Exigez ce que vous voulez de moi, mais de grâce, ne me contraignez pas à ce mariage ! s'écria Skye.

– Ou vous épousez Beaumont de Jaspré, madame, ou je me désintéresse du sort de votre enfant.

– J'irai voir la reine.

– Je vous le déconseille. Vous avez été bannie de la Cour et je ne donne pas cher de votre liberté si vous vous y présentez sans autorisation. D'ailleurs, la reine se rangera à mon avis. Un héritier de l'âge de votre fils est si vulnérable, madame, sans protecteur puissant! Qui pourrait le protéger mieux qu'une reine reconnaissante? Pensez-y!

Skye avait perdu la partie et elle le savait. Elle pouvait refuser l'offre ignoble de William Cecil et rentrer en Irlande, mais il lui faudrait alors soutenir un combat incessant pour son fils jusqu'à ce qu'il atteigne l'âge d'homme. C'était impossible! Il fallait accepter d'épouser cet étranger... Elle ne le ferait cependant pas sans certaines garanties.

– J'exige que le contrat de mariage soit établi dans les mêmes termes que celui qui me liait à Southwood et à Niall, fit-elle d'une voix ferme. Je ne veux céder mes biens à personne. Dans ce monde d'hommes, les femmes sont sans défense et je ne renconcerai pour rien au monde à la relative indépendance que m'accorde ma fortune. Si le duc refuse, alors, lord Burghley, vos pires menaces ne me contraindront pas à partir.

– C'est entendu, madame. Si vous lui apportez une dot suffisamment généreuse, le duc s'en contentera certainement. Nous le persuaderons aisément que vous ne disposez pas de vos terres, qu'elles reviennent à vos enfants. Lesquels resteront ici, cela va sans dire.

Skye approuva de la tête. Elle ne les quitterait pas de gaieté de cœur, mais c'était la solution la plus sage.

– J'exige également que les terres de mon fils soient administrées par mon oncle, l'évêque du Connaught.

– Si vous voulez, répondit William Cecil.

Seamus était un papiste, mais c'était un homme juste et respecté qui ne leur créerait aucun ennui et veillerait à la sécurité de l'enfant. Un régent anglais n'aurait pas offert les mêmes garanties.

– Je laisserai mes autres enfants là où ils sont, poursuivit Skye.

– En ce cas, madame, vos préparatifs de départ ne sauraient être très longs. Je serai auprès de la reine demain. Vous quitterez Lynmouth dans une semaine et me préviendrez de votre arrivée à Londres. Je ferai lever votre bannissement. Où résiderez-vous?

– A Greenwood. Je ne ferai pas ouvrir ma résidence de Lynmouth pour un séjour aussi bref.

Il esquissa un sourire. Elle était comme la reine, généreuse mais sans excès. Elle avait raison de vouloir garder sa fortune, elle la gérait fort bien.

– Tout est donc réglé, madame. J'aurai le plaisir de vous revoir à la Cour.

Skye le conduisit à ses appartements et se précipita ensuite dans sa chambre. Elle avait du mal à croire à ce qui venait de se passer. Voilà qu'elle était fiancée à un duc étranger! Comment pourrait-elle supporter qu'un inconnu pose ses mains sur elle, qu'il lui fasse l'amour? Elle en tremblait de répulsion. D'après lord Burghley, le duc était en mauvaise santé. Peut-être son état s'aggraverait-il assez pour le rendre incapable de remplir ses devoirs conjugaux?

Une immense tristesse l'envahit à la pensée de ses enfants qu'il lui fallait abandonner. Quand les reverrait-elle? Se souviendraient-ils seulement de leur mère? Ils étaient si jeunes!

Lord Burghley et sa suite s'en allèrent le lendemain matin, et Skye passa les jours suivants à écrire aux différents membres de sa famille pour régler les problèmes que posait son départ. Elle avait décidé de faire la traversée sur son navire amiral, *La Mouette*, et avait donné des instructions pour qu'il l'attende à la fin du mois dans le port de Londres. Elle redoutait les pirates et comptait exiger une forte escorte. Elle se souvenait encore de ce terrible capitaine Jamil d'Alger et craignait de ne jamais atteindre Beaumont de Jaspré. Mais un voyage par voie de terre aurait impliqué la traversée de la France qui, à cette époque, connaissait une situation fort troublée.

Peu avant son départ pour Londres, elle reçut une longue lettre de sa sœur qui lui relatait en détail tout ce qu'elle avait appris sur la mort de Niall et le rôle joué par Claire O'Flaherty. Skye froissa rageusement la lettre entre ses mains.

– Claire O'Flaherty, murmura-t-elle d'une voix farouche. Puisse ton âme être damnée! Je jure par saint Patrick que si nos chemins se croisent un jour, je te tuerai de mes propres mains!

Après ce terrible serment, elle se sentit mieux.

Skye avait décidé d'emmener Willow avec elle à Londres pour profiter plus longtemps de sa présence et pour lui permettre de voir son demi-frère qu'elle aimait beaucoup. Malgré son jeune âge, l'enfant avait très bien compris les raison de son départ. Elle n'avait posé qu'une seule question.

– Puis-je venir avec vous?

– Il faut que j'attende de connaître le duc, Willow, lui avait répondu Skye. C'est peut-être un excellent gentilhomme que j'apprendrai à apprécier et qui sera bon pour mes enfants. Mais si ce n'est pas le cas, vous serez beaucoup plus en sécurité en Angleterre. Tu comprends?

– Je crois que oui. S'il n'est pas gentil, il pourrait se servir de moi pour vous obliger à faire des choses que vous ne voudriez pas faire. Comme lord Burghley.

– Dieu tout puissant! s'était exclamé dame Cecily. Elle n'a que neuf ans et elle connaît déjà la vie!

– Tant mieux, ainsi elle aura moins de désillusions! Tu as parfaitement compris Willow.

– Alors il vaut mieux que je reste ici avec dame Cecily, avait déclaré Willow avec beaucoup de calme.

– Oui, cela vaut mieux pour le moment.

2.

Une semaine après le départ de lord Burghley, Skye, dame Cecily, Willow et Daisy, escortées de douze cavaliers en armes, quittaient Lynmouth dans le carrosse des Southwood. Sous des fourrures de renard, les pieds posés sur des briques chaudes enveloppées de flanelle, confortablement installées sur des sièges capitonnés de velours rouge, elles voyagèrent agréablement malgré la boue des chemins. De fréquents relais leur permirent de faire route à bonne allure et elles gagnèrent Londres en quatre jours, après avoir fait étape dans les meilleures auberges.

Greenwood, la demeure de Skye, dressait ses trois étages de briques roses au bord de la Tamise, dans le petit village tranquille de Chiswick qui abritait les propriétés des familles les plus prestigieuses du royaume.

Le carrosse franchit les grilles, traversa un vaste parc et s'arrêta devant le seuil. Le majordome, après les avoir saluées, apprit à Skye qu'un message de lord Burghley l'attendait. Skye se rendit aussitôt dans la bibliothèque, jeta ses gants de chevreau sur une table, remit son manteau à un laquais, prit la lettre que le majordome lui tendait sur un plateau d'argent et l'ouvrit en hâte :

« Bienvenue à Londres, Madame. La reine vous recevra à Whitehall ce soir à huit heures. Vous éviterez de porter le deuil. La présence du neveu du duc de Beaumont exige en effet une toilette appropriée à votre rang. »

Skye eut un sourire amer. La reine ne lui permettait même pas de porter le deuil de Niall pendant une période décente. Dès ce soir, il lui faudrait s'exhiber devant l'envoyé du duc, parée de ses plus beaux atours. Il ne lui restait plus qu'à se préparer.

Peu avant huit heures, la voiture de Skye s'arrêtait devant Whitehall. Elle en descendit, sous le regard fasciné de quelques jeunes galants, vêtue d'une robe de velours pourpre que rehaussaient la soie lavande de ses manches à crevés et les broderies d'or de ses parements. Un décolleté carré révélait généreusement sa poitrine. Sa chevelure était coiffée en chignon, selon la mode française, et elle y avait planté un petit peigne agrémenté de fleurs de soie. Diamants et améthystes scintillaient à son cou et à ses oreilles.

Un de ces galants lui barra le passage.

– Un mot seulement, divine créature, et je mourrai heureux! fit-il en se découvrant et en lui faisant un profond salut.

– Écartez-vous, jeune fat! riposta-t-elle d'une voix dure.

Elle le dépassa, pénétra dans le palais et se dirigea sans hésitation vers les appartements de la reine. Au détour d'un couloir, elle se heurta à un courtisan. Elle voulut s'excuser mais l'homme lui prit la main et elle sursauta en reconnaissant Dudley, le comte de Leicester.

– Skye, mon adorée! Quel bonheur de vous revoir parmi nous, veuve une fois de plus!

L'allusion était limpide et Skye eut un frisson de dégoût. Robert Dudley la saisit par la taille, l'attira contre lui et lui frôla l'oreille de sa moustache.

– Vos maris ne font pas long feu entre vos bras, ma douce. Vous devriez m'épouser, je suis beaucoup plus résistant!

– Je vous interdit de me toucher, Duddley! fit-elle, en s'arrachant à lui. Vous n'êtes qu'un porc! Si vous m'importunez encore, je jure de faire un esclandre dont la Cour se souviendra longtemps! Et cette fois-ci, la reine me protégera car elle a une mission à me confier.

– Quelle genre de mission? demanda Duddley que la colère de Skye laissait impassible.

– La reine ne manquera pas de vous en informer, j'en suis sûre! Et maintenant, vous m'excuserez, je suis attendue.

– Je vous accompagne, fit-il en lui prenant le bras.

Skye ne refusa pas, sachant que l'annonce officielle de ses fiançailles mettrait un terme à ses assiduités.

Ils pénétrèrent dans les appartements privés de la reine où Skye ne reconnut que deux visages familiers : Lettice Knollys et la comtesse de Lincoln dont son fils, Murrough, était le page. Tout à coup, un petit garçon blond fit un pas vers elle.

– Bonsoir, mère.

– Bonsoir, Robin, répondit Skye, en maudissant l'étiquette qui lui interdisait de le serrer dans ses bras.

– Skye! s'écria Lettice Knollys. Quel plaisir de vous revoir!

Skye, amusée, nota le regard éloquent qu'elle jetait à Duddley.

– Bonsoir, ma chère Lettice. Comment allez-vous, Beth? poursuivit-elle en s'adressant à la comtesse de Lincoln.

– Fort bien, je vous remercie. Votre Murrough m'enchante, ma chère. Il est d'une grâce! Vous me le laissez, j'espère?

– Mais bien sûr. C'est une chance pour lui de faire partie d'une maison comme la vôtre. J'espère seulement pouvoir le voir pendant mon séjour à Londres?

– Aussi souvent qu'il vous plaira, répondit la comtesse.

– Ma très chère Skye! Nous sommes très heureux de vous voir de retour.

Toutes les têtes se tournèrent vers Élisabeth Tudor qui venait d'entrer. Skye lui fit une gracieuse et profonde révérence.

– Je vous remercie de m'avoir autorisée à venir, Majesté.

– Venez, Skye. Nous avons à parler.

Skye suivit la reine dans sa petite bibliothèque privée.

– Votre Majesté connaît bien sûr la raison de ma présence ici.

– Vous souhaitez que j'accorde ma protection à votre fils. Mais, de votre côté, êtes-vous disposée à me prêter votre concours?

– J'ai toujours été à vos ordres, Majesté.

– Même lorsque vous piratiez mes navires? répliqua la reine d'un ton ironique.

– Vous n'en avez jamais eu la preuve! riposta Skye.

– C'est vrai, fit la reine en riant, et grâce au bel Adam de Marisco, vous avez échappé à l'échafaud. Mais je sais que c'était vous! Ces forfaits étaient trop subtils, trop pernicieux pour être l'œuvre d'un homme. Désirez-vous épouser le duc Beaumont de Jaspré? poursuivit-elle en jetant à Skye un regard perçant.

– Je ne le désire pas, Majesté, mais je le ferai si vous protégez mon fils.

– Vous savez que nous attendons également de vous des informations sur la France, l'Espagne et les États pontificaux?

– Oui, Majesté.

– En ce cas, je veillerai sur les intérêts de votre fils, madame. Le duc de Beaumont va être très surpris de voir la beauté que je lui envoie. Dans ces mariages exigés par la raison d'État, les futurs maris sont en général très déçus quand ils font connaissance de leur fiancée.

– Et réciproquement, riposta Skye.

La reine se mit à rire.

– Je me souviens de l'arrivée de la pauvre Anne de Clèves, la quatrième femme de mon père. Elle était bien plus replète que sur ses portraits et si émue qu'elle en avait la peau toute marbrée! Ils se sont cordialement haïs dès leur première rencontre. Mon père avait la faiblesse de se croire beau malgré son embonpoint et ses accès de goutte! Mais Anne a eu la bonté de lui accorder rapidement le divorce. Allons, ma chère Skye, poursuivit la reine, il serait temps de penser à ouvrir le bal. Nous allons vous présenter le neveu du duc, Edmond de Beaumont, un homme très intéressant.

– Je souhaiterais attendre le retour de Robert Small avant de partir, Majesté. Il doit rentrer bientôt et les cales de ses navires regorgent des plus précieuses épices.

– Je n'y vois pas d'inconvénient, répondit la reine avec un sourire. Je ne voudrais pas vous voir manquer à vos obligations de femme d'affaires.

Elle prit le bras de Skye et rejoignit avec elle le groupe de ses familiers.

– Venez mesdames, venez Dudley. La soirée est déjà bien avancée et je n'ai toujours pas dansé!

Dans la salle de bal, un petit orchestre était déjà installé sur une estrade. Skye prit place à côté du trône, sur l'un des sièges réservés aux dames d'honneur. Le défilé des courtisans commença et Skye, que la Cour et ses pompes ennuyaient à mourir, n'y prêtait qu'une attention distraite lorsque le majordome annonça :

– Edmond, sieur de Beaumont.

Skye ouvrit de grands yeux : l'homme en question, par ailleurs d'une beauté remarquable, était un nain! Il n'était cependant affligé d'aucune difformité et était vêtu avec une élégance raffinée d'une cape de velours noir, d'un pourpoint, d'une culotte bouffante et de bas de soie brochés d'or. Son épée sertie de rubis et de diamants scintillait de mille feux. Il s'inclina devant la reine avec beaucoup de grâce.

– Soyez le bienvenu, Edmond de Beaumont, déclara celle-ci. J'espère que vous passez à Londres un séjour agréable?

– C'est à juste titre que l'on célèbre l'hospitalité anglaise, Majesté, répondit-il d'une voix grave.

– Monsieur de Beaumont, permettez-moi de vous présenter lady Skye Burke, la future épouse de votre oncle. Lady Burke, approchez, je vous prie.

Un murmure de surprise courut dans la salle. Skye lui fit une révérence.

– Mon oncle a beaucoup, beaucoup de chance, déclara-t-il d'une voix douce.

Skye rougit puis s'aperçut que ses yeux violets pétillaient d'humour.

– J'espère que l'oncle est aussi gracieux que le neveu, répondit Skye.

– Gracieux n'est pas exactement le mot que j'emploierais pour qualifier oncle Fabron, répliqua-t-il, l'œil toujours brillant.

– Juste ciel! s'exclama Skye, exprimant ouvertement son inquiétude.

Edmond de Beaumont éclata de rire.

– Êtes-vous toujours aussi franche, lady Burke ?

– Je suis sûre que vous avez de nombreuses questions à poser à Edmond de Beaumont, Skye, fit la reine. Restez donc en sa compagnie.

Skye et Edmond de Beaumont s'inclinèrent et s'éloignèrent ensemble.

– Avez-vous vraiment des questions à me poser, lady Burke ? demanda celui-ci quand ils furent installés à l'écart, dans l'embrasure d'une fenêtre.

– Sans doute... Je commence seulement à m'habituer à l'idée d'épouser votre oncle.

– Vous êtes hostile à ce mariage ?

– Je n'ai pas le choix, monsieur. Je dois obéir à la reine.

– Vous aimez quelqu'un d'autre, peut-être ?

– Non, mais j'avais un époux que je pleurerai jusqu'à la fin de mes jours.

Edmond de Beaumont se sentit soulagé. Si le cœur de Skye était libre, peut-être s'éprendrait-elle de son oncle ? Celui-ci n'ayant qu'un fils simple d'esprit avait fait de lui son héritier. Maintenant, peut-être pourrait-il éviter de se chercher une femme. Car qui voudrait de lui ? Il avait beau être bien proportionné et intelligent, celles qui, comme Skye, ne manifestaient à son égard ni amusement, ni répugnance, étaient rares.

– Je respecte votre douleur, lady Burke. Avez-vous des enfants ? demanda-t-il pour détourner la conversation.

– J'ai quatre fils et deux filles, répondit Skye en souriant.

– Le duché de Beaumont leur plaira. Le climat y est très doux et ils pourront se baigner souvent.

– Mes enfants ne m'accompagneront pas, monsieur.

– Pourquoi ?

Il comprenait à présent la tristesse qu'il lisait dans son regard.

– Les obligations de mes aînés ne leur permettent pas de me suivre. Quant aux deux derniers, ils n'ont que quelques mois et ne supporteraient pas un voyage aussi éprouvant.

– Je ne comprends pas. Pourquoi alors avez-vous accepté ce mariage ? Vous êtes riche, et vous n'êtes sûrement pas de celles qui se vendent pour un titre de noblesse ?

– Je refuserais même le titre d'impératrice, monsieur, si j'étais libre de mes actes. Mais je dois obéir à la reine.

– Pourquoi, au nom du ciel ?

– Je suis Irlandaise, mon pays est sous la domination de l'Angleterre. Si je m'oppose à la volonté de la reine, elle s'emparera des terres de mes enfants. Toute résistance de ma part n'aurait pour effet que de compromettre leur avenir.

– J'ai bien peur, madame, que vous ne soyez pas pour mon oncle l'épouse idéale!

– Ma franchise vous effraie? demanda Skye avec un sourire.

– Et votre fougue aussi! Mon oncle n'en a pas l'habitude.

– Je vous conjure de n'en rien dire à la reine : elle me tiendrait pour responsable et mes enfants seraient en danger. Je vous promets de ne pas décevoir le duc et de le soigner avec un sincère dévouement.

– De le soigner, madame?

– N'est-il pas vieux et souffrant?

– A Dieu ne plaise! Il est robuste et n'a que quarante-cinq ans. Seigneur Dieu! reprit-il devant l'expression atterrer de Skye. Ils vous ont menti de peur que vous ne refusiez de l'épouser!

– Lord Burghley m'a fait croire que je serais de retour en Angleterre dans moins de deux ans, fit Skye, très pâle. Oh! Mon Dieu! Je ne reverrai jamais mes enfants!

– C'est infâme! s'exclama Edmond de Beaumont. J'en parlerai à la reine. Elle ne peut pas vous contraindre à les abandonner!

– Non, je vous supplie! s'écria Skye, terrifiée, en lui saisissant la main. Vous causeriez ma perte!

– Je suis votre serviteur, madame. Mais j'aimerais aussi être votre ami.

– Vous l'êtes déjà, monsieur, de Beaumont, et vous pourriez m'appeler Skye.

– Avec plaisir, si vous acceptez de m'appeler Edmond.

A l'autre bout de la salle, Robert Dudley qui les observait, se pencha vers la reine et déclara avec un sourire railleur :

– Mais regardez un peu les grâces que Skye fait à ce nabot! C'est écœurant! Le duc est-il nain, lui aussi? Ce serait d'un drôle!

– Seriez-vous jaloux, milord? répliqua la reine d'un ton sec. Je vous croyais pourtant revenu de votre passion. Prenez garde de lasser ma patience, Robert!

– Je vous adore, Élisabeth! Mais vous refusez de m'épouser et je ne suis qu'un homme!

– Voyons, Robert! Pas si fort! On nous épie. Quant au duc, loin d'être nain, il est fort bien de sa personne, à en juger par la miniature que m'a montrée son neveu. Lady Burke ne sera pas malheureuse.

– Et vous, vous serez débarrassée d'une ennemie, n'est-ce pas?

– C'est vrai, sans compter qu'elle me fournira de précieux renseignements sur la France et l'Espagne.

– Quelle femme extraordinaire vous faites!

– Venez danser, Robert, dit la reine avec un sourire malicieux. Il nous faut encore décider du cadeau de mariage que nous offrirons à lady Burke!

– Je vois que vous vous êtes déjà liée d'amitié avec M. de Beaumont, observa lord Burghley en s'approchant de Skye. Pensez-vous que votre oncle sera satisfait du joyau que nous lui destinons, monsieur ? demanda-t-il à Edmond.

– Comment pourrait-il en être autrement ? répondit Edmond de Beaumont.

– La reine a décidé que vous quitterez Londres à la fin avril, lady Burke. M. de Beaumont vous accompagnera.

– La reine m'a permis d'attendre le retour de Robert Small, milord, et je l'attendrai. Pourquoi tant de hâte ? Je partirai à la mi-mai. Je dois d'ailleurs renouveler ma garde-robe qui ne convient pas pour un climat plus chaud. A moins que vous ne souhaitiez que j'épouse le duc en chemise ?

Devant l'air gêné du secrétaire d'État et grand Trésorier de la reine, Edmond de Beaumont se mit à rire.

– Rien ne presse, lord Burghley. Mon oncle est en bonne santé et le portrait que je vais lui faire envoyer de lady Burke ne fera qu'accroître encore son ardeur.

– Ah ! j'y pense, milord ! intervint Skye. Je tenais à vous remercier de m'avoir trouvé un époux aussi jeune et aussi robuste ?

Lord Burghley bredouilla quelques mots et se hâta de disparaître.

– Vous êtes une adversaire redoutable, déclara Edmond en riant.

– De quel portrait parliez-vous donc ?

– J'avais l'intention de le peindre ce soir.

– Seriez-vous un artiste ?

– Je possède assez bien l'art du portrait. Si vous m'accordiez quelques instants, je pourrais déjà faire une esquisse.

– Si je posais pour vous, cela vous aiderait-il ?

– Ce serait merveilleux !

– Eh bien ! allons voir la reine. Elle nous permettra certainement de nous retirer. D'ailleurs, je préfère votre compagnie à celle de tous ces courtisans.

La reine fut à la fois enchantée et irritée. Il lui semblait que Skye acceptait bien facilement ce mariage. Mijotait-elle quelque perfidie ? Elle s'était bien vite liée d'amitié avec le neveu du duc...

– J'espère que M. de Beaumont a répondu à toutes vos questions ? fit-elle avec son plus charmant sourire.

– Oh ! oui, Majesté, répondit Skye d'une voix suave. C'est un puits de science, et maintenant je brûle de connaître le duché de Beaumont !

Ils s'inclinèrent poliment tous les deux et prirent congé.

– Où m'emmenez-vous ? demanda Skye à Edmond de Beaumont.

– Dans mes appartements, ici même, à Whitehall.

Un homme au visage basané se précipita au-devant d'eux quand ils entrèrent dans l'antichambre.

– Voici lady Burke, la future épouse de mon oncle, Guy, lui dit Edmond de Beaumont. Je désire faire son portrait. Allez me chercher mon matériel.

– Tout de suite, Monsieur. Mes félicitations, Madame.

– Guy est à mon service depuis mon plus jeune âge, reprit Edmond. Mais asseyez-vous, Skye. Comme vous êtes belle ! Je ne sais si je parviendrai à rendre la luminosité de votre peau. Je veux absolument faire votre portrait en pied quand nous serons à Beaumont.

Guy revint avec toile et pinceaux et Edmond de Beaumont s'absorba immédiatement dans son travail.

– Madame désire-t-elle un peu de vin ? demanda Guy poliment.

– Avec plaisir.

– Je suis sûre que madame la duchesse le trouvera agréable, dit Guy en lui tendant une coupe en cristal. Monsieur n'en boit pas d'autre.

Le titre de duchesse fit sursauter Skye et la rappela aux dures réalités de sa situation. Elle maudit lord Burghley qui l'avait sacrifiée sans le moindre scrupule aux intérêts de l'Angleterre. Mais elle n'abandonnerait pas ses enfants ! Dès qu'elle le pourrait, elle les ferait venir et chargerait ses parents et amis de veiller sur leurs terres en leur absence.

– Que vous voilà sombre, Skye ! remarqua Edmond.

– Parlez-moi de Beaumont de Jaspré...

– C'est un tout petit pays, serré entre les montagnes et la mer qui en sont les frontières naturelles. Les richesses de la mer et la fertilité de notre sol nous ont permis de préserver notre indépendance, mais la France rêve d'annexer notre duché et Catherine de Médicis nous a récemment proposé sa fille en mariage.

– Et le duc a préféré une épouse anglaise ?

– Les Français cherchaient à nous berner. C'est à Henri de Navarre que la princesse de Valois sera unie.

– Décrivez moi votre oncle, Edmond.

– C'est un homme austère, un lettré et, pour parler franc, il serait plus heureux dans les ordres qu'à la tête d'un duché comme le nôtre – quoiqu'en homme de devoir, il s'acquitte très bien de ses obligations. Vous serez sa troisième femme. La première est morte après de nombreuses fausses couches, la seconde a rendu l'âme, il y a cinq ans, en donnant le jour à un simple d'esprit qui a malheureusement survécu. Le duc s'est ensuite refusé à tout nouveau mariage. J'ai dû le convaincre qu'un nain ferait un piètre héritier et qu'il fallait au duché un fils né de son sang.

– N'avez-vous pas de frères?

Non. Après ma naissance, mes parents n'ont plus voulu courir de risque. Mon oncle, son fils et moi-même, nous sommes les seuls héritiers mâles du duché. Songez à ce qui arriverait si je devais me marier! Qui voudrait de moi? Quels enfants engendrerais-je? Vous êtes notre dernier espoir, Skye!

– Vous attendez trop de moi, Edmond, cela m'effraie!

Il lui sourit avec tendresse. En dépit de sa taille, elle regretta que ce ne fût pas lui, son futur époux. Il était bon et intelligent.

– A quoi pensez-vous? demanda Edmond.

– Sincèrement?

Il acquiesça d'un hochement de tête.

– J'aimerais que ce soit vous que j'aie à épouser.

Frappé de stupeur, il resta un instant silencieux.

– On ne m'a jamais fait plus beau compliment, madame! s'exclama-t-il en lui baisant les mains avec transport. Vous me faites regretter ma taille!

– Oh! Edmond. Pardonnez-moi! Je vous ai blessé!

– Bien au contraire! protesta-t-il en l'enveloppant d'un regard passionné. Que puis-je vous apprendre d'autre sur mon oncle? demanda-t-il, détournant vivement la conversation.

– Pourriez-vous me le décrire?

– Il est un peu plus grand que vous, et il a les yeux et les cheveux noirs.

– Il n'a pas les yeux violets comme les vôtres? s'exclama Skye, déçue.

– Non. Sa mère était florentine, la mienne, castillane. C'est à elle que les miens doivent leur couleur. Et maintenant, poursuivit-il, à vous de satisfaire ma curiosité. Qui est ce Robert Small dont vous attendez si impatiemment le retour?

– Robbie? s'exclama Skye avec un sourire. C'est mon associé et un merveilleux ami.

– Sera-t-il de retour bientôt?

– Oh! oui. Certainement avant la fin du mois, répondit Skye.

Le lendemain matin, Skye eut la surprise d'entendre la voix de Robert Small retentir dans le hall de Greenwood.

– Holà! Skye, ma fille, où donc vous cachez-vous?

– Robbie!

Pieds nus et en chemise de nuit, Skye dévala l'escalier pour se précipiter dans ses bras. Il l'étreignit tendrement et l'embrassa sur les deux joues. Il n'avait jamais eu d'enfants et chérissait Skye comme sa fille.

– Niall vous a accompagnée ? demanda-t-il.

– Niall est mort, répondit Skye en s'assombrissant.

– Dieu du Ciel ! s'écria Robbie quand elle lui eût raconté l'horrible drame.

Skye, en larmes, pleurait contre son épaule. Il s'efforça de la réconforter.

– Skye, mon petit, je suis là. Tout ira bien, vous verrez !

– MacWilliam s'est éteint, lui aussi, reprit Skye quand elle eut retrouvé un peu de calme. La reine m'a promis de protéger les terres des Burke, mais en contrepartie il me faut épouser le duc de Beaumont de Jaspré.

– Sang de Dieu ! s'écria Robbie. C'est encore une machination de lord Burghley, n'est-ce pas ? Je parie qu'il entend garder vos enfants en otage ? Cet homme ne recule devant rien pour servir les intérêts de la reine !

Skye acquiesça, éperdue de chagrin.

– Le monstre ! gronda Robbie. Vous imposer un époux alors que vous portez encore le deuil de Niall ! La reine ne montre pas la même hâte quand il s'agit de son propre mariage ! Savez-vous seulement quel homme est ce duc ?

– J'ai été présentée à son neveu, hier soir. Venez Robbie, poursuivit-elle en le prenant par la main. Je vais nous faire servir à déjeuner. Je suis affamée ! Que diriez-vous d'un bon morceau de bœuf ?

– Vous me mettez l'eau à la bouche. Cela fait si longtemps que je n'en ai mangé !

– Oh ! Je connais l'ordinaire à bord : viandes salées et biscuits charançonnés !

Ils gagnèrent les appartements de Skye où Daisy les accueillit gaiement. Robbie lui passa un bras autour de la taille et lui tapota les joues.

– Toujours aussi mignonne, Daisy ! déclara-t-il en faisant mine de lui pincer les fesses.

– Monsieur est trop aimable, répondit Daisy en se dérobant adroitement.

– Ah ! Skye. Les femmes aussi m'ont manqué ! s'exclama-t-il.

Skye éclata de rire. Elle connaissait bien le prodigieux appétit qu'avait Robbie pour les femmes et ne s'en offusquait pas. Il les aimait toutes, qu'elles soient minces ou rondes, brunes ou blondes, mais il s'en lassait vite et ne s'était jamais résolu au mariage.

– Nous aimerions déjeuner, Daisy, déclara Skye. Et il faudrait un bon rôti pour le capitaine.

– Tout de suite, Madame.

– Venez vous asseoir près du feu, Robbie, fit Skye, qui commença à lui raconter le but de sa mission.

– Je vous accompagnerai, décida-t-il, quand elle eut terminé.

– Comment ? s'exclama-t-elle, stupéfaite.

– Je vous accompagnerai, répéta Robbie. Je ferai de Beaumont de Jaspré mon port d'attache en Méditerranée : les côtes d'Afrique du Nord, l'Espagne et Istanbul m'offriront d'excellentes occasions de négoce. Tant que je ne saurai pas quel genre d'homme est ce duc, je ne vous laisserai pas seule.

– Oh ! Robbie. Merci ! fit Skye, émue jusqu'aux larmes. J'avais si peur !

– C'est bien normal ! répondit-il d'un ton bourru qui fit sourire Skye.

– J'ai vu Adam de Marisco, reprit-elle.

Son regard se voila de tristesse.

– Lui avez-vous fait part de votre mariage ?

– Non.

– Faites-le, Skye ! Ne soyez pas cruelle ! Vous ne pouvez pas partir pour ce duché perdu sans au moins l'en avertir ! Vous lui briseriez le cœur !

– Très bien ! Je vais lui écrire.

Daisy entra, suivie de plusieurs servantes chargées de lourds plateaux qu'elles déposèrent sur un buffet de chêne. Elles couvrirent ensuite la table d'une belle nappe de lin et y disposèrent assiettes et coupes. Daisy sortit d'un étui de cuir deux fourchettes en or, une nouveauté venue de Florence.

– J'en ai déjà vu, déclara Robbie. Il faut les planter dans les aliments.

– C'est très utile, ajouta Skye. Cela évite de se salir les mains.

– Vin ou bière, capitaine ? demanda Daisy.

– Ah ! une bonne bière brune, Daisy ! Cela fait des mois que je n'en ai bu !

– La cuisinière tient à ce que vous n'en laissiez pas une seule bouchée, déclara Daisy en lui servant une magnifique pièce de bœuf.

Après un rapide signe de croix, Robbie s'attaqua à la viande avec joie et un sourire d'extase illumina son rude visage. Pour Skye, Daisy lui avait fait préparer des petits pots de beurre et de miel, une miche de pain tiède, des oranges d'Espagne et une bonne omelette au jambon et aux oignons. Les servantes se retirèrent et ils achevèrent leur repas en silence. Puis Skye déclara :

– Edmond m'a confié une miniature de son oncle. Voulez-vous la voir ?

– Avec plaisir, répondit Robbie. Est-il bel homme ?

– Il le serait s'il était plus souriant.

Skye alla chercher la miniature dont le cadre doré était ornementé de perles. Le duc avait la peau brunie par le soleil, des cheveux noirs, courts et bouclés, un front haut, des yeux en amandes, un nez aquilin aux narines légèrement évasées, des lèvres minces, une mâchoire carrée et un regard d'une grande froideur.

L'homme déplut à Robbie. Il voyait de la cruauté et de l'orgueil sur ce visage. Avec une épouse de la beauté de Skye, il serait certainement d'une jalousie maladive. Maudite reine! C'était une femme exceptionnelle, une souveraine comme l'Angleterre en avait rarement eu, mais elle manquait d'humanité et disposait de ses sujets comme de pions sur un échiquier!

– Alors? Qu'en pensez-vous? demanda Skye.

Robbie lui dissimula ses sentiments.

– Vous avez raison, Skye, son visage est un peu trop austère. Mais vous parviendrez certainement à le dérider.

– Son regard m'effraie, remarqua-t-elle.

– Ne dites donc pas de bêtises! fit Robbie d'un ton bourru. Attendez de l'avoir rencontré.

– Quoi qu'il en soit, cela ne change rien. Je dois l'épouser.

Leur conversation fut brusquement interrompue par le jeune comte de Lynmouth qui fit irruption dans la pièce et se jeta dans les bras de sa mère.

– Ah! Robin, mon chéri! s'écria Skye en fondant en larmes.

– Maman! Voyons! s'exclama Robin.

Il y avait une pointe d'amusement dans sa voix, qui évoquait pour Skye le souvenir de Geoffrey, et elle se mit à pleurer de plus belle.

– Je crois que je ferais mieux de partir! dit l'enfant. Qu'en pensez-vous, oncle Robbie?

– Il n'en est pas question! répliqua Skye. C'est de joie que je pleure, mon chéri. Comme tu as grandi! J'étais fière de toi hier soir, mais tu es bien jeune encore pour être page. Tu ne préférerais pas vivre à Lynmouth ou venir avec moi à Beaumont de Jaspré?

– Qu'allez-vous faire à Beaumont de Jaspré? s'exclama Robin. Et d'ailleurs où est-ce?

– Ah! J'oubliais que tu n'étais pas là lorsque la reine a annoncé mes fiançailles avec le duc de Beaumont, répondit Skye. C'est un petit pays, au sud de la France.

– Vos fiançailles? s'exclama Robin. C'est scandaleux! Mon beau-père est à peine dans la tombe! Ce n'est pas possible que la reine vous ai demandé ça!

Robin était un gentilhomme anglais et il était indispensable que rien ne vienne entamer sa confiance et sa loyauté envers sa souveraine.

– La reine a besoin de mon aide, Robin. Ce duché est très

important pour elle et je suis très fière qu'elle m'accorde sa confiance bien que je sois Irlandaise. Ton père aussi serait fier!

– Je n'avais pas vu les choses comme ça. Oh! maman, poursuivit-il, les yeux pleins de larmes. Je ne vous reverrai donc jamais?

Skye le serra dans ses bras.

– Mais bien sûr que si, Robin! Dès que je serai installée, tu viendras me voir, mon chéri. Toi et tous mes autres enfants!

– Quand partez-vous? demanda-t-il d'une voix qui tremblait.

– Dans un mois, répondit Skye en l'embrassant. Allons! Voyons! Est-ce que je t'ai seulement manqué depuis cet automne? Vous vous amusez trop bien à la Cour pour penser à votre mère, monsieur le comte!

– C'est vrai, reconnut-il avec un léger sourire.

– Vous n'êtes qu'un gredin, monsieur! fit Skye en riant.

Willow entra dans la pièce.

– Comment se fait-il que vous ne soyez pas encore venu me souhaiter le bonjour? fit-elle d'une petite voix impérieuse.

Robin ôta sa toque de velours et lui fit un salut plein de grâce auquel elle répondit par une jolie révérence, puis avec un éclat de rire, ils se jetèrent dans les bras l'un de l'autre.

– Je ne suis pas de trop, j'espère?

Un jeune garçon aux cheveux bruns se tenait dans l'embrasure de la porte.

– Murrough! s'écria Skye.

– Bonjour, maman. La comtesse de Lincoln m'a déchargé de mes obligations pour toute la durée de votre séjour. J'espère que je ne vous dérange pas? demanda-t-il avec anxiété.

– J'en suis ravie, mon chéri, bien au contraire! Comme te voilà mince! Tu es correctement nourri, au moins? Je connais la vie agitée que mènent les pages!

Le visage de Murrough s'épanouit en un large sourire.

– Oh! je mange bien, maman. Mais j'ai grandi depuis l'année dernière, alors, évidemment! Avez-vous des nouvelles d'Ewan?

– Il se porte très bien, répondit Skye. Il te manque, n'est-ce pas?

– Oui et l'Irlande aussi.

– Tu sais pourquoi tu dois rester auprès de la comtesse de Lincoln, Murrough?

– Oui, maman. Je n'ai pas de terres et il me faut des appuis pour en obtenir.

– Et il faut également songer au bien-être de ta future femme, Joan Southwood.

– Comment va-t-elle? demanda Murrough.

– C'est une très jolie jeune fille, à présent. Elle a de longs cheveux auburn et de merveilleux yeux jaspés, du même vert que ceux de Geoffrey. D'après Anne, elle est très adroite à l'aiguille et prépare activement son trousseau. Elle travaille en ce moment à une tapisserie qui représente un chevalier pourfendant un dragon. Tu auras là une épouse accomplie, Murrough, et d'un caractère très doux.

– Je sais, maman. Je vous remercie de m'avoir trouvé un aussi bon parti. Je saurai m'en montrer digne, je vous le promets. Et nos enfants auront des terres.

– Je te fais confiance, Murrough. Tu es au courant de mon prochain mariage ?

– Oui, maman. Y consentez-vous de bon gré ?

Skye ne lui cacha rien de la situation et des exigences de la reine. Murrough, malgré ses douze ans était certainement celui de ses enfants qui pouvait le mieux la comprendre. Son existence difficile l'avait mûri précocement. Page depuis l'âge de dix ans auprès de la comtesse de Lincoln, il savait qu'il ne pourrait acquérir un titre et des terres qu'en servant la reine d'Angleterre.

– Voulez-vous que je vienne avec vous ? demanda-t-il.

Skye fut touchée par cette preuve d'affection.

– Merci, Murrough, mais je ne veux pas compromettre ton avenir à la Cour. Tu viendras me rendre visite. Et maintenant, va rejoindre Robin et Willow, preux chevalier !

C'était une belle journée d'avril, chaude et ensoleillée. Skye et ses enfants longèrent de vertes prairies plantées d'arbres en fleur, puis s'installèrent près de la rivière pour y déjeuner de tourtes et de fraises des bois. Repus et alanguis par la chaleur, les enfants s'allongèrent dans l'herbe et y devisèrent gentiment, s'interrompant parfois pour chasser un bourdon ou un papillon. Ils furent vite gagnés par le sommeil.

Quand Daisy les rejoignit, un peu plus tard, ils formaient avec leur mère un tableau si charmant qu'elle s'arrêta pour les contempler, le cœur serré. Fallait-il que la reine soit sans cœur pour oser séparer une mère de ses enfants ! Puis elle éclata en sanglots en songeant à son propre sort. Elle ne reverrait peut-être plus jamais le capitaine Kelly !

Skye comprit la raison de son chagrin.

– Vous pouvez rester en Angleterre si vous le désirez, Daisy.

– Et qui prendrait soin de vous, Madame ? répondit Daisy en s'asseyant auprès de sa maîtresse.

– Il me reste quelques semaines. Vous pourriez former votre remplaçante ?

– Ce ne serait pas pareil, Madame.

– Je sais bien, mais je ne veux pas que vous soyez malheureuse, Daisy. J'ai bien trop d'affection pour vous.

– Moi aussi, Madame, et ce n'est pas au moment où vous avez le plus besoin de moi que je vais vous abandonner !

La décision de Daisy réconforta Skye qui appréhendait fort sa prochaine traversée.

– Partirez-vous le cœur plus léger si je vous dis que le capitaine Kelly fera souvent escale à Beaumont de Jaspré ? demanda-t-elle.

Le visage de Daisy s'éclaira.

– Oh ! Madame, bien sûr ! Ah ! J'oubliais, reprit-elle. Vous devez rentrer maintenant si vous voulez être prête à temps pour l'arrivée de vos hôtes.

De retour à Greenwood, Skye ordonna à ses enfants d'aller prendre un bain puis, sans se laisser attendrir par les lamentations et les grimaces horrifiées des deux garçons, elle gagna ses appartements où l'attendait un baquet rempli d'une eau parfumée. Ses servantes la déshabillèrent prestement et emportèrent ses vêtements pour les nettoyer.

– Je vous laisse vous délasser, Madame, dit Daisy en se retirant.

Les pensées de Skye allèrent à Adam de Marisco. Elle espérait que la lettre qu'elle lui avait fait envoyer le déciderait à venir la voir avant son départ. L'ironie de la situation la fit sourire. Adam était son ami, son confident, son amant, mais il avait refusé de l'épouser sous prétexte qu'elle rencontrerait un jour un homme qu'elle aimerait vraiment. Et c'était le duc de Beaumont qu'elle était contrainte d'épouser aujourd'hui, un inconnu qu'elle ne chérirait sans doute jamais ! Mais il était trop tard pour s'abandonner aux regrets. Elle appela Daisy.

– Me voici, Madame. Je vous ai préparé votre robe de velours noir, celle dont le jupon est broché d'argent.

Skye s'en remit au choix de Daisy. Elle ne se sentait pas d'humeur à se préoccuper de sa toilette. Après son bain, elle enfila rapidement des dessous et des bas de soie noire, que retenaient des jarretières ornées de rubans argentés, puis revêtit son jupon et sa robe.

– Porterez-vous des bijoux, Madame ?

– Oui, mes rangs de perles roses et les boucles d'oreille assorties.

Skye choisit également quelques bagues, se laissa coiffer par Daisy, puis se parfuma rapidement.

Elle descendait l'escalier quand Edmond de Beaumont fit son entrée.

– Ah ! madame. Vous êtes éblouissante, s'exclama-t-il en lui baisant la main.

– Soyez le bienvenu, Edmond, répondit-elle.

Elle le conduisit au salon où, à sa grande surprise, Robbie se trouvait déjà.

– Edmond, permettez-moi de vous présenter mon meilleur ami, mon associé, sir Robert Small. Robbie, je vous présente M. Edmond de Beaumont.

Les deux hommes se saluèrent avec une certaine réserve.

– Je dois vous avouer, Skye, que j'ai craint un moment que monsieur ne soit votre amant, déclara Edmond.

Skye, d'abord outrée de colère, ne put s'empêcher de pouffer devant la réaction indignée de Robbie.

– Par le sang de Dieu! Quelle grossièreté! Je n'en attendais pas moins d'un Français! Vous répondrez de vos injures, monsieur! s'exclama-t-il en portant la main à son épée.

– Robbie! Non! Je vous en prie!

Skye chercha à les apaiser. Elle devinait qu'Edmond avait trop de fierté pour s'excuser après les paroles blessantes que lui avait adressées Robbie.

– Calmez-vous, Robbie. Edmond ne pensait pas à mal. Nous nous sommes très mal compris, monsieur, poursuivit-elle avec froideur, en se tournant vers Edmond de Beaumont.

– Vous l'appeliez votre cher ami, madame! répondit-il

– Je vous ai dit que c'était l'un de mes meilleurs amis, riposta Skye en réprimant un sourire. Je crains vos réactions quand vous rencontrerez Adam de Marisco, un autre de mes amis!

– Je lui envierai son bonheur, madame. Je vous fais mes excuses, Skye, et à vous aussi, sir Robert. Chez nous, vous comprenez, une femme n'est jamais une amie : c'est une épouse, une maîtresse, une mère ou une servante.

– Vous avez entendu, Skye! s'exclama Robbie. Ce duc n'aura aucun respect pour vous. Vous ne serez bonne qu'à lui faire des enfants. Ne l'épousez pas!

– Je ne peux plus reculer, Robbie! Mais rassurez-vous, je suis sûre que je parviendrai à m'entendre avec le duc.

Robert Small se tourna vers Edmond de Beaumont.

– Eh bien! qu'en pensez-vous monsieur?

– Mon oncle n'est certainement pas accoutumé à un tel esprit d'indépendance chez une femme, monsieur, mais c'est un homme intelligent. Je suis convaincu que si Skye fait preuve d'un peu de patience, il apprendra à apprécier son esprit autant que sa beauté.

– Je vous avertis que je compte faire de Beaumont de Jaspré mon port d'attache jusqu'à ce que je sois sûr que Skye y est en sécurité et heureuse. Elle est ce que j'ai de plus cher au monde et je la protégerai!

– Faites-moi confiance, sir Robert. Je vous promets que Skye sera heureuse.

– Nous voyagerons sur mon navire, dit Skye, et je tiens à ce qu'une solide escorte nous accompagne. Les pirates sont redoutables.

– Quand partirons-nous ?

– Le début du mois de mai vous convient-il, monsieur ? demanda Skye avec un léger sourire.

– Je jure que vous n'aurez pas à regretter votre décision !

– Je l'espère, Edmond, répondit Skye calmement.

3.

Quand il reçut la lettre de Skye, Adam de Marisco décida d'abord ne pas bouger. Mais l'amour fut le plus fort et il partit pour Londres.

A son arrivée, elle se jeta dans ses bras et il enfouit avec émotion son visage dans sa chevelure parfumée.

– Ah! Adam. J'étais sûre que vous viendriez! Je l'avais dit à Robbie, fit-elle en se blottissant contre lui.

– Quand partez-vous?

– Dans quelques jours. Vous ne m'embrassez pas?

– Oh! si!

Abandonnant toutes ses bonnes résolutions, il s'empara avidement de ses lèvres.

– Ah! ma sorcière. Quel trouble vous provoquez en moi! chuchota-t-il en lui caressant le visage.

– Je suis si contente que vous soyez venu! J'avais besoin de vous revoir avant de partir. Oh! Adam. Pourquoi faut-il donc que vous soyez si obstiné! Si vous m'aviez épousée, j'aurais pu rester en Angleterre, auprès de mes enfants.

Adam eut un rire amer.

– Alors que je n'avais que Lundy à vous offrir? Vous méritez bien autre chose, Skye!

– Je n'ai besoin que d'amour, mon ami, et cela vous auriez pu me le donner!

– Et vous, Skye? Votre amitié ne me suffit pas!

– Vous êtes trop romantique, Adam. D'ailleurs, votre logique m'échappe. Vous préférez me laisser épouser un inconnu?

– Vous m'en saurez gré, s'il se révèle être l'homme de votre vie, répondit Adam en riant.

– Je songe plutôt à vous faire regretter votre décision, fit Skye d'un ton menaçant en glissant une main sous son pourpoint.

Se haussant sur la pointe des pieds, elle lui posa un baiser derrière l'oreille et chuchota hardiment :

– Vous ne refuserez pas d'être mon amant une dernière fois, n'est-ce pas ?

– Vous êtes fiancée, Skye ! protesta-t-il faiblement.

– Je ne vous reverrai peut-être jamais, murmura Skye en lui agaçant l'oreille de sa langue.

– Oh ! Skye. Pourquoi me tenter ainsi ?

– Dans quatre jours, je pars pour un pays que je ne connais pas, rejoindre un inconnu qui n'attend de moi que des héritiers. Je vais abandonner tout ce que j'ai de plus cher au monde. Qu'y a-t-il d'étonnant à ce que je recherche un peu de tendresse et d'amour ?

– Ah ! Skye, fit-il avec douceur en la serrant contre lui. Vous êtes d'une telle franchise que j'en suis parfois effrayé !

Edmond de Beaumont avait suivi la scène, du premier étage où il était appuyé à la balustrade. Quand Robin arriva, il lui demanda :

– Qui est cet homme qui parle à votre mère ?

Dès que Robin aperçut Adam, son visage s'éclaira et, sans lui répondre, il dévala l'escalier en criant :

– Oncle Adam ! Qu'est-ce qui vous amène à Londres ?

– Je suis venu souhaiter bon voyage à votre mère, répondit Adam en le soulevant de terre. Comme vous, je suppose.

– Cela fait déjà un mois que je suis ici, oncle Adam. Willow et Murrough aussi. Nous avons fait de grandes promenades avec maman et nous sommes aussi allés chez la couturière pour que maman se fasse faire de nouvelles robes. Edmond dit qu'il fait chaud toute l'année à Beaumont de Jaspré.

– Et qui est Edmond, milord ? demanda Adam.

– C'est moi, répondit Edmond, qui avait suivi Robin.

Adam regarda autour de lui et ne vit personne.

– Baissez les yeux, monsieur.

– Est-ce là l'homme qu'il vous faut épouser ? demanda Adam d'une voix altérée.

– Non, Adam, c'est son neveu.

– Et le duc lui ressemble ? poursuivit Adam qui songeait déjà à étrangler William Cecil.

– Je suis le fruit d'un accident, monsieur. Rassurez-vous, mon oncle est tout à fait normal.

– Edmond, je vous présente Adam de Marisco, le seigneur de l'île de Lundy.

Adam se pencha vers lui, le souleva et l'assit au creux de son bras.

– Voilà comment deux hommes doivent se parler, face à face, dit-il.

– Je suis de votre avis, monsieur le géant.

Ils continuèrent à deviser agréablement sous l'œil médusé de Skye. Adam aurait fait un courtisan de valeur s'il n'avait pas préféré son île! Il avait le don de mettre les gens à leur aise.

Skye et Adam ne se retrouvèrent seuls qu'assez tard dans la soirée. Son séjour à la Cour de France avait fait d'Adam un fin gourmet, aussi Skye s'était-elle occupée du menu avec beaucoup de soin. Il y aurait d'abord des moules au vin blanc et des filets de sole, puis viendraient des blancs de poulet servis sur un lit de cresson et nappés d'une sauce aux champignons ainsi que des salades de laitue et de radis. Des fraises à la crème composeraient le dessert.

Elle avait revêtu pour lui plaire une robe de soie rose aux manches amples qu'une rangée de perles boutonnait sur le devant. Sa chevelure flottait librement sur ses épaules et elle ne portait pas de bijoux.

– Que vous êtes belle! s'exclama Adam en la dévorant du regard.

– Je vous ai fait préparer un délicieux repas, mon ami, répondit-elle en lui souriant.

– Ce soir, je ne veux que vous, fit-il en cherchant à l'enlacer.

Elle l'évita et lui lança d'un ton moqueur :

– Voudriez-vous offenser ma cuisinière?

– Laissez-moi vous embrasser, sorcière!

– Si je vous embrasse, je suis perdue! Il va falloir que j'en use avec vous comme avec mes enfants! Vous ne pourrez pas jouer, monsieur, tant que vous n'aurez pas mangé, fit-elle en prenant un ton sévère.

Adam éclata de rire.

– Très bien, très bien.

Ils se mirent à table et Adam savoura les mets en connaisseur.

– Votre cuisinière a certainement eu un maître français. Je ne manquerai pas de lui faire mes compliments demain.

Skye, absorbée dans ses pensées, mangeait peu. Bien qu'Adam soit pour elle un ami et un merveilleux amant, elle n'éprouvait pas pour lui l'amour passionné dont elle avait brûlé pour ses trois maris. Sans doute parce qu'elle sentait que rien ne lui aurait fait sacrifier la tranquillité de son île?

Elle s'aperçut qu'il l'observait et déclara en rougissant :

– Je réfléchissais...

– A moi? A nous?

– Oui.

– Et vous avez décidé qu'il valait mieux que nous ne redevenions pas amants?

– Non, j'ai décidé qu'il y avait un mystère en vous. Si je ne vous aime pas de tout mon être, c'est parce que je sais que vous ne seriez pas prêt à vous battre pour moi.

– C'est faux, Skye! s'écria-t-il, consterné.

– C'est la vérité! Vous dites que vous n'êtes pas assez puissant pour m'épouser, mais vous ne faites rien pour acquérir cette puissance. Vous prétendez que je pourrais rencontrer un homme qui me ferait regretter notre mariage et, au lieu d'en prendre le risque, vous baissez les bras. Voici le portrait du duc, Adam. Regardez-le, et osez me dire que cet homme est fait pour moi! Je vais le rejoindre, puisque vous pensez qu'il est plus digne que vous de moi. Mais avant, peut-être m'expliquerez-vous pourquoi vous avez si peu d'ambition?

– Avez-vous l'intention de m'en punir?

– Non. Je vous aimerai comme je l'ai toujours fait et, si cela ne satisfait pas votre orgueil, dites-vous que vous ne vous êtes pas livré entièrement, vous non plus.

– Ôtez ce portrait de ma vue, dit-il d'un ton sec.

Skye comprit que ses paroles avaient porté. Oh! bien sûr, il était trop tard pour renoncer à épouser le duc, mais peut-être Adam trouverait-il, grâce à elle, la force d'aimer vraiment une autre femme?

Skye se leva et revint avec un panier de fraises qu'elle déposa sur la table.

– Plus tard, murmura Adam en s'approchant d'elle.

Et tandis que Skye lui ôtait son pourpoint et sa chemise pour caresser son torse velu, Adam défit adroitement les boutons de sa robe et referma les mains sur ses seins qu'il sentit se durcir contre ses paumes. Dans un bruissement de soie, la robe de Skye tomba à ses pieds, la laissant entièrement nue. Enfouissant alors sa main dans la masse soyeuse de sa chevelure, il l'attira vers lui et posa ses lèvres sur les siennes. Un instant, il en goûta la saveur avec tendresse, puis leurs langues se mêlèrent avec ardeur et un même désir les embrasa. Adam s'arracha à sa bouche pour couvrir de baisers ses paupières, son nez, ses pommettes, tandis que Skye s'escrimait sur ses hauts-de-chausses.

– Laissez-moi faire, mon amour. Je suis beaucoup plus habile que vous, déclara-t-il en la soulevant dans ses bras et en l'emportant vers le lit.

– Qu'attendez-vous, alors? J'ai envie de vous, Adam, et je n'ai pas honte de l'avouer!

Adam éclata de rire devant sa franchise.

– Moi aussi, ma sorcière. Ah! Skye. Pourquoi me suis-je montré si stupidement orgueilleux? Je voudrais pouvoir vous garder à jamais?

– Nous en parlerons plus tard, mon chéri, répondit Skye avec douceur en l'attirant contre elle.

Plus tard, Skye se blottit contre lui et il l'enlaça tendrement. Puis, avec un profond soupir, il déclara :

– Vous savez qu'une forte fièvre que j'ai eue, quand j'étais enfant, m'a rendu stérile. Quand je l'ai appris, Skye, j'avais vingt ans et je m'apprêtais à épouser une jeune fille que j'aimais. J'aurais pu me taire, mais j'ai préféré être honnête envers elle et sa famille. Son père, un petit comte français sans fortune, m'a lancé au visage qu'il aimerait mieux voir sa fille au couvent que sans enfants. Quant à ma fiancée, elle n'a éprouvé que mépris pour ma virilité défaillante et a refusé d'être ma femme. Jamais je n'oublierai ses paroles, Skye!

« J'ai quitté la France pour venir chercher refuge à Lundy. Je me suis fait une réputation de coureur de jupons et on m'a même attribué la paternité de quelques bâtards! Mais jamais plus je n'ai aimé jusqu'à ce que je vous rencontre, Skye. J'avais honte de ne pas pouvoir vous donner d'enfants et je n'ai pas voulu vous avouer mon amour.

– Vous craigniez mon mépris? Je savais pourtant que vous étiez stérile lorsque je vous ai demandé de m'épouser.

– Mais si je l'avais fait à la mort de Geoffrey, vous auriez été séparé de Niall une fois de plus, et vous n'auriez pas donné le jour à Deirdre et Padraic. Regrettez-vous vraiment leur naissance, Skye?

– Non, bien sûr, mais je me demande si nous étions réellement destinés l'un à l'autre, Niall et moi. Il serait peut-être encore vivant si je n'étais pas devenue sa femme! Ah! tout aurait été tellement plus simple, Adam, si vous n'aviez pas renoncé à moi!

– Si je changeais d'avis, m'épouseriez-vous?

– Il est trop tard. Je ne peux plus rompre mes engagements envers la reine.

– Je vous aime, chuchota Adam. Je me suis comporté comme un idiot!

– Il nous reste ces quelques jours, Adam. Mais quand je serai partie, je veux que vous cherchiez une femme qui vous aimera pour vous-même. Peu lui importera alors que vous soyez stérile. Vous souffrirez peut-ête avant de la trouver, mon chéri, mais votre amour n'en sera que plus riche et plus fort.

Adam la serra dans ses bras en lui dissimulant ses larmes. Sa confession l'avait soulagé mais lui avait également révélé l'intensité de son amour pour Skye. Pourrait-il jamais l'oublier et en aimer une autre?

Quelques jours après, ils se rendirent à la Cour. Comme il faisait très chaud, Skye avait revêtu une de ses nouvelles robes. Elle était de soie verte, audacieusement décolletée et ses manches bouffantes s'arrêtaient au-dessous du coude. Devant les regards éblouis des courtisans, Skye fit observer à ses compagnons :

– Croyez-vous que ce soient mes émeraudes qui les fascinent ?

Adam et Robbie s'esclaffèrent.

– Non, ce sont plutôt ces roses que vous avez piquées dans vos cheveux, répliqua Robbie.

La reine, qui les attendait, les accueillit avec grâce et bienveillance.

– Il faut nous dire adieu, madame, déclara-t-elle en considérant Skye avec approbation. Le duc sera sans nul doute ravi d'avoir pour épouse la plus belle femme de notre royaume.

– Votre Majesté m'honore, répondit Skye en baissant modestement les yeux.

– Vous apprendrez sans doute avec plaisir, ma chère Skye, que j'ai confirmé votre fils dans ses droits et désigné votre oncle comme tuteur. Ne craignez plus les Anglo-Irlandais, poursuivit-elle à voix basse. Ils savent que je considérerais comme un affront personnel la moindre agression contre les terres des Burke. Quant à vos voisins, c'est à votre oncle qu'il appartient de les tenir en respect.

– Je vous en suis reconnaissante, Majesté, et je saurai de mon côté remplir mes obligations.

– J'envie le duc, intervint Dudley, car, j'en réponds, lady Burke n'a pas sa pareille pour rendre un homme heureux !

– Comment se fait-il, lord Dudley, fit Skye d'une voix douce, que vous ne montriez du courage qu'en public ? Comme vous ne m'avez jamais plu, je vois mal d'où vous tenez ces renseignements ! La reine et ses courtisans éclatèrent de rire devant la mine déconfite de lord Dudley, tandis que Robbie et Adam, qui avaient déjà la main à l'épée, se rassérénaient. Les paroles acérées de Skye étaient bien plus efficaces que leurs lames.

– Permettez-moi, Majesté, de vous présenter ma fille, Willow, que vous ne connaissez pas encore, reprit Skye.

Willow, adorable dans sa robe bordeaux, fit une gracieuse révérence qui enchanta la reine.

– Quel âge avez-vous, mon enfant ? demanda-t-elle avec bienveillance.

– Je viens d'avoir neuf ans, Majesté.

– Est-ce que vous étudiez ?

– Oui, Madame. J'apprends le français, le latin, le grec ainsi que les sciences mathématiques, la musique et la philosophie. Maman veut que j'étudie aussi l'italien et l'espagnol. J'aurai de grandes propriétés à régir plus tard.

Quoique amusée, la reine approuva pleinement ce programme

d'études. Elle n'en aurait pas souhaité d'autre pour sa fille, si elle en avait eu une.

– Et savez-vous danser ?

– Oui, Madame. Le maître de danse vient quatre fois par semaine.

– Je vois que vous êtes une bonne petite fille. D'ici un an ou deux, vous pourrez devenir une de mes demoiselles d'honneur, si votre mère le permet. Cela vous plairait-il ?

– Oh ! maman. Vous voulez bien ? demanda Willow, radieuse.

– Oui, si d'ici là la reine en exprime toujours le désir. Et à présent, Willow, remerciez Sa Majesté pour les bontés qu'elle vous témoigne.

– Oh ! merci, Majesté, fit Willow avec ferveur.

– Votre fille doit vous donner bien des satisfactions, observa Élisabeth Tudor.

– Comme tous mes enfants, Majesté, y compris les plus petits que je dois malheureusement quitter, répliqua Skye.

La reine eut la bonne grâce de manifester un peu de gêne, mais elle se ressaisit vite.

– Saluez le duc de notre part, ma chère Skye, et exprimez-lui la gratitude de l'Angleterre, à qui il offre un abri dans ses ports. Pour le reste, je sais que je peux vous faire confiance, n'est-ce pas ?

L'entretien était terminé. Skye fit à la reine une profonde révérence, offrant aux gentilshommes qui l'entouraient un coup d'œil saisissant sur son décolleté.

– La connaissez-vous vraiment ? demanda un courtisan à Dudley.

– C'est un morceau de choix, répondit Dudley à voix basse, et d'une ardeur ! Je l'ai eue à la mort de son mari, le comte de Southwood. Il lui avait donné de si bonnes habitudes qu'elle m'a presque supplié de la culbuter !

– Quel dommage de la voir partir ! s'exclama le courtisan.

– La reine sait qu'elle peut compter sur Skye pour faire les délices du duc. Comment pourrait-il ensuite ne pas vouer une reconnaissance éternelle à l'Angleterre ?

Tandis que les deux hommes échangeaient ces propos salaces, Skye et ses compagnons sortaient du palais.

– A quelle heure, la prochaine marée ? demanda Skye à Robbie.

– A six heures, ce soir.

– Nous n'avons guère de temps et je dois absolument rentrer à Greenwood pour me changer !

La Mouette, le navire amiral de Skye, l'attendait dans le port de Londres. Edmond de Beaumont, qui avait pris congé de la reine la veille, était déjà à bord ainsi que Daisy.

Dès qu'ils arrivèrent à Greenwood, Skye se précipita dans ses appartements et revêtit la tenue qui lui était habituelle à bord : une jupe et des bas de laine noire, un chemisier de soie, des bottes et une large ceinture de cuir. Adam l'avait suivie et, en l'absence de Daisy, l'aida à s'habiller.

– Je préfère que vous ne m'accompagniez pas au port, dit Skye.

Adam acquiesça. Lui non plus n'aurait pas supporté de voir le navire s'éloigner lentement vers le large.

– Je reconduirai Robin et Murrough à Whitehall, répondit-il. Et demain je repartirai avec dame Cecily et Willow.

– Pourriez-vous veiller sur mes enfants, Adam? Je sais bien qu'en Irlande il y a mon frère Michael et mon oncle Seamus, mais l'un est prêtre et l'autre bien trop âgé pour assumer seul une telle responsabilité. Un homme comme vous aurait une influence très salutaire sur Ewan, mon fils aîné.

Elle fondit en larmes et se précipita dans ses bras.

– Oh! Adam. Et mes tout-petits! Vous les protégerez, n'est-ce pas?

– Et je prierai pour vous aussi, déclara Adam.

Devant le regard surpris que lui jetait Skye, il ajouta :

– Je sais que les hommes parlent rarement de Dieu, Skye, mais je crois en Lui et je prierai.

– Moi aussi, mon ami, je prierai pour que vous trouviez une femme que vous puissiez aimer et garder!

Il lui sourit et l'embrassa avec une douceur infinie. Il y avait dans son baiser un amour si pur, si lumineux, que Skye sut qu'ils en seraient tous deux changés. Elle aurait voulu qu'ils restent ainsi, éternellement unis, et elle protesta quand, à regret, il détacha ses lèvres des siennes. Il lui effleura le visage d'une caresse et s'en alla, laissant au cœur de Skye un vide immense et terrifiant. Pourquoi l'avait-elle laissé partir? Pourquoi n'avait-elle pas insisté pour qu'il l'épousât au lieu de le perdre à jamais!

– Mère?

Elle sursauta. Ses deux fils se tenaient devant elle.

– Nous sommes venus vous faire nos adieux, mère, dit Murrough.

Skye l'étreignit avec émotion, puis se tourna vers Robin qui se jeta dans ses bras, secoué de sanglots silencieux. Skye maîtrisa son chagrin et réussit à apaiser ses enfants. Mais quand la porte se fut refermée sur eux, elle eut grand-peine à ne pas crier son désespoir.

Lorsque Robbie arriva, elle se jeta dans ses bras en pleurant.

– Oh! Robbie! C'est impossible! Je ne peux pas les quitter!

Robbie savait que Skye n'attendait de lui qu'un peu de réconfort et que, malgré sa tristesse, elle ne renoncerait pas à son départ. C'était une femme de parole et elle tiendrait sa promesse. Il la laissa pleurer tout son soûl, puis déclara d'un ton volontairement brutal :

– Vous oubliez votre fille, Skye! Lui direz-vous adieu le visage ravagé par les larmes?

Il la conduisit à sa chambre et versa un peu d'eau dans une bassine d'argent.

– Rafraîchissez-vous. Willow et Cecily nous attendent dans la bibliothèque. Par Dieu, Skye, votre fille est certainement celui de vos enfants qui vous ressemble le plus. Elle ne parle que cargaisons et connaissements!

– Elle a toujours été votre préférée! répondit Skye en se passant un peu d'eau sur le visage.

– Ah! ça, sans aucun doute! s'exclama Robbie en riant.

– Je suis tranquille pour Willow elle est en sécurité avec dame Cecily. Mais lorsque je pense à mes deux garçons, seuls à la Cour...!

– Adam les protégera! Il m'a promis qu'il partagerait son temps entre le Devon, la Cour et l'Irlande. C'est vraiment un homme plein de noblesse, Skye, et je ne comprends pas pourquoi vous avez refusé de l'épouser!

– Mais bon Dieu! Robbie, c'est lui qui n'a pas voulu de moi! C'est lui qui m'a refusé par deux fois! Et maintenant il est trop tard!

Robbie en resta muet de stupéfaction.

– Allons, il est temps de nous mettre en route, Robbie! On ne fait pas attendre un duc!

Quand ils entrèrent dans la bibliothèque, Willow se précipita dans les bras de sa mère.

– Oh! maman, s'écria-t-elle. Quand vous reverrai-je?

– Tu viendras avec tes frères dès que je serai installée, ma chérie.

– Mais je pourrai quand même rentrer en Angleterre et devenir demoiselle d'honneur de la reine, n'est-ce pas, maman? demanda Willow avec anxiété.

Les fastes de la Cour présentaient pour une jeune fille un attrait bien compréhensible. Skye la rassura :

– Si dame Cecily continue à me faire des compliments à ton sujet et si, à Beaumont de Jaspré, tu me fais honneur, tu iras à la Cour dans quelques années.

– Oh! maman. Je vous promets d'être très sage et d'étudier avec ardeur. J'éclipserai la reine quand je serai à la Cour!

– Il n'est pas très sage de chercher à éclipser la reine, lui fit remarquer Skye avec un sourire amer. Crois-en mon expérience! Allons! Embrasse-moi, ma chérie. Il se fait tard et nous devons absolument partir avec la marée.

– Au revoir, maman, dit Willow en refoulant bravement ses larmes.

Skye se tourna ensuite vers dame Cecily qui, sans chercher à lui dissimuler son chagrin, lui promit de veiller tendrement sur sa fille.

– Il faudra que vous veniez me voir avec Willow, suggéra Skye pour la réconforter. Beaumont de Jaspré est un pays magnifique, plein de fleurs et de soleil.

– Je n'ai encore jamais quitté l'Angleterre, répondit dame Cecily, mais je viendrai peut-être. Après tout, je ne suis pas vieille au point d'être effrayée par la nouveauté!

– Skye! intervint Robbie. Il est temps de partir.

Skye serra une dernière fois sa fille contre elle et se précipita hors de la pièce.

Skye et Robbie gagnèrent la rivière où les attendait une barque. Les arbres en fleur exhalaient leurs senteurs printanières dans l'air du soir, et quelques pétales satinaient de rose la surface des eaux. Skye se retourna une dernière fois, le cœur lourd de souvenirs. Il lui fallait oublier le passé, affronter un monde nouveau et inconnu qu'elle redoutait.

La Tamise était calme. Les innombrables embarcations qui la sillonnaient en tous sens pendant la journée avaient disparu, et les promenades nocturnes n'avaient pas encore commencé. Ils ne croisèrent que quelques bateliers qui hélaient les passants sur le rivage pour leur proposer leurs services. Dans le port, le pilote manœuvra adroitement entre les navires marchands et les galions pour s'approcher de la *Mouette* et la *Sirène,* mouillées côte à côte.

– Avons-nous une escorte suffisante, Robbie? demanda Skye.

– Oh! oui : dix navires, avec un gentilhomme du nom de Francis Drake à leur tête. C'est un bon marin et un adversaire redoutable. Si les Maures se risquent à nous attaquer, ils le regretteront!

Skye s'empara de l'échelle de corde qui pendait le long de la coque du navire et grimpa à bord. Robbie, lui, gagna son propre bâtiment.

Sean MacGuire attendait Skye sur le pont.

– Bonsoir MacGuire. Je vous remercie d'avoir amené la *Mouette* à bon port.

– C'est sans doute pour me témoigner votre gratitude que vous avez jugé bon de nommer un autre capitaine! grogna MacGuire.

– Bran Kelly est là en renfort, et il n'est pas plus heureux que vous de sa situation. Mais comme je ne sais pas ce qui m'attend à Beaumont de Jaspré, je tiens à avoir tous mes hommes auprès de moi. Vous comprenez?

– Admettons, concéda MacGuire. Mais aussi, pourquoi courez-vous épouser un étranger?

– Parce que j'ai conclu un marché avec la reine.

– Ce n'est pas notre reine.

– L'Irlande n'a pas de reine, répliqua Skye avec humeur. Elle n'a que des hobereaux, des petits coqs qui, chacun sur son tas de fumier, parle de liberté et d'indépendance. Ils refusent de s'unir et de se donner un chef, ils passent leur temps à chanter, à boire et à se lamenter sur leur prestigieux passé. Je dois défendre les terres des Burke, MacGuire, et ce n'est pas en me berçant d'illusions que j'y parviendrai! Pour m'assurer sa protection, la reine veut que j'épouse le duc et je l'épouserai. Et maintenant, que je n'entende plus parler de ça!

MacGuire sortit sa pipe de sa poche, l'alluma et répondit avec un sourire plein de malice :

– Ne vous fâchez pas, Skye O'Malley! Quand je vous ai connue, vous portiez encore des langes et vous traîniez à quatre pattes sur le pont des navires de votre père. Que Dieu ait son âme!

– Allons-nous enfin partir ? demanda Skye en essayant de retrouver sa dignité.

– Si vous ne parliez pas tant, ma fille, vous vous seriez aperçue que nous avons déjà appareillé! fit-il en riant. Le joli brin de fille qui vous accompagne et le petit seigneur étranger vous attendent dans votre salon.

– Où est Kelly!

– Il dort. Nous nous sommes mis d'accord pour partager le commandement. Il est de nuit.

– C'est une sage décision. Il va falloir que nous évitions les Français, les Espagnols et les pirates.

– Nous arriverons sains et saufs, Madame, dit-il en tirant paisiblement sur sa pipe.

Dès le lendemain matin, ils faisaient voile à travers la Manche, poussés par une bonne brise régulière et protégés des vaisseaux ennemis par le brouillard. Quelques jours plus tard, sous un ciel dégagé, ils doublaient le Cap Finistère et pénétraient dans l'Atlantique. En Méditerranée, les navires se firent plus nombreux, mais l'importance de leur escorte les protégea de toute entreprise hostile. Skye voyait avec une inquiétude croissante le but ultime de leur voyage se rapprocher. Elle allait devoir épouser un inconnu et elle souhaitait presque que des pirates viennent l'en empêcher!

– Nous devrions aborder dans moins d'une demi-heure, Madame, annonça Bran Kelly en entrant dans le salon.

– Merci, Bran, répondit Skye. Eh bien! Edmond, qu'en dites-vous? Vous voilà arrivé, sain et sauf.

– Je dois reconnaître, malgré mon peu de goût pour la navigation, que ce voyage a été magnifique. Mais il aurait été beaucoup plus rapide de traverser la France.

– En tant qu'envoyés de Sa Majesté la reine d'Angleterre, nous aurions tenté le diable. Vous ne croyez pas?

Edmond éclata de rire et déclara en s'approchant d'elle.

– Levez-vous, Skye, que je puisse vous admirer!

Skye avait revêtu une robe de soie lilas de style italien, au décolleté audacieux que masquait un fin voile de soie. La jupe était bouffante grâce à une superposition de jupons empesés qui, brodés de fils d'argent et de perles, laissaient voir un délicieux motif de papillons et de perles. Sa coiffure, cheveux partagés au milieu et ramenés en chignon sur la nuque, mettait en valeur les améthystes et les perles qui ornaient son cou et ses oreilles délicates.

– Ah! madame, vous êtes merveilleuse! s'exclama Edmond de Beaumont. Comment mon oncle pourrait-il vous résister? Vous êtes l'incarnation même de l'amour!

– Vos compliments sont un peu excessifs, Edmond. D'ailleurs, d'après la description que vous m'avez faite de votre oncle, je risque plus de le choquer que de lui plaire. Je ne crois pas aux mariages arrangés, j'en ai déjà fait la triste expérience avec mon premier mari. Mais, après tout, peut-être pourrons-nous nous consoler mutuellement des souffrances que nous avons connues chacun de notre côté...

– J'en suis sûr, répondit Edmond avec ferveur. Soyez patiente, Skye. Si quelqu'un est capable d'atteindre son cœur, c'est bien vous!

Intriguée par les paroles d'Edmond, elle s'apprêtait à le questionner quand le capitaine MacGuire entra dans la cabine.

– Nous sommes arrivés, madame. Un superbe carrosse vous attend sur le quai. Je suppose que votre fiancé montera à bord dès que nous aurons amarré.

– Où est Robbie? Il faut absolument que je lui parle avant de débarquer! s'écria Skye, soudain affolée.

– Calmez-vous! Je fais immédiatement avertir le *Sirène*. Vous voilà aussi énervée qu'une jeune vierge avant sa nuit de noces, Skye O'Malley!

– MacGuire! s'exclama Skye, indignée.

Le vieux marin éclata de rire et s'en fut.

– N'ayez pas peur de mon oncle, Skye, déclara Edmond. C'est un homme de grande bienveillance.

– Je ne sais pas ce qui m'a pris, répondit Skye qui avait retrouvé son sang-froid. Je me conduis comme une adolescente!

– Je vais descendre à terre et je remonterai à bord avec lui. L'intimité de votre cabine est sans doute préférable pour une première entrevue.

Quelques instants plus tard, Robbie faisait son apparition.

– Vous m'avez fait appeler ?

– Oh ! Robbie. Vous ne me quitterez pas, n'est-ce pas ?

– Vous savez bien que non, Skye. Allons ! tout se passera bien, vous verrez.

– Je ne comprends pas pourquoi je suis si nerveuse. Après tout, je suis une grande fille. J'ai déjà eu quatre maris et six enfants.

– Tout va s'arranger lorsque vous aurez fait connaissance avec le duc.

– Je n'en aurai pas le temps ! Le mariage doit être célébré immédiatement. Mais je ne quitterai pas ce navire avant qu'il n'ait ratifié le contrat de mariage qui me laisse l'entière disposition de mes biens. Vous m'y aiderez, Robbie !

– Laissez-moi m'en occuper. Le caractère des Méditerranéens est assez différent de celui des Anglais.

– Oh ! oui, Robbie, je vous en prie !

Edmond de Beaumont revint, accompagné de son oncle. Il avait fait de lui un portrait fidèle. Skye s'inquiéta un peu de son expression sévère et impassible, mais peut-être était-il troublé, lui aussi, et cherchait-il à dissimuler son émotion ?

Edmond rompit le silence qui s'était installé.

– Lady Burke, permettez-moi de vous présenter mon oncle, le duc de Beaumont de Jaspré.

Skye fit une profonde révérence.

– Oncle Fabron, permettez-moi de vous présenter lady Burke, votre fiancée.

– Soyez la bienvenue, madame, déclara le duc d'une voix grave et musicale.

– Merci, monseigneur.

– Et voici Robert Small, poursuivit Edmond, l'associé de lady Burke.

– Mon neveu me dit que vous vous livrez au négoce, madame. Est-ce vrai ? demanda le duc en haussant le sourcil.

– Oui, monseigneur, répondit Skye en jetant un regard à Robbie.

– En ce qui concerne la ratification des contrats de mariage, monsieur le duc..., commença Robbie.

– Il conviendrait au préalable que je les lise, répondit Fabron de Beaumont.

– Alors, je vais les chercher. La reine a formellement interdit à lady Burke de quitter ce navire, qui est bien sûr territoire anglais, avant que vous ne les ayez revêtus de votre signature.

– Mais la cérémonie de mariage est prévue pour ce soir ! protesta le duc.

– Les clauses en sont tout à fait banales, monsieur. Lady Burke vous apporte une dote considérable et conserve en revanche l'entière propriété de ses biens et de ses terres.

– Mais c'est scandaleux !

– Ce sont les termes du contrat, monsieur. Votre neveu, sûr de votre accord, les a d'ailleurs acceptés sans difficulté. La dot de lady Burke est extrêmement généreuse, je vous assure.

– Vous sentez-vous capable de gérer vous-mêmes une pareille fortune, madame ?

– Depuis la mort de mon père, monseigneur, mes frères étant alors trop jeunes, j'ai pris en main sa flotte et l'administration de ses biens.

– Et quoi d'autre encore, madame ?

– Les domaines de trois de mes enfants jusqu'à leur majorité ainsi que les biens de ma fille aînée. Et ma propre fortune, bien sûr, que j'ai acquise grâce aux entreprises commerciales que je mène avec sir Robert Small.

– Un fardeau bien lourd pour d'aussi charmantes épaules, remarqua le duc.

– Je me tire fort bien d'affaire, répliqua Skye.

– Le premier devoir d'une femme est de donner des héritiers à son mari et de les élever.

– J'ai mis au monde six enfants, monseigneur, quatre garçons et deux filles.

Le duc marqua son approbation d'un signe de tête.

– Si je ne signais pas ce contrat, madame, refuseriez-vous vraiment de m'épouser ?

– Oui, monseigneur, répondit Skye d'un ton féroce.

– Vous avez du caractère, madame. Mais si nos fils en héritent, je suis prêt à voir là une qualité, fit le duc, légèrement amusé.

– Je m'y efforcerai, monseigneur.

– Il ne me reste plus qu'à signer ces contrats...

Edmond de Beaumont tendit une plume au duc qui apposa son paraphe au bas des documents. Skye fit de même.

– Vous signez du nom de Skye O'Malley, madame ? remarqua le duc.

– J'ai déjà eu quatre maris, monseigneur. Si je devais ajouter leurs noms au mien, il nous faudrait une page supplémentaire !

Un léger sourire éclaira le visage du duc.

– Me permettrez-vous, à présent, de vous accompagner à votre nouvelle demeure ? demanda-t-il en lui tendant une main qu'elle accepta après une légère hésitation.

Avant de monter dans le carrosse, Skye ne put s'empêcher de se retourner pour s'assurer que Robbie les suivait. Le duc le remarqua.

– Auriez-vous peur de moi, madame?

– C'est la première fois que j'épouse un inconnu, répondit tranquillement Skye.

– Quelle importance? Vous n'êtes ici que pour me donner des héritiers. Le roi David a écrit dans ses psaumes : « C'est largesse de Yahvé que des fils, le fruit de ses entrailles est sa récompense; comme flèches en la main du héros, ainsi les fils de la jeunesse. Heureux l'homme qui de ces traits a pu remplir son carquois, il ne connaîtra point la honte. »

« Moi, madame, je connais la honte. J'ai un fils vivant, mais c'est un idiot, incapable de tenir sa tête à l'âge de cinq ans. Tous les autres sont morts, avant ou juste après leur naissance. Il me faut des enfants!

– Vous avez un héritier de valeur en la personne de votre neveu, monseigneur.

– Oui, mais aucune femme ne voudrait d'un monstre comme lui, et lui-même a peur de donner le jour à des nains.

« Si je meurs sans héritier, les Français s'empareront du duché de Beaumont, qui existe depuis le grand Charlemagne. Voilà pourquoi j'ai accepté de me remarier. La procréation n'est-elle pas le but essentiel du mariage?

– C'est ce que nous enseigne notre sainte Mère l'Église, répondit Skye.

– Vous êtes catholique? Je pensais que, venant de la Cour des Tudor, vous étiez une adepte de la nouvelle foi.

– Je suis Irlandaise, monseigneur, et pour moi il n'y a qu'une Église. La reine pensait certainement que nous partagions la même religion quand elle m'a choisie pour être votre épouse. Votre neveu, lui, ne m'en a jamais parlé.

– A son départ, je pratiquais encore l'ancienne religion, mais les enseignements du pasteur André Lichault éveillaient déjà mon intérêt. Ensuite, je me suis converti. Vous devrez abjurer votre foi, vous aussi.

– Le pasteur Lichault a-t-il convaincu vos gens, eux aussi, monseigneur?

– Malheureusement non! Ils s'entêtent à demeurer dans l'erreur! J'ai pourtant chassé leurs prêtres et fait arracher les idoles qu'ils s'obstinent à adorer! Mais je suis leur maître et seigneur, et j'en viendrai à tout!

Skye fut effrayée du fanatisme qu'elle décelait dans les convictions huguenotes du duc.

– Ne suffit-il pas que votre peuple ait une foi profonde qui lui fasse craindre et respecter Dieu? Le culte est-il si important?

– Mais bien sûr! Vous n'êtes qu'une femme, madame. Malgré votre beauté, comment pourriez-vous le comprendre?

– Mes précédents époux me reconnaissaient une certaine intelligence, monseigneur. Il n'est pas sûr que je vous comprenne, mais pour le savoir, encore faudrait-il que vous vous expliquiez.

– L'Église catholique est corrompue. Elle monnaye ses indulgences et ses absolutions, possède de vastes domaines, fait du commerce et patronne des artistes sans valeur. Son clergé est vénal et lubrique. Si nous voulons échapper aux feux de l'Enfer et à la damnation, nous devons vivre simplement, prier et macérer notre chair pour nous délivrer de nos appétis matériels! Je suis votre mari, ajouta-t-il, et j'exige que vous vous joigniez à mes efforts! Dieu ne nous accordera des enfants que si nous nous sommes délivrés du péché.

Stupéfaite, Skye resta sans voix. Lord Burghley ignorait sûrement cette conversion, qui rendait son sacrifice bien inutile : le duc était trop déséquilibré pour être d'une quelconque utilité à l'Angleterre!

– Vous ne dites rien, madame.

– Je connais les enseignements de Martin Luther, monseigneur, et je les respecte. Mais je suis catholique, mon oncle est évêque et je ne peux accepter de me convertir.

– Votre robe est indécente, madame, remarqua le duc, sans relever ses paroles. Toutes vos toilettes sont-elles aussi décolletées?

– C'est la mode, monseigneur.

– Ces vêtements sont destinés à éveiller la concupiscence. Dès demain, nous vous en ferons faire de plus décents.

– Je me suis toujours habillée à ma guise, monseigneur, riposta Skye d'un ton sec. Mes robes ne m'ont jamais empêchée d'être une épouse fidèle.

– Vous me désobéiriez, madame? fit le duc dont les yeux étincelaient de colère.

– Non, monseigneur, mais dans ce domaine, j'ai plus de compétence que vous!

– Mais vous offrez un spectacle troublant, madame!

– Je ne cherche pas à séduire, monseigneur, et si ma beauté vous trouble, la faute en incombe à vous seul.

– Vous avez raison, murmura le duc qui se tut, déconcerté.

Le carrosse traversait Villerose, la capitale du duché. Skye contempla avec ravissement ses maisons roses, ses toits de tuiles rouges, ses rues pavées et les fleurs qui partout ornaient les jardins, les fenêtres et les murs.

– Pourquoi toutes les demeures sont-elles peintes en rose? demanda-t-elle.

– C'était la couleur favorite d'un de mes ancêtres, répondit le duc.

La ville foisonnait de petites places qui offraient aux passants la fraîcheur de jets d'eau cristallins. Des enfants égayaient les rues de leurs jeux, une vive animation régnaient dans les boutiques et sur les marchés en plein air. Le duché, paisible et prospère, ressemblait bien à la description qu'Edmond en avait faite à Skye.

Le château, de pierres roses lui aussi, se dressait sur une colline au-dessus de la ville et surplombait la mer. Un fossé couvert de nénuphars l'entourait. Le carrosse franchit le pont-levis et pénétra dans la cour d'honneur qui s'ornait d'un bassin bordé de fleurs éclatantes. Une eau limpide jaillissait de la bouche d'un dauphin de bronze, chevauché par un cupidon espiègle.

– C'est ravissant! s'exclama Skye.

– Je suis heureux que le château vous plaise...

Un laquais leur ouvrit la portière. Edmond et Robbie se précipitèrent à leur rencontre.

– Eh bien! Skye, que pensez-vous de Beaumont de Jaspré? demanda Edmond.

– C'est un très beau pays.

Robbie qui avait remarqué son air préoccupé, l'entraîna à l'écart.

– Qu'y a-t-il, Skye?

– Le duc est huguenot, Robbie, et son fanatisme me fait peur.

Robbie poussa un juron.

– Venez, madame, interrompit le duc. Vous souhaitez certainement vous rafraîchir avant la cérémonie. Une demi-heure vous suffira-t-elle?

– Ne pourrions-nous pas attendre quelques jours, monseigneur, et faire d'abord plus ample connaissance?

– Seriez-vous empêchée de vous unir à un homme, madame? demanda-t-il crûment.

– Non, répondit Skye en rougissant de sa grossièreté.

– En ce cas, je ne vois aucune raison de retarder le mariage. Venez. Votre servante vous attend dans vos appartements.

Ils traversèrent le hall, décoré de magnifiques étendards de soie aux couleurs chatoyantes, et montèrent un large escalier aux balustres sculptées. Daisy leur ouvrit la porte et les salua.

– Elle ne parle pas français? demanda le duc.

– Non, mais c'est une femme de chambre irremplaçable. Elle s'appelle Daisy – Marguerite dans votre langue.

Daisy lui fit une gracieuse révérence à laquelle il répondit par un bref signe de tête.

– Je viendrai vous chercher dans quelques instants. Vous êtes belle, madame, je ne vous crois pas foncièrement mauvaise, et je suis disposé à me montrer tolérant.

Il s'inclina légèrement et sortit, laissant Skye interdite.

– Vous ne trouvez pas que c'est joli, ici, avec toutes ces maisons roses et ces fleurs? s'écria Daisy. Notre vie ne sera peut-être pas désagréable, après tout!

– Y a-t-il de l'eau, Daisy? Je dois me rafraîchir avant le retour du duc. Nous allons nous marier sur l'heure.

– Il est bien pressé! s'exclama Daisy en pouffant. Ce serait un très bel homme s'il daignait sourire!

Skye contempla la pièce où elle se trouvait. Sobrement meublée, elle s'ornait de somptueuses tapisseries et de deux cheminées dont les imposantes tablettes étaient soutenues par des lions de marbre aux yeux de jaspe. La chambre à coucher attenante était ronde, avec des fenêtres donnant sur la mer. Le lit, immense, était de bois sculpté et surmonté d'un ciel de lit tendu de velours vert.

– Pour les appartements d'une duchesse, ce n'est pas très grand, remarqua Skye.

– Ceux du duc sont juste à côté, Madame. Vous voyez cette petite porte près du lit? Elle y conduit.

Skye fit silencieusement un peu de toilette dans la cuvette d'or que Daisy lui avait apportée.

– Vous voilà aussi émue qu'une jeune mariée, on dirait! fit Daisy.

– C'est que le duc m'effraie un peu. Il tient désespérément à avoir des enfants, mais je ne sais pas si je pourrai lui en donner.

– Vous allez prendre la potion que votre sœur vous a préparée, n'est-ce pas?

– Oui, tant que nous n'aurons pas trouvé un terrain d'entente. Je n'ai pas l'intention de lui servir de jument poulinière!

Et dans un geste de défi, elle retira le voile de soie qui masquait son décolleté.

On frappa à la porte. Edmond, le visage défait, se précipita dans la pièce.

– Ah! Skye. Je jure devant Dieu que j'ignorais que mon oncle était devenu un huguenot! Ce maudit Lichault a profité de mon absence! Mais ne craignez rien pour votre âme. J'ai vu le père Henri, notre chapelain, et il vous accorde une dispense. Il est persuadé que vous parviendrez à ramener mon oncle à la vraie foi.

Skye acquiesça, secrètement amusée. Elle avait déjà épousé un musulman et un anglican! Mais avec le duc, il en allait autrement. Si, au nom de ses nouvelles convictions, il cherchait à lui imposer ses règles de conduite, elle ferait de sa propre foi une arme pour le combattre. Le duc arriva bientôt, avec un bouquet de fleurs d'oranger et de roses blanches en bouton qu'il tendit à Skye en s'inclinant avec élégance.

– Le pasteur Lichault ne m'approuverait pas, mais je pense que les femmes apprécient ces futilités, en particulier le jour de leur mariage.

– Permettez-vous à Daisy d'assister à la cérémonie, monseigneur ? Nous vous en serions toutes les deux extrêmement reconnaissantes.

– Bien sûr, répondit le duc, satisfait de la voir solliciter son autorisation.

Ils suivirent le duc jusqu'à la chapelle où les attendaient déjà Robbie, MacGuire et Bran Kelly.

– Qu'avez-vous fait, mon oncle ? s'exclama Edmond, furieux. Où sont les tapisseries, les cierges, le crucifix, les tableaux ?

Il ne restait dans la chapelle qu'un autel dépouillé, et seule l'éclairait la lumière qui tombait des somptueux vitraux.

– Je les ai fait enlever. Tous ces ornements n'étaient que séductions du Malin.

– Mais certains de ses objets avaient près d'un millier d'années ! Ils appartiennent à notre famille et à l'Église !

– Ils sont en sécurité, Edmond ! Et à présent, taisez-vous. Ne troublez pas la cérémonie.

Le duc fit un signe à un serviteur qui s'élança vers la sacristie et en revint accompagné du pasteur Lichault.

Grand et maigre, celui-ci était d'une pâleur cadavérique. Dans son visage émacié, aux lèvres minces, ses yeux brûlaient d'une ferveur mystique. Entièrement vêtu de noir, il avait les ongles sales, de la crasse autour du cou et son odeur était repoussante.

– Voilà donc la fiancée ! fit-il d'une voix grave et impérieuse.

– Je vous présente Skye, la nouvelle duchesse, déclara le duc.

Le pasteur eut un petit rire qui découvrit des dents jaunes et abîmées.

– Elle ne sera duchesse que lorsque je vous aurai unis, mon fils.

Le regard libidineux qu'il posa sur Skye la fit frémir.

– Eh bien ! Allons-y ! reprit-il. Acceptez-vous de prendre cette femme pour épouse, Fabron ?

– Oui, répondit le duc.

– Et vous, Skye, acceptez-vous de prendre cet homme pour époux et pour maître ?

– Je l'accepte pour époux, répondit Skye.

Le pasteur lui décocha un regard furieux.

– Je vous déclare mari et femme, dit-il enfin, à contrecœur.

Skye et toute l'assistance furent scandalisés par la brièveté de la cérémonie.

– Je n'ai jamais rien vu de pareil ! Croyez-vous que ce soit légal ? murmura Bran Kelly à Robbie.

– Si le duc est d'accord, je suppose que oui. Au moins dans ce duché.

– Aux yeux de l'Église, ce mariage est nul! chuchota rageusement Edmond...

– Venez, madame, fit le duc en prenant Skye par la main. J'ai fait préparer un léger souper dans le hall pour célébrer nos épousailles.

– Et les anneaux de mariage, mon oncle?

– Nous n'en avons pas besoin, Edmond. Nous avons été unis en présence de témoins, selon la loi divine. L'or qui aurait servi à façonner ces anneaux sera distribué aux pauvres. J'en ai fait don au pasteur Lichault.

– Vous conformerez-vous au moins à nos traditions en offrant une grande fête à notre peuple?

– Ces réjouissances n'ont pas lieu d'être, Edmond. Je respecte les commandements divins.

– Encore une idée de votre précieux pasteur?

– J'exige que vous lui fassiez des excuses sur-le-champ, mon neveu!

– Jamais! Cet homme est un charlatan!

– Edmond! intervint Skye. Faites-le pour moi, je vous en prie.

– Pour vous je veux bien, mais uniquement pour vous, Skye. J'ai parlé à la légère, pasteur Lichault, et vous prie d'accepter mes excuses.

– Notre nouvelle duchesse exerce déjà une influence bénéfique sur cette famille, murmura le pasteur. C'est de bon augure!

Dès qu'ils furent installés à table, les laquais s'empressèrent. Ils leur versèrent d'abord un vin d'une belle couleur rosée, puis apportèrent un énorme mulet, couché sur un lit de verdure. Skye, rendue nerveuse par l'imminence de sa nuit de noces, ne mangeait rien. Elle allait devoir partager sa couche avec un homme qu'elle venait à peine de rencontrer et qui de plus l'effrayait. Il ne s'était pas départi un instant de son air sévère et n'avait même pas daigné l'embrasser à l'issue de la cérémonie...

On leur servit ensuite du poulet accompagné d'une sauce au citron et au gingembre, de l'agneau de lait ainsi que des artichauts à l'huile d'olive et à l'estragon. Skye y toucha à peine.

– Seriez-vous malade? demanda le duc en posant sa main sur la sienne.

Skye sursauta. Le ton du duc était bienveillant, mais son regard ne trahissait pas la moindre émotion.

– Je me sens un peu lasse. La fatigue du voyage, sans doute...

– Allez vous préparer pour la nuit. Je ne serai pas long à vous rejoindre.

Skye se pencha vers Robbie.
– Je vais me retirer, Robbie.
– Comme je vous l'ai promis, je reste à Beaumont. Dès demain, je me mettrai en quête d'une demeure. N'hésitez pas à faire appel à moi, Skye, déclara-t-il en l'embrassant.
Avec un soupir de tristesse, Skye retourna dans ses appartements.
– Je me suis occupée de votre bain, Madame.
– Je dois faire vite, ce soir, Daisy.
– J'ai déjà préparé votre chemise de nuit rose.
– Non, le duc la trouverait sans doute trop indécente. Je mettrai la bleu pâle.
Elle se plongea avec volupté dans l'eau tiède et parfumée. Quand elle se fut séchée, Daisy la poudra rapidement, puis l'aida à enfiler sa chemise de soie. Elle était très simple, avec de longues manches bouffantes fermées aux poignets par des rubans de soie.
Sur un ordre bref de Daisy, deux hommes entrèrent dans la pièce et repartirent, emportant le baquet.
– Comment diable vous êtes-vous faite comprendre ? s'exclama Skye.
– Ce ne sont pas tant les mots qui importent, Madame, que la voix et le geste. Ne vous en faites pas. J'apprendrai vite à tenir de grands discours en français.
– Ah ! Daisy, fit Skye en l'étreignant. Je n'aurais probablement pas dû accepter que vous m'accompagniez. Vous auriez pu épouser Bran et fonder votre propre famille.
– J'ai tout le temps. Et vous allez avoir besoin de moi, je vois ça !
La porte de communication avec les appartements du duc s'ouvrit. Sur une rapide révérence, Daisy s'éclipsa.
– Vous n'êtes pas couchée, madame ? Chez nous, la coutume veut que la femme attende son époux dans le lit nuptial.
– J'avais besoin d'un bain, répondit Skye. Nous n'avions pas assez d'eau douce à bord.
– Le pasteur Lichault dit que c'est vanité de se baigner.
– Dans ce cas, il doit être le plus humble des hommes : il empeste, que c'en est une horreur ! Pour ma part, je ne vois guère de lien entre Dieu et la saleté.
– J'aurais plutôt tendance à penser comme vous, madame, répondit le duc d'un ton légèrement amusé.
Il s'approcha d'elle, retira avec beaucoup de douceur les épingles qui retenaient sa chevelure, et caressa avec admiration sa masse soyeuse. Skye n'osait bouger. Malgré l'attirance manifeste qu'éprouvait le duc pour elle, il restait d'une froideur qui la glaçait.

– Vous avez de beaux cheveux, observa-t-il posément.

Puis, à la surprise de Skye, il fit glisser sa chemise de nuit sur ses épaules, la dénudant jusqu'à la taille. Posant la main sur ses petits seins ronds, il les caressa un bref instant.

– Vous avez une jolie poitrine et j'aurai plaisir à voir nos enfants en téter le lait, car c'est dans ce dessein que Dieu vous l'a donnée.

Il la rhabilla et la conduisit vers le lit.

– Couchez-vous au centre, madame, lui ordonna-t-il.

– Mais... Pourquoi ?

– Parce que je dois vous battre, madame, répondit-il en relevant délicatement sa chemise de nuit de manière à dégager ses jambes et ses fesses.

– Me battre ? Mais vous êtes fou ! hurla Skye.

– Je vais vous battre, répéta-t-il calmement.

– Mais pourquoi ? Nous nous connaissons à peine. Qu'ai-je fait qui mérite pareil châtiment ?

– Les femmes sont des êtres faibles et inférieurs. Elles s'écartent facilement du droit chemin. Sur les conseils du pasteur Lichault et pour votre propre salut, je vous corrigerai quotidiennement pour vous délivrer de votre orgueil et de votre esprit d'indépendance. Vous devez apprendre à vous soumettre entièrement à ma volonté.

– Mais comment pouvez-vous me juger aussi rapidement ? fit Skye d'un ton suppliant. Et si les femmes sont des êtres si inférieurs, pourquoi Dieu a-t-il placé une reine sur le trône d'Angleterre, pourquoi Catherine de Médicis a-t-elle été régente si longtemps ?

– Vous posez trop de questions, Skye. Une femme n'est pas née pour questionner mais pour obéir aveuglément à son époux. Quant à ces reines dont vous parlez, c'est vraisemblablement le diable qui les maintient au pouvoir !

– Je vous en supplie, monseigneur, ne me battez pas ! implora Skye.

Tremblante de frayeur, elle se demandait si le duc croyait vraiment à toutes ces inepties. Le pasteur Lichault était certainement un de ces fanatiques, comme il y en avait en Angleterre, pour qui toutes les joies de l'existence étaient autant de péchés.

– Je le fais pour votre bien, madame. Vous prétendez gérer seule vos biens, madame. Lorsque vous aurez admis qu'une femme en est incapable et que vous m'en confierez la charge, je saurai que vous êtes devenue l'épouse que je cherche. Jusque-là, je vous battrai chaque soir.

Il s'éloigna et revint, armé d'une badine. Skye détourna la tête.

– Je vous en supplie, monseigneur. Si vous me battez, je me plaindrai à la reine.

– Vous ne vous plaindrez à personne, madame! C'est mon droit d'époux de vous châtier, un droit que même votre Église corrompue me reconnaît. D'ailleurs, pendant le mois qui vient, vous ne quitterez pas vos appartements : j'ai l'intention de m'accoupler avec vous aussi souvent que possible pour que vous me donniez rapidement un héritier.

La badine s'abattit une première fois, une deuxième, une troisième... Skye sombra dans l'inconscience. Elle ne sentait plus les coups, n'entendait plus rien. Adam! Elle l'appelait de tout son être et crut le sentir sur elle, prêt à l'aimer comme il l'avait fait si souvent. Répondant à son désir, elle ouvrit les yeux pour le contempler, jouir de ses caresses... Avec horreur, elle reconnut le duc, allongé sur elle, qui s'apprêtait à la posséder.

– Non! hurla-t-elle.

Elle chercha à le repousser, mais sans accorder la moindre attention à ses protestations, le duc lui releva sa chemise de nuit et s'empara de ses seins dont il suça maladroitement les mamelons. Puis il la pénétra brutalement en murmurant :

– Bon Dieu! Skye! C'est pour ça que vous êtes faite, pour être chevauchée!

Il se répandit en elle, s'abattit et sombra immédiatement dans le sommeil.

Jamais Skye ne s'était sentie aussi humiliée. Elle aurait pu être évanouie ou même morte qu'il l'aurait prise de la même manière. Tout ce qu'il voulait, c'était la briser, se rendre maître de son âme et lui faire porter ses enfants jusqu'à ce qu'elle meure de couches trop rapprochées! C'était un monstre! Et il avait beau être son mari, il l'avait bel et bien violée!

Heureusement, j'ai la potion d'Eibhlin pensa Skye. Je ne donnerai pas d'enfants à cette brute! Il faut que j'écrive à la reine. Mon mariage n'est pas valable aux yeux de l'Église et je suis sûre qu'elle ne me contraindra pas à rester quand elle connaîtra toute l'horreur de ma situation. Si je feins la docilité, je pourrai sans doute voir Robbie et le charger de lui transmettre un message.

Skye tâta avec précaution les marques que la badine avait inscrites dans sa peau et jura de se venger. Le duc ne la toucherait plus, dût-elle l'égorger! Il était si convaincu de sa supériorité qu'il était couché là, à sa merci, incapable d'imaginer qu'une simple femme puisse en vouloir à sa vie! Il allait apprendre à ses dépens ce qu'il en coûtait de se faire une ennemie de Skye O'Malley! Quand elle s'endormit, Skye souriait.

DEUXIÈME PARTIE

Beaumont de Jaspré

4.

Fabron de Beaumont se réveilla en sursaut. Sa femme, entièrement nue, était assise en travers de sa poitrine et lui menaçait la gorge de la pointe très acérée d'un petit couteau. Son cœur se mit à battre à tout rompre.

– Ne bougez pas, déclara Skye aimablement, je risquerais de faire un faux mouvement. Et ne vous imaginez pas que je suis disposée à reculer.

– Pourquoi ? demanda-t-il d'une voix étranglée.

– Je suis une femme intelligente, riche et titrée, monseigneur, pas une créature qu'on contraint à l'obéissance à force de coups. Si vous osez encore porter la main sur moi sans raison, je vous tuerai. Je serai une bonne épouse et je porterai les enfants que Dieu nous accordera. Je refuse cependant de me convertir à votre foi. Je ne suis peut-être pas une très bonne catholique, mais j'ai la faiblesse de préférer ma religion et je considère que chacun doit être libre de ses convictions. Vous m'avez bien compris ? Vous ne me battrez plus !

– Et si je refuse, arrogante créature ? demanda le duc, les yeux étincelants de colère.

– Je vous tue sur-le-champ, répondit froidement Skye. J'expliquerai à votre neveu et au père Henri qu'en bonne catholique et en femme respectable, j'ai refusé de m'unir à vous, notre mariage étant nul aux yeux de l'Église; que devant ma résistance, vous m'avez sauvagement battue pour me soumettre à vos désirs lubriques et contre nature; que vous avez à nouveau tenté de me prendre et que, terrorisée, craignant pour le salut de mon âme, je vous ai tué. Qu'en pensez-vous monseigneur ? Je suis sûre qu'on me croira ! Alors ? Que décidez-vous ?

– Je pourrais accepter, madame, puis violer mon serment dès que vous aurez cessé de me menacer de votre arme.

– Votre neveu prétend que vous êtes un homme d'honneur. Je

suppose que vous respectez votre parole, même quand vous la donnez à une femme ?

– C'est entendu, madame, je ne vous battrai plus. Mais j'exige que nos enfants soient élevés selon ma foi.

– J'y consens, répondit Skye, sans hésitation.

Si elle décidait de lui donner des enfants, elle saurait leur apprendre l'amour en dépit des enseignements du pasteur Lichault.

Skye le libéra, s'adossa aux oreillers et, à la surprise du duc, voila pudiquement sa nudité d'un drap.

– Vous êtes une femme redoutable, madame.

– Je m'appelle Skye, fit-elle posément. Vous n'avez prononcé mon nom qu'une seule fois, depuis hier.

– Vous avez rarement utilisé mon prénom, Skye.

– C'est qu'il est un peu inhabituel, Fabron...

– Il est courant dans la région. Et il y a toujours eu des Fabron dans notre famille.

Après un long silence, Skye demanda :

– D'où vient la haine que vous avez pour les femmes ?

– Je ne m'en étais pas vraiment rendu compte jusqu'à présent, répondit le duc avec un soupir. Ma vocation religieuse a été contrariée et sans doute ma rancœur rejaillit-elle sur les femmes. Mon père a beau avoir peuplé la région de bâtards, j'étais son fils aîné et il n'aurait pas admis que je manque à mes devoirs. Je me suis donc marié et ma première épouse est morte, épuisée par de nombreuses fausses couches. J'ai pensé alors que Dieu me punissait de n'avoir pas suivi la voie que me dictait ma conscience, et j'en ai été tout à fait persuadé quand ma seconde femme est morte en donnant le jour à un simple d'esprit.

« Quand j'ai rencontré le pasteur Lichault, il m'a assuré que la colère de Dieu était désormais apaisée. Il se dit sûr que vous me donnerez des enfants si je parviens à brider votre esprit rebelle.

– Je ne partage pas l'avis du pasteur. Seule une épouse vaillante peut vous donner des fils capables de régner sur un duché.

– Avez-vous aimé vos précédents époux, Skye ? Votre forte personnalité ne leur a-t-elle pas déplu ?

– J'ai aimé trois d'entre eux, qui m'ont acceptée telle que j'étais.

Le visage de Skye s'éclaira et le duc, émerveillé par sa beauté, prit sa main et en embrassa délicatement la paume.

– Il est écrit dans la Bible que l'homme et la femme ne doivent pas se montrer comme au jour de la Création, mais il n'est rien que je désire autant que de vous voir nue, Skye. Y consentiriez-vous ?

– Encore une lubie du pasteur Lichault. La Bible ne dit-elle pas aussi que Dieu nous a créé à son image ? Comment pourrait-il être mal d'admirer l'œuvre de Dieu ? fit-elle en se levant.

Le duc faillit pleurer devant tant de beauté. Seules la déparaient les blessures qu'il lui avait infligées, et il en éprouva du remords.

– Couvrez-vous, madame! Le pasteur a raison, vous ne pouvez être qu'une création du démon!

Skye se recoucha à côté de lui. Elle avait décidé de combattre son ignorance et ses superstitions. Elle ne permettrait pas que le pasteur Lichault règne sur leur couple et détruise leur mariage.

– Non, Fabron. C'est Dieu qui a créé la femme, d'une côte qu'il avait tirée de l'homme.

– Qui vous a appris cela?

– Personne, Fabron, la Bible a été traduite en anglais et je l'ai lue.

– Mais votre Église vous l'interdit!

– Je n'obéis pas toujours à l'Église. Je voulais lire le Livre et je l'ai lu.

– Faites-vous toujours ce que vous voulez, madame?

Le ton de sa voix démentait la sévérité de son regard.

– Quand je le peux, oui.

Skye ne pouvait s'empêcher d'éprouver de la pitié pour cet homme torturé, en proie aux affres de la culpabilité. Il lui caressa les hanches d'une main timide et elle lut dans son regard qu'il la désirait.

– C'est certainement un péché de faire l'amour en plein jour, murmura-t-il.

– C'est le pasteur Lichault qui le dit? demanda-t-elle d'un ton moqueur.

– Nous n'en avons jamais parlé et je n'ai rien lu à ce sujet dans la Bible. Et vous?

– Moi non plus.

– Cela vous est déjà arrivé? demanda-t-il en lui frôlant les fesses.

– Oui.

Enfiévré par la beauté de Skye et le sujet de leur conversation, il la renversa contre les coussins en poussant une sorte de sanglot, et se mit à lui pétrir les seins en murmurant :

– C'est un péché, j'en suis sûr. Nous ne devrions pas!

Il la pénétra pourtant avant même qu'elle fût prête à le recevoir, martelant son corps jusqu'à ce qu'il atteigne son propre plaisir.

Skye ferma les yeux et le laissa faire. Peut-être, avec le temps, parviendrait-elle à lui apprendre à lui donner du plaisir, à elle aussi.

Pendant les semaines qu'ils passèrent dans l'intimité de leurs appartements, ils parlèrent longuement et, pour la première fois de sa vie, Fabron de Beaumont se mit à éprouver de l'amour pour une femme. Skye représentait pourtant tout ce que le pasteur Lichault condamnait. Elle avait un esprit volontaire et indépendant, une grande intelligence. Mais elle était si belle, si tendre... Ses précédentes épouses s'étaient toujours soumises à contrecœur à leurs obligations conjugales. Skye, elle, ne se refusait jamais et se blottissait contre lui après l'amour. Il aimait par-dessus tout sentir ses bras autour de lui tandis que, la tête posée contre ses seins, il respirait avec délice sa peau parfumée.

Mais leur idylle ne devait pas durer. Un matin ils s'assirent comme d'habitude devant la fenêtre pour prendre leur repas : pêches bien mûres, pain tiède, et vin coupé d'eau. Un oiseau chanteur au plumage jaune et noir vint se poser sur le balcon parmi les roses, puis s'enhardissant, picora les miettes que Skye lui présentait dans sa main.

– Quel est donc votre secret ? lui demanda Fabron... avec un sourire.

– Il sent tout simplement que je l'aime et qu'il n'a rien à craindre de moi.

– Dites plutôt que c'est de la sorcellerie ! tonna le pasteur Lichault.

– J'ai essayé de l'empêcher d'entrer, s'écria Daisy en français, mais il m'a bousculée ! Méfiez-vous, madame, poursuivit-elle en anglais. Il fulmine parce que le duc le délaisse !

– Je ne vous permets pas de vous introduire dans mes appartements, pasteur. Vous abusez de mon amitié, déclara le duc d'un ton sévère.

– Je viens pour votre salut, mon fils. Dieu est mécontent de vous voir négliger vos devoirs spirituels. Craignez sa vengeance et la stérilité de votre semence ! A genoux ! Implorez son pardon avant qu'il ne soit trop tard !

Impressionné, le duc perdit son assurance, Skye s'écria, furieuse :

– C'est vous qui devriez supplier Dieu de vous pardonner vos discours corrompus !

– Une véritable putain ! tonna le pasteur. Regardez-la, mon fils ! Aussi impudique qu'une prostituée de Babylone !

Skye portait un déshabillé de soie rose, celui-là même qu'elle avait renoncé à mettre le soir de ses noces, et le regard lascif du pasteur ne quittait pas ses seins.

– Vous ne vous gênez pourtant pas pour regarder, pasteur, et je n'aime pas ce que je lis dans vos yeux !

– Je ne vois aucune marque sur la chair de cette femme, cria le pasteur. Vous ne l'avez pas battue et son orgueil est encore plus démesuré ! Si vous refusez d'obéir à la volonté de Dieu, il faudra que je le fasse à votre place, pour le salut de votre âme.

Il agrippa Skye et, déchirant son vêtement, se mit à faire pleuvoir des coups sur son visage. Fabron de Beaumont se jeta sur lui avec un hurlement de rage et, l'arrachant à Skye, le frappa de ses poings.

– Créature du démon! Vous avez profité de ma faiblesse pour me détourner de ma foi et tenter de ruiner mon mariage, mais en voilà assez!

Il le souleva et le précipita par-dessus le balcon. Un long hurlement déchira l'air, qui s'éteignit brutalement. Quand Skye et Daisy parvinrent à la balustrade, le pasteur, désarticulé et sanglant, gisait au pied de la falaise.

Le duc, les yeux hors de la tête, porta convulsivement les mains à sa gorge. Il ne pouvait plus ni respirer ni parler. Puis, dans un cri, il s'écroula sur le sol.

– Allez chercher le médecin. Vite! ordonna Skye à Daisy.

Skye s'agenouilla près du duc. Il vivait encore mais son pouls était très faible, sa respiration à peine perceptible. Elle lui souleva la tête, la posa sur ses genoux et se mit à le caresser doucement.

– Oh! Fabron. Ne mourez pas! Pour l'amour de moi! Je saurai vous rendre heureux, je vous le promets!

Edmond de Beaumont fit irruption dans la pièce, suivi du médecin.

– Que se passe-t-il?

– Aidez-moi à le porter sur son lit, jeune fille, ordonna le médecin à Daisy.

Edmond de Beaumont avança une chaise à Skye puis, après avoir laissé courir un regard admiratif sur sa poitrine dénudée, il alla chercher un châle dont il lui couvrit les épaules.

– Qu'est-il arrivé?

– Savez-vous où se cache le père Henri? demanda Skye quand elle eut terminé son récit.

– Dans la vieille tour, celle du nord.

– Allez le chercher, Daisy, ordonna Skye.

En le voyant, Skye éprouva pour lui une affection immédiate. Il avait le regard chaleureux, les cheveux chenus et des traits aristocratiques. Son langage dénotait cependant une extraction modeste. Sans doute était-il le bâtard de quelque grand seigneur. Il s'empressa de gagner le chevet du duc, lui donna sa bénédiction, puis demanda au médecin:

– Il vivra?

– C'est une attaque d'apoplexie, mon père, et je ne peux me prononcer sur sa gravité avant que le duc n'ait repris connaissance.

Le père Henri revint auprès de Skye et d'Edmond.

– Je voudrais que vous me racontiez tout ce qui s'est passé depuis votre mariage, ma fille.

– Vous devez nous unir, mon père, murmura Skye. Cet individu qui se prétendait homme de Dieu n'avait pas qualité pour le faire.

– Ne vous inquiétez pas. Les signatures apposées au bas de votre contrat de mariage le rendent légal en ce pays. Mais bien sûr, dès que le duc sera rétabli, je vous unirai par les sacrements du mariage. Et maintenant, racontez-moi tout.

– Soyez louée, ma fille, dit-il quand elle eut achevé son récit. Vous avez agi en véritable chrétienne et vos efforts ont été récompensés, grâce à Dieu ! Fabron est revenu au sein de notre sainte Mère l'Église. Je prierai cette nuit pour sa guérison. Veillerez-vous avec moi ?

Skye hocha la tête.

– Si Edmond parvient à faire remettre la chapelle en état, pourriez-vous la purifier et la bénir avant que nous commencions nos prières, mon père ?

Devant les regards admiratifs que lui jetaient les deux hommes, Skye éprouva une légère honte. Il y avait des années qu'elle n'avait montré pareille dévotion ! Elle était loin d'être une parfaite catholique, mais le duc avait besoin de ses prières et elle espérait que Dieu l'entendrait.

– Je ne suis pas une sainte, messieurs, déclara-t-elle, et vous auriez tort de m'attribuer des vertus que je ne possède pas. Je risquerais de vous décevoir.

Le duc gémit. Skye se précipita à son chevet mais, bien qu'agité, il était toujours inconscient.

– Je suis là, Fabron, fit-elle avec douceur.

Quand, au bout de plusieurs jours, Fabron de Beaumont reprit enfin connaissance, il était paralysé au-dessous de la taille et incapable de parler. Deux mois passèrent sans que son état s'améliorât.

Skye dut prendre la tête du duché et ce fut elle qui reçut l'envoyé de la Cour de France qui venait réclamer le duché de Jaspré pour son roi. En effet, puisqu'elle n'était pas enceinte – et force était de reconnaître qu'elle ne l'était pas – le duc allait rester sans héritier capable de régner.

Skye le fit promptement enfermer dans ses appartements et convoqua Robbie, Edmond et le père Henri.

– Il faut trouver une solution. Nous ne pouvons laisser les Français s'emparer du duché ! N'y a-t-il pas quelqu'un d'autre dans votre famille qui puisse régner ?

– Il y a Nicolas Saint-Adrien, répondit Edmond.

– Le duc n'y consentira jamais ! protesta le père Henri.

– Il n'a pas le choix, mon père.

– Qui est Nicolas Saint-Adrien ? demanda Skye.

– C'est le frère bâtard du duc. Il est de noble lignée, baron, si mes souvenirs sont exacts.

– Son nom n'est pourtant pas de cette région, fit observer Skye.

– C'est le nom d'une famille noble et désargentée du Poitou. Il y a bien des années de cela, le père de Fabron s'est follement épris de leur fille unique, Émilie, et il l'a séduite. C'est seulement lorsqu'elle s'est trouvée enceinte qu'il lui a avoué être déjà marié. Elle a refusé de le revoir et lui a ensuite retourné, sans les ouvrir, tous les présents qu'il a pu lui envoyer. Le vieux père d'Émilie a adopté l'enfant et en a fait son héritier.

« Nicolas Saint-Adrien a six ans de moins que votre mari. C'est un homme cultivé, mais son manque de fortune lui a interdit de faire carrière à la Cour et de prendre femme. Il vit seul dans son château en ruine, et son domaine est si petit que ses paysans en tirent à peine de quoi vivre.

– Il faut l'envoyer chercher, déclara tranquillement Skye. Je ne comprends pas pourquoi Fabron n'en a pas déjà fait son héritier.

– Le duc est homme à principes, madame, et pour lui son demi-frère n'est qu'un bâtard. Je le soupçonne en outre d'éprouver à son égard une certaine rancœur car son père déplorait la perte de Nicolas en qui, d'après tous les rapports qu'on lui en faisait, voyait un fils selon son cœur. Fabron était un enfant sensible et il a dû souffrir de l'attitude du duc.

– Je parlerai à Fabron. Nous n'avons pas le choix, mon père!

– Je sais, ma fille, mais c'est le duc qui doit en prendre la décision.

Ils se dirigèrent aussitôt vers la chambre où reposait Fabron de Beaumont. Quand il les entendit entrer, il ouvrit les yeux et posa sur Skye un regard plein d'amour. Il avait désormais pour elle une adoration sans borne et l'affection que Skye lui témoignait l'emplissait d'une gratitude enfantine.

– Bonsoir, mon mari, fit Skye en l'embrassant. Nous sommes venus vous entretenir d'une affaire de la plus haute importance : les Français réclament le duché.

Le regard du duc s'enflamma et il émit des grognements furieux.

– Je sais, fit-elle en l'apaisant d'une caresse. Nous ferons l'impossible pour que cela n'arrive pas, mais nous avons besoin de votre accord. Seul votre demi-frère peut sauver Beaumont de Jaspré, Fabron.

Le duc secoua la tête avec véhémence, mais Skye n'en poursuivit pas moins :

– Malgré sa naissance illégitime, Nicolas Saint-Adrien appartient à votre famille et sa mère est de noble lignée. Si vous n'en faites pas votre héritier, les Français occuperont vos terres avant la fin de l'année. Je ne peux pas toute seule combattre les Français, Fabron, et la reine d'Angleterre ne nous aidera pas : elle ne voulait que vos ports.

« Par votre refus, vous nous condamneriez à subir la loi d'un suzerain français. Avez-vous seulement songé aux conséquences ? Qui s'occupera de votre malheureux fils ? Que deviendra Edmond ? Seront-ils contraint de s'engager dans une troupe ambulante ? Je pourrais évidemment, trouver un protecteur et s'il ne se montrait ni trop jaloux ni trop avaricieux, prendre soin d'eux...

– Ma fille ! protesta le père Henri, scandalisé.

– J'ai eu une vie difficile, mon père, et si j'ai survécu, c'est que j'ai toujours regardé la vérité en face. Si je ne parviens pas à venir à bout de l'orgueil entêté de mon époux, tout se passera comme je l'ai décrit. Je suis désolée, Fabron, poursuivit-elle, mais il faut que vous signiez l'acte par lequel vous faites du baron Saint-Adrien votre héritier.

Les yeux du duc s'embuèrent de larmes. Avec un profond soupir de résignation, il fit un signe de tête affirmatif.

– Vous acceptez ? demanda le prêtre.

Fabron réitéra son geste.

– Très bien, mon fils. Dès que les documents seront prêts, j'enverrai chercher Nicolas Saint-Adrien.

Le duc, pâle et épuisé, ferma les yeux. Skye l'embrassa et quitta rapidement la pièce, accompagnée du père Henri.

– Envoyez un de vos prêtres, lui conseilla Skye. Je ne pense pas que les Français puissent soupçonner nos intentions, mais mieux vaut ne pas sous-estimer ses ennemis. L'absence d'Edmond risquerait d'être remarquée.

« Nous dépêcherons en même temps un messager chargé de riches présents au pape. S'il nous accorde sa protection, les Français nous laisseront en paix. Catherine de Médicis est une femme pieuse et, d'autre part, elle a assez à faire à l'Ouest pour ne pas chercher à s'opposer au pape.

– Madame, fit le prêtre d'un ton respectueux, vous me voyez émerveillé de tant de clairvoyance.

Skye se mit à rire.

– J'ai fait mes armes à la Cour des Tudor, mon père. Ayant la responsabilité de larges domaines et de fortunes importantes depuis l'âge de seize ans, j'ai appris à me défendre.

– Toutes les femmes n'en seraient pas capables, madame.

– Je ne suis pas une femme ordinaire ! répondit Skye en riant.

Avant la tombée de la nuit, un messager partait pour Rome avec le capitaine Kelly, à bord de *La Mouette*. Il emportait avec lui deux magnifiques candélabres d'or dont les branches s'ornaient de rubis, de diamants et de feuilles de vigne en vermeil. La régente du royaume de

France était connue pour sa parcimonie. Si elle se mêlait de solliciter, elle aussi, la faveur du pape, les présents de Skye l'emporteraient certainement en splendeur.

Et le lendemain matin, un jeune prêtre, habile cavalier et sachant manier l'épée, se mettait en route pour le Poitou.

Skye eut la surprise de les voir revenir tous les deux avant qu'un mois ne se fût écoulé. La chance avait souri à son envoyé à Rome. Alors qu'il faisait antichambre en compagnie de Bran Kelly, au milieu de centaines d'autres personnes, le pape avait entendu la voix de Bran en passant et s'était arrêté devant lui.

– Votre accent me rappelle l'Irlande. J'ai eu un secrétaire qui venait de ce pays. Je me trompe ?

Bran, terriblement ému, répondit par un hochement de tête. Le pape, touché par sa timidité respectueuse le fit introduire immédiatement dans ses appartements privés et le messager de Skye, le père Claude, le suivit. Quand ils eurent baisé l'anneau papal, le Saint-Père demanda :

– Que puis-je pour vous ?

Bran Kelly lui expliqua l'objet de leur mission et le père Claude présenta au pape la boîte d'ivoire sculpté qui contenait les présents de Skye. Celui-ci s'empara d'un des candélabres et le caressa avec admiration.

– Où se trouve ce duché ! demanda-t-il à son premier secrétaire.

– Entre la Provence et le Languedoc.

Le souverain pontife hocha la tête. Ainsi Catherine de Médicis s'intéressait à ce petit duché ? C'était le moment ou jamais de rappeler à la reine que la papauté n'était pas un jouet dont elle pouvait disposer à sa guise.

– Je confirmerai les droits du baron Saint-Adrien, fit-il en souriant aux deux hommes agenouillés devant lui. Cavelli, poursuivit-il à l'adresse de son secrétaire, vous ferez rédiger les documents nécessaires aujourd'hui même. Nous en enverrons copie à la reine de France.

– Le duc et son peuple vous en seront éternellement reconnaissants, Votre Sainteté, déclara le père Claude.

– Nous pouvons conduire votre messager jusqu'à Beaumont de Jaspré, et lui fournir ensuite un cheval pour qu'il puisse gagner rapidement la Cour de France, proposa Bran Kelly.

Enchanté par cette solution qui lui évitait toute dépense, le pape remercia chaudement le capitaine. Celui-ci dissimula un sourire : son offre n'avait eu d'autre but que de hâter le départ de l'envoyé du pape. Trois semaines après leur départ, ils étaient de retour à Beaumont de Jaspré, et le courrier du Saint-Père en route pour la France.

Quelques jours plus tard, à l'étonnement général, Nicolas Saint-

Adrien arrivait au château. Edmond de Beaumont se précipita dans les appartements de Skye pour lui annoncer la nouvelle.

– Il est là ! Le bâtard en personne, et sans escorte ! Par Dieu, on le dirait fort impatient de recueillir son héritage !

– Seigneur ! Cet imbécile de prêtre aurait pu nous faire prévenir ! Daisy ! Vite ! Ma robe de soie verte. Ah ! J'ai les cheveux dans un état ! Eh bien ! Edmond, demanda-t-elle en souriant. Comment est-il ! Ressemble-t-il aux de Beaumont ?

– Il est grand et bien fait, avec des traits énergiques, le nez et le front haut des Beaumont, une chevelure de la même couleur alezane que la robe de mon cheval, et des yeux verts comme un lac de forêt, changeant au gré de la lumière. Somme toute, beau et vigoureux. Je ne crois pas que notre famille ait à pâtir du sang neuf qu'il apportera.

– Lui avez-vous déjà parlé ?

Daisy l'aidait à enfiler son corsage et Edmond s'amusait à rouler des yeux égrillards. Skye lui donna une petite tape affectueuse.

– Non, répondit-il. J'ai pensé que c'était à vous qu'il incombait de l'accueillir.

– Dépêchez-vous, Daisy ! Nous ne devons pas faire attendre le baron.

– Votre vue le récompensera de son attente, ma très chère, observa Edmond avec un regard admiratif.

La robe de Skye, au corsage parsemé de diamants et de perles, découvrait sa poitrine d'une manière provocante. Elle orna son cou et ses oreilles de perles laiteuses. Quand Daisy eut planté quelques camélias roses dans son chignon, Skye se dirigea vers la chambre de son époux.

– Votre demi-frère est arrivé, Fabron. Je descends le saluer. Désirez-vous le voir, ce soir ?

Le duc fit signe que non.

– Vous accepterez pourtant de le recevoir ? insista Skye.

Fabron de Beaumont, immobile, feignit d'être assoupi.

– Il le faudra bien. Bonne nuit, Fabron, fit-elle en déposant un baiser sur son front.

Nicolas Saint-Adrien les attendait dans le hall. C'était un homme magnifique, à la carrure imposante et à la taille étroite. Il était vêtu simplement de bottes du cuir usées, d'un justaucorps de daim et d'une chemise de soie au col ouvert.

– Soyez le bienvenu à Beaumont de Jaspré, monsieur le baron, déclara Skye de sa voix musicale. Nous vous sommes très reconnaissants d'être venu.

Elle lui fit une gracieuse révérence comme il lui tendait la main pour l'aider à se relever, leurs yeux se rencontrèrent. Il comprit en un éclair qu'il la désirait et que ce désir était partagé. C'était la femme la plus merveilleuse qu'il ait jamais rencontrée!

– C'est à moi de vous exprimer ma gratitude, madame car, si j'en crois votre messager, c'est à vous que je dois d'avoir été appelé.

– Permettez-moi de vous présenter votre neveu Edmond, que nous appelons le petit sieur de Beaumont.

– Si Skye est heureuse de votre présence, mon oncle, je le suis doublement, fit Edmond en s'inclinant.

– Vous n'aspirez pas vous-même à être duc de Beaumont? demanda le baron en le regardant attentivement.

– Certainement pas! Je suis un accident de la nature mon oncle, et je ne me risquerai pas à essayer de perpétuer notre lignée. En revanche, d'après ce que je vois, il y a tout lieu de penser que les candidates au mariage ne vous feront pas défaut!

Nicolas Saint-Adrien se mit à rire. Il n'avait jamais rencontré jusqu'alors de femme qu'il souhaitât épouser, et sa pauvreté ne l'avait guère incité à y songer. Et voilà qu'il était devenu maintenant un parti enviable!

– Vous devez être fatigué après un si long voyage, monsieur le baron, dit Skye, mais nous ne vous attendions pas si tôt et je dois encore faire préparer vos appartements. J'espère que vous n'aurez pas une trop mauvaise opinion de notre hospitalité.

– Tenez compagnie à notre hôte, intervint Edmond en dissimulant un sourire. Je vais m'occuper de tout.

– Très bien, madame, fit Nicolas. D'autant plus que j'aimerais que vous m'exposiez la situation de mon demi-frère vis-à-vis de la France. Après tout, je suis Français et vassal du roi. Je ne saurais trahir mon serment d'allégeance.

Skye l'invita à s'asseoir et lui servit un vin rosé dans une coupe d'argent.

– A votre santé, Nicolas Saint-Adrien. Puissiez-vous faire un bon duc pour Beaumont de Jaspré!

– Je préférerais boire à vos merveilleux yeux bleus, répondit le baron en la dévisageant hardiment.

Le pouls de Skye s'accéléra. Elle éprouvait pour cet homme la même attirance irrésistible qu'elle avait eue pour Niall à l'âge de quinze ans! Mais aujourd'hui, elle était mariée, et son époux était mourant. Aussi déclara-t-elle d'une voix qu'elle s'efforça de rendre impersonnelle :

– Je suis la troisième femme de votre frère. Mariée depuis trois mois, je ne portais pas d'enfant lorsqu'il a été terrassé par une attaque d'apoplexie. Sans héritier mâle, l'indépendance du duché est menacée, c'est pourquoi le duc vous a choisi comme successeur. Si vous acceptez, la cérémonie d'investiture aura lieu la semaine prochaine, dans la cathédrale Saint-Paul. Vous ne recueillerez la fortune du duc qu'à sa mort et devrez pourvoir à l'entretien de Garnier, son fils, et d'Edmond.

– Et vous madame ? Ne prendrai-je pas également soin de vous ? demanda-t-il en la caressant du regard.

La tête de Skye lui tournait. Elle mourait d'envie de caresser cet homme, d'embrasser la veine qu'elle voyait battre à son cou, de passer la main dans sa chevelure qui paraissait si soyeuse. Par le diable ! pensa-t-elle. Je ne vaux pas mieux qu'une chienne en rut. Il lui en coûtait des efforts inouïs pour parler d'une voix calme et posée.

– Ne vous inquiétez pas pour moi. J'ai une grande fortune personnelle et mon mariage avait un but purement politique. A la mort du duc, je rentrerai en Angleterre pour y retrouver mes enfants.

– Votre reine vous contraindra peut-être à une nouvelle alliance ? suggéra-t-il, provocant.

– Dieu du Ciel ! J'espère bien que non ! s'écria Skye avec chaleur.

– Ce mariage n'était pas à votre goût, madame ? Avez-vous laissé un amant en Angleterre ?

Furieuse, Skye, lui expliqua les circonstances qui l'avait contrainte à se soumettre à la volonté de la reine.

– Veuillez excuser ma grossièreté, madame.

Le baron lui prit la main, la baisa et la garda dans la sienne. A ce contact, une véritable fièvre s'empara de Skye ! Se sentant défaillir, elle se leva.

– Que fait donc Edmond ? Je vais aller m'occuper moi-même de vos appartements, monsieur le baron.

Je veux cette femme ! pensait le baron. Et pas pour une nuit pour toujours ! J'ai enfin trouvé celle que je veux épouser et je ne la laisserai pas m'échapper !

– Je vous remercie, madame, fit-il d'une voix grave, sans lui lâcher la main.

– Monsieur le baron..., murmura Skye en tentant de se dégager.

– Vous devriez m'appeler Nicolas, madame. Nous sommes parents par alliance, après tout !

Il déposa un baiser brûlant sur sa main. Skye se hâta de quitter la pièce et, le chassant résolument de son esprit, entra chez son époux.

Fabron de Beaumont venait d'achever son repas. Daisy lui essuyait délicatement les lèvres à l'aide d'un linge trempé d'eau de rose. Elle avait appris le français avec une rapidité étonnante et parlait gaiement au duc qui semblait l'écouter avec intérêt et amusement.

– Bonsoir, mon mari, dit Skye. Je viens vous parler de votre demi-frère. Allons, Fabron! poursuivit-elle malgré l'air renfrogné du duc. Il faut que vous m'écoutiez. Nicolas est un jeune homme de belle prestance qui saura défendre Beaumont de Jaspré. Si vous refusez de le recevoir, on doutera de sa légitimité.

Le duc poussa un profond soupir et chercha la main de Skye qu'il pressa faiblement. Il acceptait.

– Merci, monseigneur. Je sais combien cela vous est pénible, mais le salut de votre duché l'exige. Je dois me hâter, poursuivit-elle en souriant. Mes devoirs d'hôtesse m'appellent. Je vous souhaite une bonne nuit, Fabron.

Le duc la regarda s'éloigner, le cœur serré. Prisonnier de ce corps qui ne lui obéissait plus, il éprouvait une souffrance intolérable à voir son bonheur lui échapper au moment même où il l'avait trouvé.

– J'espère que les deux petites écervelées que je forme à m'aider ont bien préparé votre bain selon mes instructions, Madame, fit Daisy qui avait suivi sa maîtresse.

– Marie et Violette me paraissent pleines de bonne volonté, Daisy. Elles ne manqueront pas de faire de rapides progrès, sous votre tutelle.

– Ah! Madame. Ce sont de véritables têtes de linotte! fit Daisy en levant les yeux au ciel. Mais je n'ai pas le choix!

Skye éclata de rire.

– Quelle robe mettrez-vous, ce soir, Madame? demanda Daisy.

– Je n'en changerai pas. Je l'ai à peine portée. Mais un bain serait par contre le bienvenu. Il a fait très chaud aujourd'hui et je crains un orage.

Marie et Violette s'empressèrent autour de Skye et l'aidèrent à se dévêtir. Daisy vérifia la température du bain, coiffa et épingla la chevelure de sa maîtresse puis, chassant les deux domestiques, elle se retira elle aussi.

Par les fenêtres ouvertes, Skye pouvait voir les derniers rayons du soleil embraser la mer et le ciel. Un serin, perché dans la vigne qui courait le long du balcon, fit entendre son chant passionné et Skye, brusquement, pensa au baron. Elle était troublée qu'un inconnu ait pu provoquer en elle un tel émoi et savait qu'il s'en était aperçu. Allons! elle n'avait rien à se reprocher. Rien dans son comportement ni dans ses paroles n'avait trahi la confusion de ses sens. C'était sans doute la chaleur et la fatigue qui l'avaient énervée. Depuis la maladie de Fabron, elle dormait peu, guettant le moindre bruit venu de sa chambre. Elle veillait sur lui comme sur l'un de ses enfants. Remplie d'une immense pitié, elle s'était jurée d'être pour lui une épouse aimante, jusqu'à la fin. Générosité d'âme qu'elle pouvait d'autant mieux se permettre que le médecin n'accordait au duc que peu de temps à vivre.

5.

Nicolas Saint-Adrien avait craint que Skye ne cherchât à l'éviter et ne paraisse pas au dîner. A sa grande joie, il n'en fut rien. Elle arriva, calme, élégante, mais fuyant son regard. Il fut convaincu alors qu'elle partageait ses sentiments.

Comme on ne l'attendait pas, la duchesse l'avait prévenu que le repas serait très simple. Le baron, pour qui un quartier de chevreuil et une miche de pain bis représentaient déjà un festin, vit défiler avec amusement, mais non sans plaisir, les plats de ce dîner si « simple » : moules accompagnées d'une sauce à la moutarde, poulpes assaisonnés d'ail, de persil et de fenouil, œufs durs parsemés de feuilles tendres de poivrier à la saveur piquante, gigots d'agneau de lait aromatisés de romarin et servis sur un lit de petits oignons et de carottes, pâté de lapin en croûte, tourtes contenant des alouettes farcies d'orange et de raisins, poulet à l'estragon, laitues, radis, olives noires, cœurs d'artichaut à la vinaigrette, riz au safran, fruits frais...

Ils mangèrent de bon cœur, tout en buvant un vin fruité d'une belle couleur grenat. Edmond fit observer que malgré son appétit monstrueux, il ne grandissait pas, et plaisanta la duchesse qui, malgré son solide coup de fourchette, restait mince. Son oncle, lui non plus, n'avait pas l'air de faire la fine bouche.

– C'est vrai, répondit Nicolas en souriant. Je suis le dernier Saint-Adrien. Mon château est en ruine et mon garde-manger aussi vide que ma bourse. Ce repas est une fête pour moi, madame. Et Beaumont de Jaspré aussi en est une, en quelque sorte.

– Voilà donc pourquoi vous êtes venu si vite! Nous vous attendions plus tard, avec toute votre suite, remarqua Skye.

Nicolas éclata d'un rire chaleureux.

– Hélas! madame. Je n'ai pas de suite. Je serais bien incapable d'en entretenir une! Même mes paysans trouvent que je suis un bien pauvre seigneur et voudraient que j'aille à la Cour pour redonner un peu de lustre à ma famille. Ils ne se doutent pas que le nom, sans la fortune, ne suffit pas. J'espère pouvoir utiliser un peu des munificences de Beaumont de Jaspré pour restaurer Saint-Adrien.

– Dois-je comprendre que vous acceptez l'offre du duc ? demanda Skye.

– A condition que je n'aie pas à combattre le roi de France dont je suis le vassal.

– Vous n'aurez pas à le faire, monsieur le baron. Nous avons en notre possession un document émanant du pape, confirmant vos droits. Le roi de France en a reçu copie. Il vous suffira, le jour de votre investiture, de prêter serment d'allégeance à la France en présence de l'envoyé de Catherine de Médicis, que nous retenons ici depuis son arrivée.

– Vraiment, madame ? fit-il, amusé et admirant le courage de cette femme qui avait osé braver un État aussi puissant.

– Certainement, monsieur !

– Son séjour ne lui aura pas été désagréable, intervint Edmond. Nous lui avons même procuré de très séduisantes servantes !

– Edmond ! Vous n'avez pas fait ça ! s'exclama Skye, scandalisée.

– Mais enfin, ma très chère, connaissez-vous un autre moyen d'assurer la bonne humeur et la satisfaction d'un prisonnier ? Quand il rentrera à Paris, il ne pourra pas se plaindre d'avoir été maltraité.

– On vantera partout l'hospitalité de Beaumont de Jaspré, renchérit Nicolas en éclatant de rire.

– Ah ! Vous êtes impossibles, tous les deux !

Le ton de Skye était sévère mais une lueur malicieuse dansait dans son regard.

– Le duché est-il lié par quelque traité, madame ? demanda le baron.

– Y en a-t-il d'autres que celui conclu avec l'Angleterre, Edmond ?

Celui-ci secoua la tête.

– De quel traité s'agit-il ?

– De celui qui autorise les navires anglais à faire escale à Beaumont de Jaspré pour se ravitailler et faire provision d'eau. Après tout, la France et l'Angleterre ne sont pas en guerre pour le moment. Je crois même qu'elles se font mutuellement la cour.

– Je vois. Votre reine, à l'instar de Catherine de Médicis, se sert des jolies femmes comme de pions sur l'échiquier du pouvoir. Et bien sûr, mon frère très pieux a été ravi d'accepter un gage aussi précieux, déclara-t-il avec une nuance de mépris.

Les yeux brillant de colère, Skye répliqua d'une voix cinglante :

– Que connaissez-vous des affaires politiques pour vous permettre de me juger, monsieur, vous qui n'avez jamais quitté votre marais poitevin ? Il vous est facile de vous montrer vertueux, vous n'avez rien à perdre ! Quant à moi, j'ai appris que, pour survivre, il fallait se soumettre à la loi des puissants. J'ai six enfants, j'ai enterré quatre maris, je suis immensément riche et je n'avais certainement pas besoin de votre frère. Mais la reine menaçait de s'emparer de mes terres et j'ai dû chercher son alliance. J'ai des enfants à élever et à protéger, et ce n'est pas en poursuivant des idéaux que j'y parviendrai ! Je vous souhaite une bonne nuit, monsieur le baron.

Skye se retira avec majesté et les deux hommes, impressionnés par son discours enflammé, restèrent un instant silencieux.

– Quelle femme ! murmura enfin Nicolas d'un ton rêveur.

– Elle n'a pas sa pareille, renchérit Edmond.

– Qu'est-il arrivé à ses époux ?

– Le premier est mort des suites d'une chute, le second et le dernier ont été assassinés par des femmes et le troisième a été emporté par une épidémie. Elle ne voulait pas se remarier, car elle pense qu'elle porte malheur aux hommes qui l'aiment. Et aujourd'hui, c'est mon oncle qui va lui être arraché.

– Est-elle éprise du duc ?

– Non, mais elle a de la tendresse pour lui et elle s'acquitte de ses devoirs d'épouse avec conscience.

– Je vous promets de remplir mes obligations de duc, Edmond, et de prendre soin de vous et du petit Garnier, déclara Nicolas, après un bref silence.

– Je n'en ai jamais douté, répondit Edmond. Mais votre premier devoir est de vous marier, Nicolas.

– Comment ! s'écria le baron avec une feinte sévérité. Vous permettriez-vous de donner des conseils à votre aîné, mon petit neveu ?

– Le duché a besoin d'un héritier, mon oncle, et je ne suis guère en mesure de le lui donner !

– Et pourquoi pas ? Vous pouvez fort bien avoir des enfants normaux.

– Ce serait courir un trop grand risque, mon oncle. La lignée des Beaumont de Jaspré doit rester pure de toute tare.

– N'aimez-vous pas les femmes ? demanda Nicolas avec curiosité.

– Bien sûr que si, mon oncle, répliqua Edmond avec un large sourire. J'ai d'ailleurs l'intention d'aller fêter votre arrivée en ville, ce soir. Je suis très prisé de ces dames ! Elles adorent me prendre sur leurs genoux et me câliner comme un enfant, et quand elles découvrent que je suis capable de les chevaucher aussi bien que n'importe quel homme, leur plaisir ne connaît plus de borne. Je suis simplement attentif à ne pas répandre ma semence là où il ne faut pas. M'accompagnerez-vous, mon oncle ? L'hospitalité des tavernes de Villerose est légendaire !

– Pas ce soir, mon neveu, répondit Nicolas avec un sourire. Mon voyage m'a fatigué. D'ailleurs, ma présence vous contraindrait à adopter une conduite exemplaire et vous ne vous amuseriez guère.

– Rien à craindre, mon oncle, fit Edmond en riant. Je reste moi-même en toute circonstance. Interrogez le père Henri ! Il s'en plaint assez ! Bon, je vous souhaite une excellente soirée. Ne m'attendez pas, car si la nuit m'est propice, je ne rentrerai peut-être pas du tout.

Nicolas se retrouva seul et ses pensées allèrent à Skye. Son image l'obsédait. Il la connaissait à peine, elle était la femme de son frère, et pourtant il l'aimait. Il l'aimait et la désirait.

Il gagna ses appartements et vit avec plaisir qu'un bain l'attendait devant la cheminée où brûlait un bon feu. On avait mis un domestique à sa disposition, un dénommé Paul, qui l'aida à ôter ses vêtements. Remarquant combien ils étaient poussiéreux et élimés, celui-ci déclara :

– Avec votre permission, monsieur le baron, je ferai venir le tailleur, demain.

– Je n'ai pas d'argent pour le payer, Paul, fit Nicolas, amusé.

– La duchesse s'en chargera, monsieur le baron. Vous êtes notre futur duc, vous devez faire honneur à Beaumont de Jaspré. Vous êtes bien fait de votre personne, si je puis me permettre. Élégamment vêtu, vous serez la fierté de notre duché.

Nicolas dissimula un sourire et le remercia d'une gracieuse inclinaison de tête. Tout en procédant à sa toilette, Paul continua de bavarder. Il complimenta le baron sur sa belle tournure, regretta qu'il n'ait pas la duchesse pour épouse et lui souhaita de trouver une femme qui l'égale en beauté.

– Je crains que cela soit difficile, remarqua Nicolas.

– Vous avez raison, monsieur le baron. Elle est incomparable ! Et tellement dévouée au duc ! C'est grâce à elle qu'il est revenu à la vraie foi. Quel dommage qu'elle n'ait pu lui donner un fils !

Nicolas Saint-Adrien sortit du bain et Paul le sécha vigoureusement.

– Quel est donc ce savon dont vous vous êtes servi ? demanda Nicolas en humant avec délice sa peau parfumée.

– Un savon au clou de girofle, monsieur. C'est la duchesse qui l'a fait fabriquer. Elle dit qu'un homme ne doit pas embaumer comme une fleur !

Nicolas éclata de rire. Paul lui apporta une fine chemise de soie qu'il refusa en déclarant :

– Je dors toujours nu, sauf lorsqu'il fait très froid.

Paul fut choqué, mais n'en montra rien. Il alla préparer le lit de son maître, puis se retira après lui avoir souhaité une bonne nuit.

Nicolas se coucha, goûta avec volupté la douceur des draps et leur odeur de lavande, et ferma les yeux pour chercher le sommeil. En vain. Il se releva en étouffant un juron et sortit sur le balcon.

A la lumière d'un éclair, il aperçut Skye sur le balcon voisin. Elle lui tournait le dos, le visage offert à la pluie, sa longue chevelure dénouée. Pris d'une impatience qu'il ne connaissait pas, il décida qu'elle serait à lui, tout de suite! Dans sa chambre, il avisa une petite porte, près du lit, qui n'était pas fermée. Elle donnait sur un passage étroit qu'il suivit, le cœur battant, jusqu'à une autre porte qui s'ouvrit avec un léger grincement.

Skye, alertée par le bruit, rentra dans sa chambre juste au moment où Nicolas Saint-Adrien, totalement nu, apparaissait. Elle ouvrit de grands yeux et, comprenant la raison de sa présence, une vague de désir la submergea. Luttant contre sa faiblesse, faisant appel à sa raison et à son sens moral, elle recula en murmurant :

– Non!

– Si, fit le baron à voix basse en l'attirant contre lui. Si, répéta-t-il en glissant ses mains dans sa chevelure soyeuse et en effleurant sa bouche de ses lèvres brûlantes. Si! murmura-t-il enfin en l'embrassant avec ardeur.

Skye essayait frénétiquement de le repousser, mais il la tenait étroitement enlacée. Elle se sentit défaillir sous son baiser. Il lui écarta les lèvres et leurs langues se mêlèrent en un furieux combat qui les fit flamber d'un désir sauvage. Secouée d'un profond frisson, dans un suprême effort, Skye s'arracha à ses lèvres.

– Il ne faut pas! fit-elle, haletante. C'est mal. Arrêtez, monsieur le baron, je vous en supplie!

– Nicolas! Je m'appelle Nicolas! déclara-t-il d'une voix rauque. Je veux entendre mon nom sur vos lèvres. Dites-le!

– Nicolas, je vous en supplie. Arrêtez!

Non, il ne faut pas! pensait-elle. Mais elle était sans force, toutes les fibres de son être tendues vers cet homme qu'elle connaissait à peine. Nicolas plongea dans ses yeux son regard brûlant, et dit simplement :

– Je vous veux.

Lui déchirant sa chemise de nuit, il découvrit une poitrine parfaite dont les pointes se dressaient, raidies de désir. Prenant l'un de ses seins dans sa paume, il en effleura délicatement le mamelon avec son pouce, puis le frôla de la langue en murmurant :

– Vous êtes si belle!

Skye pleurait, écartelée entre sa consience et le désir irrépressible d'être aimée par cet étranger. Chacune de ses caresses l'enfiévrait davantage et sapait un peu plus sa résistance.

– Nicolas! Je vous en supplie! Je suis mariée...

Sans l'écouter, il la souleva dans ses bras, lui ôta les derniers lambeaux de sa chemise et la déposa tendrement sur le lit.

– Je vous adore, Skye, et vous aussi, je le sais.

Délivrée de la torture délicieuse qu'infligeaient à ses sens ses mains et sa bouche, Skye se ressaisit.

– Je ne vous connais même pas! Comment osez-vous pénétrer dans mes appartements et me traiter comme une vulgaire prostituée. Sortez! Vous oubliez que je suis la femme de votre frère!

– Adorable menteuse! fit Nicolas sans se laisser émouvoir. Nous avons brûlé de la même flamme dès le premier regard. Pourquoi lutter, Skye? Vous n'aimez pas mon frère.

– Mais c'est mon époux, Nicolas, et je me mépriserais si je lui étais infidèle.

– Vous l'aimez?

– Non, répondit-elle honnêtement.

– A-t-il une chance de guérir?

– Il va mourir, mumura-t-elle. Oh! Nicolas! Pourquoi me faites-vous cela?

– Parce que je veux vous enchaîner à moi. Parce que je ne veux pas que vous retourniez en Angleterre. Vous m'appartenez, Skye, vous le savez aussi bien que moi!

Avant qu'elle ait pu protester, il avait repris ses lèvres. Puis, il couvrit son visage de baisers, mordillant son oreille, effleurant de sa bouche brûlante son cou, ses épaules, ses bras...

Elle était paralysée par l'intensité du désir qu'il faisait monter en elle. Quand il s'empara de ses seins, suçant avidement leurs pointes délicates, elle abandonna toute résistance. Elle glissa les mains dans son épaisse chevelure, se cambra contre lui et gémit :

– Nicolas!

S'asseyant alors sur ses jambes fuselées, Nicolas promena ses mains sur sa peau nue, l'enflammant de ses caresses. Puis il lui prit la main et la posa sur sa virilité dressée que Skye caressa timidement, impressionnée par sa taille.

– Je veux que vous me guidiez en vous, Skye, ordonna-t-il d'une voix douce.

Hypnotisée, Skye introduisit dans sa chair son membre palpitant, avec un soupir de plaisir. Il s'enfonça en elle, profondément, encore et encore, l'amenant au bord de l'évanouissement. Puis il la ranima à l'aide de baisers et des mots tendres.

– Dieu! s'écria-t-elle en frissonnant de passion, vous êtes toujours en moi!

– Vous m'appartenez, Skye!

Lui immobilisant les bras pour mieux contrôler son plaisir, il la chevaucha de nouveau, avec un art consommé, s'arrêtant juste avant qu'elle n'atteignit les limites du bonheur, recommençant, jusqu'à ce que Skye se torde frénétiquement sous lui en gémissant. Quand il sentit qu'elle ne pourrait en supporter davantage, il lui accorda enfin sa jouissance. Skye fut soulevée par les vagues d'un plaisir d'une extraordinaire violence, comme elle n'en avait encore jamais connu.

Quand il eut repris ses esprits, Nicolas lui caressa le visage en murmurant :

– Je t'aime, je t'aime, ma douce.

Comment le regarder en face? Skye, à demi inconsciente, songeait avec honte qu'elle avait laissé son corps supplanter sa raison.

– Ouvrez les yeux, ma douce, fit Nicolas gentiment, mais d'un ton de commandement.

Elle obéit et se mit à pleurer. Nicolas la prit dans ses bras, lui murmurant des mots tendres, et elle sanglota longtemps, laissant enfin libre cours à la détresse qui s'était accumulée en elle depuis son départ d'Angleterre. Enfin apaisée, elle resta silencieuse, blottie contre la poitrine de Nicolas, s'imprégnant de sa douceur et de son odeur.

– Vous ne devez pas avoir honte, lui dit-il. Dès que je vous ai vue, j'ai su qu'il en serait ainsi entre nous.

Irritée par son assurance, Skye allait lui répondre quand Daisy frappa à la porte :

– Madame! Madame!

Nicolas bondit hors du lit et disparut tandis que Skye remédiait au désordre qui l'entourait. Lorsque Daisy entra, elle feignit d'être tirée du sommeil.

– Le duc agonise, Madame!

– Courez prévenir le baron et Edmond!

Skye poussa sous le lit les lambeaux de sa chemise, en revêtit une autre, enfila à la hâte une robe de chambre et se précipita dans les appartements de son mari.

Le médecin s'y trouvait déjà ainsi que le père Henri qui administrait à Fabron les derniers sacrements.

– Qu'est-il arrivé, docteur? s'écria Skye.

– Hélas! madame. Le duc a eu une nouvelle attaque. Fatale, cette fois-ci.

– Je suis là, mon mari, fit Skye en s'approchant du lit.

Fabron de Beaumont ouvrit les yeux et avec un faible sourire, posa sa main décharnée et déjà froide sur celle de Skye, qui frémit. Soudain, à la stupeur de tous, il balbutia :

– Nicolas...

– Où est monsieur le baron ? demanda Skye. Allez le chercher !

– Je suis là, répondit Nicolas en s'avançant.

– C'est bien, dit le duc après l'avoir contemplé un long moment. Occupez-vous... mon fils... ma femme... Edmond, reprit-il en jetant à Nicolas un regard implorant.

– Je le jure sur la sainte Vierge, mon frère.

Fabron de Beaumont sourit une dernière fois, ferma les yeux et s'éteignit.

Le père Henri s'agenouilla, immédiatement imité par les autres. Puis à l'issue de leur prière, Skye déclara :

– Vous devez procéder au sacre de Nicolas Saint-Adrien sans perdre un instant, mon père.

– Vous avez raison, madame la duchesse. Il a la bénédiction du pape, personne ne contestera ses droits. Toutefois, les Français pourraient céder à la tentation, si nous tardions trop.

– Assisterez-vous à la cérémonie, madame ? demanda Nicolas.

– Bien sûr, monsieur le baron, et Edmond aussi. Il faudrait également que nous nous assurions de la présence des grandes familles du duché, mon père. Non pas que je cherche à donner à la cérémonie un caractère de fête, mais...

– Je comprends. Il faut, bien sûr, que les témoins soient aussi nombreux que possible.

– Je m'en occupe, intervint Edmond. Ils seront dans la chapelle du château dans une heure.

– Nous devons dire une messe, déclara Skye. Me suivrez-vous dans mes appartements, mon père ? Je souhaiterais me confesser.

– Mais bien sûr. Entendrais-je également votre confession, mon fils ? demanda le père Henri en se tournant vers Nicolas.

– Oui, mon père, répondit-il après un moment d'hésitation.

La conscience de Skye était profondément tourmentée par le souvenir de sa nuit avec le baron. Elle en parla franchement au prêtre. Elle ne niait pas avoir désiré Nicolas mais, s'il n'était pas venu de lui-même, elle aurait su résister et maîtriser son trouble.

Le père Henri resta silencieux un instant. Il avait entendu de bien plus terribles aveux, au cours de sa longue existence.

– Vous avez péché, ma fille, car vous avez violé un des commandements divins. Vous bénéficiez cependant de circonstances atténuantes. Je vous absoudrai lorsque vous aurez fait pénitence. Pendant trois nuits, vous veillerez avec moi dans la chapelle et prierez pour votre mari et le repos de son âme.

– Merci, mon père, merci ! fit Skye, soulagée.

Après l'avoir bénie, le prêtre la quitta et gagna les appartements de

Nicolas de Saint-Adrien. Celui-ci se confessa d'une voix qui ne trahissait pas l'ombre d'un remords.

– Vous avez entraîné cette femme dans le péché, mon fils. Vous ne vous sentez pas coupable ?

– Aimer une femme n'est pas un péché, mon père, répliqua le baron.

– Il s'agit d'un adultère! fit le prêtre d'un ton sévère.

– Elle est destinée à m'appartenir. Quand nous aurons porté pendant un an le deuil de ce frère qui m'était inconnu, je l'épouserai, mon père.

– C'est impossible! s'exclama le prêtre, frappé de stupeur. Elle est la femme de votre frère et l'Église l'interdit!

– Fabron n'était que mon demi-frère. Je demanderai une dispense au pape. C'est une requête tout à fait banale, vous le savez bien.

Le prêtre soupira. Après tout, si le baron avant l'intention de faire de Skye son épouse légitime, sa faute n'était peut-être pas si grave...

– Les obsèques auront lieu dans trois jours. Nous passerons les trois nuits suivantes à prier dans la chapelle. Je vous déchargerai ensuite de vos péchés.

Le père Henri connaissait assez la nature humaine pour savoir qu'il ne séparerait pas longtemps les amants, mais il eut un petit rire étouffé en songeant à la déception du baron quand il s'apercevrait que ses pénitences l'empêcheraient de fauter pendant six jours!

Le soleil qui tombait sur les vitraux de la chapelle posait sur les fidèles des reflets irisés. A l'occasion du sacre, la duchesse de Beaumont n'avait pas revêtu des habits de deuil, qui auraient porté malheur au nouveau duc. Elle portait une robe somptueuse que rehaussait encore l'éclat de sa couronne. Le père Henri, après avoir déclaré Nicolas Saint-Adrien héritier du duché et avoir lu le document papal confirmant ses droits, oignit ses lèvres, son front et ses mains d'huile consacrée. Edmond le ceignit alors de la couronne ducale. Quand Skye lui eut remis le spectre avec son orbe de jaspe, le nouveau duc se leva et fit face à ses sujets.

– Vive le duc Nicolas! s'écrièrent ensemble Edmond et Skye.

– Vive le duc! reprit l'assistance.

Après une messe solennelle célébrée à la mémoire de Fabron de Beaumont, Skye et ses invités se retrouvèrent dans le hall pour boire à la santé du nouveau duc, puis on dépêcha des hérauts aux quatre coins du duché pour annoncer la mort de Fabron de Beaumont et le sacre de son demi-frère, le baron Saint-Adrien.

Celui-ci eut une journée chargée, veillant entre autres à l'envoi des messagers et à l'exposition du corps de son demi-frère dans la cathédrale Saint-Paul. Quand il retrouva Edmond au repas du soir, il lui demanda immédiatement :

– Où est Skye ?

– Elle préfère rester dans ses appartements, ce soir. Elle est fatiguée et va devoir passer trois nuits en prières dans la chapelle.

Nicolas jura silencieusement en comprenant le véritable but des pénitences que leur avait imposées le prêtre. Il décida cependant d'aller la voir avant qu'elle ne commence sa veille.

Skye, qui cherchait à l'éviter, était déjà partie pour la chapelle. Comment aurait-elle pu prier, obsédée par ses baisers ? Et pendant ces trois nuits, elle voulait prier avec ferveur. La fidélité était pour elle une vertu essentielle et elle avait trahi le duc alors même qu'il était mourant. Que Fabron n'en ait rien su n'allégeait en rien sa faute.

Comprenant son état d'esprit, Nicolas ne chercha plus à l'approcher. Mais, à l'issue de la troisième nuit, il l'attendait à la porte de la chapelle. Skye était épuisée, ses jambes ne la portaient plus. Il la souleva dans ses bras et, avant même qu'il n'ait atteint ses appartements, elle s'était endormie comme une enfant.

– Je vais m'occuper d'elle, déclara Daisy aussitôt.

– Non, je m'en charge, répondit Nicolas d'un ton sans réplique. Vous pouvez vous retirer, Daisy.

Nicolas déshabilla Skye, puis se dévêtit à son tour, se coucha à côté d'elle et s'endormit, la tenant enlacée. S'éveillant quelques heures plus tard, il trouva Skye qui le regardait d'un œil rempli de détresse.

– Comment vous sentez-vous ? demanda Nicolas.

– Encore très fatiguée.

– Rendormez-vous, fit-il en la reprenant dans ses bras.

Skye ferma les yeux, mais Nicolas la sentait agitée.

– Qu'y a-t-il, ma douce ?

– Je croyais que mes prières m'en avaient libérée, fit-elle avec soupir.

– Et de quoi donc, Skye ?

– De mon désir pour vous.

– Vous savez bien que c'est impossible. Dormez, mon ange. Nous devons enterrer le duc demain après-midi et, demain soir, je commence mes trois nuits de veille.

– Comment ? Vous devez faire pénitence pendant trois jours, vous aussi ? s'exclama Skye, amusée.

Quand elle s'éveilla, le lendemain matin, Nicolas l'avait déjà quittée.

– Dépêchez-vous, madame, déclara Daisy en lui apportant un jus de fruit. Le cortège funéraire va bientôt s'ébranler.

Skye, toute vêtue de noir, arriva dans la cour d'honneur du château au moment où venait d'éclater une scène orageuse entre la nourrice du petit Garnier – qui souhaitait voir son protégé assister aux funérailles – et Edmond et Nicolas qui s'y opposaient. Skye voyait l'enfant pour la première fois : il avait des yeux curieusement bridés, une tête hypertrophiée qu'il ne parvenait pas à tenir droite et il poussait des petits cris d'animaux en faisant des gestes désordonnés.

– Allons, madame, intervint Skye. Vous savez bien que cet enfant ne peut pas se comporter comme il conviendrait en cette occasion. Le pauvre petit ne comprend rien et vous l'effrayez avec vos cris. Là, mon petit, fit-elle d'une voix douce en caressant l'enfant. Tout va bien. Vous feriez mieux de le ramener à ses appartements, reprit-elle en embrassant Garnier tendrement.

Apaisée, la nourrice, obéit sans plus de résistance.

– Partirons-nous, messieurs ? fit Skye en se dirigeant vers son blanc palefroi.

Le cortège, conduit par la duchesse de Beaumont, se dirigea vers la cathédrale Saint-Paul où, après une messe, le corps de Fabron fut inhumé dans la crypte familiale. Au retour, ce fut Nicolas Saint-Adrien qu'on plaça en tête du cortège. Le peuple, qui le voyait pour la première fois, parut fort satisfait de son nouveau duc. Alors qu'ils traversaient les rues étroites de la ville, nombreuses furent les femmes, aux lèvres pulpeuses et aux regards pleins de promesse qui, penchées à leur balcon, lui jetèrent des fleurs. Mais Nicolas était bien trop absorbé par Skye, qui chevauchait près de lui, pour leur prêter attention.

– Ne me regardez pas ainsi, murmura-t-elle. Vous me gênez.

Edmond, qui les observait, se dit qu'il avait été bien aveugle pour ne pas avoir remarqué plus tôt l'amour dont brûlait son oncle. Il comprenait mieux, à présent, les nombreuses questions de Nicolas sur le traité avec l'Angleterre et son désir de le voir partir immédiatement pour Londres en compagnie du capitaine Kelly. Il voulait épouser Skye !

Edmond de Beaumont prit la mer quelques jours plus tard, sans répondre aux questions de Skye sur les motifs de son voyage. Elle serait volontiers partie avec lui, mais les convenances exigeaient qu'elle restât à Beaumont au moins jusqu'au printemps pour pleurer la mort de Fabron.

Pour la première fois depuis son départ d'Angleterre, elle se retrouvait seule. Robbie, dès qu'il avait été rassuré sur son sort avait appareillé pour Istanbul et ne savait rien de la mort du duc.

Nicolas se glissa derrière elle et l'enlaça.

– Vous auriez aimé les accompagner ?

– Oui, répondit Skye avec franchise.

– Auriez-vous un amant en Angleterre ? demanda-t-il d'un ton où perçait la jalousie.

– Mes enfants sont là-bas, Nicolas, répliqua-t-elle sans répondre à sa question.

Elle se rendit compte qu'elle n'avait pas pensé à Adam depuis des semaines.

– Mon plus jeune fils n'avait que deux mois quand je suis partie, et sa sœur à peine deux ans, reprit-elle. Ils me manquent. Et mes autres enfants aussi.

– Je ne vous laisserai jamais partir, déclara-t-il tranquillement.

– Il le faut, Nicolas.

– Savez-vous pourquoi j'ai envoyé Edmond à Londres, Skye ?

– Non, il a refusé de me le dire.

– Je propose à la reine la prorogation de notre traité, à la condition que vous soyez mon épouse.

– De mon côté, j'ai écrit à William Cecil pour lui demander l'autorisation de rentrer en Angleterre, fit remarquer Skye en souriant tristement.

– Et à laquelle de nos deux requêtes pensez-vous que la reine accédera ?

– Ne soyez pas cruel, Nicolas. Vous savez l'importance que la reine accorde à vos ports.

– Oh ! Skye. Songez-vous à l'importance que vous avez pour moi ? Je vous aime, je veux que vous soyez ma femme et la mère de mes enfants. Je vous apprendrai à m'aimer...

– Ne m'obligez pas à vous épouser, Nicolas ! Je porte malheur à ceux qui m'aiment ! Même Fabron est mort ! Je ne veux pas mettre votre vie en danger. Mariez-vous plutôt avec une jeune fille de noble famille.

– Non ! C'est vous que je veux, dit-il en plongeant son regard dans le sien.

– Ce n'est pas vous qui déciderez pour moi, Nicolas ! Aucun homme ne m'a jamais imposé sa volonté ! Si vous parvenez à comprendre que je suis une femme indépendante, peut-être alors pourrons-nous devenir amis...

Avec un petit rire indulgent, Nicolas la souleva dans ses bras et la laissa tomber sur le lit.

– Comment pouvez-vous être aussi naïve, Skye ? Une femme n'est jamais indépendante. Je suis sûr que votre reine vous donnera à moi. Vous devez donc m'obéir car j'attends d'une épouse qu'elle soit soumise et bien élevée, poursuivit-il avec une lueur malicieuse dans le regard.

– Une épouse soumise et bien élevée ? Vraiment ! s'écria Skye en se levant pour l'affronter de l'autre côté du lit. Vous n'êtes qu'un petit coq plein de suffisance. Vous obéir! Je préférerais obéir au Diable! Si la reine me contraint à vous épouser, Nicolas, vous le regretterez toute votre vie!

Il lui fit un large sourire et dit avec une feinte douceur en lui montrant le lit :

– Venez vous coucher, ma douce.

– Oh! cria Skye, exaspérée. Vous n'avez pas écouté un mot de ce que je vous ai dit! Vous êtes impossible, Nicolas! Je ne vous épouserai pas! conclut-elle en frappant du pied.

Nicolas abattit sur elle une poigne d'acier et la tira vers lui.

– C'est vous, ma diablesse, qui refusez de m'écouter! Par Dieu! On croirait à vous entendre que je vous fais des propositions malhonnêtes!

– Des maris, j'en ai eu assez! vociféra Skye. La mort me les arrache trop vite et c'est encore plus atroce lorsque je les aime.

– Vous m'aimez donc, fit-il, le visage illuminé.

– Je vous déteste! Vous êtes arrogant, têtu, et vous ne me comprenez absolument pas.

– Vous m'aimez, dit-il en l'immobilisant sous lui.

– Non! riposta Skye, cherchant à lui échapper.

– Vous m'aimez!

Il s'empara avidement de ses lèvres. Skye se débattit un instant, puis resta figée. En lui montrant de la froideur, en luttant contre son propre désir, elle finirait par le convaincre de son indifférence. Elle ne pouvait pas l'épouser, elle lui porterait malheur! Et puis, il y avait ses enfants, là-bas, en Angleterre...

– Aime-moi, ma douce, chuchota-t-il d'une voix qui la fit frissonner.

– Oh! Nicolas. Vous êtes sans cœur! Si vous m'aimez vraiment, pourquoi m'infligez-vous pareille torture?

– Je cherche seulement à vous faire avouer vos véritables sentiments, répondit-il en lui caressant les seins.

– Je ne nie pas que vous troubliez mes sens, fit Skye d'une voix sourde, mais ça n'est pas de l'amour!

– C'est au moins un début, ma douce...

Lentement, il défit son corsage et se pencha pour embrasser sa peau nue.

– Non! dit Skye d'une voix rauque.

– Silence, mon amour!

Chaude, exigeante, sa bouche avait repris la sienne. Incapable de lui résister plus longtemps, Skye, lui rendit son baiser et s'abandonna enfin à lui. Frôlant de sa joue la peau satinée de ses seins, il en agaça de la langue les pointes délicates. Skye frissonna de plaisir, délaça la chemise de Nicolas, le caressa et le prit par le cou.

– Ah! ma douce, fit-il avec un grognement sourd. Voilà pourquoi vous êtes faite! Pour aimer un homme et pour qu'il vous aime.

– Je vous trouve surtout très bavard, remarqua Skye d'un ton moqueur. Nicolas éclata de rire.

– Je vais vous faire payer cette injure!

– Vraiment! Et comment?

– En vous aimant jusqu'à ce que vous demandiez grâce.

– Je ne demande jamais grâce, Nicolas. Je gagne toutes les batailles.

– Ah! ma douce, les femmes ne se battent pas. Ce sont des êtres fragiles, qu'il faut protéger et aimer.

Skye le repoussa violemment.

– Vous avez vécu trop longtemps dans votre marais poitevin, Nicolas. Vous avez des femmes une conception totalement surannée. Vous oubliez que ce sont des reines qui sont assises sur les trônes de France et d'Angleterre! Tant que vous ne m'aurez pas acceptée pour ce que je suis, nous ne pourrons pas nous entendre. J'ai des terres, une fortune et des enfants dont j'ai su m'occuper seule. Si la reine me l'ordonne, je serai, bien sûr, contrainte de vous épouser. Mais sachez que, même si je vous apporte une dot, je ne vous céderai ni la possession ni l'administration de mes biens. Y consentirez-vous? Il faut que vous cessiez de me considérer comme une jument docile!

– Je me corrigerai pour ne pas vous perdre, parce que je vous aime, s'exclama Nicolas, dompté.

– Oh! Nicolas, murmura Skye, émue.

– Je ne peux pas vivre sans vous, Skye. Aidez-moi à mieux vous comprendre.

– Si je vous épouse, j'entends conserver ma fortune et faire venir mes enfants. Je ne peux pas rester séparée d'eux, Nicolas!

– Je les aimerai, Skye, je vous le promets. Et nous en aurons d'autres. Ensemble.

– Et ma fortune?

– Je vous la laisserai. D'ailleurs, je ne saurais qu'en faire. Je n'ai pas l'habitude de la richesse!

– Il vous faudra apprendre à gérer vos biens, Nicolas; les coffres du duché sont pleins. Edmond se chargera de votre instruction.

– J'apprendrai tout ce que vous voudrez pour vous être agréable, Skye.

– Non! Cent fois non! C'est pour le bien du duché que vous devez le faire, pas pour moi! C'est une responsabilité importante que la fortune, Nicolas, les grands seigneurs le savent. Il ne faut pas commettre l'erreur de croire que votre richesse ne servira qu'à satisfaire vos fantaisies. Il est indispensable de veiller aux intérêts du duché!

– J'ai beaucoup à apprendre, vous m'en avez convaincu, mais, s'il vous plaît, remettons les leçons à plus tard. J'ai envie de vous aimer, ma douce.

– C'est vous alors qui allez me donner des leçons! fit Skye d'un ton moqueur. Eh bien! dans ce cas, levez-vous et débarrassez-vous de vos vêtements. C'est trop difficile de faire l'amour habillé!

De son côté, elle laissa tomber sa chemise à ses pieds. Lorsqu'elle se retourna vers Nicolas, baignée des rayons de la lune, il retint son souffle et contempla, émerveillé, ses petits seins, agressivement pointés, sa taille fine, ses hanches pleines et ses jambes fuselées. Brûlant de désir, il se défit rapidement de ses vêtements. Ce fut au tour de Skye de promener hardiment les yeux sur sa nudité. Elle admira sa taille haute, sa peau claire, ses longues jambes élancées et attarda un regard effronté sur sa virilité dressée. Elle se mit à le caresser et, le sentant frémir, eut un petit rire provocant qui fouetta l'ardeur de Nicolas. Il aurait voulu s'emparer d'elle, l'entendre gémir, supplier, mais il était paralysé par le plaisir que faisaient courir en lui le contact des mains de Skye qui lui caressaient le ventre, les hanches, glissaient entre ses cuisses, se refermaient sur ses fesses.

– Qu'attendez-vous, Nicolas? murmura-t-elle d'une voix sourde. C'est vous qui avez fait naître cette fièvre en moi. Les femmes hardies vous feraient-elles peur?

Elle le provoquait. Il répondit en se jetant sur elle, l'écrasant sous lui, tandis que sa bouche s'emparait brutalement de la sienne. Puis il se mit à couvrir de baisers chaque centimètre de son corps, effleurant de la langue sa gorge et ses seins, rendant hommage à son ventre et à ses cuisses, la retournant ensuite pour mordiller sa nuque, lécher ses épaules, son dos, ses fesses.

– Ah! Nicolas, s'écria Skye, haletante. Laissez-moi vous aimer aussi. Je vous en supplie!

– Non, ma douce, murmura-t-il. Une autre fois, je vous le promets. Mais cette nuit, c'est moi qui vous aimerai, encore et encore.

Il avait déjà repris ses caresses et Skye s'abandonna au plaisir délicieux qu'elles faisaient courir en elle. Elle sentit sa bouche se poser sur ses cuisses et tenta d'étouffer ses cris lorsque sa langue trouva le chemin de son jardin secret, en goûta la saveur, s'attardant sur le joyau de sa féminité.

Sous cette torture délicieuse qui embrasait sa chair, Skye gémissait, au paroxysme du désir. Nicolas s'allongea alors sur elle et la pénétra profondément, tandis qu'elle enfonçait ses ongles dans son épaule musclée. Incapable de prolonger davantage leur plaisir, il répandit en elle sa semence avec un cri d'extase.

A sa grande surprise, Skye se mit à pleurer. Il la prit dans ses bras et la berça tendrement, la couvrant de baisers.

– Ma douce, mon amour, murmurait-il. Ne pleurez pas, je vous en supplie. Vous me brisez le cœur. Je vous aime, mon amour.

– J'ai si peur, Nicolas! Je ne veux pas qu'il vous arrive malheur! Et si je vous épouse, vous mourrez, comme tous ceux que j'ai aimés. C'est horrible!

– Vous m'aimez donc! s'exclama Nicolas avec bonheur.

– Oui... Non... Je ne sais pas! Tout ce que je sais, c'est que je ne veux pas vous voir périr!

– Écoutez, Skye. Un an de deuil nous sépare encore de notre mariage. Si rien ne m'est arrivé d'ici là, serez-vous convaincue qu'aucun événement funeste ne me menace? Il y a certainement déjà eu dans votre vie un homme que ce maléfice a épargné?

Skye pensa immédiatement à Adam, mais, de peur d'éveiller la jalousie de Nicolas, elle passa son nom sous silence. D'ailleurs, Adam n'avait jamais été son époux!

– Non, répondit-elle.

– Alors j'aurai l'honneur d'être le premier, fit Nicolas gaiement. Ne craignez rien, ma douce. Après tout, je suis né sous une bonne étoile! J'étais un bâtard – mon grand-père m'a reconnu! mon demi-frère m'a fait son héritier et le pape en personne a confirmé mes droits! Je serai également heureux en amour, vous verrez. Skye, tout se passera comme dans les contes de fées: nous nous marierons et nous aurons beaucoup d'enfants!

Il y avait tant d'amour dans son regard, il était si sûr de leur bonheur! Elle ne demandait qu'à le croire...

– Oh! mon chéri. Je vous fais confiance. Après tout, peut-être que tout ira bien, cette fois-ci?

Les mois passèrent sans que Skye eût à regretter sa décision. Non seulement Nicolas était un merveilleux amant, mais c'était aussi un homme de parole: il apprit à respecter et même à apprécier son indépendance. Skye trouva également en lui un élève plein d'intelligence qui acquit rapidement de solides connaissances en matière de finances, de commerce et de politique. Elle l'initia de plus à toutes les subtilités de la diplomatie. Ils coulaient ensemble des jours heureux et paisibles.

A l'approche de Noël, pourtant, Skye s'assombrit. Elle pensait aux fêtes qu'elle avait passées dans le château des Burke, un an plus tôt, alors que Niall était encore vivant et qu'elle était enceinte de Padraic. Dans le grand hall, décoré de guirlandes de pin et de houx, d'immenses bûches avaient flambé dans les cheminées. Il y avait eu d'énormes quartiers de chevreuil et des tonneaux de cidre gelé dans lesquels on plongeait des tisonniers portés au rouge. Et puis un ménestrel avait chanté la vieille Irlande avec ses géants et ses fées, ses paladins et ses femmes, belles et courageuses, et conté les histoires du temps où les actes étaient héroïques et l'amour éternel.

Nicolas s'aperçut de ce changement d'humeur et comprit qu'elle regrettait une période plus heureuse de son existence. Il aurait souhaité la voir enceinte pour pouvoir l'épouser sans plus tarder, mais Skye lui avait déclaré qu'ils n'auraient pas d'enfants avant leur mariage. Son assurance avait convaincu Nicolas qu'elle usait de quelque moyen prohibé pour suspendre sa fécondité et il n'avait pas insisté. Il se rendait compte qu'on lui avait refusé jusqu'ici le temps de pleurer son passé et il avait bien l'intention, lui, de le lui accorder.

Nicolas, qui avait préparé pour Skye une merveilleuse surprise destinée à lui rendre la gaieté et le bonheur, guettait à l'horizon, le retour de *La Mouette.* Celle-ci entra enfin dans le port, trois jours avant Noël.

Skye et Nicolas partirent aussitôt à cheval, escortés de quelques gardes. Ils traversèrent la ville, acclamés avec chaleur par ses habitants et parvinrent au port où régnait la plus grande animation. Des navires venus de tous les pays du monde y débarquaient leurs marchandises. Senteurs des épices, exhalaisons entêtantes des poissons et des peaux se mêlaient pour créer l'odeur si caractéristique des ports du monde entier.

Le navire de Skye, battant pavillon O'Malley, était mouillé près du marché. Elle mit pied à terre devant la passerelle et monta à la rencontre de Bran Kelly qui l'accueillit avec un sourire radieux.

– Avez-vous ramené Edmond ? demanda-t-elle.

– Bien sûr, madame. Mais j'ai également une surprise pour vous – de la part du duc – qui vous fera certainement plaisir. Maintenant, monsieur ? demanda-t-il en se tournant vers Nicolas.

– Oui, répondit celui-ci en souriant.

– Par ici, madame...

Skie le suivit, très étonnée. Il l'entraîna jusqu'à la cabine principale. Dès qu'elle en eût franchi le seuil Skye s'immobilisa, pétrifiée. Puis elle éclata en sanglots, immédiatement entourée de ses enfants qui pleuraient, riaient et criaient tout à la fois. Une petite fille aux cheveux bruns, accrochée aux jambes d'Edmond, la regardait d'un œil ébahi, tandis que, dans les bras de sa nourrice, un bébé la contemplait avec beaucoup de sérieux.

– Vous n'êtes pas contente de nous voir, maman ? demanda Willow.

Skye, trop émue pour répondre, leur tendit les bras. Les trois aînés s'y précipitèrent, parlant tous en même temps. Elle les étreignit avec amour, puis se tourna vers Nicolas. Les mots étaient superflus.

– Merci, lui dit-elle simplement.

– Il y a quelqu'un qui voudrait vous saluer, fit Edmond en tirant Deirdre par la main.

Skye s'agenouilla près d'elle et lui sourit tendrement. C'était le portrait de Skye en miniature, avec sa peau opaline, ses boucles brunes et ses yeux bleu-vert. Un doigt dans la bouche, elle regardait Skye avec méfiance.

– Petite sotte! fit Willow. C'est ta maman!

Deirdre dévisagea alternativement Willow et sa mère, hésita, puis fit un pas en avant. Skye la prit dans ses bras et les larmes aux yeux, embrassa l'enfant qui se blottissait contre elle. Il avait suffit de quelques mois pour que la petite Deirdre l'oubliât complètement. Ni elle, ni Padraic – pourtant tout le portrait de son père – ne se souviendraient jamais de Niall.

– Vous êtes heureuse maintenant, ma douce?

Oh! Nicolas. Comment pourrai-je vous remercier? – Papa! déclara Deirdre d'un ton péremptoire en regardant Nicolas dont le visage s'éclaira d'un large sourire.

– J'espère bien que je vais l'être! La reine a-t-elle fait droit à ma requête, mon neveu?

– Votre mariage a sa bénédiction, mon oncle.

– Je vous croyais déjà mariée, mère? intervint Murrough.

Deirdre tendit ses petites mains dodues vers Nicolas qui la prit dans ses bras.

– Papa, répéta-t-elle avec une grande satisfaction, sans se soucier de la gêne de ses frères et sœurs.

Skye dissimula son amusement.

– Le duc de Beaumont est mort peu de temps après notre mariage, Murrough. Nicolas Saint-Adrien est son héritier et deviendra ton beau-père, à la fin de mon année de deuil.

Murrough hocha la tête et fit une révérence polie.

– Enchanté de faire votre connaissance, monsieur.

– Moi aussi, ... Murrough, n'est-ce pas?

– Oui, monsieur. Murrough O'Flaherty.

– Voici Robin, le jeune comte de Lynmouth, et Willow, ma fille aînée, déclara Skye.

– Soyez les bienvenus à Beaumont de Jaspré, mes enfants.

– Pourquoi Ewan n'est-il pas venu? demanda Skye à Murrough.

– Il lui a semblé imprudent de quitter Ballyhennessey, mère.

– Il a des ennuis?

– Oh! rien de grave. Il a eu un petit différend avec son voisin, le vieux Hugh Kenneally. Il a pensé qu'Ewan ayant à peine quitté le sein de sa mère, il pouvait en profiter pour s'emparer de quelques-unes de ses terres.

– Et qu'a fait Ewan? demanda Skye, inquiète.

– Il a fait brûler les champs et la demeure de Hugh et s'est approprié ses moutons. A mon départ, Ewan entendait conserver une partie de ce troupeau en paiement des ennuis que lui avait occasionnés Hugh, et celui-ci prétendait que l'incendie de ses terres était déjà une punition bien suffisante. Je suis toutefois prête à parier qu'Ewan en gardera une bonne moitié!

– Et il aura raison! Je suis contente que ton frère n'ait pas hésité à prendre sa revanche. Il doit se montrer fort s'il veut que ses voisins le respectent!

Nicolas fut stupéfait de voir Skye approuver la conduite de son fils aîné. Il n'avait pas soupçonné en elle cette détermination farouche et implacable. Puis il se moqua de lui-même et de son romantisme. Quand on était comme elle à la tête d'immenses domaines, ou ne pouvait pas se permettre de faiblir...

– Vous êtes toujours sûr de vouloir m'épouser, Nicolas? demanda-t-elle d'un ton moqueur en lui prenant tendrement la main.

– Dès que je vous ai vue, ma douce, j'ai compris qu'il n'y aurait jamais qu'une femme dans ma vie.

– Rentrons, Nicolas. Il semble que plus rien ne manque à mon bonheur, à présent.

6.

L'hiver passa, doux et ensoleillé, puis vint le mois de mars qui couvrit les collines de fleurs éclatantes. Il y avait bien longtemps que Skye n'avait vécue entourée de tous ses enfants, et ils coulaient ensemble des jours heureux et paisibles. Loin de la Cour, ses deux fils aînés abandonnèrent vite leur attitude compassée pour retrouver toute leur ardeur enfantine. Nicolas les emmenaient se baigner dans une crique déserte, au pied du château et tandis que Willow et Deirdre barbotaient près du bord, Murrough et Robin nageaient et plongeaient comme de jeunes dauphins. Quant au petit Padraic, il criait de plaisir quand Nicolas le plongeait dans l'eau et agitait énergiquement bras et jambes.

Skye voyait avec plaisir l'affection qui naissait entre ses enfants et Nicolas. Mais malgré l'adoration que celui-ci lui témoignait, elle ne pouvait totalement se défaire de ses sinistres pressentiments. Elle craignait toujours que leur mariage ne lui porte malheur.

Murrough et Robin devaient rester à Beaumont de Jaspré jusqu'à l'été et repartir ensuite à la Cour. Bran Kelly, dont les noces avec Daisy devaient être célébrées immédiatement après celles de Skye, était en route pour l'Angleterre d'où il devait ramener dame Cecily. Et Robbie, de retour d'Istanbul, s'il avait d'abord été surpris d'apprendre la mort du duc et le remariage imminent de Skye, s'était vite pris d'une solide affection pour Nicolas.

Tout cela était trop beau, Skye l'avait bien senti. Un mois avant la date prévue pour les épousailles un messager se présenta. Nicolas éprouva une méfiance instinctive pour cet homme au teint sombre. Quant à Robbie, il comprit aussitôt qu'il arrivait d'Alger.

– Donnez-moi votre message, dit-il dans un arabe parfait. Je le transmettrai à sa destinataire.

– Cela m'est impossible, monsieur, répondit le messager.

– Qui vous envoie ?

– Je ne parlerai qu'à Skye Muna el Khalid en personne.

Robbie traduisit leur conversation à Nicolas qui s'exclama :

– Je vais le faire jeter dans les oubliettes !

– Cela ne vous serait d'aucune utilité, observa Robbie. Vous pourriez lui arracher les ongles avec des tenailles brûlantes que vous ne lui tireriez pas un mot. Il faut faire venir Skye.

Nicolas appela un domestique avec un soupir résigné. Il sentait que cet homme était sur le point de briser son bonheur.

Skye pâlit à la vue du messager. A ses vêtements, elle avait reconnu un habitant d'Alger.

– Qui est cet homme ? demanda-t-elle à Robbie.

– Nous n'en savons rien, ma fille. Il ne veut avoir affaire qu'à vous. Je crains qu'il ne parle qu'arabe. Vous rappelez-vous encore cette langue ?

Skye hocha la tête et s'approcha du messager.

– Vous désirez me voir ?

– Vous êtes Skye Muna el Khalid ?

– En effet.

– Je suis Haroun, le serviteur d'Osman, l'astrologue, fit-il en s'inclinant profondément. Je dois vous transmettre un message de mon maître.

– Vous a-t-on offert des rafraîchissements, Haroun ? Apportez des gâteaux et des jus de fruit, ordonna-t-elle à un domestique.

– Je vous remercie de votre hospitalité, madame, et c'est avec joie que j'y ferai honneur lorsque je me serai acquitté de ma tâche.

– Je vous écoute, Haroun.

– Votre époux est vivant. Celui dont mon maître vous a dit un jour qu'il vous était destiné. Vous devez vous rendre immédiatement à Alger pour apprendre toute la vérité.

Skye s'évanouit. Nicolas porta immédiatement la main à sa dague.

– Arrêtez ! s'écria Robbie. Cet homme n'apporte pas de mauvaises nouvelles. Aidez-moi plutôt à la faire revenir à elle. Toi ! Apporte du vin ! lança-t-il à un domestique.

– Je ne voulais pas lui faire de mal ! dit le messager, inquiet.

– Vous l'avez bouleversée, répondit Robbie. Votre maître vous avait-il dit de lui annoncer la nouvelle de manière aussi brutale ?

– Je n'ai fait que répéter mot pour mot son message, monsieur.

– Alors il a perdu la tête, marmonna Robbie.

Nicolas prit Skye dans ses bras, l'installa avec précaution sur un banc, lui frictionna les poignets et d'efforça de lui faire avaler quelques gouttes de vin. Elle toussa et ouvrit les yeux.

– Il vit! s'écria-t-elle.

– Qui, ma douce? Laissez-moi renvoyer ce mécréant.

– Non! Vous n'avez rien d'autre à ajouter, Haroun? demanda-t-elle d'une voix implorante.

– Non, madame.

– Comment puis-je être sûre que vous êtes bien l'envoyé d'Osman?

– Enfin une parole sensée! s'exclama Robbie. Et d'ailleurs, que diable signifie ce message?

– Que Niall est vivant, Robbie.

– Quoi! Avez-vous perdu la tête? Niall a été assassiné et jeté à la mer! D'où tenez-vous que c'est lui, « l'homme qui vous est destiné »? Quelle sorte de charabia est-ce là?

– Quand Khalid a été assassiné et que je le pleurais, Osman m'a prédit que je retrouverai l'homme de mon pays qui avait été mon premier amour. Quelles preuves, avez-vous de ce que vous avancez? poursuivit-elle en se tournant vers Haroun.

– Mon maître m'a dit de vous répéter les paroles qu'il vous a dites un jour : fiez-vous à votre instinct, il ne vous trahira jamais. Accomplissez le destin qu'Allah vous a réservé.

– C'est bien Osman qui l'envoie, déclara Skye en pâlissant.

– Mais quelle sorte de preuve est-ce là? hurla Robbie. Et comment avez-vous pu retrouver Skye, Haroun?

– Un navire O'Malley a fait escale à Alger, il y a quelques semaines. Mon maître a fait appeler le capitaine, un vieil homme qui a un nom étrange et difficile à prononcer.

– MacGuire?

– C'est cela, répondit Haroun en souriant. C'est lui qui nous a dit où vous étiez. Vous devez vous hâter, madame, car votre époux est en danger.

– Pouvons-nous lever l'ancre, cette nuit? demanda Skye à Robbie.

– Oui, mais ce serait de la folie, Skye. Laissez-moi y aller seul d'abord. Alger est une ville trop dangereuse pour vous. Avez-vous donc oublié Jamil? Il serait trop heureux de se venger!

– Je dois partir, Robbie. Il le faut!

– Le capitaine Jamil est-il toujours vivant? demanda Robbie à Haroun.

– Oui, monsieur. Mais il est à Istanbul pour y soigner son mal. Mon maître ne ferait pas venir madame s'il n'était pas convaincu qu'elle sera en sécurité.

– Nous partirons ce soir, fit Skye d'un ton qui n'admettait pas de réplique.

Nicolas, qui les observait, ne comprenait évidemment rien à leur conversation. Pourtant, il sentait obscurément que Skye allait lui être arrachée.

– Je vous en prie, ma douce, expliquez-moi ce qu'il vous a raconté! Pourquoi ai-je l'impression que je vais vous perdre?

Skye sursauta. Elle l'avait oublié! Elle avait oublié jusqu'à l'existence de cette homme si tendre, qui l'aimait avec passion et qu'elle devait épouser. Rien ne comptait plus pour elle que Niall Burke! Elle regarda Nicolas avec une profonde tristesse et murmura :

– Niall, mon époux, est vivant. Je dois aller à Alger pour en savoir plus.

– Ne me quittez pas! supplia-t-il.

– Il le faut, Nicolas. Si mon mari est vivant, comment puis-je vous épouser?

– Laissez Robert partir pour Alger et restez avec moi jusqu'à son retour.

– C'est ce que je m'acharne à lui dire! s'exclama Robbie. Mais elle est si têtue qu'elle ne veut rien entendre!

– Niall est vivant et Osman dit qu'il est en danger! cria Skye. Je dois le rejoindre! Envoyer Robbie ne serait qu'une perte de temps qui risquerait de lui coûter la vie. Si cela devait se produire, je ne vous le pardonnerais jamais!

– Partez alors! Mais si cette nouvelle est sans fondement, promettez-moi de revenir Skye! Laissez-moi au moins cet espoir!

– Osman ne me mentirait pas, murmura Skye.

– Promettez-le-moi! répéta-t-il, les larmes aux yeux.

– Oh! Nicolas! Vous voyez? Je vous avais prévenu. Je fais le malheur de ceux qui m'aiment. Mais si la poursuite que je vais entreprendre était vaine, je reviendrai, mon cher Nicolas, je vous le promets.

– Laissez-moi vos enfants. Ainsi je serais sûr de vous revoir.

– Si je ne suis pas de retour d'ici l'été et si vous n'avez pas de mes nouvelles, il faudra les renvoyer tous en Angleterre, Nicolas. Et vous chercher une autre femme.

– Non! murmura-t-il d'un ton désespéré.

– Si! s'écria Edmond en sautant du grand fauteuil dans lequel il était assis sans qu'on l'ait remarqué. Avez-vous oublié que vous êtes le seul à pouvoir perpétuer la lignée des Beaumont, mon oncle? Il faudra vous marier.

– J'ai Skye, répondit Nicolas obstiné.

– Je crains bien que non, riposta tristement Edmond... J'en suis navré, moi aussi. Le château n'a jamais été aussi gai que depuis son arrivée. Elle y a introduit la vie et l'amour. Mais ce serait rendre un piètre hommage à son souvenir que de nous plonger à nouveau dans la mélancolie.

Edmond comprenait son oncle mieux que quiconque : il aimait Skye, lui aussi...

– Mes enfants! s'écria Skye. Je dois parler à mes enfants!

Laissant les trois hommes à leurs sombres pensées, Skye se précipita à la recherche de ses enfants, qu'elle trouva réunis dans le jardin. D'une pâleur de cire, elle s'effondra sur un banc. Les trois aînés se précipitèrent vers elle.

– Que se passe-t-il, mère? demanda Murrough en l'enlaçant.

– Je vous ai déjà parlé de mon ami d'Alger, Osman l'astrologue. Vous vous en souvenez? Eh bien! il prétend que Niall est vivant et il me demande de venir à Alger.

– Aussi extraordinaire que cela paraisse, cela n'est pas impossible, fit Murrough d'un air pensif.

Skye le regarda, stupéfaite. Il était le premier à ne pas taxer de folie son départ.

– On n'a jamais retrouvé le corps de Niall, alors que Mannanan MacLir, le dieu de la mer, rejette d'ordinaire sur le rivage ceux dont il a ravi l'âme. Il a peut-être été grièvement blessé, sans plus, et Osman saurait où il est?

– Par le diable! s'exclama Skye. Voilà qui s'appelle raisonner, mon fils! Tu pourrais étudier, poursuivit-elle en oubliant un instant ses préoccupations. Cela te plairait-il, Murrough?

Murrough qui trouvait que ses déductions ne relevaient que du simple bon sens et que la situation ne se prêtait guère à une telle conversation, acquiesça cependant en souriant.

– Où voudrais-tu étudier? demanda Skye.

– Au collège Merton, à Oxford, répondit-il sans hésitation.

– A mon retour d'Alger, je t'enverrai à Oxford. Mais alors, il faudra retarder ton mariage avec Joan. Cela ne t'ennuie pas?

– Ne pourriez-vous pas vous en occuper dès maintenant? demanda Murrough tranquillement. Votre séjour à Alger risque de se prolonger et je suis las de mon rôle de page. La Cour est un plaisir pour Robin, mère, car il est l'un des premiers gentilhommes du royaume. Mais moi je suis Irlandais, et nombreux sont les Anglais qui ne peuvent nous souffrir.

– Quelqu'un se serait-il permis de te maltraiter?

– Je suis parent des Lynmouth, mère, et personne ne s'y hasarderait. Non, ce sont plutôt de petites insultes malveillantes et sournoises auxquelles je ne peux répondre sous peine de passer pour un Irlandais braillard et querelleur. Je n'aime par la Cour, mère. Et Joan est comme moi. Elle ne souhaite rien d'autre qu'un endroit tranquille, où nous pourrions vivre ensemble et élever nos enfants. Nous pensions attendre sa seizième année pour nous marier, ce qui me laisse six ans pour étudier et – cela vous étonnera sans doute – prendre la mer... Je voudrais commander un de vos navires.

– Pourquoi ne m'en avoir jamais parlé ?

– Nous n'en avons jamais eu le temps, répondit-il franchement.

– J'écrirai à Lord Burghley et à la comtesse de Lincoln dès ce soir. Je donnerai également des instructions à mon secrétaire. Si tout se passe bien, tu seras à Oxford pour la Saint-Michel.

– Oh ! merci, mère, fit Murrough en l'étreignant.

– Et nous ? demanda Willow. Qu'allons-nous devenir, si vous partez pour Alger ?

– Vous resterez ici jusqu'à l'été. Si je ne suis pas de retour à ce moment-là, vous rentrerez tous en Angleterre.

– Pauvre dame Cecily ! s'exclama Willow. Elle va avoir une mauvaise surprise à son arrivée. Elle qui a horreur des voyages par mer !

– Vous pourrez rentrer par la France. Vous visiterez Paris et vous n'aurez que la Manche à traverser.

– Paris ! s'écria Willow. Oh ! maman. Si nous allons à Paris, il faut que vous me versiez mon allocation de l'année prochaine.

– Pour que tu dépenses tout ? rispota Skye d'un ton moqueur.

– Jusqu'au dernier penny ! Je m'achèterai de la dentelle, des gants brodés et une belle robe de soie.

– Pour te faire admirer ensuite par les porcs et les manants du Devon ? ricana Robin.

– La reine m'a demandé d'être sa demoiselle d'honneur, mon noble frère, riposta-t-elle fièrement.

– Ce n'est pas vrai !

– Si, c'est vrai ! Après tout, Robin, il n'y a qu'à la Cour que je pourrai trouver un gentilhomme pour époux.

– Tu n'as pas de nom ! protesta Robin. Pour faire un grand mariage, il faut un grand nom !

– J'ai mieux, répliqua Willow.

– Quoi donc ?

– De l'or en quantité. Crois-moi, les prétendants ne me feront pas défaut !

Skye regarda sa fille, bouche bée.

– J'espère que tu te marieras aussi par amour, Willow.

– L'amour est une source de souffrances, répondit Willow avec toute l'assurance de ses dix ans. Je préférerais un arrangement plus raisonnable.

– Quand tu seras mariée, ta fortune appartiendra à ton époux. S'il ne t'aime pas, tu risques fort de te trouver dépossédée de tout.

– Je conserverai mes biens, mère, comme vous.

– Si j'ai pu le faire, c'est parce que les hommes que j'ai épousés m'aimaient. Ils n'y auraient pas consenti autrement. Mais tu n'as que dix ans, ma fille, poursuivit Skye en riant. Attends au moins mon retour pour te marier!

– Elle ne devrait pas venir à la Cour, mère, intervint Robin, inquiet. Elle est trop jeune. Les débauchés courent toujours après les demoiselles d'honneur!

– A sept ans, ce chérubin se permet de parler de jeunesse! s'exclama Willow d'un ton railleur.

– Je suis à la Cour depuis deux ans et j'en sais plus que toi, petite ignorante!

– Assez! ordonna Skye.

– Robin a raison, intervint Murrough que Willow foudroya du regard.

– Je sais. Willow n'ira pas à la Cour avant d'avoir treize ans.

– Mère, protesta Willow.

– Et seulement si je lui permets, poursuivit Skye d'un ton qui fit taire Willow.

– Vous partez ce soir? demanda Murrough.

– Oui. D'après Osman, il faut agir vite et, d'ailleurs, tarder ne ferait qu'aggraver les choses pour Nicolas.

– Vous ne pensez pas revenir, n'est-ce pas?

– Non. Osman ne m'aurait pas envoyé ce message s'il n'était pas absolument certain de ce qu'il avance. Allons, mes chéris, j'ai encore beaucoup d'affaires à régler. Promettez-moi de vous occuper des deux petits, poursuivit Skye en embrassant Deirdre et Padraic, endormis près de leur nourrice.

Ils hochèrent la tête tous les trois et Skye regagna ses appartements où Daisy était déjà en train de préparer ses bagages.

– Comme vous ne tenez sans doute pas à vous faire remarquer, Madame, je n'ai emballé que les vêtements que vous avez ramenés d'Alger, il y a des années. Mais la plupart sont malheureusement restés à Lynmouth.

– Je pourrai toujours m'en faire faire de nouveaux, si c'était nécessaire.

– Croyez-vous vraiment que lord Burke soit vivant, Madame?

– Oui, Daisy.

– Que porte une demoiselle de compagnie à Alger, Madame?

– Vous ne pouvez pas m'accompagner, Daisy.

– Et qui prendra soin de vous, je vous prie?

– C'est trop dangereux, Daisy, et il est préférable que je sois seule. D'ailleurs, je ne veux pas retarder davantage votre mariage avec Bran. Il sera bientôt de retour et vous l'épouserez à la date prévue. Si je ne suis pas revenue d'ici l'été, vous partirez tous les deux pour l'Angleterre, avec dame Cecily et mes enfants.

Et pendant que Daisy mettait la dernière main à ses bagages Skye écrivit trois lettres, l'une à lord Burghley, l'autre à son oncle Seamus, la troisième à la comtesse de Lincoln.

La nuit tombait déjà lorsqu'elle eut terminé. Daisy lui avait préparé la tenue qu'elle portait toujours à bord, Skye commença tristement à se dévêtir, laissant tomber ses vêtements un à un sur le sol. Quand Nicolas entra dans sa chambre, elle était en chemise. Profondément émue par la souffrance qu'elle lisait sur son visage, Skye le serra dans ses bras.

– Oh! mon amour! Je suis désolée, murmura-t-elle.

– Je ne veux pas que vous partiez, fit-il doucement.

– Vous savez bien que je n'ai pas le choix, Nicolas.

– Aimez-vous Niall Burke? demanda-t-il d'une voix brisée.

– Je l'aime depuis l'âge de quinze ans.

– Et moi, m'aimez-vous?

– Vous me demandez de choisir, Nicolas, et le choix ne m'appartient pas.

– Vous m'aimez? insista-t-il.

– Oui, Nicolas! Oui, je commençais à vous aimer!

– Votre mari ne peut être vivant après tout ce temps, ma douce!

– Vous avez peut-être raison, mais je dois en avoir le cœur net. S'il était vivant et que je vous épouse, je commettrais un péché mortel!

– Vous me reviendrez, déclara-t-il d'un ton convaincu.

– C'est peu probable, mon amour, répondit Skye, au bord des larmes. Le salut de votre duché exige que vous vous mariiez sans attendre.

– Non! s'écria Nicolas avec violence. Je n'épouserai personne d'autre que vous, Skye! Et si c'est impossible, j'abandonnerai Beaumont de Jaspré et je rentrerai dans le Poitou.

– Lâche! s'écria Skye en le giflant de toutes ses forces. Est-ce ainsi que vous tenez vos promesses? Vous avez juré à Fabron, sur son lit de mort, de régner sur ce duché et de veiller sur Edmond et Garnier. Les laisserez-vous aux mains d'un suzerain français?

– Je n'ai jamais aimé que vous, je ne peux pas vivre sans vous, Skye, murmura-t-il.

– Vous ne pensez qu'à vous, Nicolas, répliqua-t-elle d'un ton méprisant. Vous avez la responsabilité d'un duché, désormais.

– Je ne vous oubliera jamais, fit-il en luttant contre les larmes.

– Moi non plus, Nicolas.

Skye se sentait, elle aussi, envahie par le chagrin. Comment aurait-elle pu ne pas aimer cet homme qui l'adorait et faisait preuve d'une telle tendresse envers ses enfants ? Non, elle devait rester forte et lui insuffler un peu de sa force.

– Vous serez un parti très convoité, Nicolas, fit-elle gaiement. Pensez à toutes ces jolies jeunes filles auxquelles vous pourrez faire la cour !

– Comment pourrais-je en trouver une seule à mon goût après vous avoir connue, mon amour ?

– Vous devriez en choisir une très jeune, mais intelligente et vive. Fiez-vous à l'opinion d'Edmond. C'est un homme très avisé et il vous aime beaucoup.

Nicolas tenta de l'enlacer, mais elle se déroba.

– Vous ne voulez pas m'embrasser, ma douce ?

– Pas dans cette tenue, Nicolas ! Et maintenant, partez. Je dois m'habiller, si je ne veux pas être en retard.

Il soupira tristement et s'en fut. Bouleversée, Skye acheva de se vêtir, puis rejoignit ses enfants qui l'attendaient dans l'antichambre.

– J'aimerais venir avec vous, s'exclama Murrough. Alger doit être une ville fascinante !

– C'est surtout une ville dangereuse, répliqua Skye.

– J'aimerais combattre les mécréants, fit Robin avec bravoure.

– Tes cheveux blonds et tes yeux clairs les enchanteraient, mon chéri. Ils t'émasculeraient et si tu survivais, tu deviendrais le jouet d'un de ces hommes qui aiment les jeunes garçons. Ce n'est pas vraiment une destinée digne d'un comte de Lynmouth.

– Moi, je préfère rentrer en Angleterre, constata Willow.

– Tant mieux, fit Skye en souriant. Vous serez bien plus en sécurité chez vous, mes chéris. Et d'ailleurs, Murrough, Oxford t'attend. J'ai déjà écrit à Lord Burghley et à la comtesse de Lincoln.

– Oh ! merci, mère ! s'écria Murrough en l'embrassant.

Skye prit tendrement congé de ses trois enfants, puis se glissa dans la pièce où dormaient Padraic et Deirdre.

– Ils sont si beaux dans leur sommeil, murmura Edmond. Comme j'aurais aimé que vous donniez de pareils enfants aux de Beaumont !

– Le sort en a décidé autrement...

Skye avait décidé de partir à la nuit, pour ne pas éveiller l'attention. Son départ serait annoncé le plus tard possible dans l'espoir de protéger le duché des Français en attendant qu'Edmond ait trouvé une fiancée à Nicolas.

Daisy, les larmes aux yeux, la revêtit d'un large manteau à capuchon.

– Allons, Daisy ! fit Skye en l'étreignant. Je serai bientôt de retour.

– Que Dieu vous garde, Madame, répondit Daisy d'une voix tremblante.

– Pauvre Daisy! observa Skye quand elle se fut éloignée avec Edmond. C'est la première fois que nous nous séparons depuis qu'elle est à mon service.

Robbie et Nicolas vinrent à leur rencontre. Le jeune duc s'était paré de ses plus beaux atours et le velours vert sombre de son pourpoint lui seyait à merveille. Le lion des Beaumont brillait à son cou, au bout d'une lourde chaîne en or.

– Vous avez fière allure, remarqua Skye avec une sincère admiration.

– Vous êtes merveilleuse, répondit-il en plongeant son regard dans le sien.

Ils restèrent un long moment, les yeux dans les yeux, puis il lui effleura tendrement les lèvres :

– Au revoir, mon cœur... dit-il.

Et il partit sans se retourner une seule fois.

– Suivez-le, Edmond, je vous en supplie!

– Oui. Que Dieu vous garde, murmura-t-il en lui baisant la main avec ferveur.

Un domestique aida Skye à se mettre en selle, et elle quitta le château, accompagnée de Robbie.

– Ah! Robbie, soupira-t-elle tristement. Cela faisait à peine plus d'un an que j'étais ici. Où serai-je l'année prochaine? En Irlande, avec Niall?

Comprenant combien il en avait coûté à Skye de se séparer de Nicolas, Robbie chercha à l'égayer.

– Ah! ça, ma fille, je n'en sais rien! Tout ce que je sais, c'est que l'année à venir ne sera pas monotone! Par Dieu, je dois avouer que je prends plaisir à suivre le rythme effréné de vos aventures! J'y gagnerai certainement une jeunesse éternelle... ou une vieillesse prématurée! Ah! je vois déjà la tête que fera dame Cecily quand on lui annoncera, à son arrivée, que nous ne sommes plus là! poursuivit-il en éclatant de rire. Elle qui me rabroue toujours quand je peste contre votre vie aventureuse! Qu'elle ose me taxer d'exagération, maintenant!

TROISIÈME PARTIE

L'Afrique du Nord

7.

Les blanches bâtisses d'Alger vibraient dans l'air torride de midi. Robbie avait fait mouiller *La Mouette* assez loin des quais. Il n'avait pas l'intention de laisser Skye descendre à terre avant de s'être assuré que le capitaine Jamil avait bien quitté la ville.

– Vous êtes une véritable mère poule! lui cria Skye tandis qu'il montait à bord du canot qui devait le conduire au port.

– Et j'en suis fier! Tenez-vous donc tant à devenir l'esclave de Jamil, ma fille?

– Plutôt mourir!

– Alors je vais chercher Osman. D'ailleurs, vous vous faites trop vieille pour courir les rues en pantalon diaphane et en bustier emperlé!

– Trop vieille! s'écria Skye, furieuse. Je n'ai même pas encore...

– Vous n'en avez pas l'air, mais vous l'êtes! s'exclama Robbie en riant. Allons! attendez-moi patiemment, je n'en ai pas pour longtemps.

Lorsque Skye avait fui Alger, Osman avait acheté pour lui-même la maison de Khalid el Bey. Robbie, qui avait été l'associé de Khalid, en connaissait bien le chemin. Cependant, Skye ne pouvait maîtriser son anxiété et marchait de long en large sur le pont.

– Si quelqu'un est capable de le retrouver, c'est bien lui, fit MacGuire, cherchant à la réconforter.

Skye hocha la tête sans répondre.

– Niall Burke est sacrément solide. Je me rappelle le jour où nous l'avons assommé, juste après votre premier mariage. Si cela lui a fait mal à la tête, il ne s'en est pas plaint.

– Je me demande comment il a pu aboutir en Afrique du Nord.

– Votre ami Osman vous le dira certainement, madame.

– Osman, oui... fit-elle en contemplant Alger.

Le temps s'écoulait si lentement, dans cette ville... Depuis qu'elle avait quitté Beaumont de Jaspré, Niall avait pris une place croissante dans ses pensées, effaçant tout autre souvenir, et elle était anxieuse de connaître son sort.

– Vous feriez mieux de vous changer si vous voulez être prête pour le retour de sir Robert.

– Rien ne presse, marmonna-t-elle en continuant ses allées et venues.

– Mais si, madame. Regardez. Voilà son canot qui revient.

– Sainte Vierge! s'exclama Skye en se précipitant vers sa cabine.

Sous peine de faire sensation, elle ne pouvait parcourir les rues d'Alger sans voile, et vêtue comme un capitaine au long cours. Elle enfila une ravissante robe orientale de soie mauve, brodée au cou et aux manches de petites perles de même couleur, dénoua sa chevelure et souligna ses yeux de khôl.

Quand elle remonta sur le pont, Robbie l'y attendait déjà.

– Avez-vous vu Osman?

– Oui. Sa litière vous attend. Il nous a réservé un poste d'amarrage de choix, dans le port. Il semble que son renom n'ait fait que croître, ces dernières années. Il paraît que même le dey ne se lève pas de son divan sans lui avoir au préalable demandé conseil.

– Que vous a-t-il dit? demanda Skye, anxieuse.

– Rien, Skye. C'est à vous qu'il veut parler.

Tandis que le navire accostait, Skye compléta sa tenue orientale d'un long voile de soie noire qui l'enveloppait des pieds à la tête. Ils mouillèrent près d'une galère ottomane et quand, sous l'effet du vent, le voile de Skye se souleva, découvrant un instant son visage, les hommes enchaînés aux rames se répandirent en sifflets et en interjections salaces.

– Par le diable! s'exclama Skye en s'assombrissant. Je hais ces maudites galères! Il est monstrueux d'enchaîner des hommes au lieu de se servir de la force des vents et des courants. Essayez de savoir s'il y a des Anglais ou des Irlandais parmi eux, MacGuire. Ils rentreront avec nous.

– Et si ce sont des Écossais ou des Gallois?

– Achetez-les aussi. Je ne peux pas supporter l'idée qu'ils mourront sans doute dans une bataille, sans pouvoir s'échapper à cause de leurs fers.

– Combien de temps resterez-vous à terre? demanda-t-il.

– Je n'en sais rien encore. Prévenez l'équipage: je ne veux pas d'esclandre en ville, et ma présence à Alger doit rester secrète.

– Pas un seul de vos hommes ne vous trahirait, madame.

– Vous le leur rappellerez néanmoins, MacGuire, fit Skye d'un ton sec.

– Entendu, Skye O'Malley.

Elle quitta *La Mouette* pour monter dans la litière. Celle-ci, sculptée et dorée à la feuille, était portée par huit esclaves noirs, vêtus simplement de culottes bouffantes d'un rouge éclatant. Robbie chevauchait à son côté, sur un cheval richement caparaçonné.

La ville, ses bruits et ses odeurs firent ressurgir en Skye le souvenir de sa vie avec Khalid el Bey. Et tout particulièrement ce jour où, tenant chacun en laisse une superbe panthère noire, ils étaient revenus de leur voyage de noces, lui sur un étalon blanc, elle sur une superbe jument alezane. Comme tout était simple et paisible alors, à ses côtés!

Skye se remémorait aussi Osman, cet homme d'apparence si banale, mais dont les yeux étranges, mouchetés d'or, savaient voir l'avenir et sonder les cœurs et les âmes.

Le jour de son mariage avec Khalid, ils avaient fait don à chacun de leurs six invités d'une esclave. Skye avait choisi pour Osman une jeune fille d'origine française, prénommée Alima, que l'astrologue avait épousée peu de temps après. Sans doute vivaient-ils heureux ensemble...

La litière fut brusquement déposée à terre. Une main écarta les rideaux... Skye était face à face avec Osman.

– Soyez la bienvenue, ma fille.

Skye comprit aussitôt que sa quête n'avait pas été vaine. Mais quand elle voulut l'interroger, il l'arrêta d'un geste.

– J'imagine votre anxiété et votre hâte, ma fille, mais laissez-moi d'abord veiller à votre confort.

Skye et Robbie le suivirent dans cette demeure où elle avait vécu avec Khalid. Skye s'attendait presque à le voir surgir, drapé de ses amples djellabas blanches, et c'est les larmes aux yeux qu'elle contempla les jardins intérieurs, le bassin entouré de roses et les jets d'eau. Rien n'avait changé, hormis la taille des orangers et des citronniers. Une femme se leva pour venir à sa rencontre. Skye reconnut Alima.

– Ah! madame, fit celle-ci en l'enlaçant. Ne soyez pas triste. C'est une bonne maison et nous y vivons heureux, Osman et moi. Comme vous et le seigneur Khalid, autrefois.

– Je n'ai pu m'empêcher d'être émue en revoyant ces lieux, Alima, mais c'est fini, à présent.

– Venez. Je vais vous conduire aux chambres que je vous ai réservées. Elles donnent sur ce jardin que vous aimez tant.

Deux esclaves y étaient déjà occupées à ranger ses effets. Une troisième lui apporta une petite cuvette d'argent remplie d'eau de rose. Après s'être rafraîchie, toujours guidée par Alima, elle se rendit à la bibliothèque où Osman l'attendait en compagnie de Robbie.

Lorsqu'elle fut bien installée sur des coussins et qu'on lui eût servi une tasse de café turc, Osman commença son récit.

– J'ai deux neveux dans la cité de Fez, les fils de ma sœur, Lilitu, et d'un riche marchand, nommé Omar. Quand ma sœur est morte en donnant le jour à Hamal, l'aîné, Kedar, était déjà grand. C'est lui, bien sûr, qui a hérité de l'entière fortune de son père.

« Il y a trois ans, la princesse Turkhan, la fille du sultan Selim II, a aperçu Hamal, alors âgé de quinze ans. C'est une femme assez exceptionnelle que cette princesse. Elle est arrivée à Fez, il y a douze ans, pour y épouser l'homme le plus riche de la ville. Il est mort depuis et l'immense fortune dont elle a hérité, jointe à la puissance de sa famille, la mettent à l'abri de la critique et lui permettent de vivre à sa guise, ce qui, vous le savez, est assez inhabituel dans le monde musulman. Elle est bonne et généreuse avec les pauvres, mais ce qui scandalise Fez, ville sainte, c'est qu'elle se soit constituée, pour son plaisir, un harem d'hommes.

« C'est pour ce harem qu'elle voulait Hamal. Elle est allée trouver Kedar qui a accepté de le lui vendre, moyennant une somme exorbitante. Je dois avouer que j'en ai d'abord été choqué, mais à la réflexion, Kedar n'a peut-être pas eu tort. Hamal est un garçon charmant, d'une grande beauté, mais d'une intelligence limitée. Il n'aurait sans doute pas été capable de prendre la succession de son frère. Maintenant, il mène une vie agréable auprès de la princesse qui l'adore et l'entoure de mille attentions.

« C'est par lui que j'ai appris, il y a quelques mois, que la princesse Turkhan avait fait l'acquisition d'un nouvel esclave qui l'intriguait et la fascinait par sa résistance obstinée. Sur ma demande, Hamal a cherché à en savoir plus sur lui et a réussi à gagner sa confiance. Il lui a dit s'appeler Niall Burke et venir d'Irlande où il était gentilhomme. Il lui a parlé de sa femme, Skye, et de ses enfants. J'ai voulu vous prévenir immédiatement, et c'est alors que j'ai appris que vous étiez à Beaumont de Jaspré. Pourquoi avez-vous épousé un autre homme alors que votre mari était vivant ?

– Je le croyais mort, assassiné par une religieuse qui avait jeté son corps à la mer.

– Niall Burke ne se rappelle pas de ce qui lui est arrivé après cette agression. Il s'est retrouvé à bord d'un navire barbaresque où on l'a soigné avant de l'enchaîner aux rames. Il y est resté plusieurs mois avant qu'un marchand d'esclaves ne l'achète, pensant qu'il pourrait intéresser la princesse. Et il ne s'était pas trompé : elle l'a payé le prix qu'il a voulu. Niall Burke ne l'a pourtant pas remercié par sa docilité. Pour l'adoucir, la princesse a tout essayé, mais sans succès. Elle s'obstine néanmoins plus que jamais et veut absolument un enfant de lui, elle qui jusqu'à ce jour a toujours refusé d'être enceinte.

– Ne lui a-t-il pas révélé qui il était ? demanda Skye. Il pourrait lui offrir une fabuleuse rançon.

– Nous sommes en Orient, ma fille. La princesse Turkhan a acheté votre époux parce qu'elle le voulait, non pour toucher une éventuelle rançon dont elle n'a que faire. Même si vous lui racontiez la vérité et proposiez de payer, son rachat, elle refuserait de vous le rendre et elle serait dans son droit. Il faudra vous rendre à Fez, Skye. J'ai un plan et mon neveu vous aidera, car il s'inquiète de la place croissante que tient Niall Burke dans le cœur de la princesse. Il craint qu'elle n'en perde la raison. D'ailleurs votre époux est très abattu. Pour s'enfuir, il aura besoin du regain d'espoir que lui apportera votre présence.

– Si Hamal aime tant la princesse Turkhan, Osman, pourquoi ne se débarrasse-t-il pas tout simplement de Niall ? Il est facile d'empoisonner, de poignarder ou d'étouffer un rival dans un harem !

– Hamal est un garçon très doux, Skye. Et puis, si Niall Burke prenait la fuite, l'amour que la princesse lui porte se muerait en une haine féroce, alors que s'il mourait, elle serait accablée de tristesse.

– Pouvez-vous m'aider à gagner Fez ? demanda Skye. J'emmènerai une partie de mes hommes avec moi, bien sûr.

– Fez est une ville sainte, ma fille. Les étrangers, les femmes en particulier, n'y sont pas admis. Vous seule pouvez y entrer.

– Mais vous dites que la ville est interdite aux femmes ! s'exclama Skye, étonnée.

– Seuls la famille et les gens d'un natif de la ville sont autorisés à y pénétrer. Vous accompagnerez mon neveu, Kedar.

– Il ferait cela pour vous ? Ce doit être un homme de cœur !

– Vous vous méprenez, ma fille. Kedar est un homme pieu, qui ne transgresserait pas cette interdiction, même pour un membre de sa propre famille.

– Mais alors ?

– Il va vous falloir du courage, ma fille. Je vais vous proposer une solution que vous n'aimerez pas, mais il n'y en a pas d'autres. Je vous le jure.

Devant l'air soucieux d'Osman, Skye eut un horrible pressentiment.

– Dans deux jours, Kedar viendra me rendre sa visite annuelle. C'est un homme sensuel, qui apprécie les belles femmes et les plaisirs de l'amour. A son arrivée, je lui ferai présent d'une magnifique esclave nommée Muna, nom qui signifie désir dans notre langue.

– Par les sept djinns ! tempêta Robbie. En quoi cela aidera-t-il Skye à gagner Fez ?

– Vous rendez-vous compte de ce que vous me demandez ? fit Skye, livide. Il doit y avoir une autre solution, Osman !

– S'il y en avait une, je n'exigerais pas de vous un pareil sacrifice, ma fille.

– Mais de quoi parlez-vous donc? demanda Robbie. Je n'y comprends rien!

– Osman veut me faire passer pour une esclave dont il ferait don à son neveu. D'après lui, c'est la seule façon de sauver Niall.

– Quoi!

– Je dois feindre d'être une esclave.

– J'avais compris! hurla Robbie. Il n'en est pas question! Auriez-vous perdu l'esprit, Skye? Croyez-vous que c'est pour faire sa cuisine et son ménage qu'il vous achètera? Et puis, rien ne prouve que cet homme est bien Niall. Quelqu'un aurait pu prendre son nom.

– A quelles fins?

– Pour être racheté!

– Il est bien rare qu'un prisonnier puisse être libéré contre rançon, capitaine Small, intervint Osman calmement.

– Peut-être l'ignore-t-il?

– Je vais vous décrire l'homme, reprit Osman : il est très grand, des yeux couleur d'argent, une profonde cicatrice sur le ventre...

– C'est Niall! s'écria Skye, le visage illuminé de bonheur. Il est vivant, Robbie! Vivant!

– C'est entendu, grommela Robbie. C'est lui. Mais que dira-t-il quand il vous saura dans le harem d'un Arabe lascif! Et comment pourrez-vous l'arracher à son harem quand vous serez cloîtrée dans le vôtre?

Skye jeta un regard interrogateur à Osman.

– Tout dépend de Hamal, répondit celui-ci. Il est l'esclave de la princesse Turkhan mais également son favori. Il se déplace librement dans sa maison et aussi... dans celle de son frère. C'est ce qui lui permettra de vous aider, ma fille.

– Comment fuirons-nous Fez?

– Il faudra que vous reveniez à Alger. Hamal a un plan qui réussira, si vous savez vous rendre indispensable à Kedar.

– Comment correspondrez-vous avec Hamal? demanda Skye qui savait que plus de 900 kilomètres séparaient Fez d'Alger.

– Par messages codés, que nous confions à des pigeons voyageurs, répondit Osman en souriant.

– Êtes-vous vraiment résolue à tenter cette aventure insensée? demanda Robbie, très inquiet.

– Oh! Robbie. Vous savez mieux que tout autre combien d'épreuves nous avons eues à affronter, et combien nous nous aimons! Je dois le délivrer!

Robbie était au supplice. Mais quelle autre solution avait-il à proposer?

– Je vous aiderai de mon mieux, Skye, fit-il en l'étreignant avec émotion.

– Oh! Robbie. Merci!

– C'est entendu, alors? demanda Osman.

– Oui, répondit Skye. Mais ne me trouvez-vous pas trop vieille, Osman? J'avais dix ans de moins quand je vous ai connu.

– Vous paraissez toujours aussi jeune, ma fille.

– J'ai eu quatre enfants depuis notre dernière rencontre, mon cher Osman, observa Skye avec un petit rire. Et j'ai beau me défendre assez bien pour une femme de mon âge, je n'ai quand même plus dix-neuf ans!

– N'ayez crainte. Nous dirons à Kedar que vous avez eu des enfants et vous n'en aurez que plus de valeur à ses yeux.

– Quel âge serai-je supposée avoir? demanda Skye.

– Quel âge avez-vous?

– Vingt-neuf ans.

– Trente! rectifia Robbie.

– Robbie! Les femmes ont le droit de mentir sur leur âge.

– Pas avec Osman. Je suis sûr qu'il désire dresser votre thème astrologique avant de vous laisser partir pour Fez.

– Vous avez raison, capitaine, déclara Osman avec un sourire. Je n'ai pu le faire que très approximativement, il y a dix ans. Skye avait perdu la mémoire et j'ai dû faire appel à mes pouvoirs de divination. Pouvez-vous me donner la date de votre naissance, ma fille?

– Je suis née le 5 décembre 1540. Je n'ai pas encore trente ans, Robbie!

– Je vous croyais du Bélier, observa Osman. Ah! je comprends maintenant. C'est le signe sous lequel vous avez été conçue. Connaissez-vous l'heure de votre naissance?

– Neuf heures du soir.

– Très bien. J'établirai votre thème cette nuit. Et maintenant, poursuivit-il à l'adresse de Robbie, je dois vous demander de nous laisser. Skye doit se préparer pour son rôle et il nous reste peu de temps avant l'arrivée de Kedar.

– Qui m'avertira du retour de Skye et de Niall?

Hamal vous enverra un message, mais vous devez vous armer de patience, mon ami. Il faudra certainement plusieurs mois avant que Skye puisse agir.

– Retournez à Beaumont de Jaspré, intervint Skye, et expliquez à Nicolas que je ne reviendrai pas. Et il vaut mieux que mes enfants quittent immédiatement le duché. Leur présence ne ferait que lui rappeler mon souvenir et prolonger son supplice.

– Laissez-moi au moins rester jusqu'à votre départ!

– Non, Robbie. Je dois apprendre mon rôle d'esclave soumise et, croyez-moi, cela va me demander des efforts considérables!

– Je vous crois! s'exclama Robbie en partant d'un gros rire. Ah!

Skye, reprit-il plus sérieusement. Je donnerais cher pour que vous ne vous lanciez pas dans une aventure aussi risquée. Dieu vous garde, ma fille!

Ils s'étreignirent avec émotion. Quand Robbie fut parti, l'astrologue tendit en silence une nouvelle tasse de café à Skye.

– Aucune de mes esclaves ne vous connaît, vous allez donc pouvoir interpréter votre personnage dès maintenant. Vous êtes Muna, une esclave. Votre mari est mort il y a un ans, et vous avez été faite prisonnière alors que vous vous rendiez à Florence pour y épouser un riche marchand. Vous avez laissé deux enfants dans votre pays. Ah! j'oubliais. J'ai fait renvoyer votre malle; je vous procurerai des vêtements appropriés. Voyez-vous autre chose, Muna?

– Non, seigneur, répondit Skye d'une voix soumise.

– Excellent, ma fille, fit Osman avec un sourire.

– Vous ne m'avez toujours pas dit quel âge je suis censée avoir, seigneur?

– Je pense que vous pouvez facilement prétendre avoir vingt ans. Il faut aussi que je vous procure une potion pour éviter que mon neveu ne vous fasse un enfant.

– J'ai la mienne, Osman, mais elle est partie avec ma malle! répondit Skye en riant.

– Elle est efficace?

– Très.

– Alors je la fais chercher immédiatement. Et je vais vous envoyer une couturière qui vous confectionnera le trousseau nécessaire.

Skye passa les deux jours suivants en compagnie d'Alima et l'interrogea sur Kedar.

– Je le connais peu, mais il est bel homme, Muna. Il a des cheveux châtain foncé, des yeux noisette aussi fascinant que ceux d'Omar, un nez aquilin et une bouche très sensuelle.

– Il est intelligent?

– Oui. Et je le soupçonne d'avoir un peu les mêmes pouvoirs que son oncle. C'est un homme très possessif, Muna, et si vous lui plaisez, il cherchera à vous faire totalement sienne. Méfiez-vous de lui : il est dangereux.

– Que se passera-t-il s'il décide de me vendre, Alima?

– S'il se lasse de vous, mon époux vous rachètera. Kedar ne pourra pas le lui refuser.

Kedar arriva dans la soirée. Les deux femmes l'observèrent, dissimulées derrière les jalousies du premier étage. Sa démarche, légère et assurée, rappelait celle d'une panthère, et ses traits étaient empreints d'arrogance. Il avait la voix grave et impérieuse des hommes habitués à commander.

– Votre curiosité est-elle satisfaite, Muna ? chuchota Alima.

– Oui.

– Alors, venez vous préparer. Osman ne va pas tarder à vous faire appeler.

Osman avait conduit son hôte dans une des pièces d'apparat. Dès qu'ils furent confortablement installés sur des divans bas, un esclave présenta à Kedar une cuvette emplie d'eau de rose où il se lava les mains et le visage. Puis deux autres esclaves apportèrent des cornes de gazelle, des pâtisseries au miel et du café. Les deux hommes se mirent alors à deviser agréablement.

– Vous savez qu'à chacune de vos visites, je vous fais un présent, déclara Osman. Eh bien, cette année, j'ai quelque chose d'assez particulier à vous offrir. Ayant aperçu, tout à fait par hasard, une magnifique esclave, je l'ai achetée, certain qu'elle aurait sa place dans votre harem. Si, par malheur, elle vous déplaisait, vous me permettrez de vous la racheter avant votre départ.

– Si elle vous plaît tant, mon oncle, pourquoi me la donnez-vous ?

– Oh ! je ne la veux pas pour moi, Kedar, mais pour ma femme. Elles sont devenues très amies. Mais je doute fort que vous me la vendiez ! J'ai rarement vu créature aussi belle.

– C'est une Européenne ?

– Oui, une Anglaise.

– Blonde ?

– Non, brune. Mais sa peau, mon neveu ! On croirait des pétales de gardénia. Désirez-vous la voir ?

– Avec plaisir. Je vous remercie de cette agréable surprise, mon oncle. Comme vous le savez, je voyage sans aucune de mes femmes et cela fait un mois que j'ai quitté Fez.

Osman frappa dans ses mains. Un esclave apparut.

– Allez chercher Muna, ordonna Osman.

– Muna ! fit Kedar avec un sourire.

– Je ne crois pas qu'un homme puisse la voir sans la désirer, mon neveu. Mais vous en jugerez vous-même.

Skye entra et s'inclina, front contre terre.

– Relevez-vous, Muna, ordonna Osman.

Kedar contempla Skye avec une admiration qui n'échappa pas à Osman. Il avait mordu à l'appât ! Les femmes étaient vraiment son point faible.

– Voici votre nouveau maître, Muna, le seigneur Kedar.

– Mon seigneur... murmura Skye.

– Déshabillez-vous, ordonna Osman d'un ton sec.

Skye lui jeta un regard surpris et rougit.

– Non, ce n'est pas la peine, mon oncle, intervint Kedar en posant une main caressante sur l'épaule de Skye. Elle est timide et je ne voudrais pas la brusquer. Elle me dévoilera ses charmes plus tard, n'est-ce pas ma belle Muna ?

– Oui, seigneur, répondit Skye d'une vois presque inaudible.

Elle tremblait. Elle avait peur de cet homme, de son regard scrutateur et perspicace, peur de se retrouver prise au piège à Fez, dans son harem. Mais, pensant à Niall, elle parvint à maîtriser la panique qui s'emparait d'elle.

– Envoyez-la dans mes appartements, mon oncle. Je ne vous ferai pas attendre longtemps, Muna, et vous vous déferez bien vite de votre charmante timidité.

– Allez, Muna, ordonna Osman.

Skye sortit sur un profond salut.

– Elle est exquise, mon oncle, et je ne sais comment vous exprimer ma gratitude. Comment se fait-il qu'elle parle notre langue ?

– Elle a été prisonnière quelque temps avant que je ne l'achète. Je crains d'ailleurs qu'elle ne soit pas une esclave très accomplie. Elle est d'un naturel rétif et son maître m'a avoué avoir eu du mal à lui inculquer les rudiments de son métier. Elle est également intelligente, et je me suis aperçue qu'elle parlait plusieurs langues européennes.

– Les femmes intelligentes ne sont pas dépourvues d'intérêt, mon oncle.

– Je l'ai surtout achetée pour ses charmes !

– Auxquels je compte goûter le plus tôt possible. Mais j'aimerais prendre un bain auparavant.

– Partagerez-vous ma table ce soir, mon neveu ?

– Non, mon oncle. Je vais m'occuper de votre somptueux présent. Voilà un mois que je n'ai pas touché une femme : je me méfie des prostituées des caravansérails, qui sont d'ailleurs repoussantes.

– En ce cas, que la nuit vous soit agréable, mon neveu. Vous trouverez aux bains des esclaves prêtes à vous servir.

– Votre hospitalité est toujours aussi généreuse, mon oncle, fit Kedar en se retirant.

Détendu par le bain et revigoré par un long massage, Kedar rentra dans ses appartements. Il trouva Muna endormie sur sa couche, alors qu'elle aurait dû l'attendre sur les coussins de velours disposés à cet effet au pied du lit. Kedar se promit de lui apprendre à se tenir à sa place. Il n'était pas homme à se laisser mener par les femmes.

Ce soir, toutefois, il se sentait enclin à l'indulgence. Il contempla avec admiration sa chevelure soyeuse, sa peau qu'il devinait merveilleusement douce. Écartant délicatement son boléro, il se délectait de la rondeur parfaite de ses seins et de leur petites pointes roses, exquisement dressées, quand Skye ouvrit les yeux. Elle le fixa d'abord hardiment, puis baissa le regard avec une feinte modestie. Kedar nota avec amusement qu'il s'était senti, l'espace d'un instant, aussi coupable qu'un petit garçon pris en faute.

– Votre beauté m'enchante, adorable Muna.

– Je suis votre humble esclave, seigneur Kedar.

– Vous récitez votre leçon à la perfection, Muna, mais vous n'en croyez pas un mot.

– Je n'ai pas été élevée pour être esclave, seigneur Kedar.

– Vous n'en êtes pas moins exquise et je remercie Allah du présent qu'il m'accorde dans sa bonté. Déshabillez-vous maintenant. Votre tenue est certes charmante, mais j'aimerais vous admirer tout entière.

Skye ne put s'empêcher de frissonner. Elle s'était lancée dans une entreprise insensée, peut-être même vaine si la princesse Turkhan décidait de se débarrasser de Niall. Elle aurait voulu fuir, mais il n'était déjà plus temps; elle était allée trop loin.

Elle se leva et, lui tournant le dos, ôta son boléro d'un mouvement gracieux à peine perceptible. Puis, elle défit ses pantalons qui tombèrent à ses pieds, et elle s'abattit immédiatement, face contre terre.

Kedar dut faire un immense effort sur lui-même pour ne pas se jeter sur elle et la violer. Jamais il n'avait désiré une femme avec autant d'intensité. Elle le fascinait.

– Relevez-vous, ordonna-t-il.

Avec lenteur, il se mit alors à la parcourir du regard, s'attardant longuement sur chacune des courbes de son corps, lui enjoignant de se tourner ou de lever les bras pour l'examiner plus à son aise.

Skye ne s'était jamais sentie aussi dégradée. Elle n'était pour cet homme qu'un objet de désir, une nouvelle acquisition dont il faisait ses délices. Kedar, pourtant, n'était pas insensible aux réactions de son esclave. Il remarqua la légère rougeur qui colorait ses joues, sa respiration précipitée, la veine qui battait à son cou et le léger tremblement qu'elle ne parvenait pas à maîtriser. Il se réjouit de la sentir au bord de la révolte, rétive comme un animal sauvage, et se promit de la dompter sans chercher à la briser.

– N'ayez pas peur, adorable Muna, fit-il en la flattant de la main comme il l'aurait fait pour apaiser une de ses juments arabes.

Il lui effleura les lèvres et prit un de ses seins dans sa paume. Skye, d'un geste instinctif, leva le bras comme pour l'écarter.

– Voyons, Muna! Je suis votre maître! Je veux bien être patient, mais vous n'êtes tout de même pas une vierge qu'un rien effarouche!

– Je ne vous connais pas, murmura Skye.

– Cela n'a aucune importance. Vous êtes belle, vous êtes mienne et je vous désire. Je n'ai jamais vu de seins aussi parfaits, poursuivit-il en les caressant du pouce. Avez-vous été mariée?

– Oui, seigneur. J'ai deux petits garçons qui sont orphelins, désormais.

– Les avez-vous allaités ?

– Pas très longtemps, seigneur. Les femmes de mon rang doivent accompagner leur époux à la Cour et confient leurs enfants à des nourrices.

Kedar fut flattée de la savoir de noble naissance et décida immédiatement qu'elle lui donnerait des enfants. Sans s'en apercevoir, il broya sous sa main le sein de Skye et lui arracha un cri de douleur.

– Pardonnez-moi, Muna, dit-il aussitôt, pris de remords.

Il se remit à la caresser, effleurant son ventre, esquissant un mouvement de va-et-vient à l'orée de son sexe.

Skye, malgré elle, sentait sa chair s'émouvoir. Cet homme lui faisait peur. Il ne se satisferait pas de la prendre : il la voulait à sa merci corps et âme.

Kedar la souleva dans ses bras et la déposa sur le lit. Tandis qu'il se déshabillait, Skye l'observa à travers ses cils. Totalement imberbe, il était puissamment bâti et sa virilité était d'une taille impressionnante.

– N'ayez crainte, Muna, déclara-t-il en remarquant son effroi. Vous m'accueillerez aisément et avec un immense plaisir, je vous le promets.

S'allongeant près d'elle, il couvrit de baisers brûlants son visage et son cou, puis il s'empara de sa bouche et glissa sa langue entre ses lèvres.

Skye, haletante, gémit, cherchant à lui échapper, mais il la tenait fermement et sa résistance ne fit qu'enflammer son ardeur.

Kedar se dégagea soudain et prit dans une corbeille près du lit un flacon qu'il déboucha et qui dégagea un parfum entêtant, vaguement familier.

– Rose de Damas, déclara-t-il en réponse au regard curieux de Skye. Étendez-vous sur le ventre, Muna, je vais vous frictionner.

Sous ses mains habiles, Skye se sentit envahie d'un délicieux bien-être. Kedar l'étonnait. Malgré l'intensité de son désir, il ne cherchait pas à la brusquer, il la traitait avec douceur et patience. Elle se prit à espérer qu'elle n'aurait pas trop à souffrir de son séjour auprès de lui.

– Cela vous plaît-il, Muna ? murmura-t-il à son oreille.

– Oui, seigneur. C'est très agréable.

Avec un petit rire, il reprit son massage.

– J'ai eu autrefois une esclave qui venait du Cathay. Elle m'a montré un point particulièrement sensible du pied.

Il enfonça ses doigts à l'endroit indiqué. Une onde de désir parcourut Skye qui ne put retenir un cri de surprise.

– Tournez-vous, ma charmante.
– Qu'est devenue votre esclave ?
– Elle est morte sous le fouet.
– Pourquoi ? s'exclama Skye, horrifiée.
– Elle m'avait trahi avec un garde que j'ai d'ailleurs fait décapiter sous ses yeux tandis que je la battais.
– Mon Dieu !
– Je suis un bon maître, Muna. Mais je ne peux évidemment pas tolérer pareille conduite chez une de mes femmes.
– Vous auriez pu la vendre !
– Une femme infidèle ? Qui en voudrait ? Et puis je ne tenais pas à crier sur les toits qu'une de mes favorites m'avait cocufiée ! Que ressentez-vous, à présent, Muna ? fit-il en la fixant de ses yeux où dansaient des reflets d'or.
– Une sensation bizarre, murmura Skye qui se sentait gagnée par une étrange fièvre. Une espèce de chaleur... Et... J'ai aussi un peu peur.
– Je veux que vous n'éprouviez que du plaisir, fit Kedar d'un ton apaisant.
S'emparant d'une autre fiole, il lui fit boire quelques gorgées d'un liquide abricoté.
– Quel est ce breuvage, seigneur ?
– Il vous détendra et dissipera vos appréhensions.
Il en fit tomber quelques gouttes sur ses seins et, lorsqu'il se pencha pour les lécher, Skye fut soudain embrasée tout entière d'un feu dévorant. Elle s'accrocha à Kedar en gémissant de plaisir. Celui-ci descendait déjà plus bas, suivant la trace du liquide sur son ventre, sur son mont-de-Vénus et jusqu'à la fleur épanouie de sa féminité qu'il butina de la langue.
Comme Skye se tordait frénétiquement Kedar se détacha d'elle avec un rire rauque. Après l'avoir renversée, il pénétra profondément en elle, lui arrachant une plainte qui ne fit que fouetter son désir. Il savait que sa souffrance ne serait que passagère. Il se mit à bouger en elle, attentif à ses moindres réactions.
– Oui ! cria-t-elle d'une voix rauque. Encore, seigneur ! Ne vous arrêtez pas ! Encore !
Elle allait mourir, mais c'était sans importance. Elle ne demandait qu'à mourir...
Kedar n'était pas encore prêt à succomber à son désir. Jouissant du fourreau palpitant qui l'enserrait étroitement, il se mit à caresser la peau satinée de ses seins dont il pinça tout à coup la pointe. Le plaisir dans la douleur était un raffinement qu'il se ferait une joie de lui enseigner. Skye, à demi-inconsciente, exhala une plainte.

– Ouvrez vos jolis yeux, Muna.

Toujours sous l'influence des drogues qu'il lui avait fait absorber, elle obéit docilement. Mais si sa volonté était anéantie, ses sens, au contraire, étaient exacerbés.

– Ce n'est là qu'un début, Muna, reprenant le va-et-vient voluptueux qui l'avait conduite, un instant auparavant au bord de la folie. Cette fois, vous allez me regarder.

Mais les yeux de Skye, de nouveau abandonnée, au plaisir qui l'envahissait, se fermèrent lentement.

– Non! fit Kedar d'une voix impérieuse en s'immobilisant.

Esclave du plaisir qu'il lui refusait, Skye, au prix d'un immense effort, garda son regard plongé dans le sien, lui révélant ainsi toute l'intensité de son désir.

Une nouvelle fois, Kedar s'arrêta.

– Seigneur! Je vous en supplie!

– Un instant, Muna. Auparavant, vous allez faire quelque chose pour moi.

– Tout ce que vous voudrez! s'écria Skye dans un sanglot.

– Répétez après moi : « Je suis l'esclave du seigneur Kedar. »

– Je suis l'esclave du seigneur Kedar...

– Je n'existe que pour son seul plaisir.

– Non! gémit Skye dans un sursaut de révolte.

– Dites-le, Muna, ou je me retire.

– Je... n'existe que pour son seul... plaisir.

– Très bien, ma belle esclave.

Il lui accorda alors l'assouvissement qu'elle réclamait si désespérément. Puis, à son propre étonnement, il perdit le contrôle de lui-même et se répandit en elle. Plus tard, il se retira, d'abord irrité, puis pensa avec amusement que Muna avait triomphé de lui sans même s'en rendre compte. Après avoir fait rouler son esclave inerte sur le coussin qui lui était destiné, au pied du lit, enfin satisfait, il sombra dans le sommeil.

Avant de s'endormir à son tour, Skye savait qu'elle allait devoir lui plaire et devenir pour lui aussi indispensable qu'une drogue. C'était le seul moyen qu'elle connaissait pour qu'il l'emmène à Fez.

8.

Au même moment, Osman, confortablement installé dans sa bibliothèque, pensait à elle. Il avait procédé à une étude approfondie de son thème astral ainsi que de celui de Kedar : Skye parviendrait à rester maîtresse de sa destinée, même entre les mains de son neveu. Oh ! bien sûr, Kedar était doté d'une sexualité exceptionnelle et son appétit inépuisable était légendaire, mais une fois surmonté le choc de leur première rencontre, Skye deviendrait bientôt redoutable. L'astrologue en éprouvait presque de la pitié pour son neveu et espérait pour lui qu'il ne tomberait par éperdument amoureux de Skye.

Lorsque plus tard, dans la matinée, Alima pénétra dans la pièce, Osman, absent au monde, méditait. Comme elle le secouait gentiment, il sourit et lui dit :

– Kedar est réveillé et veut savoir si je déjeunerai en sa compagnie.

– Je me demande pourquoi j'ai pris la peine de me déranger ! répondit Alima en riant. Ne pourriez-vous pas, rien que pour me faire plaisir, faire semblant d'ignorer ce qui m'amène ?

– Votre esprit est pour moi aussi limpide que l'eau d'un cristal. Je connais toutes vos pensées, mon amour.

– Toutes ? demanda Alima avec un sourire provocant.

– Elles sont bien impudiques en ce moment, femme ! riposta-t-il en feignant le mécontentement.

– L'après-midi va être longue, mon époux, et je gagerais que votre neveu n'a pas l'intention de la passer dans l'oisiveté !

– Comment va Muna ? demanda Osman en riant.

– Pour l'instant, elle ne vous porte pas dans son cœur, seigneur. Elle est au bain et voudrait vous voir avant que Kedar ne l'appelle.

– C'est bon. Prévenez-moi dès qu'elle aura regagné sa chambre.

Osman décida d'aller voir Kedar, curieux de savoir ce qu'il pensait de sa nouvelle esclave. Il le trouva allongé sur son lit, se faisant masser par son esclave personnel, un géant noir du nom de Dagan, qu'il renvoya à l'arrivée d'Osman.

– Ah! mon oncle! s'exclama-t-il avec enthousiasme. Vous remercierai-je jamais assez! Cela faisait des années que je n'avais pris autant de plaisir avec une femme!

– Je suis ravi que mon humble présent vous ait plu, mon neveu.

– Oh! bien sûr, vous aviez raison : son éducation est encore à faire. Mais avec de la fermeté et de la discipline, je viendrai vite à bout de son caractère un peu obstiné. On ne doit jamais hésiter à punir une femme, même lorsqu'elle a la beauté de Muna..

– Vous ne l'avez pas maltraitée? demanda Osman en s'efforçant de dissimuler son agitation. La fille m'a coûté une petite fortune, Kedar.

– Non, mon oncle, répondit Kedar en riant. Par Allah, l'âge me rend bien indulgent. J'ai simplement usé d'un peu de fermeté. Elle est d'ailleurs très vite devenue docile.

– Dites-moi, mon neveu. Votre hâte était si grande hier soir, que nous n'avons guère eu le temps de parler. Combien de temps comptez-vous rester à Alger?

– Grâce à votre charmante attention, je ne suis guère pressé de repartir, mon oncle. Je resterai sans doute un bon mois. J'ai d'ailleurs de nombreuses affaires à régler.

Ils prirent un léger repas tout en devisant. Puis Osman se retira pour aller rejoindre Skye et Alima qui l'attendaient.

Skye l'accueillit d'un air furibond, mais elle esquissa bientôt un petit sourire.

– Vous aviez omis de me préciser que votre neveu était un taureau insatiable, Osman! Mais parlons de choses sérieuses.

– Que craignez-vous, ma fille?

– Êtes-vous sûr que Hamal m'aidera? Il peut changer d'avis.

– Que feriez-vous si c'était le cas? Abandonneriez-vous votre époux?

– Non. Je chercherais une autre solution.

– Je sais, ma fille. Votre destinée passe par Fez.

– En reviendrai-je, Osman?

– Vous reverrez les terres verdoyantes de votre pays. Avez-vous d'autres sujets d'inquiétude?

– Votre neveu, Osman. J'ai bien peur qu'il ne me laisse pas quitter un instant son harem.

– Il compte rester un mois à Alger. J'essaierai de le persuader de vous accorder un peu de liberté.

– Un mois! Mais vous m'avez dit que chaque minute était précieuse, Osman!

– Il faut apprendre la patience, ma fille. Je ferai de mon mieux pour que les affaires qu'il a en ville soient réglées le plus rapidement possible.

On vint annoncer à Skye que Dagan, l'esclave de Kedar, l'attendait pour la conduire à son maître.

– J'arrive, répondit Skye. Il est à peine deux heures, poursuivit-elle en faisant la moue. Dieu seul sait quand je pourrai prendre à nouveau du repos !

– Kedar vous laissera certainement seule, ce soir, pour dîner avec des amis et s'occuper de ses affaires.

– Mais il reviendra, Osman, et il comptera certainement sur mon accueil empressé.

– Croyez-vous que tout ira bien ? demanda Alima d'un air inquiet quand Skye les eut quittés.

– Oui, ma douce Alima, répondit Osman. Ne craignez rien. Skye a le caractère aussi bien trempé qu'une lame de Tolède ; elle résistera.

Le visage de Kedar s'éclaira à la vue de son esclave. Il ressemblait à une panthère contemplant sa proie. Skye réprima un frisson.

– Par Allah ! Vous êtes plus éblouissante que jamais ! s'exclama-t-il en l'attirant vers lui et en l'embrassant.

Skye l'enlaça et se pressa contre lui. Avec un frémissement, Kedar s'arracha à elle.

– Aucune femme ne m'a jamais fait ça ! fit-il en la regardant avec curiosité.

– Je ne voulais pas vous déplaire, seigneur.

– Je sais, Muna. Ce sont mes propres réactions qui m'étonnent. Je croyais avoir apaisé la faim que j'avais de vous.

– Je suis là pour vous servir, seigneur.

– Eh bien, Dagan ! fit Kedar à l'adresse de son esclave. Mon oncle ne m'a-t-il pas fait présent d'un joyau de prix ?

– Oui, maître.

– Et vous, Muna, que pensez-vous de Dagan ? Cela fait dix ans qu'il est à mon service et j'ai en lui une confiance absolue.

– Je n'ai pas osé parler à cet homme, seigneur, ne sachant pas si cela m'était permis.

– Dagan n'est pas un homme, ma belle esclave, mais un eunuque. Croyez-vous que je le laisserais en votre compagnie s'il en allait autrement ? Restez Dagan, poursuivit Kedar. Je veux donner à Muna la leçon que reçoivent toutes les femmes de mon harem.

– Oui, maître, répondit l'esclave avec un large sourire.

Kedar déboutonna la robe de Skye et la fit glisser sur le sol.

– Je tiens à ce que toutes mes femmes redoutent un châtiment bien précis, Muna, déclara-t-il en la caressant. C'est en général le fouet. Mais votre peau est bien trop délicate et j'ai opté pour la bastonnade. Avez-vous déjà subi cette forme de punition ?

– Non, seigneur.

– Je vais donc vous apprendre à la craindre, dès maintenant. Vous devez savoir que vous y serez soumise chaque fois que vous encourrez mon déplaisir. Allongez-vous par terre, sur le dos, et placez ces coussins sous vos jambes.

– Je vous en supplie, seigneur ! implora Skye, terrorisée. Épargnez-moi !

– Allons, ma toute belle, fit-il en l'enlaçant tendrement. Je sais bien que vous avez peur, mais ce châtiment est fait pour décourager toute indiscipline. Vous ne recevrez que cinq coups. Une véritable punition vous en voudrait vingt ou plus, selon la gravité de la faute.

Il l'obligea à se coucher et s'assit sur elle à califourchon pour maintenir fermement ses jambes.

– Commencez Dagan ! ordonna-t-il.

Le premier coup s'abattit sur la plante de ses pieds. Skye hurla implorant Kedar de mettre fin à son supplice. Mais il resta inflexible. Au cinquième coup, Skye s'évanouit.

– Vous savez désormais ce que vous en coûtera la moindre désobéissance ? lui demanda Kedar lorsqu'elle revint à elle.

– Oui, seigneur, murmura Skye.

– Répétez les paroles que je vous ai apprises hier soir, jolie Muna.

Skye frissonna. Tout son être se révoltait, mais elle savait que Kedar ne reculerait pas devant une nouvelle bastonnade. S'agenouillant devant lui, elle dit à voix basse.

– Je suis l'esclave de mon seigneur, je n'existe que pour son seul plaisir.

– Je vois que vous apprenez vite, fit-il en la relevant avec un sourire satisfait. Sans nul doute, vous deviendrez un jour ma favorite. Allons ! ne pleurez plus, poursuivit-il en l'enlaçant tendrement. Vous me plaisez énormément. Vous êtes si belle ! Votre peau est parfaite, sans le moindre défaut...

Au cours des semaines qui suivirent, ces phrases devaient revenir souvent. Kedar était fasciné par la beauté de Skye jusqu'à l'obsession. Il n'était jamais las de la contempler, de la caresser, de l'embrasser. Son ardeur était inépuisable.

Skye avait vraiment peur de cet homme au tempérament lunatique. Terrifiée par le souvenir de la bastonnade qu'il lui avait infligée, elle redoutait de l'offenser. Cependant, pour éviter qu'il ne se lasse d'elle, elle s'efforçait de l'intriguer, se montrant imprévisible, tantôt timide et pudique, tantôt provocante. « Ma douce, mon adorable perfection », lui murmurait-il à l'oreille. Et elle ne pouvait s'empêcher de frissonner.

La veille de leur départ pour Fez, Osman rendit visite à Skye. Il se sentit coupable à la vue des cernes qui ombraient ses yeux, mais son regard exprimait également une détermination farouche.

– J'ai reçu des nouvelles de Hamal, déclara-t-il. Il vous attend. Niall est toujours en vie.

– Que Dieu soit loué!

– Je suis franchement inquiet de l'effet que vous produisez sur Kedar, Skye. Il ne parle plus que de vous! J'ai peur de vous avoir confié une tâche trop lourde!

– Je n'ai plus le choix, Osman. Porquoi vous tourmentez-vous soudain? Ma destinée aurait-elle changé?

– Non, Skye. La route sera dure, il arrivera que vous ne sachiez pas vous-même ce que vous cherchez, mais en fin de compte, vos désirs seront exaucés.

– Ainsi, je pars demain pour Fez, remarqua Skye tranquillement.

– Vous maltraite-t-il? demanda Osman en rougissant de l'indiscrétion de sa question.

– Non. J'ai simplement eu droit à quelques coups de bâton, un avant-goût de ce qui m'attend si ma conduite lui déplaît. J'avoue que votre neveu me fait peur, Osman.

– Qu'Allah le maudisse! Je vais lui parler immédiatement! s'exclama Osman, les yeux étincelants de colère.

– Non, Osman! Je suis son esclave, vous n'avez pas le droit d'intervenir. Il pourrait s'en étonner, peut-être même en éprouver de la jalousie. Je n'ose songer à ce qui se passerait alors!

– Vous avez raison, ma fille, soupira Osman. Mais, faites-moi confiance. Quoiqu'il arrive, je vous arracherai au harem de mon neveu. Votre destinée n'est certainement pas d'y finir vos jours!

Skye eut un sourire malicieux qui lui fit plaisir. Elle était si sombre, ces derniers temps...

– Je l'espère! Mais pour l'instant, mon plus cher désir est d'y entrer. Entouré de toutes ses femmes, Kedar me laissera peut-être enfin un peu de repos! Les prouesses de votre neveu sont certainement sans égales, Osman! Une nuit entière d'amour ne l'arrête pas. Et il ne semble pas souffrir du manque de sommeil, ce qui n'est pas mon cas.

– Je sais, répondit Osman, compatissant. On raconte qu'il a connu sa première femme à l'âge de dix ans, au grand scandale de ma pauvre sœur, sa mère. Le père, en revanche, était très fier des exploits de son héritier.

– A-t-il des enfants? demanda Skye. Il ne me parle jamais de ses femmes. Nos échanges sont d'ailleurs assez limités; il se contente de me donner des ordres!

– Il n'a pas d'épouse, mais il a de nombreux enfants. Il ne s'en soucie guère et je suis sûr qu'il serait bien incapable de se rappeler leur nom, leur âge ou leur sexe. Mais, j'y pense! Aurez-vous assez de votre potion pour les mois à venir? demanda-t-il, inquiet.

– Je viens tout juste de me réapprovisionner. Kedar m'a permis d'accompagner Alima au marché et j'ai acheté tous les ingrédients nécessaires. A ce propos, il paraît que les marchés de Fez sont célèbres?

– Ils vous plairont, ma fille. vous y trouverez des marchandises en abondance. Kedar se montrera généreux. Dépensez sans compter, faites de nombreux présents aux autres femmes du harem, vous vous gagnerez des amies.

– Aucune d'elles ne se risquerait à le trahir et à risquer le fouet, Osman. Néanmoins, je suivrai vos conseils.

– Je ne vous en donnerai qu'un seul: évitez de vous laisser entraîner par la peur ou l'enthousiasme, et vous survivrez, ma fille.

Skye se sentit envahie par une joie immense. Elle triompherait de tous les obstacles! Elle sauverait Niall!

– Oh! merci, Osman. Merci! fit-elle en l'embrassant.

L'astrologue rougit. Après l'avoir serré sur son cœur, il se dirigea vers la porte.

– Au revoir, Osman.

– Au revoir, ma fille. Qu'Allah vous bénisse! fit-il en la regardant avec une grande tendresse.

Malgré leur départ prévu à l'aube, Kedar ne dérogea pas à ses habitudes, cette nuit-là. Quant il l'eut prise trois fois, Skye osa lui demander d'une voix implorante:

– Cessez, seigneur, sinon je crains d'être incapable de me lever demain.

Il éclata de rire, mais la laissa néanmoins regagner sa couche. Il pris même soin de la réveiller un peu avant le lever du jour, pour lui permettre de prendre un bain.

– Vous n'aurez guère l'occasion de vous baigner au cours de notre voyage, Muna. Il y a quelques sources, mais si je ne peux vous protéger des regards indiscrets, vous n'aurez pas l'autorisation de vous laver.

Skye le remercia et se hâta de se préparer de peur que, changeant d'avis, il ne la rappelle.

– Attendez!

– Oui, seigneur? dit-elle en frémissant.

– J'ai un petit présent pour vous. Vous le mettrez après votre bain.

– Un bracelet! Oh! merci, seigneur!

– Vous l'attacherez autour de votre cheville et vous ne pourrez plus l'enlever ensuite, à moins de le couper. Je l'ai fait faire tout exprès pour vous.

Quelques lettres arabes et un dessin géométrique étaient finement gravés sur le bracelet d'or orné de petits saphirs.

Skye alla réveiller Zada, l'esclave que lui avait procurée Kedar. Dans un mouvement de générosité, il avait voulu d'abord lui acheter une Européenne pour qu'elle se sente moins seule. Mais Skye, qui répugnait à l'idée d'abandonner une femme de sa race derrière elle quand serait venu le moment de fuir, avait prétendu qu'elle préférait une jeune Arabe.

Lorsqu'elle revint du bain, Skye revêtit les habits que lui avait préparés Zada – une chemise de soie crème et une djellaba brodée de soie et incrustée de topaze – et lui ordonna d'aller chercher Alima.

– Je crois qu'elle m'espionne et rapporte chacun de mes actes à Dagan, expliqua Skye à Alima après avoir congédié son esclave.

– Soyez prudente, je vous en conjure! répondit Alima en français pour décourager d'éventuelles oreilles indiscrètes. Kedar est un homme cruel, et d'une jalousie féroce.

– Je sais, répondit Skye en frissonnant au souvenir de la bastonnade. Pourtant, il est capable aussi de gentillesse. Regardez le cadeau qu'il vient de me faire. Il y a quelque chose d'inscrit en arabe. Qu'est-ce que cela signifie?

Alima examina le bracelet et son regard s'assombrit.

– Le monstre! s'écria-t-elle.

– Eh bien?

– Cela veut dire: « Muna, propriété de Kedar ».

– Je ne le porterai pas! hurla Skye.

– Il le faudra bien, pourtant! remarqua Alima tristement. C'est une marque de faveur...

Skye bouillait de colère et aurait voulu jeter aux ordures ce bijou infamant, mais cela aurait été offenser gravement Kedar. La rage au cœur, elle ferma le bracelet sur sa cheville.

– J'admire votre courage! murmura Alima.

– Il est temps de partir, maîtresse, intervint Zada qui venait d'entrer.

– Qu'Allah vous protège! fit Alima en l'étreignant.

– Priez pour moi, Alima. Je vais en avoir besoin.

Zada enveloppa Skye d'un voile de soie noire et lui masqua le visage.

– Vous m'étouffez! protesta Skye.

– Le maître tient à ce que vous soyez correctement voilée. Skye réprima son agacement et se tut. On ne discutait pas les ordres du maître. Puis, amusée par l'absurdité de son accoutrement, elle observa en français :

– Je me demande bien qui je risque de croiser entre ma chambre et la porte d'entrée pour que Kedar me fasse empaqueter ainsi!

– C'est tout simplement pour vous imposer sa volonté, répondit Alima.

Elles s'étreignirent une dernière fois, puis Skye suivit Zada jusqu'à la cour où se trouvait rassemblée l'immense caravane de Kedar. Celui-ci ramenait de nombreuses marchandises à Fez, à dos de chameaux et d'ânes, et avait loué les services d'une solide escorte armée pour se protéger des bandits.

La caravane longea l'Atlas, progressant d'une trentaine de kilomètres par jour, ne s'arrêtant qu'à la nuit. Skye, qui voyageait à l'intérieur d'une charrette confortablement aménagée et conduite par Dagan, trompait son ennui en regardant défiler le paysage ou en dormant.

Kedar, lui, ne quittait pas la tête du convoi, mangeant seul ou avec ses hommes, ne faisant appeler Skye que lorsque le campement était calme et les gardes à leur poste. Il la prenait alors rapidement et s'endormait aussitôt. Skye y voyait un déclin de son désir pour elle et en était soulagée.

Une semaine avant leur arrivée à Fez, ils croisèrent, vers la fin de l'après-midi, une caravane de riches marchands que Kedar connaissait. Ils décidèrent de partager leur repas du soir et plantèrent leurs tentes près d'un frais torrent de montagne.

Tandis que l'on faisait rôtir des chevreaux à la broche, Skye put se baigner et laver ses cheveux que la poussière de la piste n'avait pas épargnés. Zada les lui frotta ensuite d'essence de roses. Elles revinrent à la tente où Kedar les attendait.

– Je veux que vous dansiez pour mes invités, ce soir, Muna. Connaissez-vous la danse du voile?

– Oui, seigneur, répondit Skye, surprise.

– Alors vous la danserez, ce soir.

– Croyez-vous qu'il soit prudent que je m'exhibe ainsi, seigneur?

– Discuteriez-vous mes ordres, Muna? demanda Kedar d'un ton menaçant.

– Je pensais seulement...

– Les esclaves ne pensent pas, Muna, elles obéissent. Vous danserez pour mes invités. Soyez prête lorsque je vous ferai appeler, déclara-t-il en sortant.

Zada entra dans la tente.

– Ah! fit-elle avec un large sourire. Que j'aurais voulu qu'un homme comme le seigneur Kedar m'enlève avant que je ne sois vendue par ma famille! Mais je n'ai pas votre beauté, maîtresse! Allons! étendez-vous. Le seigneur Kedar a ordonné que vous vous reposiez et qu'on vous régale des plus fins morceaux de chevreau.

– Il me faut des voiles, Zada.

– De quelle couleur?

– Noir. C'est ce qui met le mieux en valeur l'éclat de ma peau.

Zada acquiesça et, après l'avoir frictionnée, la laissa se reposer.

Skye dormit environ une heure. Puis Zada vint la réveiller, et elle mangea avec appétit les mets succulents que son esclave lui avait apportés.

– Dagan a fait préparer ces sucreries pour vous, maîtresse, déclara Zada en lui tendant un plat.

Il contenait des abricots farcis de noisettes pilées et enrobées de miel, et des loukoums multicolores aux amandes, parfumés à la vanille et à la cannelle.

– C'est vraiment délicieux! s'exclama Skye en mordant dans un loukoum. Vous remercierez Dagan pour moi.

Pendant que Zada préparait son bain, Skye se régala de friandises. Détendue, elle se sentait pleine de bienveillance envers Dagan. Elle l'avait peut-être mal jugé?

– Votre bain est prêt, maîtresse. Dagan vous massera ensuite.

– Je suis déjà si décontractée que je crains fort de m'endormir, observa Skye.

– Ce sont les loukoums, maîtresse.

– Que contiennent-ils? demanda Skye, soudain soupçonneuse.

– Du haschich. Cela ne vous fera pas de mal. Notre peuple en use depuis des années.

– Mangez-en un! lui ordonna Skye.

– C'est vrai? Je peux? s'écria Zada, ravie, en s'empressant d'obéir.

Rassurée, Skye se leva. Elle avait l'esprit engourdi et éprouvait un léger vertige. Zada la guida jusqu'au bain qui sentait le musc et la rose. Après l'avoir lavée, elle l'aida à regagner sa couche.

Envahie d'une délicieuse torpeur, Skye n'eut même pas la force de protester quand Dagan commença à la masser de ses mains expertes. Quand il s'arrêta, elle flottait hors du monde, se sentant merveilleusement bien, pénétrée d'une voluptueuse langueur.

Zada l'obligea à se lever et lui noua autour des hanches une fine chaîne d'or à laquelle elle attacha deux larges voiles diaphanes, devant et derrière, et trois plus petits de chaque côté. Puis, elle lui souligna les yeux de Khôl, coloria de rouge carmin la pointe de ses seins et passa dans ses cheveux une brosse imprégnée de musc.

– Mangerez-vous un autre loukoum, maîtresse ? Vous allez bientôt danser.

Skye en prit plusieurs et comprit à l'euphorie qui la gagna aussitôt que la plante – le haschich comme l'avait appelée Zada – était à l'origine des sensations étranges qu'elle éprouvait.

Zada acheva de lui voiler la poitrine, les épaules et le visage, et murmura, en la caressant avec sensualité :

– Comme vous êtes belle, maîtresse ! Vous allez enfiévrer les invités du seigneur Kedar. C'est pour cela qu'il souhaite vous voir danser devant eux, pour qu'ils vous désirent et qu'ils envient notre maître. Allez maintenant !

Sous les caresses de Zada, Skye avait senti ses sens s'éveiller. L'esprit embrumé, enivrée par le parfum entêtant du musc, elle entra dans la tente où l'attendaient Kedar et ses amis et se prosterna devant eux.

– Relevez-vous, Muna, ordonna Kedar en la couvrant d'un regard approbateur. Voici le magnifique présent que m'a offert mon oncle, le célèbre Osman, ajouta-t-il en se tournant vers ses invités. J'en ai fait ma favorite, bien qu'elle fasse preuve d'un certain entêtement qui m'oblige à la tenir d'une main ferme.

– Un peu de piment n'a jamais gâté un plat savoureux, observa un homme barbu.

– Il est heureux alors que j'aie du goût pour les plats épicés, répondit Kedar.

Ses invités éclatèrent de rire.

– Dansez, Muna, ordonna Kedar.

Skye commença à se mouvoir lentement, ondulant doucement au rythme du tambour et des flûtes. Puis, quand le roulement du tambour se fit plus obsédant, elle se mit à ôter ses voiles un à un, sous le regard fasciné des amis de Kedar. Elle libéra la masse ondoyante de sa chevelure, dévoila ses hanches et ses seins. Elle tournoyait maintenant, emportée par le rythme toujours plus endiablé de la musique, projetant lascivement en avant sa poitrine et son ventre. Lorsqu'elle se défit enfin de ses deux derniers voiles, Kedar nota avec amusement que certains de ses hôtes glissaient furtivement la main sous leur djellaba.

Entièrement nue, plongée dans une transe érotique où seule la musique existait, Skye s'approcha de ses invités, les enivrant de son parfum entêtant, les frôlant de ses seins, les embrasant d'un désir farouche. Puis, après avoir tournoyé une dernière fois, elle s'abattit aux pieds de Kedar dans une attitude de totale soumission.

Avec des cris d'enthousiasme, les assistants lui jetèrent des pièces d'or et des petits bijoux. Skye interrogea Kedar du regard.

– Vous pouvez les prendre, belle enfant, approuva-t-il en souriant. Vous les avez bien mérités.

– Elle a mérité cent fois mieux! s'exclama un invité. Bien sûr, j'imagine que vous n'êtes pas disposé à la vendre. Mais si jamais vous vous en lassiez un jour, prévenez-moi. Votre prix sera le mien!

Pour ne pas faire injure aux amis de Kedar, Skye ramassa les objets éparpillés sur le sol et quitta rapidement la tente.

Dagan et Zada l'attendaient, un sourire épanoui aux lèvres. Elle leur donna une pièce d'or à chacun. Elle se sentait soudain abattue et au bord des larmes.

– Le maître ne va pas tarder à venir et il sera mécontent s'il la trouve en pleurs, fit remarquer Zada à Dagan.

– Venez, maîtresse, murmura Dagan d'une voix apaisante en l'attirant vers le lit. Laissez-moi vous délasser des fatigues de la danse. Apportez les loukoums, petite imbécile, lança-t-il à Zada. Nous n'avons pas beaucoup de temps et il faut qu'elle soit prête à accueillir le seigneur Kedar avec ardeur.

Zada força Skye à avaler quelques confiseries, puis se mit à la caresser lentement pour éveiller son désir. Grâce au haschich, sa maîtresse attendrait bientôt avec impatience l'arrivée de Kedar.

Quand celui-ci entra dans la tente sans que personne ne l'aperçoive, il contempla le spectacle qui s'offrait à ses yeux, amusé de voir que ses esclaves, dans leur ardeur à lui plaire, avait drogué Muna. Impatient de se retrouver seule avec elle, il ordonna à Dagan et Zada de se retirer et s'étendit auprès de Skye.

Elle se pressa lascivement contre lui, répondant avec ardeur à son baiser. Lorsqu'il la pénétra, sa jouissance fut immédiate.

– Quelle délicieuse amoureuse vous faites, mon trésor, murmura-t-il. Cela vous a-t-il plu d'exhiber vos charmes, ce soir, devant mes invités?

– Je ne dansais que pour vous seul, seigneur, répondit-elle, haletante.

– Ah! gronda-t-il. Si je pensais que vous me mentiez, Muna, je vous tuerais à l'instant même. Mais je vous crois.

Il se remit à bouger en elle, jusqu'à ce qu'elle gémisse et l'implore à nouveau d'apaiser son désir. Mais il n'entendait pas la satisfaire si vite et il usa d'elle avec frénésie, faisant alterner plaisir et souffrance. Ce fut la souffrance qui dissipa finalement les effets de la drogue, et Skye se rendit compte avec horreur qu'elle avait encouragé Kedar par ses attitudes lascives et indécentes. Craignant de l'irriter, elle continua pourtant de feindre la plus grande ardeur jusqu'à ce qu'il répande sa semence en elle et s'effondre, terrassé par le sommeil.

Skye poussa un soupir de soulagement, puis se leva pour aller étancher la soif provoquée par le haschich. Furieuse d'avoir été droguée à son insu, elle se jura que cela ne se reproduirait plus. Elle savait déjà comment parvenir à ses fins et, avec un petit rire, elle retourna se coucher et s'endormit profondément.

Le lendemain matin, alors qu'elle déjeunait avec Kedar de figues et de café brûlant, elle déclara :

– Je suis contente que vous n'en vouliez pas à Dagan et Zada, seigneur. Ils ne cherchaient qu'à vous faire plaisir.

– Comment cela ? demanda Kedar, déjà sur le qui-vive.

– Eh bien ! ils m'ont donné du haschich pour stimuler mes sens, seigneur, comme si votre regard et vos caresses ne suffisaient pas ! Bien sûr, ils n'entendaient pas faire insulte à votre virilité ! Ils voulaient seulement vous être agréables. Oh ! je ferais bien de m'en aller, seigneur, si je ne veux pas retarder la caravane, poursuivit-elle en adressant à Kedar un sourire enjôleur.

– Dagan ! lança Kedar d'un ton sec.

– Oui, seigneur ? répondit celui-ci en entrant dans la tente.

– Avez-vous donné du haschich à Muna, hier soir ?

– Oui, seigneur, pour qu'elle danse mieux. Je voulais qu'elle vous fasse honneur devant vos invités, et comme elle s'était montrée rétive...

– Vos intentions étaient bonnes, mais ne faites plus prendre à Muna de vos préparations. Mettriez-vous en doute ma virilité ?

– Non, seigneur ! répondit Dagan en tombant à genoux. Pardonnez-moi. Je ne cherchais pas à vous offenser.

– Si nous n'étions pas pressés de partir, je vous aurais fait fouetter, vous et Zada. Allez ! Et veillez à ne plus me mécontenter.

– Oh ! merci, seigneur. Merci !

Kedar se tourna vers Skye dont le visage était impassible.

– Voilà qui est fait, mon trésor, mais vous auriez pu vous dispenser de cette petite ruse. N'espérez pas pouvoir me tromper, Muna, fit-il en la frappant légèrement de son gant.

Skye soutint son regard sans sourciller.

– J'espère que vous vous en souviendrez. Et maintenant, regagnez votre voiture.

– Oui, seigneur.

Kedar la regarda s'éloigner, un léger sourire aux lèvres. Muna l'intriguait. Aucune femme ne lui avait encore jamais donné pareil plaisir, mais il avait conscience que toute une partie de sa personnalité lui échappait. L'ardeur avec laquelle elle s'était abandonnée la nuit dernière n'était due qu'au haschich. Une fois dissipés les effets de la drogue, bien qu'elle ait tout fait pour n'en rien laisser paraître, elle s'était aussitôt éloignée de lui. Ce qu'il voulait, c'était qu'elle se donne à lui de son plein gré, corps et âme.

Ayant hérité de quelques-uns des pouvoirs de son oncle, il pressentait en elle un secret qu'il aurait voulu découvrir. A la réflexion, il se traita de fou. Muna n'était qu'une créature exquise, faite pour son plaisir, un don d'Allah, rien de plus.

Il quitta sa tente que des hommes s'affairèrent aussitôt à démonter, et s'approcha de la voiture de Muna.

– Seigneur ? demanda Skye, surprise.

Kedar lui dévoila le visage et posa sur ses lèvres un baiser brûlant, qui la laissa haletante.

– Tâchez de vous surpasser encore la nuit prochaine, lui dit-il doucement.

Et après lui avoir remis son voile, il sauta à terre.

9.

Fez était devant eux, avec sa vieille ville surpeuplée, nichée au fond de la vallée et, sur les hauteurs, les nouveaux quartiers d'Eldjdid. Skye contempla avec effroi les immenses remparts qui, flanqués de tours imposantes, formaient autour de la ville une enceinte formidable. L'austérité des maisons la frappa aussi. Elles ne représentaient sur la rue que des façades aveugles d'un blanc sale, surmontées de toits de tuiles vertes. D'agréables îlots de verdure, d'arbres fruitiers, de cyprès et de dattiers, venaient pourtant égayer çà et là le paysage.

Quittant les vieux quartiers qui abritaient la merveilleuse mosquée QaraWiyin ainsi que la plupart des bazars et des marchés, ils gagnèrent les collines où, fuyant la foule, s'étaient petit à petit installés tous les riches habitants de Fez.

Skye devait vite découvrir que derrière la sévérité apparente des façades, se dissimulaient des merveilles de luxe et de beauté, la maison de Kedar était construite autour de cours intérieures et de luxuriants jardins. Des carreaux noirs et blancs dessinaient sur le sol de fins motifs géométriques, parfois recouverts de somptueux tapis. Les murs étaient également carrelés jusqu'à mi-hauteur et, plus haut, blanchis à la chaux, tandis qu'aux plafonds s'entrelaçaient des figures compliquées et colorées.

Dagan conduisit Skye et Zada au quartier des femmes, dans une aile bien distincte de la demeure qui comprenait bains, cuisines, jardins, salles de réception, dortoirs et chambres individuelles.

– Combien de femmes le maître a-t-il dans son harem, Dagan ? demanda Skye.

– Je n'en connais pas le nombre exact, dame Muna, mais certainement plus de quarante.

Deux noirs, des eunuques, leur ouvrirent la porte de fer forgé qui commandait l'entrée du harem. Ils les conduisirent dans une grande salle où la plupart des femmes étaient réunies, occupées à bavarder, à coudre, à jouer de la musique ou à lire. Un profond silence suivit leur apparition et Skye fut immédiatement l'objet de regards hostiles. On la considérait, de toute évidence, comme une ennemie.

– Le maître vous salue, mesdames, déclara Dagan avec un large sourire. Voici dame Muna, un présent que le seigneur Kedar a reçu de son oncle et qui a sa faveur.

– Il est vrai qu'on ne trouve guère le long des pistes que des nomades vérolées, des moutons et des chameaux, fit une blonde pulpeuse, aux yeux en amande, qui dévisageait Skye avec insolence.

– Comment faites-vous pour obtenir des cheveux de cette couleur ? répliqua Skye dans un arabe parfait. Dans mon pays, j'avais deux chiens dont le pelage avait exactement la même teinte.

Avec un hoquet de surprise, la blonde se redressa et se précipita sur Skye en criant :

– Comment osez-vous ?

Sans tergiverser, Skye l'empoigna par les cheveux et l'envoya rouler sur le sol.

– Je suis une grande dame à qui le seigneur Kedar a accordé sa faveur. Vous me traiterez avec le respect dû à mon rang. Je ne suis pas une paysanne comme vous. Tâchez de vous en souvenir !

La blonde en resta bouche bée et un lourd silence s'installa. Enfin, avec un petit rire amusé, une femme élancée et d'une grande élégance, s'avança vers Skye.

– Bienvenue à Fez, dit-elle. Je m'appelle Talitha et ne jouit plus que rarement des faveurs du seigneur Kedar. Qu'Allah en soit loué !

Elle avait le teint mordoré, de merveilleux yeux vert pâle et des cheveux noirs et crépus, coupés court.

– Aura-t-elle sa propre chambre ? demanda celle-ci à Dagan avec un sourire.

– Oui, madame. Et veillez à ce que personne ne lui occasionne la moindre meurtrissure. Le seigneur Kedar adore sa peau sans défaut.

– Cela ne m'étonne pas, répondit Talitha. Ne vous en faites pas, Dagan, j'en prendrai soin comme de ma propre fille. Vous êtes prévenues, reprit-elle d'une voix dure en s'adressant aux autres. Si vous osez toucher à Muna, vous aurez affaire d'abord à moi, et ensuite au seigneur Kedar !

– Vous n'avez plus rien à craindre désormais, dit Dagan. Je vous laisse.

Talitha conduisit Skye et Zada jusqu'à une jolie pièce qui donnait sur les montagnes avoisinantes.

– Est-ce vous qui avez la charge du harem ? demanda Skye.

– Oui. C'est un honneur et un bien lourd fardeau. Je suis la première femme que Kedar ait achetée, et j'ai eu de lui deux filles.

– L'aimez-vous ?

– Non, mais j'ai pour lui de la reconnaissance. Je suis née dans une maison close de Rabat. Ma mère avait un amant français qui l'a quittée alors qu'elle était enceinte de moi. Comme elle était belle, elle a proposé un marché au meilleur bordel de la ville, lui promettant ses services quand elle aurait accouché en échange d'une somme d'argent lui permettant de vivre jusque-là. J'avais vingt ans quand le seigneur Kedar m'a achetée; le propriétaire du bordel me trouvait déjà trop vieille pour ses clients. Grâce au maître, j'ai une maison où je vis respectée et où mes enfants sont en sécurité. Et vous, Muna ?

– Je suis une prisonnière que le seigneur Osman a achetée pour l'offrir au seigneur Kedar.

– Vous parlez bien l'arabe pour une captive, observa Talitha.

– Je n'ai pas été vendue tout de suite. Et j'ai un certain don pour les langues.

– Vous auriez dû pourtant trouver immédiatement un acheteur ! Je suppose que vous montriez quelque répugnance à accepter votre sort ?

– J'avoue que cela m'a été difficile, répliqua Skye en riant. La pensée de ne revoir ni mes enfants ni mon pays me terrifiait et me brisait le cœur.

– Et maintenant ? Vous êtes résignée ? demanda Talitha, sceptique.

– Ai-je le choix ?

– Que pensez-vous du seigneur Kedar ?

– Il est différent de tous les hommes que j'ai connus, déclara Skye prudemment, ne sachant trop quelle réponse Talitha attendait d'elle.

Talitha éclata de rire.

– Il est dur, Muna, mais croyez-moi, il existe de bien plus mauvais maîtres. Tout ce que Kedar exige, c'est une totale obéissance au lit. Sa compagnie devrait d'ailleurs vous être épargnée pendant quelque temps. Il aime le changement et je pense qu'il ira butiner les autres femmes de son harem avant de vous revenir. Je suppose que vous ne serez pas fâchée de ce répit, fit-elle avec un sourire malicieux. Je n'ai encore vu personne pourvoir seule à ses plaisirs pendant deux longs mois !

– Je ferai ce qu'il plaira à mon seigneur de m'ordonner, répondit Skye d'une voix douce.

Talitha sourit, amusée.

– Eh bien, nous verrons ! Je vous laisse, maintenant. Vous devez être fatiguée.

Dès qu'elle fut partie, Zada se mit à jacasser avec entrain.

– Quelle belle chambre ! Vous avez vu ces tapis ! Et ce lit immense !

Le seigneur Kedar va certainement vous rendre visite ici. Quelle chance nous avons d'avoir un maître aussi riche! Dagan dit qu'il va certainement vous épouser. Ce serait un immense honneur, car il n'a encore jamais pris femme!

– Silence, petite pie! Ne sais-tu pas qu'ici les murs ont des oreilles? Le seigneur Kedar est certainement las de moi et il ira voir ses autres femmes, comme l'a dit Talitha.

– Si c'était vrai, maîtresse, pourquoi vous aurait-on donné cette chambre magnifique avec ces tentures de soie et ce grand lit à deux places?

– Cherche donc à savoir si je peux me rendre aux bains, lui ordonna Skye pour détourner la conversation. Cela fait plus d'un mois que nous avons quitté Alger et j'ai besoin de me laver correctement.

– Bien sûr. Il faut que vous soyez prête pour la visite du seigneur Kedar, cette nuit.

Zada revint accompagnée d'eunuques chargés des malles de Skye. L'un d'entre eux s'attarda après les autres et Zada le présenta à sa maîtresse.

– C'est Min'da, votre eunuque personnel. Je vous avais bien dit que vous aviez de l'importance aux yeux du seigneur Kedar, fit-elle, triomphante.

– Un peu plus de modestie, Zada, répondit Skye en lui donnant une légère tape. Allah m'a accordé la bienveillance du seigneur Kedar. Puissé-je m'en montrer toujours digne! Mais si elle m'était un jour retirée, j'accepterais mon sort avec bonne grâce.

– Votre sagesse est grande, dame Muna, observa l'eunuque avec un léger sourire. Je comprends pourquoi Dagan vous croit promise à un brillant avenir.

Skye observa attentivement l'eunuque : Celui-ci ne trahirait jamais son maître, elle en était sûre. Elle était vraiment seule. Que se passerait-il si Hamal se refusait à l'aider ou si la princesse, lasse de l'obstination de Niall, décidait finalement de le tuer? Physiquement et moralement harassée, Skye sentit les larmes lui monter aux yeux.

– Zada! lança Min'da. Aidez-moi à conduire votre maîtresse aux bains. Elle est épuisée et a besoin de repos. L'eunuque la prit fermement par le bras. Skye se laissa faire et quelques minutes plus tard, plongée dans l'eau fumante du bain, elle oubliait peu à peu ses préoccupations et ses craintes.

– Quel parfum utilisez-vous? demanda Min'da.

– Rose de Damas.

– Tout à fait ce qui vous convient. A la fois subtil et naturel.

Les femmes s'empressèrent autour d'elle, la complimentant sur la beauté de sa peau et de sa longue chevelure puis, après l'avoir soigneusement lavée et épilée, elles la massèrent longuement.

Skye était à moitié assoupie lorsque Min'da l'a transporta dans ses bras jusqu'à sa chambre où il la déposa avec précaution sur son lit. Puis, il donna quelques instructions à Zada avant de se retirer.

– Laissez-la dormir. Ensuite, je lui apporterai à manger et le maître la rejoindra à la onzième heure, cette nuit.

– Le seigneur Kedar va venir! Vraiment? s'exclama Zada au comble de la satisfaction.

– Je ne parle jamais que lorsque je suis certain de ce que j'avance, femme! Si nous devons travailler ensemble et nous efforcer d'assurer la première place à dame Muna, vous obéirez à mes ordres sans discuter. Cela fait sept ans que je suis dans le harem du seigneur Kedar. Je suis au courant de tout.

– Si vous êtes quelqu'un de si important, répliqua Zada, comment se fait-il que vous n'ayez encore jamais réussi jusqu'à présent?

– J'étais en bonne voie avec l'une des femmes qui m'avait été confiée, il y a deux ans, mais la misérable a trompé ma vigilance et cocufié le seigneur Kedar avec un garde. Si Dagan n'était pas intervenu en ma faveur, le maître m'aurait fait tuer, moi aussi. Aujourd'hui Dagan me donne une nouvelle chance avec dame Muna et je réussirai. Et vous aussi, Zada. Je suis sûr qu'il ne vous déplairait pas de devenir la servante de l'unique épouse du seigneur Kedar?

Zada acquiesça d'un hochement de tête.

– Mais pourquoi Dagan se soucie-t-il autant de vous?

– C'est mon frère, répondit Min'da avec hauteur avant de quitter la pièce.

Skye, qui n'avait pas perdu un mot de la conversation, se sentit profondément accablée. Elle allait faire l'objet d'une surveillance de tous les instants. Comment venir en aide à Niall dans ces conditions? Désespérée, elle se mit à pleurer et sombra dans un sommeil agité, peuplé de visions effrayantes.

Si elle avait pu voir Niall en cet instant, Skye en aurait été bouleversée. Pieds et mains liés, il était étendu sur un lit, entièrement nu. Sa chevelure noire avait poussé et ses yeux gris argent avaient pris la couleur terne de l'étain.

La vieille femme qui le servait venait de lui faire boire la boisson poivrée qu'on lui donnait toujours avant l'arrivée de la princesse. La première fois, il avait refusé de l'avaler, mais comme ensuite on lui avait enfoncé au fond de la gorge un tube, un boyau de mouton, pour y déverser le liquide, il s'était résigné à l'accepter.

Comme à l'accoutumée, une étrange euphorie le gagnait, dissipant ses inquiétudes, annihilant sa résistance.

– Et mes confiseries, Rabi ? demanda-t-il à la vieille femme.

– Vous les adorez, n'est-ce pas ? fit-elle avec un petit rire. Ce sont vos préférées aujourd'hui : à la vanille.

Il les trouvait délectables, ces bonbons aux couleurs vives. Mais s'il les prenait si docilement, c'était aussi pour survivre, pour revoir l'Irlande un jour.

Au début, comme il résistait farouchement, on l'avait enchaîné au fond du jardin. Il avait pourtant accueilli avec bonheur sa libération des galères, mais en apprenant qu'il devrait servir d'étalon à une princesse orientale, il était devenu fou de rage. Il avait tenté d'expliquer à Turkhan qu'il était noble, qu'il pouvait payer une énorme rançon et qu'il mourait d'envie de revoir sa femme et ses enfants. Elle avait simplement répondu, frôlant ses bras musclés :

– Je vous appellerai Ashur. Cela signifie « le guerrier ».

Et comme il s'entêtait, elle avait ajouté :

– Je vous ai bien compris Ashur. Et maintenant écoutez-moi ! L'argent ne m'intéresse pas. Je suis riche, j'ai le goût des belles choses, vous me plaisez et je vous soupçonne d'être un amant de qualité. Je vous apprendrai d'ailleurs à vous perfectionner dans ce domaine.

– Jamais ! s'était exclamé Niall.

– Savez-vous à qui vous vous adressez, Ashur ? Je ne le pense pas, car vous n'oseriez pas me parler sur ce ton. Je suis la fille du sultan Selim II, défenseur des croyants et suzerain de cette ville.

– Je me fiche de votre père ! avait hurlé Niall. Je ne serai pas votre étalon, femme ! Je suis Irlandais !

– Votre passé n'existe plus, Ashur. Vous êtes un esclave dans mon harem et votre seul but doit être de me satisfaire. Je vous y contraindrai, je vous en fais le serment !

Savoir que, jusqu'à présent, il ne l'avait pas réellement satisfaite, n'était pour Niall qu'une maigre consolation. Il devait pourtant reconnaître qu'elle était belle. Elle avait un port majestueux qui faisait oublier sa petite taille, un corps mince et délié de jeune garçon, à l'exception d'une poitrine généreuse et provocante. Une chevelure de feu encadrait son visage fin et ovale. Son nez était aristocratique, sa bouche, sensuelle, et ses merveilleux yeux en amande avaient la couleur de l'ambre.

Un an s'était écoulé depuis que Niall était son prisonnier, et il avait pu se rendre compte qu'elle était cultivée et intelligente. Fier et obstiné, il lui résistait malgré tout farouchement. Elle ne pouvait l'amener à faire l'amour avec lui qu'en le droguant, ce qui ne l'avait pas empêchée d'en faire son favori, au même titre que Hamal. Elle voulait un enfant de lui et il priait avec ferveur pour qu'elle ne conçoive pas. Skye était la seule femme à lui avoir donné des enfants... Portait-elle encore son deuil ? Il se sentait envahie d'une rage folle à l'idée qu'elle était sans doute remariée.

Que Claire O'Flaherty soit maudite! Il la tuerait, où qu'elle soit, s'il parvenait jamais à s'échapper de Fez. Il était sûr de ne pas avoir rêvé lorsque, reprenant conscience à bord d'un bateau, il avait vu son visage railleur penché sur lui.

– Vous avez l'air si farouche, mon bel Ashur, murmura Turkhan en se glissant près de lui. A quoi pensez-vous?

– A une trahison et à une vengeance, princesse.

Son regard sombre fit frissonner Turkhan.

– Je vous ordonne de penser à l'amour!

– Je ne peux que me soumettre à vos ordres, princesse, fit-il d'un ton moqueur.

– Oh! Ashur, murmura Turkhan en posant sa tête sur sa poitrine. Est-il donc si difficile de m'aimer?

Niall se rendit bruyamment compte qu'il s'était comporté comme un idiot. Si, au lieu de jouer les vierges effarouchées, il s'était montré accommodant, il serait sans doute parvenu à gagner la confiance de la princesse et à s'échapper.

Après avoir excité sa virilité, Turkhan s'apprêtait à s'empaler sur lui. Quand il lui dit posément :

– Détachez-moi. Il est temps que je vous montre comment un Irlandais fait l'amour.

– Quel tour comptez-vous me jouer, Ashur? demanda Turkhan en lui jetant un regard soupçonneux.

– Auriez-vous peur, princesse?

Turkhan rougit à ce défi. Depuis des mois, elle lui faisait prendre du haschich, de l'opiat et autres aphrodisiaques, et elle n'était toujours pas enceinte. Peut-être était-il prêt à lui donner un enfant?

– N'aimeriez-vous pas sentir mes bras autour de vous? ? murmura Niall d'une voix tendre.

Turkhan frissonna au son de sa voix et il sut qu'il avait gagné. Elle se leva, sortit une clef d'une petite boîte en ébène et le libéra de ses menottes. Niall se frotta les poignets. Il se sentait soudain merveilleusement bien et n'avait pour l'instant qu'un seul désir : posséder l'adorable petite femme qui se tenait devant lui.

Il l'attira contre lui et frôla ses lèvres de baisers taquins. Turkhan frissonna à nouveau. Elle était à la fois effrayée et heureuse de le voir enfin bien disposé. Il la souleva dans ses bras et la déposa délicatement sur le lit.

– Oh! aimez-moi, mon bel Ashur! murmura-t-elle avec exaltation.

– Oui, ma princesse. Mais nous avons le temps. Je vous ai promis de vous montrer comment les hommes de mon pays aiment leur femme, fit-il en lui caressant les cheveux. Me désirez-vous, Turkhan?

– Oui, Ashur! Oh! par Allah, oui!

Le rire satisfait de Niall l'effraya, mais elle n'osait bouger de peur de rompre le charme et de le voir revenir à son humeur maussade.

Niall admira sa peau qu'elle avait aussi douce et aussi laiteuse que les roses de son jardin. Il promena la main sur son ventre; elle retint son souffle. Souriant de la sentir aussi ardente, il caressa ses seins en forme de poire, en effleurant le mamelon de son pouce. Avec un gémissement, Turkhan l'attira contre elle. Amusé par son impatience, il se mit à sucer la pointe d'un sein, à la mordiller délicatement. Turkhan était émerveillée du plaisir qu'Ashur lui donnait. Il l'aimait avec une fougue qui la transportait.

Elle cria d'extase lorsqu'après avoir couvert de baisers sa peau frémissante, il enfouit sa tête entre ses cuisses et chercha de la langue le cœur de sa féminité. Aucun homme ne l'avait jamais embrassée là! Mais elle n'avait garde de l'arrêter : une sensation étrange, effrayante et merveilleuse à la fois, l'envahissait et elle fut emportée par la vague d'un plaisir inconnu.

Mais ce n'était encore que les prémices d'un bonheur bien plus intense. Quand son membre palpitant la pénétra, Turkhan se sentit défaillir. Jamais encore un homme ne l'avait tenue sous lui. Perdant tout contrôle, elle s'accrocha à lui en gémissant, se soulevant pour aller à sa rencontre. Puis lui plantant ses ongles dans le dos, elle poussa un cri sauvage, qu'il étouffa d'un baiser brutal, et elle sombra dans une quasi-inconscience.

Quand elle reprit ses esprits, Turkhan se mit à rire silencieusement. Et dire qu'elle avait promis à Ashur de perfectionner ses talents d'amant! Il venait de lui apprendre ce que c'était que d'être totalement femme. Tous les autres, jusqu'à présent, n'avaient fait que la tromper. Elle caressa doucement ses lèvres meurtries et le regarda.

– Pourquoi ne m'aviez-vous rien dit? demanda Niall.

– Parce que jusqu'à maintenant je n'en savais rien moi-même, répondit-elle avec franchise.

– Comment! Vous avez été élevée dans un harem, entourée de femmes, et vous voudriez me faire croire qu'elles ne vous ont jamais parlé du plaisir que peuvent se donner un homme et une femme?

– J'ai quitté la maison de mon père à l'âge de dix ans. Ma mère était une danseuse circassienne qui n'a retenu l'attention de mon père qu'une seule fois, et elle est morte en me donnant le jour. J'ai eu une enfance très solitaire, Ashur. Seule ma grand-mère me témoignait un peu d'intérêt. Encore trouvait-elle que je ressemblais trop à la grand-mère de mon père, qu'elle haïssait mortellement.

« J'avais presque dix ans lorsque mon père sollicita des fonds de toutes les grandes cités de son empire pour construire sa flotte. La générosité de Fez le surpris. Il apprit que les trois quarts de sa contribution provenaient d'Ali ibn Achmet, un richissime marchand d'une profonde dévotion et d'une loyauté à toute épreuve. C'était un homme âgé et comme il n'était pas marié, mon père décida de le récompenser en lui faisant présent d'une princesse ottomane.

Le choix se porta sur moi. Ma grand-mère ne me donna que ces seuls conseils : ne jamais me laisser dominer par un homme, et assurer mon indépendance grâce à l'héritage et à la richesse de mon vieil époux.

C'était un enseignement précieux, Ashur, mais je n'ai jamais rien appris d'autre dans le harem de mon père. Je sais aujourd'hui, grâce à vous, le plaisir qui peut naître entre un homme et une femme et, même si cela ne devait plus jamais se reproduire, je serais heureuse de l'avoir connu une fois. »

– Cela se reproduira, je vous le promets, fit Niall en effleurant ses lèvres. Voulez-vous que je vous donne encore du plaisir, ma princesse ?

Après quelques pareilles nuits d'amour, ce serait elle qui deviendrait son esclave. S'emparant d'un de ses seins, il lui murmura à l'oreille :

– Répondez-moi, Turkhan ! Souhaitez-vous encore connaître le plaisir ?

– Oh ! oui, mon Ashur. Oui ! répondit-elle, haletante.

Par la suite, Niall devait s'étonner de n'avoir pas songé à entrer plus tôt dans le jeu de sa geôlière. Maintenant, il devait se montrer prudent afin de ne pas éveiller les soupçons. Le jeune Hamal s'interrogeait déjà sur les motifs de ce revirement.

– Vous avez tenté pendant des mois de me convaincre que je ne retrouverais pas la liberté, lui expliqua Niall. Je suis Irlandais et têtu, mais j'ai compris que je ne gagnerais rien à m'obstiner. Et puis, Turkhan est une femme si exquise que je n'avais plus la force de la repousser.

– Et votre femme, Ashur ? Vous n'y pensez plus ?

– Elle me croit certainement mort, répondit Niall en haussant les épaules. Cela fait deux ans que j'ai disparu et elle a sans doute été contrainte de se remarier...

Son cœur se serra à l'idée que c'était peut-être l'expression de la réalité. Mais au fond de lui-même, il continuait à croire que Skye n'appartenait qu'à lui. A lui seul.

– Vous m'appartenez, murmurait Kedar à l'oreille de Skye, étendue à demi-inconsciente sous lui.

Skye avait espéré que leur retour à Fez la délivrerait des attentions de Kedar, mais son ardeur n'avait fait que croître. Au harem, nombreuses étaient les femmes qui la jalousaient, et plus nombreuses encore celles qui craignaient l'influence qu'elle pouvait exercer sur leur maître. Skye en aurait ri, si elle ne s'était sentie si désespérément seule. Le silence de Hamal, qui devait pourtant avoir eu vent de sa présence, l'inquiétait également.

– Ouvrez les yeux, ma toute belle, et enchantez-moi de votre regard, ordonna Kedar, son désir assouvi.

– Vous êtes un amant prodigieux, seigneur.

Elle était sincère en lui faisant ce compliment. Depuis peu, elle éprouvait un réel plaisir entre ses bras et en avait honte. Oh! bien sûr, elle savait faire la différence entre désir et amour, mais elle ne lui en livrait pas moins une partie d'elle-même, et cette idée la tourmentait. Elle poussa un profond soupir sur lequel Kedar se méprit, comme à son habitude.

– Nous ferons encore l'amour, cette nuit, ma belle Muna, lui promit-il, amusé. Je vois avec plaisir que vous perdez un peu de votre réserve. Vous devenez aussi avide de moi que je le suis de vous.

– Il est impossible de ne pas vous désirer, seigneur, répondit Skye d'un ton léger, en lui frôlant la joue d'un geste caressant.

Il déposa sur sa main un baiser brûlant.

– Vous faites mes délices, Muna. Je veux vous en récompenser. Qu'est-ce qui vous ferait plaisir?

Skye feignit de réfléchir.

– Me permettriez-vous d'aller visiter le bazar en compagnie de Talitha, seigneur? Je n'ai pas encore eu l'occasion de dépenser l'argent que vous m'avez donné. Les vendeurs qui viennent au harem n'ont guère de choix et je n'ai rien vu qui me plaisait.

– C'est entendu, Muna. Mais il faudra que vous soyez convenablement voilées et solidement escortées.

– Oh! merci, seigneur!

Elle l'enlaça, se pressant sensuellement contre lui et, tandis qu'il s'emparait de ses lèvres offertes, elle se mit à caresser sa virilité, réveillant son désir. Elle le guida en elle et le chevaucha avec ardeur, lui arrachant des frémissements de bonheur. Il la renversa alors contre les coussins, la dominant comme toujours au moment où leur plaisir se faisait plus intense.

Skye tenta de lutter contre ce plaisir, mais il ne faisait que croître encore et encore, l'embrasant tout entière. Kedar lui ordonnait de dire son désir et, terrifiée à l'idée de le voir s'arrêter, elle prononça avec honte et humiliation les paroles qu'il attendait. Puis elle fut emportée vers la perfection, dans un monde hors du temps où elle entendit retentir le cri victorieux de Kedar. Dans l'état de demi-conscience où elle se trouvait, elle pensa qu'il lui fallait absolument retrouver Niall et échapper à cet homme avant qu'il ne la détruise totalement.

– Aucune femme ne s'est jamais donnée à moi comme vous le faites, lui avoua-t-il plus tard. Et pourtant, je ne me rassasie pas de vous, mon trésor. Je n'ai jamais éprouvé de pareils sentiments.

– Vous m'honorez, seigneur, répondit Skye doucement.

Mais elle était effrayée à l'idée qu'il puisse s'éprendre d'elle et vouloir l'épouser. Ce serait une véritable catastrophe! Elle se rassura en se disant qu'Osman avait certainement prévu cette éventualité.

Lorsque Skye se réveilla le lendemain, elle était seule. Kedar ne l'obligeait plus à dormir sur un coussin, au pied de son lit, faveur insigne d'après Talitha. Elle s'étira paresseusement, toute à la pensée de sa visite au bazar.

– Eh bien! Muna, s'exclama joyeusement Talitha en faisant irruption dans sa chambre, vos cajoleries ont porté leurs fruits! Quand Kedar est venu m'annoncer ce matin que je devais vous accompagner au bazar, il ronronnait comme un fauve bien nourri! Je ne l'ai jamais vu aussi volubile et... aussi généreux, fit-elle en exhibant une bourse. De l'or, Muna! Un don de notre seigneur et maître pour nous permettre de satisfaire nos caprices. Que lui faites-vous donc?

Rougissante, Skye s'assit et cacha sa nudité d'un léger voile.

– Je ne suis que son humble esclave, répondit-elle.

– Vous êtes vraiment une femme étrange, Muna, observa Talitha avec un sourire. C'est peut-être ce côté mystérieux qui fascine Kedar? En tout cas, je vous remercie d'avoir pensé à moi pour cette expédition. Les autres vont nous envier! Habillez-vous vite! Cela fait une éternité que je ne suis pas sortie du harem et je ne veux pas perdre un seul instant de cette journée.

Comme Talitha sortait, Zada entra avec un plateau.

– Dieu seul sait quand vous aurez l'occasion de manger!

– Je suis affamée, concéda Skye.

– Pardi! Je m'étonne que vous ayez encore la force de soulever la tête de votre oreiller. Les femmes disent toutes que le seigneur Kedar fait l'amour sans s'arrêter toute la nuit! Elles sont jalouses de vous, dame Muna! Elles sont sûres qu'il va vous épouser!

Skye ne répondit pas et s'attaqua avec appétit aux mets que Zada lui avait apportés dans de jolis plats en céramique de Fez. Il y avait des figues, du pain, encore tout chaud, un rayon de miel et du jus de citron doux.

Après s'être rendue aux bains, elle s'habilla, aidée de Zada, mais refusa bracelets, bagues et colliers dont celle-ci voulait la couvrir.

– Cessez de me parer comme une idole! déclara-t-elle d'un ton sec.

– Mais vous êtes l'élue du seigneur Kedar! protesta Zada.

– Je ne suis que son humble esclave. Si je porte trop de bijoux, j'attirerai l'attention et le maître sera mécontent. D'ailleurs cela ne pourrait qu'inciter les marchands à gonfler leurs prix.

Zada soupira, déçue, mais reconnut que sa maîtresse avait raison : enveloppée d'un simple voile noir ne laissant entrevoir que ses yeux, Skye passerait inaperçue dans les rues de Fez.

Talitha la rejoignit et elles partirent dans la litière fermée que leur avait fait préparer Kedar. Skye écarta légèrement les rideaux pour avoir un aperçu de la ville. La litière s'engagea dans des rues tortueuses, descendit vers la rivière qu'enjambaient de jolis ponts construits par les Maures, puis pénétra dans la vieille ville où les maisons étaient si étroitement accolées que la pénombre régnait dans les ruelles.

Skye referma les rideaux.

– Pourquoi voulez-vous visiter le bazar? demanda Talitha.

– J'ai horreur de rester enfermée, cela me rend folle, répondit Skye. Dans mon pays, les femmes sortent librement. Je montais même à cheval. Le seigneur Kedar voulait me faire un présent et, pour moi, cette promenade à plus de prix que n'importe quel bijou.

– Je ne suis pas étonnée que vous le fasciniez, Muna. Vous êtes quelqu'un de tout à fait spécial.

– Je ne suis pourtant pas la seule Européenne du harem!

– Il n'y en a aucune qui soit comme vous, de famille noble. Deux d'entre elles sont des filles de marchands, les autres des paysannes, qui ont l'habitude de se soumettre à une autorité supérieure – comme les Orientales.

– Moi aussi je devais obéissance à ma reine, répliqua Skye.

– Et pas à votre roi?

– L'Angleterre n'a pas de roi. Notre souveraine règne seule, sans époux.

– C'est incroyable! s'exclama Talitha, scandalisée.

La litière fut soudain posée à terre. Escortées par Min'da, elles commencèrent leur visite par Quaisarya, le marché de la soie. Les étals croulaient sous des étoffes aux couleurs vives et chatoyantes, unies ou imprimées, brochées d'or et d'argent ou incrustées de perles fines. Éblouie, Skye ne savait que choisir. Elle se décida enfin pour un voile de soie rose et pour un autre, turquoise, qui s'harmonisait avec la couleur de ses yeux.

Elles gagnèrent ensuite une ruelle étroite où se trouvaient réunis les orfèvres. Elles étaient en train d'admirer des bracelets quand un jeune homme svelte, aux cheveux noirs et frisés, aux yeux marron pleins de douceur, entra dans l'échoppe.

– Les boucles d'oreilles que vous m'avez commandées sont prêtes, seigneur Hamal, fit le boutiquier en se précipitant au-devant de lui.

– Bonjour, Hamal, dit Talitha.

Le cœur de Skye se mit à battre à tout rompre. Ce jeune homme ne pouvait être que le frère de Kedar. Elle brûlait de se faire connaître, de lui demander des nouvelles de Niall, mais c'était impossible...

– Dame Talitha! Quelle surprise! Je ne savais pas que mon frère permettait à ses femmes de se promener dans le bazar. Son harem s'est-il enfin révolté? L'avez-vous étranglé?

– Vous êtes de plus en plus venimeux, Hamal, observa Talitha en riant. Allons! Osez dire que vous n'êtes pas heureux avec la princesse!

– Je le suis, Talitha, répondit-il avec un sourire enfantin. Mais Kedar se souciait peu de mon bonheur quand il m'a vendu. Qui est cette modeste créature qui se cache derrière vous?

– C'est Muna, la nouvelle favorite de votre frère, et bientôt son épouse à en croire la rumeur. C'est grâce à la faveur dont elle jouit que nous sommes ici.

– Kedar pense donc enfin à prendre femme? J'ai du mal à l'imaginer amoureux, mais si vous le dites... Quel est donc votre secret, dame Muna?

– Ne l'écoutez pas, seigneur. Ce ne sont là que des bavardages. Je ne suis rien de plus que l'humble esclave du seigneur Kedar.

– D'où venez-vous, madame? Vous parlez comme mon ami, Ashur, le favori de la princesse Turkhan.

– Personne ne s'appelle Ashur dans mon pays, seigneur.

– C'est le nom que lui a donné ma princesse, répondit Hamal avec affabilité. Son véritable nom est Niall Burke.

– Alors, nous venons bien du même pays, seigneur. Moi, je m'appelais Skye.

– Excusez-moi de vous interrompre, intervint le bijoutier.

– Trouvez-vous ces boucles d'oreilles à votre goût?

– Elles sont parfaites, comme d'habitude, Yusef, répondit Hamal après les avoir examinées. La princesse en sera ravie.

Il sortit sa bourse et régla son achat.

– Nous nous reverrons bientôt, mesdames, dit-il avant de quitter la boutique.

Skye aurait voulu s'élancer derrière lui, le questionner... Du moins avait-elle appris que Niall était vivant et Hamal avait promis de chercher à la revoir...

– Il est très différent du seigneur Kedar, fit-elle remarquer à Talitha.

– Ils ont des caractères absolument opposés, et pourtant ils sont de la même mère.

– Il est marié à une princesse ? demanda Skye avec une feinte naïveté.

– Non, répondit Talitha en riant. Kedar l'a vendu à la princesse Turkhan, la fille du sultan d'Istambul quand il avait quinze ans. Elle possède un harem d'hommes.

– Comment ! s'écria Skye. Vous qui étiez scandalisée à l'idée que mon pays avait une reine à sa tête !

– C'est sans doute affaire de point de vue, répondit Talitha avec bonhomie. Voyez-vous quelque chose qui vous plaise, ici ?

Skye acheta un ravissant porte-aigrette en or incrusté de petits saphirs.

– J'en ferai présent au seigneur Kedar pour le remercier de cette journée.

Elles firent ensuite les boutiques de la rue des cordonniers où elles essayèrent de nombreuses babouches avant d'en acheter quelques paires. A midi, la voix du muezzin retentit sur la ville, appelant les fidèles à la prière et, comme tous les habitants de Fez, elles s'agenouillèrent face à l'Est. Après quoi, elles décidèrent qu'elles avaient faim. Min'da acheta à des marchands ambulants de petites brochettes d'agneau et des beignets enrobés de miel et d'amandes pilées, dont elles se régalèrent.

Elles reprirent gaiement leur promenade et déambulèrent à travers les marchés de plein air où, à l'abri de tentes bariolées, une multitude de produits s'offraient aux yeux des passants : des piles de fruits et de légumes, des volailles et autres animaux, des tapis, des cuivres, et d'innombrables étoffes qui dansaient dans le vent.

Soudain, elles se retrouvèrent devant le marché aux esclaves. Skye aperçut avec frayeur un homme gras, aux yeux porcins, qui pinçait et tâtait longuement une jeune fille à la chevelure blonde. Il l'acheta enfin et l'emmena, en larmes.

Ce spectacle gâta tout le plaisir qu'avait pris Skye à cette journée de liberté.

– Rentrons, dit-elle.

– C'est ainsi qu'on procède ici. Nous, nous sommes des esclaves privilégiées, Muna. Cette pauvre fille vient d'être achetée par le tenancier d'une maison close.

– Comment le savez-vous ? demanda Skye, s'assombrissant davantage.

– Je n'en suis pas certaine, bien sûr, mais il en a toute l'apparence.

– Je ne pourrais pas en supporter plus, fit Skye en remontant dans la litière.

– Voilà donc votre faiblesse, observa Talitha. Ne laissez jamais voir aux autres femmes du harem que vous avez le cœur tendre, Muna. Elles s'en serviraient pour vous abattre.

– Pourquoi n'en profitez-vous pas, Talitha ?

– Parce que je suis satisfaite de mon sort et que je ne recherche pas les attentions du seigneur Kedar.

Sur le chemin du retour, Skye se fit montrer la demeure de la princesse Turkhan. Elle habitait sur la colline, comme tous les gens aisés de Fez, mais son grand palais rose était cependant assez éloigné de celui de Kedar.

Dès leur arrivée, Kedar les fit appeler.

– Comme je suis très content de vous, je me propose de vous faire une faveur toute particulière, leur dit-il. J'ai reçu la visite de mon frère, Hamal qui m'a apporté une invitation de la princesse Turkhan. Elle a fait le projet d'agrandir son empire commercial et d'acheminer elle-même ses marchandises jusqu'à la côte, sans passer par des intermédiaires. Hamal lui ayant recommandé de me demander conseil, elle me prie de venir dîner après-demain soir et de passer la nuit dans son palais, accompagné de deux de mes favorites. Et c'est sur vous que j'ai fixé mon choix...

Skye sursauta, mais parvint à exprimer les battements de son cœur. Elle allait revoir Niall !

— Pourquoi? [illegible] Tahar [illegible]

[illegible]

[illegible] mouvement [illegible] comme toutes [illegible]

[illegible]

[illegible]

[illegible]

10.

Hamal et Niall se promenaient dans les immenses jardins de la princesse, le long d'une allée bordée de cèdres. C'était le seul endroit où ils pouvaient s'entretenir sans craindre les oreilles indiscrètes.

– Votre femme vous a-t-elle jamais parlé de son ami d'Alger, Osman l'astrologue ? demanda brusquement Hamal.

– Oui, répondit Niall d'un ton hésitant. Pourquoi cette question ?

– C'est mon oncle, Ashur. Quand je lui ai raconté votre histoire, il vous a tout de suite reconnu et nous avons décidé de vous aider à vous échapper. Votre femme est à Fez, mon ami. Elle est très courageuse. Dès qu'elle a appris que vous étiez vivant, elle n'a eu qu'une seule idée : vous sauver.

– Où est-elle ? demanda Niall, le cœur battant.

– Chez mon frère, Kedar.

– Elle a apporté une rançon susceptible de séduire la princesse ?

– Je vous ai déjà dit mille fois qu'une rançon ne servirait à rien !

– Alors, je ne comprends pas.

– Il n'y avait qu'une seule façon pour elle de pénétrer dans Fez : grâce à mon oncle, elle s'est fait passer pour une esclave. Elle fait partie du harem de Kedar.

– Par le sang du Christ ! jura Niall.

– Silence, Ashur ! fit Hamal en regardant anxieusement autour de lui. Vous ne vous rendez pas compte du danger que nous courons. Si Turkhan conçoit le moindre soupçon, nous mourrons tous les deux. Et songez aussi à votre femme.

– C'est précisément à elle que je pense ! Je ne suis pas assez stupide pour croire qu'un homme capable de vendre son propre frère introduirait ma femme à Fez par pure bonté d'âme. Kedar ne fait pas partie de la conspiration, n'est-ce pas ?

– Non, répondit Hamal à voix basse. Pour lui, votre femme est une esclave et il la traite comme telle. Il en a fait sa favorite et il est même question de mariage. J'avais l'intention d'attendre qu'il se lasse d'elle, mais il en devient de jour en jour plus amoureux et le temps presse.

– La petite idiote! murmura Niall. C'est tout à fait d'elle de chercher à me rejoindre par tous les moyens! Vous verrez Hamal : c'est la plus belle femme que la terre ait jamais portée. Mais c'est surtout son caractère qui est extraordinaire. Elle est indomptable! Ah! C'est vraiment une noble et vaillante femme que Skye!

– Elle a certainement un caractère bien trempé pour avoir survécu auprès de mon frère : ce n'est pas un homme facile. Nous la verrons, ce soir, Ashur.

– Quoi!

– La princesse Turkhan a invité Kedar pour affaires, et elle lui a permis d'amener deux femmes avec lui. Je suppose que votre épouse sera l'une d'elle. Ils passeront la nuit ici.

– Pensez-vous que je pourrai lui parler? demanda Niall, plein d'espoir.

– Non, Ashur. La princesse Turkhan et Kedar sont tous les deux terriblement jaloux. Il vous faudra beaucoup de courage, mon ami pour regarder calmement votre femme s'occuper de Kedar.

– Comment voulez-vous que je parvienne à me maîtriser, Hamal?

– Pensez au sacrifice auquel Skye a consenti pour vous retrouver. Voudriez-vous qu'elle l'ait fait en vain?

Niall poussa un profond soupir.

– Pourquoi m'aidez-vous, Hamal? Pour bénéficier à nouveau de toute l'attention de la princesse?

– Vous êtes mon premier rival sérieux, Ashur. Les autres ne comptent pas pour elle, ce ne sont que des caprices. Si j'avais pu me débarrasser de vous sans attirer automatiquement les soupçons sur moi, je l'aurais déjà fait. Sans que vous vous en doutiez, je vous ai déjà sauvé la vie deux fois. Les mignons de la princesse sont très jaloux, vous savez.

« J'ai toujours aimé Turkhan. C'est moi qui ai cherché à attirer son attention, il y a trois ans. Au début, si j'ai voulu devenir son favori, c'était pour me rendre maître de sa fortune et me libérer de la domination de Kedar qui avait accaparé tout l'héritage de notre père. Malgré ma feinte assurance, j'étais terrifié à l'idée de la décevoir et d'être chassé à jamais. J'avais quinze ans et j'étais puceau. A dix-neuf ans, Turkhan avait suffisamment d'expérience pour se rendre compte de ma maladresse, mais elle s'est montrée douce et tendre et je me suis réellement épris d'elle.

« Cependant, je n'ai pas renoncé pour autant à mes projets. Quand vous vous serez enfui, Turkhan désespérée, cherchera du réconfort auprès de moi. Je parviendrai peut-être alors à la convaincre de se débarrasser de son harem et de m'épouser. Je n'aurai jamais d'autre femme qu'elle et je veux être le seul homme de sa vie.

Niall qui, jusqu'ici, n'avait vu en Hamal qu'un gentil garçon, le regarda avec une considération toute nouvelle.

– Mais comment nous échapper? demanda-t-il.

– Patientez encore quelques semaines. Je vais essayer de persuader Turkhan d'accompagner Kedar jusqu'à Alger sous prétexte d'examiner elle-même la route que suivront ses caravanes. Comme ils ne se sépareront certainement ni l'un ni l'autre de leurs favoris, vous trouverez là l'occasion de vous enfuir.

Niall tremblait de surexcitation. Cela paraissait si simple! Il dut faire effort surhumain pour se calmer.

– Je vais avoir besoin d'une des préparations de Rabi. Je me sens aussi impatient qu'une vierge la nuit de ses noces!

– Oui. Cela vous apaisera. Gardez-vous de nous trahir par un enthousiasme déplacé. Je vous indiquerai plus tard les détails de l'opération.

De retour dans sa chambre, Niall avala rapidement le sorbet que lui avait préparé Rabi. Ses mains tremblaient sur la coupe.

– Vous voilà bien agité aujourd'hui, Ashur, observa Rabi.

– Hamal m'a dit que son frère était invité par la princesse, ce soir, et que nous aurions l'honneur de partager leur repas.

– C'est une faveur insigne, en effet. Et le seigneur Kedar sera accompagné de ses plus belles favorites.

– Aucune beauté ne peut égaler celle de ma princesse.

– Mais c'est que vous en tombez amoureux! fit Rabi en riant. C'est bien, Ashur, très bien. Plaisez-lui et vous serez bientôt son maître, reprit-elle à voix basse. Donnez-lui un enfant et personne, pas même le tendre Hamal, ne sera plus puissant que vous. Allons! reposez-vous à présent. Je vous réveillerai en temps voulu.

Niall dormit quelques heures, puis alla aux bains où de vieilles femmes le lavèrent sous les regards hostiles des autres mâles du harem. Turkhan en possédait une vingtaine, qui venaient pour la plupart du Moyen-Orient. Mais il y avait également un Vénitien, deux Grecs, un jeune Suédois tout en muscles, un Russe maussade et deux noirs élancés. La princesse passant maintenant beaucoup de temps en compagnie de Niall, ils en étaient férocement jaloux. Ils avaient d'abord essayé de le corriger, à la suite de quoi Niall les ayant sérieusement malmenés et la princesse les ayant fait fouetter, ils avaient adopté des méthodes plus subtiles. Hamal avait déjoué par deux fois des tentatives d'empoisonnement et menacé de les dénoncer à Turkhan, ce qui leur aurait valu une mort atroce. Il ne leur restait donc plus que l'injure ce dont ils ne se privaient guère.

– Comment baise un Irlandais ? demanda un Grec.

– Comme un porc, répondit l'autre.

– Ce n'est pas possible. Notre princesse est une vraie croyante, le porc lui est interdit.

– Alors comme un chien! intervint un Égyptien.

Niall leur adressa un sourire aimable.

– Je croyais que seuls les Grecs se prenaient entre eux comme les chiens qu'ils sont. Quant à vous autres, fit-il en leur lançant un regard moqueur, vous n'êtes plus qu'un ramassis d'eunuques. Même mon nourrisson de fils l'a plus grosse que vous!

– Et toi, Ashur, sans la potion de la vieille sorcière, tu n'arriverais même pas à la mettre au garde à vous!

– Elle ne fait qu'accroître ma vigueur et me rendre plus agréable à ma princesse. Quel dommage que vous n'ayez plus jamais ce plaisir! répliqua Niall, qui les quitta en souriant.

Rabi, qui l'attendait, l'anduisit soigneusement d'huile musquée. Niall aimait à s'étendre au soleil dans les jardins et sa peau hâlée mettait en valeur l'éclat gris argent de ses yeux. Il nageait aussi quotidiennement et avait gardé sa sveltesse, à la différence de la plupart des autres que l'inaction empâtait.

Rabi lui avait préparé des pantalons bouffants de soie blanche, brodés aux chevilles de fils d'or et de perles, puis une large ceinture de cuir dont la boucle s'ornait de rubis. Elle lui accrocha au cou une grosse chaîne d'or, embellie d'un rubis taillé en forme de cœur. Niall se sentait un peu ridicule, accoutré de la sorte, mais cette tenue était à la mode à Fez, comme les pourpoints rembourrés dans les Cours d'Europe.

– Vous êtes le plus bel homme que j'aie jamais vu! s'exclama Rabi en passant un peu de musc dans sa chevelure.

– Ils ont belle allure, tous les deux, observa Selwa, la servante d'Hamal. N'est-ce pas que mon petit agneau est superbe, ce soir ?

Souriant modestement, Hamal esquissa une pirouette. Vêtu comme Niall, en revanche il avait la peau parfaitement blanche. La bonne société de Fez considérait en effet le hâle comme un signe de basse extraction et se gardait soigneusement du soleil.

– Venez, Ashur, dit Hamal. Kedar est toujours très ponctuel.

– Elle est là ? demanda Niall avec anxiété.

– Oui. Mais ne montrez surtout pas que vous la reconnaîssez. Vous ne devez vous occuper que de Turkhan. Mon frère est très jaloux de son esclave et, pour un regard, il serait capable de vous tuer de ses propres mains. Si l'un de vous deux se trahit, je ne pourrai plus rien pour vous. Je n'essaierai même pas d'intervenir.

– Je comprends, Hamal. Mais de votre côté, vous devez me promettre de ne pas être jaloux de moi, ce soir. Je vais me consacrer à la princesse et en faire la plus heureuse des femmes.

– Ne la faites pas souffrir, Ashur, l'exhorta Hamal, inquiet.

– Comment l'éviter? Il faut que j'aie l'air passionnément épris d'elle pour que notre plan réussisse. Ne vous en faites pas, mon ami, les femmes se remettent presque toujours de leurs chagrins d'amour. Ma trahison ne fera que vous l'attacher davantage.

Ils gagnèrent la salle à manger, une jolie pièce aux poutres sculptées, éclairée par des flambeaux fichés dans des candélabres d'or. Quatre encensoirs brûlaient à chaque coin de la salle et de nombreux coussins entouraient deux tables d'ébène, sur lesquelles on avait posé des vases contenant des lys roses.

Turkhan les accueillit par une exclamation ravie :

– Vous êtes superbes, tous les deux!

– Votre beauté, ma princesse, est si éblouissante que c'est à peine si je peux en supporter l'éclat, fit Niall d'une voix caressante.

– Oh! Ashur. Voilà que vous parlez comme une poète persan, murmura Turkhan en rosissant.

Hamal se sentit gêné de voir Turkhan se comporter comme une adolescente. Elle minaudait presque. En fait, il était jaloux d'Ashur.

– Asseyons-nous avant que notre invité n'arrive avec ses femmes, déclara Turkhan sans remarquer le silence de Hamal.

Elle était vraiment ravissante dans sa djellaba argentée dont le décolleté profond et les manches s'ornaient de petites perles noires et de saphirs. De la poussière de diamant scintillait dans sa longue chevelure cuivrée.

– Les femmes de mon frère dîneront-elles avec nous? demanda Hamal.

– Je ne pouvais guère le lui interdire alors que vous êtes tous les deux en ma compagnie, mes agneaux.

– Vous les avez vues?

– Je vois que vous me connaissez bien Hamal, répondit la princesse en riant. Oui, je les ai regardées par un petit judas. Elles sont très jolies. Si vous êtes bien sages, mes chéris, nous observerons Kedar pendant ses ébats amoureux, cette nuit. C'est un amant très habile à ce qu'on dit. Qui sait si, grâce à lui, vous n'apprendrez pas quelque raffinement qui me serait agréable? fit-elle d'un ton moqueur.

– Vous avez un judas qui donne sur les appartements de vos invités? demanda Niall avec un frisson.

– Bien sûr! Ma grand-mère disait que c'était indispensable pour en savoir plus sur un invité qu'il n'en souhaite révéler.

Ils furent interrompus par un eunuque qui annonça :

– Le seigneur Kedar!

– Soyez le bienvenu Kedar Ibn Omar, dit la princesse avec nonchalance. Veuillez vous asseoir.

– Je vous remercie de votre invitation, Votre Altesse. J'espère pouvoir vous être utile, fit Kedar en obéissant et en faisant signe à Skye et Talitha de l'imiter.

Skye jeta un bref coup d'œil à Niall et son cœur se serra : il n'avait pas l'air en bonne santé... Puis elle baissa vivement les yeux pour dissimuler la rage qu'elle éprouvait à voir la princesse le caresser ouvertement.

– Vous ne seriez pas ici, si je ne pensais pas que vous pouvez m'être utile, déclara Turkhan brutalement. Votre frère, qui a toute ma confiance, m'a assurée que personne ne connaissait mieux que vous les routes commerciales qui mènent à la côte.

Furieux qu'une femme ose lui parler sur ce ton, Kedar brûlait d'une colère impuissante. S'il avait pu l'avoir dans son lit, ne serait-ce qu'une nuit, il l'aurait matée, toute princesse ottomane qu'elle était!

– Je suis heureux que mon jeune frère vous donne satisfaction, Votre Altesse, répondit-il aimablement. C'est moi qui l'ai élevé.

La princesse lui adressa un sourire aimable, mais la lueur triomphante qui dansait dans son regard le fit grincer des dents.

Talitha, qui avait remarqué l'exaspération de son maître, prit la coupe qui se trouvait devant lui et la lui présenta en murmurant :

– Vous ne pouvez manquer de respect à la princesse, seigneur. Calmez-vous, je vous en supplie.

Kedar hocha la tête et but à longs traits la citronnade glacée.

– Vous êtes aussi sage que belle, Talitha, dit-il en la couvrant d'un regard appréciateur.

Elle portait des pantalons et une chemise diaphanes, couleur d'or pâle, et de petites topazes scintillaient sur son boléro de satin et sur l'écharpe qui lui ceignait les hanches. Sa chevelure bouclée s'ornait de petites chaînes d'or. Flatté dans sa vanité, Kedar s'apaisa.

On leur servit un gigot d'agneau de lait qui fut suivi de riz au safran et d'artichauts parfumés à l'estragon. Puis vinrent un cuissot de gazelle accompagné d'une sauce au raisin, une tourte au pigeon et des brochettes de chevreau, agrémentées de poivrons et d'oignons. De petits bols de faïence remplis de yaourt ou d'olives vertes et noires étaient disposés sur toutes les tables.

– Je vous prie d'excuser la simplicité de ce repas, dit Turkhan.

– Un repas bien préparé n'est jamais simple, répondit Kedar, et vous avez un excellent cuisinier.

Il ouvrit la bouche pour prendre le morceau d'agneau que Muna lui tendait. Entouré des constantes attentions de ses femmes, il se sentait détendu et oubliait son humiliation. Il sourit à Muna avec bienveillance, très satisfait de ses vêtements – ou plutôt de leur absence. Elle portait en tout et pour tout de fins pantalons de soie rose, et il contemplait avec plaisir ses petits seins fièrement dressés.

Skye jeta de nouveau un regard à Niall. Comme il devait se sentir ridicule dans ce costume oriental ! Elle aurait voulu pouvoir lui dire que son torse hâlé lui donnait pourtant fière allure. Mais il avait maigri. Lui donnait-on assez à manger ? Si seulement il arrêtait de caresser Turkhan et de lui adresser de ces petits sourires pleins d'intimité ! Elle avait envie de se précipiter sur cette garce aux airs suffisants et de l'étrangler ! Kedar la rappela à son rôle :

– Ce repas est bien agréable, mon trésor, mais je préférerais me régaler de vous, lui murmura-t-il.

– Tenez-vous à m'humilier devant cette femme ? riposta Skye en lui adressant un sourire enjôleur. Je n'existe que pour votre seul plaisir, seigneur, pas pour les regards indiscrets.

Enivré par sa présence toute proche et par son odeur si féminine, Kedar brûlait de la posséder.

Niall leur jeta un coup d'œil et fut pris de l'envie irrésistible de plonger un couteau dans la gorge de Kedar.

– Vous êtes bien songeur, Ashur, remarqua Turkhan.

– Je rêvais à notre nuit, ma princesse, répondit-il en lui effleurant le visage d'une caresse.

– Nous espionnerons notre invité, cette nuit, chuchota Turkhan. Ensuite nous nous divertirons ensemble. J'éclipserai vos plus beaux rêves, mon aimé.

Niall posa hardiment un baiser sur ses lèvres.

– Pardonnez-moi, ma princesse. Je n'ai pas pu résister...

Avec un petit rire, Turkhan lui donna une légère tape sur la joue.

– A en croire Hamal, une de vos femmes vous aurait été offerte par votre oncle d'Alger, dit-elle en s'adressant à Kedar. De laquelle s'agit-il ?

– Présentez-vous à la princesse, Muna.

Skye se leva avec grâce et se prosterna devant Turkhan.

– Muna, Votre Altesse.

– Levez-vous, ordonna la princesse. Vous avez la réputation d'être très belle, mais je ne peux guère m'en rendre compte dans la position où vous êtes.

Skye obéit et se tint fièrement devant elle, gardant toutefois les yeux baissés pour ne pas l'offenser.

Turkhan l'étudia d'un œil critique, irritée de la trouver si parfaite.

– Où votre frère a-t-il découvert ce joyau ? demanda-t-elle.

– Elle était prisonnière à Alger, Votre Altesse. Je dois dire que j'en suis très satisfait.

– Vous avez réussi à la former rapidement ?

– Elle est de noble naissance, Votre Altesse, et très intelligente de surcroît.

Tandis que Kedar et Turkhan discutait d'elle comme si elle avait été un simple objet, Skye leva les yeux et, rencontrant le regard aimant de Niall, s'efforça de refouler ses larmes. De son côté, Niall pensait avec horreur qu'au lieu de fuir avec elle à l'instant même, comme il en mourait d'envie, il lui faudrait supporter de la voir dans les bras d'un autre homme. Il en deviendrait fou !

– Il est toujours utile de savoir quelle forme de souffrance terrifie le plus une femme, poursuivait Kedar. La peau de Muna est trop parfaite pour que je la fouette, par exemple, mais je sais qu'elle redoute tout autant le bâton. N'est-ce pas Muna ?

– Oui, seigneur.

– L'avez-vous déjà battue ? demanda Turkhan, curieuse.

– Avez-vous déjà rencontré un captif parfaitement soumis ?

– Pour ma part, je préfère l'usage des drogues. Le recours à la force brutale me semble un aveu d'impuissance. Mon Ashur s'est montré très rebelle au début, mais il a fini par accepter son sort et, depuis, il fait ma joie.

– Un homme aussi vigoureux pourrait être dangereux, Votre Altesse. Il serait plus à sa place dans les mines ou aux galères.

– Eh bien ! justement, Kedar. Je ne l'ai jamais maltraité et pourtant, grâce à mes préparations, ma domination sur lui est absolue. Si vous ne me croyez pas, interrogez Hamal.

– Vous avez chacun votre méthode, déclara celui-ci en souriant, et toutes deux se sont révélées efficaces. Si vous parliez maintenant à la princesse des pistes qu'empruntent vos caravanes, Kedar ?

Les serviteurs débarrassèrent la table et apportèrent des coupes garnies de fruits ainsi que des pâtisseries, des pistaches et des amandes sucrées. Un vieillard s'accroupit dans un coin pour préparer le café qu'on leur servit, brûlant et amer, dans des tasses de porcelaine.

La princesse n'avait prévu aucun divertissement et, peu après la fin du repas, elle se leva et prit congé de Kedar.

– Nous parlerons plus longuement demain, Kedar Ibn Omar. Hamal viendra vous chercher. Bonne nuit.

Le repas et la présence de ses femmes l'ayant mis de bonne humeur, Kedar ne se formalisa pas de se voir congédié si brutalement. Suivi de Talitha et de Skye, il se hâta de quitter la salle à manger et de regagner ses appartements. Dagan et Zada se précipitèrent au-devant de lui.

– Allez vite vous baigner, ordonna-t-il. Vous aussi, Zada.

Elles se lavèrent en silence, mâchèrent quelques feuilles de menthe, se parfumèrent de musc et d'essence de rose et regagnèrent, nues, la chambre où Kedar les attendait en fumant du haschich avec un narguilé, confortablement installé sur sa couche.

A la vue de ces trois femmes, Kedar sentit son pouls s'accélérer. Frappé par le contraste qu'offraient les formes pleines et féminines de Zada et le corps mince de jeune garçon de Talitha, il déclara tout à coup :

– J'ai changé d'avis, Talitha. Prenez Zada comme partenaire. Muna, venez vous asseoir près de moi.

Skye obéit, profondément soulagée.

– Je suis bien trop jaloux de vous pour permettre à quiconque, fût-ce à ma fidèle Talitha, de vous toucher, murmura Kedar en lui mordillant l'oreille. Commencez! lança-t-il aux deux femmes.

Les deux femmes s'enlacèrent. Zada répondit avec ardeur au baiser de Talitha, pressant son corps contre le sien. Quand elles commencèrent à se caresser, Skye profita de l'avidité avec laquelle Kedar contemplait la scène pour détourner le regard.

Depuis que la jeune Berbère avait joui des faveurs de Kedar, elle était devenue d'une arrogance insupportable, persuadée d'avoir autant d'importance pour son maître que Talitha ou Skye. Elle allait faire l'impossible maintenant pour retenir l'intérêt de Kedar, mais Skye ne l'en blâmait pas. C'était dans cet univers qu'elle devait vivre et elle n'avait d'autre solution que de plaire à son maître.

– Regardez! ordonna Kedar.

Kedar, haletant, ne quittait pas la scène des yeux, broyant sans s'en rendre compte les seins de Skye qui émit un murmure de protestation. Il relâcha son étreinte, mais ne cessa d'observer les deux femmes que lorsque Talitha s'effondra sur sa partenaire. Avec un soupir satisfait, il reporta alors son attention sur Skye. Après avoir poussé une interjection contrariée à la vue des marques qu'il avait laissées sur sa chair, il la renversa et referma avidement sa bouche sur un de ses seins. Skye, d'un geste automatique, glissa la main dans sa chevelure et lui caressa la nuque. Kedar prenait presque autant de plaisir aux préliminaires qu'à l'acte lui-même. Il lui mordilla soudain brutalement la pointe d'un sein et, en réponse à sa faible plainte, la rit rouler avec lui sur le sol.

Tandis que Skye pensait à Niall et se contraignait à pousser de temps en temps quelques gémissements convaincants, Kedar enfouit la tête entre ses cuisses et chercha de sa bouche chaude et avide le cœur de sa féminité.

– Par Allah! murmura Turkhan. Votre frère est très inventif, Hamal.

– Et il ne fait que commencer à s'intéresser à son magnifique sujet, ma princesse!

– Vous la trouvez belle? demanda Turkhan d'un ton sec.

– Dans son genre, oui. Mais on ne saurait la comparer à vous, ma princesse. Vous êtes une rose, elle n'est qu'une simple fleur exotique.

Flattée Talitha lui effleura tendrement la joue, sans toutefois quitter des yeux le spectacle qui se déroulait dans la chambre de ses invités.

L'esclave poussait à présent de véritables gémissements, cambrée contre la bouche de son maître qui, après avoir agacé le joyau de sa féminité, glissait sa langue en elle avec une lenteur voluptueuse et lui infligeait la plus délicieuse des tortures. Puis, incapable de se contrôler plus longtemps, il se redressa et la pénétra profondément.

– Par Allah, c'est un véritable taureau! s'exclama Turkhan.

– Peut-être Kedar aurait-il mieux fait de se vendre à vous et de me laisser la charge de ses affaires, observa Hamal d'un ton moqueur.

Turkhan eut un petit rire, mais ne détacha pas ses yeux du judas.

– Vous êtes bien silencieux, Ashur, remarqua-t-elle. Vous n'appréciez pas les extraordinaires exploits du seigneur Kedar?

– Il manque de subtilité, répondit Niall d'une voix tendue.

Il était fou de colère, d'une colère qui paralysait ses sentiments et ne lui laissait qu'une intense sensation de froid. Il entendait Skye gémir et pouvait même distinguer les petites veines bleutées qui palpitaient sur son cou délicat.

– Cela devient lassant, déclara Turkhan. Allons mes chéris, venez! Je ne vois pas ce que Kedar pourrait faire d'autre, à présent.

Hamal dissimula un sourire: Turkhan était d'une incroyable ignorance en matière d'amour. Mais, sachant à quel point Ashur souffrait de ce spectacle, il se garda bien d'expliquer à la princesse que Kedar n'en était qu'au début de ses exploits.

Lorsque Skye se réveilla, le soleil était déjà haut dans le ciel.

– Alors, la belle endormie! fit Talitha en la regardant avec amusement.

– Où est le seigneur Kedar?

– Il s'entretient avec la princesse. Il est au moins deux heures.

– Nous nous sommes levées à temps pour veiller à ce que le seigneur Kedar soit servi comme il convient, remarqua Zada d'un ton suffisant. Vous dormiez profondément.

– Croyez-vous avoir gagné les faveurs de notre maître au point de vouloir m'offenser, Zada? demanda Skye d'un ton sec.

– Le maître est vraiment content de moi! répliqua celle-ci d'un air effronté.

– Ce n'est pas la réponse à la question que je vous ai posée. Et maintenant, à moins que le seigneur Kedar ne vous ait déchargée de vos obligations, allez me chercher à boire et à manger. Je suis affamée.

Zada hésita un instant et regarda Talitha. Celle-ci était profondément absorbée dans la contemplation de ses ongles. Vaincue, Zada quitta la pièce.

– Vous êtes plus forte que vous ne le prétendez, observa Talitha calmement.

– J'ai l'habitude de commander. J'avais des domestiques dans mon pays.

– C'est la première fois que je vous vois manifester autant d'autorité. Vous allez vraiment épouser Kedar?

– Je l'ignore, répondit Skye. Il en sera fait selon son désir. Je vais prendre un bain, ajouta-t-elle en se levant.

– Je vous accompagne. Depuis hier soir, nous n'avons guère fait que satisfaire les différents appétits de Kedar?

– Sait-il combien vous avez la langue acérée? demanda Skye, amusée.

– Pas plus qu'il ne soupçonne votre force, ma chère Muna. Allons! dépêchons-nous, sinon cette petite parvenue de Zada va nous rejoindre et je ne suis pas d'humeur à supporter ses bavardages.

En revenant du bain, elles mangèrent le repas que Zada avait apporté, puis Skye, laissant les deux femmes endormies, alla se promener dans les jardins. Elle marchait lentement le long d'une petite allée, goûtant sa solitude et admirant les fleurs éclatantes qui poussaient à profusion et dans le plus grand désordre, lorsqu'elle s'entendit hélée par Hamal.

– Je suis de l'autre côté de la haie, chuchota-t-il. Il vaut mieux que l'on ne nous voie pas ensemble. Continuez à marcher.

– Dans quelle direction?

– Vers la fontaine, au bout de la haie.

– Vous m'apportez des nouvelles?

– J'ai réussi à persuader mon frère et la princesse de se rendre ensemble à Alger. Le dey, qui est un vieil ami du père de Turkhan, l'aidera dans ses négociations. Kedar, de son côté, a tout à gagner d'une rencontre avec lui.

– Et Niall?

– Ashur et moi, nous accompagnerons la princesse.

– Mais comment nous enfuirons-nous? demanda Skye, anxieuse.

– Kedar déclare être si épris de vous qu'il préférerait renoncer à ce voyage s'il ne pouvait pas vous emmener.

– Oh! mon Dieu! murmura Skye. Je ne parviendrai jamais à lui échapper.

– Courage, Muna! Il n'y en a plus que pour quelques mois. J'ai déjà envoyé un pigeon à mon oncle. Vos navires vous attendront à Alger. Osman ne vous a-t-il pas prédit que vous ne resteriez pas prisonnière de Kedar?

– Nous ne devons pas le compromettre, déclara Skye fermement.

– Me croyez-vous donc assez sot pour le mettre en danger? répondit Hamal, blessé.

– Alger est une ville dangereuse pour moi.

– Comment cela? demanda Hamal.

– J'ai été autrefois l'épouse de Khalid el Bey. Son meilleur ami, le capitaine Jamil, l'a assassiné pour s'emparer de sa fortune et de ma personne. Si j'ai pu m'échapper, c'est grâce à votre oncle. Quand il m'a rappelée à Alger, Jamil était en voyage à Istambul, mais il doit en être revenu, aujourd'hui, et il n'hésitera pas à se venger.

– Vous ne sortirez pas du harem et il est peu probable que Jamil rencontre jamais mon frère. Et puis, tout cela s'est passé il y a si longtemps! Le capitaine Jamil vous a certainement oubliée, conclut Hamal avec toute l'assurance de la jeunesse.

– Arrêtez! s'exclama Skye en riant. Vous me donnez l'impression d'être déjà une très vieille femme. Après tout, je n'ai que trente ans!

– Trente ans! s'écria Hamal, stupéfait.

Skye s'esclaffa. Elle se sentait soudain le cœur plus léger, sa fuite avec Niall ne lui paraissait plus si désespérée. Si seulement elle avait pu faire partager à Niall son sentiment...

– Quand allons-nous partir, Hamal?

– Préparer une caravane capable de transporter les marchandises de la princesse et de Kedar prendra au moins deux mois. Pour le voyage lui-même, il faut compter un bon mois.

– Il faudra créer une diversion à Alger pour permettre à Niall de s'échapper. Nous aurons également besoin d'une solide escorte pour nous protéger des corsaires du dey. Et il faut absolument qu'Osman prévienne mes hommes de notre arrivée.

– Mon oncle a raison, remarqua Hamal avec admiration. Vous êtes vraiment une femme extraordinaire.

– Parlez-moi de Niall, Hamal.

– Votre présence lui a redonné du courage, mais il lui a été très pénible de vous voir avec Kedar.

– Il se montrait lui-même fort empressé auprès de la princesse, répondit Skye d'un ton acerbe. Moi qui croyait qu'il lui opposait une résistance farouche!

Hamal eut un petit rire amusé.

– Ashur a décidé tout récemment qu'il était de bien meilleure tactique de courtiser Turkhan plutôt que de la combattre. Croyez-moi, lorsqu'il s'enfuira, sa fureur sera terrible. Je suppose qu'il en sera de même pour Kedar ?

– Par égard pour votre oncle, Hamal, je ne vous dirai rien de votre frère, sinon que j'attends avec impatience le jour où j'échapperai enfin à ses griffes.

– Si Kedar vous connaissait sous votre véritable jour, répliqua Hamal en riant, il serait effrayé. Quel dommage que vous soyez obligée de feindre la soumission ! Avec quelle facilité vous triompheriez de lui ! Il ne s'en relèverait pas.

– Vous le haïssez, n'est-ce pas ? Sous vos dehors amènes, je vous soupçonne d'être aussi impitoyable que Kedar. Et beaucoup plus intelligent.

– Mon frère m'a privé d'une fortune qui me revenait en me vendant à la princesse.

– Pourtant, vous l'aimez à en croire Osman.

– Oui, mais cela n'excuse pas le crime de Kedar. Tant que je resterai esclave, je n'aurai droit à aucun héritage. Lorsque Turkhan m'aura affranchi, je l'épouserai et j'exigerai de mon frère la part qui me revient. Il regrettera alors d'avoir jamais songé à me déshériter.

– Vous n'avez pas peur que je vous dénonce, Hamal ?

– A qui, Muna ? Vous n'aimez pas Kedar et mon oncle ne condamnerait certainement pas mon attitude. Je dois retourner au palais ; à présent. Je ne chercherai sans doute plus à communiquer avec vous avant notre arrivée à Alger. Ne vous inquiétez pas.

– Hamal ! fit doucement Skye, dites à Niall que je l'aime.

– Je le lui dirai.

Restée seule, Skye s'absorba dans ses pensées. Elle se promena un instant autour de la fontaine, que des poissons traversaient d'éclairs dorés, avant de regagner le palais.

– Où étiez-vous ? s'écria Kedar en la voyant arriver.

Comme il la saisissait brutalement par le bras, Skye faillit se laisser emporter par la colère. Mais le regard que lui lança Talitha la rappela à son rôle.

– Je me promenais dans le jardin de la princesse, seigneur. Est-ce une impolitesse ? demanda-t-elle en feignant l'inquiétude.

– J'aurais préféré que Talitha ou Zada vous accompagne, mon trésor, répondit Kedar en desserrant son étreinte. Je n'aime pas vous savoir seule.

– Elle avait peut-être rendez-vous avec un amant, suggéra Zada avec malveillance.

Kedar se précipita sur elle en rugissant et se mit à la frapper avec rage.

– Seigneur! protesta Skye. Ce n'était qu'une simple plaisanterie de femme jalouse.

Talitha tenta elle aussi d'apaiser Kedar.

– Si vous la tuez, vous perdrez une esclave de valeur, seigneur. Vous qui prétendez avoir horreur du gaspillage...

– Pitié! maître, pitié! gémissait la malheureuse Zada.

– Chienne! grondait Kedar. Comment osez-vous accuser votre maîtresse? Vous croyez-vous devenue son égale parce que j'ai honoré votre misérable personne de mes faveurs? Vous recevrez vingt coups de fouet à notre retour, fit-il en la repoussant brutalement.

Talitha s'empressa d'apporter une boisson rafraîchissante à son maître, tandis que Skye lui baignait le front d'eau de rose.

– Ne soyez pas furieux contre Zada, seigneur. Ce n'est qu'une Berbère ignorante. Les attentions que vous lui avez accordées lui sont montées à la tête.

– Ce genre d'incident se produira aussi longtemps que vous ne vous contenterez pas des femmes de votre harem, seigneur, intervint Talitha en portant une citronnade à ses lèvres.

– Les femmes de ma maisonnée sont là pour mon plaisir, grogna Kedar. Toutes, sans exception!

– Sans doute, seigneur. Mais alors, les domestiques se croiront inévitablement autant de droits que leurs maîtresses.

– Vous avez toujours agi au mieux de mes intérêts, Talitha. Je réfléchirai à votre conseil.

Skye fut étonnée de voir Kedar aussi raisonnable.

– Vous choisirez vous-même la meilleure solution, seigneur, répliqua tranquillement Talitha.

Ils quittèrent le palais de la princesse dans l'après-midi sans que Skye ait eu l'occasion de revoir Niall. En chemin, Zada ne cessa de pleurnicher. Talitha, exaspérée, finit par la réprimander sèchement.

– Taisez-vous! Vous êtes l'unique responsable de vos malheurs.

– Muna était véritablement avec un amant. J'ai vu un homme qui marchait dans la même direction qu'elle, insista Zada.

Skye intervient après un instant d'hésitation :

– Le jeune frère du seigneur Kedar était de l'autre côté de la haie, Talitha. Il m'a salué et a très vite regagné le palais, de peur de me compromettre. Dois-je le dire à notre maître?

– Non, Muna, répondit Talitha en riant. En vérité il devait plutôt craindre que la princesse ne le voie en votre compagnie. Si vous en parlez à Kedar, poursuivit-elle à l'adresse de Zada, je vous ferai empoisonner.

Zada hocha la tête, convaincue que Talitha n'hésiterait pas à mettre sa menace à exécution.

– Est-ce que je vais vraiment recevoir vingt coups de fouet? demanda-t-elle d'une voix tremblante.

– Probablement.

– Essayez de fléchir Kedar, Talitha, suggéra Skye. Zada a déjà été suffisamment punie...

– Elle a mérité son châtiment, répondit Talitha. J'essaierai pourtant de faire ramener le nombre des coups à dix.

Les jours succédaient aux jours, identiques et monotones. Kedar faisait appeler Skye tous les soirs et elle ne s'éveillait de son lourd sommeil de la journée que pour de nouvelles débauches, étonnée par l'incroyable résistance de Kedar qui semblait tirer sa vigueur de l'intensité même de sa vie sexuelle. Il dormait moins de cinq heures, se levait à l'aube et préparait activement son voyage pour Alger.

Il n'avait pas fait part à Skye de son intention de l'emmener avec lui et elle commençait à s'inquiéter, sachant qu'il laissait d'ordinaire ses femmes à Fez. Quand arriva la semaine qui précédait le départ, elle ne put supporter davantage cette incertitude. Un soir que Kedar, détendu, contemplait en sa seule compagnie quelques danseuses qui évoluaient gracieusement au son du tambour et de la flûte, Skye se pressa contre lui et tout en lui mettant dans la bouche des petites dattes fourrées de pâte d'amandes, elle lui murmura à l'oreille :

– Comme vous allez me manquer, seigneur. Je vais sûrement m'étioler pendant votre absence.

Ses merveilleux yeux saphir semblaient pleins de désir. Il embrassa ses lèvres offertes et elle répondit à son baiser avec une ardeur qui ne le laissa pas insensible. Lui qui ne songeait pas jusqu'ici à l'emmener avec lui, comprit soudain qu'il ne voulait pas, qu'il ne pouvait pas se passer d'elle pendant trois longs mois. Elle avait sur lui le même effet qu'une drogue, corrompait son sang comme l'opium celui des toxicomanes. Elle l'accompagnerait et il l'épouserait chez son oncle, à Alger, là où il l'avait recontrée pour la première fois.

– Je ne vous ai donc pas dit que vous partiriez avec moi, mon trésor? La princesse voyagera avec ses deux favoris et je ne vois pas pourquoi je me priverais de votre compagnie.

L'immense soulagement qu'il lut sur le visage de Skye le flatta agréablement. Elle devait être éprise de lui sans oser le lui avouer il se félicita de ne pas s'être marié plus tôt. Discrète, obéissante et merveilleusement sensuelle, Muna ferait une épouse idéale.

– Je suis si heureuse que vous ne me laissiez pas à Fez, seigneur, murmura Skye dont la joie n'était pas feinte.

– Je ne devrais pas vous l'avouer, mon trésor, mais votre absence m'aurait été insupportable. Toutefois, si je n'étais parti que pour un mois, je vous aurais évité les rigueurs de ce voyage. On ne sait jamais, vous pourriez être enceinte.

– Je ne le suis pas, seigneur.

– C'est le seul reproche que j'aie à vous faire, répondit-il l'air contrarié.

– Est-ce si important ? fit Skye d'un ton enjôleur. Vous avez déjà de nombreux enfants, seigneur. Et puis, je ne pourrais plus honorer votre couche comme je le fais à présent, et je ne voudrais pas qu'une autre prenne ma place.

– Ah! mon adorable, ma précieuse Muna! s'écria-t-il avec ferveur. Aucune femme ne pourra jamais prendre votre place!

Kedar était trop aveuglé par ses sentiments pour voir ce que le sourire de Skye avait de cruel.

Dieu! comme je vous hai Kedar! pensait-elle. Je souhaite de tout mon cœur qu'après mon départ vous connaissiez le même enfer que celui que vous m'avez fait subir. Vous êtes l'être le plus dépravé que je connaisse. Vous m'avez salie et je ne sais si je parviendrai jamais à me laver de vos souillures. Si Niall m'est rendu, un jour, peut-être réussirons-nous quand même ensemble à nous délivrer de ces terribles souvenirs et à reconstruire notre vie autour de nos enfants ?

11.

Alger! Skye s'était demandée si elle la reverrait jamais. Elle ne croyait pas non plus revoir un jour Osman. Et pourtant il était là, qui l'étreignait avec émotion.

– Allah soit loué, ma fille! Vous êtes saine et sauve. Vous avez maigri, remarqua-t-il après l'avoir observée attentivement.

Skye hocha la tête.

– Avez-vous vu Hamal, Osman?

– Oui. Il a devancé la caravane pour nous avertir de votre arrivée imminente. Notre vieux dey est tout agité à la perspective de recevoir la fille du sultan. Il voulait même inviter Kedar, mais Hamal l'en a dissuadé; il lui a expliqué qu'étant mon neveu, il préférerait sans doute demeurer chez moi. Il nous sera déjà assez difficile d'organiser l'évasion de votre époux, mais dans ces conditions la vôtre aurait été impossible.

– Mes navires sont là?

– Certains sont mouillés dans le port, les autres au large. Jamil est de retour, ma fille, reprit-il après un bref silence.

– Je le sentais! s'écria Skye.

– On le dit guéri de son impuissance.

– Trouvez-moi un tueur, Osman.

– Voudriez-vous avoir son meurtre sur la conscience? demanda Osman, scandalisé.

– Khalid doit être vengé. Cet assassinat n'a cessé de hanter ma mémoire, Osman. Je veux la mort de Jamil!

– Je vous comprends, mais je ne vous laisserai pas commettre cette erreur, ma fille Khalid devait mourir pour vous permettre d'accomplir votre destinée et de retourner dans votre pays. Je l'en ai averti mais il a refusé de m'écouter. Il a librement choisi son destin, Skye. Quant à Jamil, c'est à Allah qu'il appartient de fixer sa punition, pas à vous.

Quel être passionné vous faites, Skye ! poursuivit-il en posant la main sur son bras d'un geste apaisant. Votre soif de vengeance vous fait oublier le danger que vous courez vous-même.

– Mais non, Osman. Jamil ne peut pas découvrir ma présence à Alger. Même s'il venait jusqu'ici, on ne l'autoriserait certainement pas à pénétrer dans le quartier des femmes. Je m'inquiète bien plus de savoir quand je pourrai enfin voir Robbie.

– Pas avant votre évasion, Skye. Sa présence dans ma maison serait bien trop dangereuse.

– Il n'y a personne qui puisse nous trahir, Osman. Je suis parvenue à persuader Kedar que, souhaitant ardemment le servir moi-même, je n'avais pas besoin de domestique. D'ailleurs, Zada étant enceinte, elle n'aurait pas supporté le voyage.

– Cette petite Berbère que Kedar vous a achetée ? Et de qui, mon Dieu ?

– De Kedar, bien sûr, répondit Skye en riant.

– Mon neveu n'a pas l'appétit sélectif, observa Osman en soupirant.

– Et Robbie ? insista Skye.

– Oui, ma fille. Un peu de patience ! Nous sommes déjà convenus d'un plan avec Hamal. Nous profiterons du Ramadan qui commence demain. Pendant trente jours, les croyants vont festoyer tard dans la nuit et dormir jusqu'à une heure avancée de la matinée. Il vous sera alors assez aisé de vous enfuir avant l'aube, non sans avoir glissé quelque puissant somnifère dans la coupe de Kedar.

– Et Niall ?

– Nous avons pensé qu'il serait plus prudent qu'il choisisse un autre jour. La coïncidence risquerait d'attirer l'attention et il faut éviter de déchaîner la princesse Turkhan contre notre famille.

– Alors, que Niall s'échappe le premier. J'ai l'impression qu'il est malade. Je suis très inquiète pour lui, Osman. Il a dû passer par de terribles épreuves.

– C'est entendu, ma fille, promit Osman. Pourriez-vous me donner sa date de naissance ? J'aimerais faire son thème astral.

Skye le lui donna, sans se douter qu'Osman se tourmentait à son sujet. Il avait vu dans son ciel de grandes souffrances et un drame qui risquait de la laisser brisée à tout jamais. Il y avait aussi, au sein des ténèbres, une grande lumière, un Lion qui la sauverait peut-être d'elle-même ; mais Niall Burke était du signe du Scorpion... Osman s'attela tristement à son thème astral, tout en sachant d'avance ce qu'il lui révélerait.

Le jeûne du Ramadan commença, scrupuleusement observé par toute la population. Au coucher du soleil, les délicieux effluves qui se répandaient à travers la ville étaient de nature, prétendait-on à nourrir ceux qui mouraient de faim.

Au fond d'une boutique, un vieux tailleur presque aveugle cousait, avec une habileté née d'une longue pratique, un costume qu'il distinguait à peine. Son travail lui fut payé généreusement et Hamal ramena au palais une tenue de capitaine des janissaires qu'il dissimula soigneusement.

La neuvième nuit du Ramadan, revenant d'une fête somptueuse donnée par le dey, Turkhan fit appeler ses favoris qui se présentèrent devant elle entièrement nus, ainsi qu'il lui était agréable. Hamal lui apporta aussitôt un verre de citronnade tandis que Niall se mettait à la masser énergiquement.

– Je vais m'endormir, Ashur, murmura Turkhan.

– Soyez sûr que je ne vous laisserai pas dormir longtemps, lui chuchota-t-il à l'oreille. Renvoyez Hamal, ma princesse. Je veux vous aimer longuement cette nuit.

Turkhan frissonna de plaisir et, tout en finissant son verre, feignit de réfléchir.

– Allez vous coucher, mon petit agneau, ordonna-t-elle à Hamal.

Hamal s'agenouilla, l'embrassa tendrement, puis sortit. Niall poursuivit son massage et fut bientôt récompensé par le souffle régulier de la princesse qui se mit ensuite à ronfler légèrement.

– Princesse, murmura-t-il. Princesse? répéta-t-il d'une voix plus forte.

Le narcotique avait fait son effet. Niall se hâta de quitter les lieux.

Il regagna sa chambre sans faire de rencontres et revêtit rapidement le costume de capitaine des janissaires que Hamal lui tendait. Pour la première fois depuis des mois, il se sentait fort et sûr de lui. Il avala nerveusement quelques confiseries pendant que Hamal mettait la dernière main à sa tenue. Il allait réussir, il le savait! Dans quelques instants, il aurait quitté le palais du dey et retrouverait Robbie...

– Si on vous interpelle, Ashur, n'oubliez pas de répondre en turc. Un capitaine des janissaires parle obligatoirement cette langue. Vous allez retourner chez Turkhan, sortir par sa chambre à coucher, traverser le jardin jusqu'au mur, côté ouest, où vous trouverez une petite porte dissimulée sous la vigne. Elle a été huilée et s'ouvrira sans bruit. Le jardin n'est que faiblement éclairé, mais restez vigilant. Vous n'êtes pas à l'abri d'un promeneur, même à cette heure tardive. Vos hommes vous attendront de l'autre côté de la porte.

– Hamal ! s'écria Niall en lui prenant les mains. Comment puis-je vous remercier ?

– Nous allons être heureux tous les deux, Ashur. Allons ! dépêchez-vous de partir pendant que le palais dort encore. Tenez ! dit-il en lui tendant une petite boîte. Ce sont ces maudites confiseries que vous aimez tant, préparées exactement comme la vieille Rabi sait le faire.

Avec un sourire presque enfantin, Niall lui fit ses adieux et sortit.

Il suivit exactement les instructions de Hamal. Arrivé dans le jardin, il attendit un instant, guettant le moindre bruit, puis avança furtivement, s'arrêtant parfois pour scruter la nuit. Au-dessus de lui, sur les remparts, les gardes du dey faisait leur ronde, leur vigilance habituelle quelque peu émoussée par un copieux repas et d'abondantes boissons fermentées.

Après un moment d'affolement, pendant lequel il crut avoir perdu sa direction, il atteignit enfin le mur. Il le longea, cherchant la porte dans l'obscurité. Les plantes s'accrochaient à ses vêtements, lui griffaient cruellement les mains, mais il finit par sentir une surface lisse. En tâtonnant, il trouva le loquet, l'ouvrit avec précaution et resta un instant immobile sur le seuil à contempler la rue avec surprise. Prenant conscience tout à coup du danger qu'il courait, il referma la porte et se dépêcha de s'éloigner.

Au bout de la rue, une ombre se détacha d'un porche et s'approcha de lui. Il faillit pleurer d'émotion en entendant une voix lui dire avec l'accent du Devon :

– Mieux vaut ne pas traîner, milord. Ce serait dommage que les Turcs nous attrapent maintenant, croyez pas ?

– Robbie ? C'est vous ? demanda Niall, le cœur battant de joie.

Ayant parlé français, arabe ou turc pendant des mois, sa propre langue résonnait pour lui comme une musique.

– C'est moi, milord, et ma foi, je suis bien content de vous voir. Mais taisons-nous pour l'instant, nous risquons d'éveiller les soupçons. Suivez-moi !

Niall était stupéfait de la facilité avec laquelle il avait pu s'échapper. Robbie était déguisé en corsaire turc et les quelques personnes qu'ils croisèrent ne leur prêtèrent pas la moindre attention. Ils gagnèrent rapidement le port où Niall suivit Robbie à travers le dédale des docks jusqu'au navire amiral de Skye. Ses jambes tremblaient en montant la passerelle. Il s'attendait, à tout moment, à entendre un ordre claquer dans son dos.

– Asseyez-vous, milord, lui dit Robbie quand ils furent dans la cabine principale.

Niall était très pâle. Il lui servit une généreuse rasade de whisky irlandais.

– Buvez, milord. Il faut que j'aille veiller à l'appareillage.

– Où est Skye ?

– Lady Burke nous rejoindra dans quelques jours.

– Non ! Je ne partirai pas sans elle, Robbie ! s'écria Niall.

– Écoutez, milord, riposta Robbie en maîtrisant la colère qui le gagnait, nous sommes encore en danger. Je n'ai pas le temps de me lancer dans des explications, je le ferai dès que nous aurons quitté le port. Maintenant, avant de vous livrer à des actes inconsidérés, je vous demande de songer aux vies que vous pourriez mettre en danger, et tout particulièrement à celle de lady Burke !

Il sortit de la cabine en claquant la porte.

Niall se laissa lourdement tomber dans un fauteuil. Il ne comprenait rien à ce qui se passait et avait peur pour Skye. Était-elle au moins vivante ? Quand même, s'il lui était arrivé quoi que ce soit, Robbie ne le lui aurait pas caché... Il mangea trois des loukoums que lui avait donnés Hamal et qui l'apaisaient toujours, irrité d'être le jouet de ses inquiétudes et de ses craintes. Il était un homme, que diable ! Bien sûr, il était passé par de terribles épreuves, mais il se trouvait au milieu des siens, maintenant. Tout irait bien dès qu'il pourrait à nouveau tenir Skye dans ses bras. Il mâchonna distraitement un autre loukoum et reprit un peu de whisky.

Il entendait les marins s'affairer là-haut, sur le pont. Puis, avec un craquement, le navire s'éloigna du quai. Par la grande fenêtre de poupe, il aperçut la masse sombre d'Alger, et le palais où Turkhan dormait sans savoir encore qu'il lui avait échappé. Il regarda la ville disparaître peu à peu à l'horizon et ne sortit de sa rêverie qu'en sentant sous le navire, la houle de haute mer.

– Voilà, milord. Nous sommes en sécurité, déclara Robbie en rentrant dans la cabine.

– Pourquoi Skye n'est-elle pas à bord ? demanda Niall avec anxiété.

– Si vous vous étiez enfuis en même temps, on n'aurait pas manqué d'établir un lien entre vos deux évasions et la famille d'Osman aurait été inquiétée. C'eût été remercier Osman de piètre façon.

– Quand arrivera-t-elle, Robbie ? Quand ?

Niall se sentait la bouche sèche et râpeuse, en dépit du whisky.

– Dans quelques jours, milord. Nous allons l'attendre tranquillement au large. Bran Kelly et son équipage se chargeront de lui faire quitter Alger.

– C'est un brave homme que ce Bran. A-t-il fini par épouser la gentille Daisy ?

– L'année dernière, milord, et neuf mois après leur mariage elle donnait le jour à un petit braillard, tout rougeaud. Ils vous attendent dans le Devon.

– Mais, c'est en Irlande que je veux aller!
– Les enfants sont presque tous à Wren Court, avec Cecily.
– Les miens aussi? Mais pourquoi?
– Skye a pensé qu'ils y seraient plus en sécurité.
– Plus en sécurité qu'avec mon père, au château des Burke?
Après avoir hésité un instant, Robbie entreprit de lui raconter tout ce qui s'était passé pendant les trois ans qu'avait duré son absence.
Niall comprenait mieux la situation, à présent. Il trouvait vaguement irritant que Skye soit parvenue à survivre sans lui, mais ce n'était pas une femme ordinaire. Et il l'aimait.
– Il ne nous reste plus qu'a attendre, alors?
Robbie poussa un soupir de soulagement qui le fit sourire.
– Vous vous attendiez à ce que je vous ordonne d'attaquer immédiatement Alger pour sauver ma femme?
– Il vous est déjà arrivé d'agir à l'étourdie, milord.
– C'est vrai, reconnut Niall. Skye m'en a assez souvent fait le reproche. Mais je crois que ma captivité m'a appris la patience. Toutefois, je n'en jurerais pas, poursuivit-il avec un sourire malicieux. Il est très possible qu'une fois en Irlande, je retrouve mes vieilles habitudes!
– Oh! dès que Skye sera sauvée, je me garderai bien de juger votre conduite, milord, fit Robbie en s'esclaffant.

Tôt, cet après-midi-là, Skye rencontra Alima aux bains. Celle-ci lui dit à voix basse:
– Votre mari s'est échappé ce matin. Il est en sécurité à l'heure qu'il est.
– Dieu soit loué!
– D'après Osman, la princesse va de crises de nerfs en crises de rage. Quant au dey, il est fort embarrassé qu'un esclave ait pu s'enfuir si facilement de son palais. La garde de la ville a, bien entendu, été renforcée et vous ne pourrez pas vous échapper avant quelques jours. Il faut encore de la patience.
– Je fais preuve de patience depuis que j'ai rencontré Kedar, répondit Skye avec un rire sans joie. Mais ces derniers jours vont être les plus terribles, Alima. Savoir que Niall est sauf me soulage toutefois d'un grand poids.
Alima l'étreignit et lui sourit avec chaleur.
– Allons nous promener dans les jardins après le bain, proposa-t-elle. Peut-être me parlerez-vous encore de votre reine et de sa cour fabuleuse?
– Bien sûr!

Alima adorait entendre Skye lui décrire la vie de la Cour et les magnifiques costumes que l'on y portait. Celle-ci lui avait souvent décrit ses robes somptueuses et lorsqu'elle exprima la crainte de les voir entièrement démodées à son retour, Alima s'écria en battant des mains :

– Oh! ce serait merveilleux, dame Skye! Ainsi vous pourrez vous faire faire toute une nouvelle garde-robe!

Le rire de Skye attira l'attention de la femme blonde qui se trouvait alors dans la bibliothèque d'Osman. Elle jeta un œil par le moucharabieh et sa respiration s'accéléra soudain.!

– Qui sont ces femmes qui se promènent dans votre jardin, seigneur Osman? demanda-t-elle.

Osman abandonna le thème astral inquiétant qu'il était en train d'étudier pour aller à la fenêtre.

– Ma femme et Muna, la favorite de mon neveu. Pourquoi cette question, dame Nilak?

– Celle qui a des cheveux bruns me rappelle quelqu'un que j'ai connu autrefois, répondit-elle en s'écartant à regret de la fenêtre. Eh bien, seigneur Osman? Vous qui avez la réputation d'être un des meilleurs astrologues au monde, que vous a appris mon thème?

– Que vous avez commis de nombreux forfaits, dame Nilak, et que vous n'en éprouvez pas le moindre remords.

Elle éclata d'un rire âpre.

– Ce n'est pas le passé qui m'intéresse, seigneur Osman, mais le présent et le futur. Jamil m'épousera-t-il? Le sultan fera-t-il de lui le prochain dey d'Alger? Régnerons-nous ensemble sur la ville? Voilà ce qui m'intérese et rien d'autre. Alors? Que voyez-vous?

– Je vois la mort, répondit Osman.

– Vous mentez! s'écria la femme, horrifiée, en portant la main à sa gorge. Vous n'êtes qu'un charlatan. Vous ne savez rien!

– Vous mourrez, répéta Osman et, avant de disparaître, vous causerez la mort d'au moins deux personnes.

Avec un cri de colère et d'horreur, Nilak sortit en courant. Osman était bien trop agité par la découverte qu'il venait de faire pour se donner la peine de la suivre. Il s'empara hâtivement des thèmes de Kedar et de Skye, ainsi que de celui de Jamil, ancien commandant de la Casbah d'Alger, qui s'était depuis retiré avec le rang d'agha. Après avoir déroulé les trois parchemins à côté de celui de Nilak, il les étudia avec le plus grand soin. Il n'y avait aucun doute : les destinées de ces quatre personnes se croisaient, et trois d'entre elles allaient mourir de cette rencontre. Osman ferma les yeux; il y avait des moments où il souffrait de son don de prescience et des événements qu'il prévoyait. Mais deux voies s'ouvraient toujours à l'être humain, peut-être y avait-il une chance, très minime, d'éviter le drame?

Alors qu'Osman était absorbé dans ses réflexions, Nilak regagnait sa litière en pensant à la femme qu'elle avait entrevue dans le jardin. Elle ressemblait à s'y méprendre à Skye O'Malley dont Jamil avait été autrefois amoureux. Si elle l'achetait pour la lui offrir, Jamil lui en serait certainement très reconnaissant. Peu lui importait qu'il couche avec cette fille, pourvu qu'elle, Claire O'Flaherty, connue à Alger sous le nom de Nilak, devienne l'épouse de l'agha Jamil, futur dey d'Alger.

Lorsque Jamil s'était rendu à Istambul pour s'y faire soigner, Claire l'avait accompagné et avait noué avec Nur-Banu, la favorite du sultan, une amitié qu'elle avait soigneusement cultivée. C'était Nur-Banu qui lui avait donné le nom persan de Nilak parce que, disait-elle, ses yeux avaient la même couleur que les lilas de son jardin. Jamil avait été flatté de cette marque de faveur de la favorite envers sa future épouse.

Ah! sa chance avait bien tourné depuis que, nue et dépossédée de toute fortune, elle avait quitté Londres sous les coups de fouet de Niall Burke! Elle se rappelait les sarcasmes dont l'avaient accablée les badauds, les ordures dont ils l'avaient couvertes, et il lui arrivait, lorsqu'elle croyait encore sentir la morsure du fouet, de brûler pour lord Burke d'une haine si farouche qu'elle la tenait éveillée tout au long de la nuit. Après l'avoir férocement battue, il lui avait jeté sur le dos un sac informe en lui disant :

– C'est plus que vous n'en méritez, chienne! Tâchez que je ne vous revoie plus jamais, car la prochaine fois je vous tuerai!

Ma foi, c'était elle qui avait failli le tuer quand ils s'étaient revus! Mais elle ne voulait pas pour lui d'une mort rapide; elle voulait le voir souffrir longuement pour le punir d'avoir réduit à néant sa réussite sous le nom de Claro, patronne de bordel la plus réputée de Londres. Ventredieu! comme elle le haïssait!

Il l'avait finalement abandonnée sur le bord de la route et elle avait dû dormir dans un fossé. Heureusement, le diable était venu à son aide : un vieux marchand l'avait recueillie, qui ignorait tout, le brave homme, de Claro et du scandale qu'elle avait provoqué à la Cour des Tudor.

Ce vieillard, Adney Darton, était pieux, célibataire et sans enfant. Claire lui ayant raconté qu'elle était une noble orpheline ruinée, il lui avait offert l'hospitalité. Elle s'était occupée de sa maison, s'était insinuée dans sa vie, puis lui avait annoncé un beau jour qu'elle devait le quitter pour que sa réputation de jeune fille ne soit pas compromise. Comme elle s'y attendait, il lui avait proposé le mariage et, bien qu'il eût l'âge d'être son grand-père, elle avait accepté après avoir feint d'hésiter. Le vieillard n'en avait plus pour longtemps à vivre, elle serait bientôt veuve et riche!

Adney Darton n'avait pour toute famille qu'un cousin, Isham, qui arriva trop tard pour empêcher les noces, mais à temps pour assister aux funérailles d'Adney qui était mort en cherchant à consommer son mariage. Toutefois il avait eu le temps de modifier son testament et Isham Darton, furieux, se retrouva dépossédé de son héritage.

Celui-ci, personnage aussi vénal et bestial qu'elle, devint rapidement son amant. Quand il lui proposa de l'accompagner à Alger où il comptait faire du commerce, elle accepta à la condition qu'il l'épouse. Isham, bien décidé à se débarrasser d'elle une fois arrivé à Alger, ne fit aucune objection.

Mais d'abord, Claire avait fait voile pour l'Irlande sur un bateau ayant appartenu à son mari défunt, sous prétexte de se rendre une dernière fois sur la tombe de ses parents. C'est là qu'elle avait exécuté son plan diabolique : elle avait remis une forte somme au capitaine du navire pour qu'il recueille Niall, blessé, et le vendre comme galérien.

Rentrée en Angleterre, elle avait épousé Isham et ils étaient partis pour Alger. Mais pendant le voyage, une violente tempête avait précipité son mari par-dessus bord. Claire ne s'en était pas moins installée à Alger où elle avait très vite attiré l'attention du capitaine Jamil.

Elle savait que pour assurer sa position, il lui fallait jouer les veuves respectables, et elle était également décidée à accroître sa fortune en se lançant dans le commerce. Elle y réussit parfaitement et sa réputation de femme d'affaires implacable fut bientôt faite. Sa conduite irréprochable ne la rendait que plus attirante aux yeux des hommes qui, tous, souhaitaient vivement rencontrer cette belle femme blonde aux yeux lilas.

Le capitaine Jamil allait réussir, là où tous les autres avaient échoué. Il avait besoin d'or pour payer le médecin d'Istanbul qui devait le guérir de son impuissance et la fortune de cette riche infidèle l'attirait. Il avait donc fait attaquer la litière de Claire dans un endroit sombre et désert et avait bondi à son secours, au bon moment, à la tête d'une petite troupe de janissaires. Il l'avait ensuite escortée jusqu'à sa porte et avait sollicité la permission de la revoir. Claire l'avait invité à prendre le café, non sans s'être assurée au préalable, des avantages qu'elle pouvait retirer de sa fréquentation.

Ils s'étaient très vite fort bien entendus. Pour la première fois depuis la mort de son frère, Claire était amoureuse. Quant à Jamil, il trouvait du piquant à cette beauté blonde. A sa grande surprise, il avait réussi dès la première fois à lui faire l'amour. Il lui avait pourtant avoué franchement son état, lui avait parlé du médecin d'Istanbul et Claire avait d'ailleurs insisté pour prendre tous les frais à sa charge. Après avoir d'abord refusé, Jamil n'avait pas résisté longtemps à ses supplications.

C'était à Istanbul que Jamil avait parlé à Claire de Skye el Khalid, cette femme qu'il avait voulu posséder, dont il avait fait assassiner l'époux et qui, pour se venger, avait glissé dans des pâtisseries la drogue qui l'avait rendu impuissant. C'était également à Istanbul qu'il lui avait demandé de l'épouser. Complètement guéri, il était devenu un véritable taureau. Claire avait accepté en rougissant, bien qu'il l'ait prévenue de son intention d'avoir un harem. Seuls lui importaient son amour et la puissance que lui conférerait le titre d'épouse du dey.

Aujourd'hui, ravie d'avoir trouvé un sosie de Skye, elle se proposait d'en faire présent à son amant le jour de leurs noces. Dès qu'elle fut de retour chez elle, elle se hâta de faire part de sa découverte à Jamil.

– Savez-vous ce que j'ai vu chez Osman, mon chéri ? La sœur jumelle de Skye O'Malley ! C'est une esclave qui appartient au neveu d'Osman. J'ai l'intention de la lui acheter pour vous l'offrir.

– Vous devez vous tromper, répondit Jamil. Skye el Khalid ne peut avoir sa pareille.

– Et pourtant si ! insista Claire. Je la connais aussi bien que vous, Jamil. Elle était la femme de mon frère, après tout.

– En êtes-vous sûre ? demanda-t-il avec brusquerie.

– Absolument certaine.

– C'est peut-être Skye elle-même, murmura Jamil. Par Allah ! si je l'avais en mon pouvoir !

– Skye est en Irlande où elle pleure la mort de son mari. Et d'ailleurs, si cette fille lui ressemble, elle est bien plus jeune qu'elle.

– Allons immédiatement chez Osman ! Le coucher du soleil approche. C'est un homme hospitalier et si sa famille est à table, je verrai la fille. Si vous ne vous êtes pas trompée, je l'achèterai sans plus tarder. Aidez-moi à m'habiller, Nilak, et faites préparer mon cheval.

Claire se demanda, vaguement inquiète, si elle avait bien fait de lui parler de cette esclave. Jamil se montrait un peu trop impatient. Et si cette créature allait la supplanter dans le cœur de son aimé ? Non. Jamil se lasserait d'elle comme il se lassait de toutes les femmes, excepté d'elle, Claire. D'ailleurs, si la fille devenait gênante, elle la ferait tout simplement disparaître.

Chez Osman, ce soir-là, on servait un repas simple mais copieux : un mulet sur un lit de légumes verts et décoré de citrons découpés en forme de coquillages; un poulet rôti, farci de prunes, de pêches et d'abricots secs, présenté sur un plat de porcelaine bleue, du riz au safran et des artichauts dans des petits bols assortis. Il y avait également, au centre de la table, un grand plat de couscous à l'agneau, et chaque invité avait à côté de lui des petites brochettes composées de morceaux de chevreau, de poivron rouge et vert et de petits oignons, et un bol de yaourt.

Quand les dîneurs eurent fait honneur au repas et qu'on eût

transmis leurs éloges aux cuisines, les serviteurs débarrassèrent la table et apportèrent des oranges de Séville, du raisin noir, de belles poires dorées, des figues vertes et de savoureuses pâtisseries. On servait le café lorsque l'agha Jamil fit irruption dans la pièce.

Osman faillit s'étrangler et Alima eut un violent sursaut. Mais, Jamil, sans leur prêter la moindre attention, dévorait déjà des yeux Skye qui se demandait quel mauvais génie plaçait à nouveau Jamil sur sa route le jour même où elle avait décidé de s'évader. Puis la colère l'envahit quand elle reconnut Claire O'Flaherty. Claire la maudite!

Jamil traversa rapidement la pièce et souleva brutalement Skye de son siège.

– Par l'âme du Prophète! murmura-t-il avec excitation. Vous êtes vraiment la sœur jumelle de Skye el Khalid. Je vous veux et je vous aurai!

Skye se dégagea d'une secousse tandis que Kedar, remis de sa surprise, portait la main à sa dague avec un rugissement.

– Vous êtes un homme mort! Personne ne touche à ce qui m'appartient sans mon autorisation. Vous m'avez insulté et j'exige réparation!

– Ce bruyant personnage est-il votre neveu, Osman? demanda Jamil, en détournant à regret son regard de Skye.

– Oui, seigneur Jamil, répondit Osman qui se sentait étrangement calme.

– Je lui accorderai mon pardon par égard pour vous, Osman. Dites-lui qui je suis.

– Kedar, je vous présente l'agha Jamil, ancien commandant de la Casbah et futur dey d'Alger.

– Son rang ne l'autorise pas à toucher à mon bien, mon oncle. Seigneur, poursuivit-il en se tournant vers Jamil, cette femme est ma fiancée et vous m'avez gravement offensé. Mais par considération pour mon oncle, qui manifestement vous connaît bien, je suis prêt à accepter vos excuses et à oublier l'incident.

– Je veux acheter cette femme, répondit Jamil.

– Quoi! s'écria Kedar.

– Je veux acheter votre esclave, répéta Jamil. Regardez-la, Osman! C'est la sœur jumelle de la femme de Khalid. Il me la faut!

– Elle a les mêmes yeux et la même chevelure que lady Skye, je vous l'accorde, mais je ne vois guère d'autre point commun.

– Vous devez être aveugle! Ma fiancée a connu lady Skye en Irlande. Nilak, mon chou, n'est-ce pas son sosie?

– La ressemblance est saisissante seigneur, répondit Claire, consciente du regard meurtrier que lui lançait l'esclave de Kedar. D'ailleurs, si je ne savais pas que Skye O'Malley est en Irlande ou en Angleterre, je jurerais que c'est elle.

– Je la veux! fit Jamil d'un ton impérieux. Fixez votre prix, neveu d'Osman.

– Elle n'est pas à vendre, répondit Kedar d'une voix glaciale. Elle sera bientôt ma femme.

– Fixez votre prix, Kedar ibn Omar. Tout a un prix sur cette terre.

– Je me suis pourtant fait clairement comprendre, seigneur Jamil! lança Kedar, le regard brûlant de colère. J'ai choisi cette femme pour qu'elle soit mon épouse et me donne des héritiers. Elle n'est pas à vendre!

– Il me la faut! répéta Jamil, comme hypnotisé. Si vous ne me la vendez pas, je la prendrai. Je suis un janissaire et la loi du sultan m'autorise à m'emparer de tout ce que je désire. Pour la dernière fois, Kedar ibn Omar, fixez votre prix!

Une fureur sauvage embrasa Kedar. Un voile rouge s'abattit devant ses yeux exorbités : il ne voyait plus que l'air suffisant de Jamil, il l'imaginait déjà avec Muna, la tenant sous lui, nue et gémissante. Alors, avec un hurlement de bête sauvage, il se précipita sur lui et lui plongea sa dague dans la gorge.

Jamil mourut instantanément. Il tomba à terre, les yeux agrandis par la surprise. Aussitôt, Nilak se jeta sur Kedar et, hurlant comme une furie, le poignarda, le suivant dans sa chute pour le frapper encore et encore. Il fallut qu'Osman l'arrache au cadavre et la désarme.

– Faites appeler les gardes, ordonna Osman à sa femme qui tremblait.

Après être restée un instant silencieuse, Nilak regarda Skye et lui demanda d'une voix désespérée :

– C'est vous, n'est-ce pas?

Et comme Skye hésitait à répondre :

– Skye O'Malley! Je sais que c'est vous. Dites-moi au moins que je ne suis pas folle.

– Vous avez toujours eu quelque chose d'une démente, Claire. Vous avez anéanti tous ceux que vous avez approchés : votre frère, la première épouse de Niall, et, aujourd'hui, Kedar et l'agha Jamil.

– Vous oubliez votre mari, fit Claire méchamment. Vous ne savez peut-être pas...

– Si, je sais! Mais Niall est libre, Claire! Il est en sécurité sur l'un des navires et je vais le rejoindre ce soir même! Vous avez échoué en ce qui le concerne!

– Je vous hais! gronda Claire. Je vous ai toujours haïe!

La porte de la salle à manger s'ouvrit. Instinctivement, Skye recula et se dissimula derrière une tenture. Un capitaine des janissaires, accompagné de plusieurs de ses hommes, fit son entrée dans la pièce.

– Que s'est-il passé, seigneur Osman ?

– Un terrible drame, capitaine Amhet. Mon neveu et l'agha Jamil se sont battus pour cette femme, et lorsque Kedar a tué Jamil, elle a poignardé Kedar.

– C'est faux ! hurla Claire. Il ment ! Il y avait une autre femme ici, que le seigneur Jamil désirait acheter. Kedar s'est senti offensé. C'est lui qui a assassiné l'agha Jamil !

– Comme vous pouvez le voir, reprit tranquillement Osman, nous n'étions que quatre à table, ce soir : mon neveu, l'agha Jamil, cette femme et moi-même. Dame Nilak, pourtant fiancée à Jamil, a outrageusement flirté avec mon neveu, qui est, comme vous le savez, amateur de jolies femmes. Cette femme blonde, à la tenue immodeste et au visage dévoilé, l'a intrigué et elle l'a séduit en faisant étalage de ses charmes. C'est elle, la responsable ! s'exclama Osman dont la voix se faisait de plus en plus aiguë. Cette infidèle dépravée a causé la mort d'un vieil ami et de mon neveu bien-aimé ! J'exige que le dey me rende justice !

Puis, malgré ses efforts pour se contenir, Osman éclata en sanglots, manifestement très gêné de se laisser aller à pareille faiblesse en public.

Les janissaires détournèrent le regard pour lui laisser le temps de retrouver son calme.

– Nous allons maintenant emmener cette femme chez le dey, seigneur Osman. Nous accompagnerez-vous pour lui raconter ce qui s'est passé ? demanda le capitaine Ahmet.

– Il ment ! cria Claire que le capitaine réduisit aussitôt en silence en lui assenant un coup brutal.

– Silence ! chienne infidèle. Comment osez-vous contester les paroles du seigneur Osman ? Son honnêteté est légendaire.

– Le dey est âgé et j'aurais scrupule à l'éveiller à une heure aussi tardive, déclara Osman qui semblait un peu remis. Emmenez l'infidèle et gardez-la avec vous cette nuit. Je me rendrai chez le dey à l'aube; après les premières prières.

– Mes hommes ne seront pas mécontents de pouvoir manger encore un peu avant de reprendre leur jeûne, demain matin, remarqua le capitaine en jetant un regard éloquent sur la généreuse poitrine de Claire. Je vous retrouverai au palais, au lever du jour, seigneur Osman.

Sur un signe de lui, les hommes entraînèrent Claire hors de la pièce.

– Reposez-vous bien, capitaine, dit doucement Osman.

Le capitaine éclata de rire et s'en fut.

– Vous pouvez sortir, ma fille, dit Osman après avoir entendu la porte claquer et la patrouille s'éloigner.

– Elle risque de ne pas survivre à leurs attentions, observa Skye, mais ce n'est pas certain. Claire était une prostituée de grand renom autrefois, à Londres.

– Il vaut mieux qu'elle meure cette nuit, ma fille. Sinon, demain, elle sera pendue aux crocs de la ville.

Skye frissonna. Les murs d'Alger servaient de place de grève : des crocs y étaient scellés auxquels les bourreaux accrochaient les condamnés, et ceux-ci agonisaient longtemps dans des souffrances atroces – spectacle dissuasif pour certains, récréatif pour d'autres.

– Que Dieu ait pitié d'elle, murmura Skye.

– Vous priez pour une ennemie aussi redoutable, ma fille ?

– C'est une mort affreuse, Osman, même pour Claire.

– Allez vous reposer maintenant, mon enfant. Je vais faire prévenir votre navire que vous n'arriverez que demain matin.

– Je préférerais partir tout de suite.

– Demain matin, répéta Osman doucement. Faites-moi confiance, ma fille.

Soudain épuisée par les terribles épreuves de la nuit, Skye se laissa conduire par Osman qui la laissa à son épouse, dans le quartier des femmes. Alima obligea Skye à se coucher.

– Je ne dormirai pas, protesta Skye.

– Buvez ceci, insista Alima en lui tendant un jus de grenade. J'y ai mis un peu d'opium, cela vous donnera des rêves agréables. Pensez au bonheur qui vous attend, lady Skye. Vous êtes libérée à jamais de Kedar, et vous allez bientôt retrouver votre mari et votre pays.

Bercée par le son de sa voix, Skye s'endormit rapidement. Au réveil, elle éprouvait une légère hébétude qu'un bain suffit toutefois à dissiper.

– Où est Osman ? demanda-t-elle à Alima.

– Chez le dey, pour déposer contre lady Nilak.

– Si elle a survécu à sa nuit chez les janissaires, observa Skye.

– Mon mari serait déjà de retour si ce n'était pas le cas.

Quand Osman revint en fin de matinée, les deux femmes se hâtèrent de le rejoindre dans la bibliothèque.

– Elle a été exécutée, déclara-t-il. Le dey et le capitaine Ahmet se sont partagés sa fortune. Tout est fini, ma fille. Une page de votre vie est tournée à jamais. Êtes-vous prête à partir !

– Oui, répondit Skye calmement.

Elle fit ses adieux à Alima et monta avec Osman dans la litière qui devait les conduire au port. Après avoir franchi la porte de la ville, Osman lui ordonna :

– Regardez derrière vous, ma fille.

Skye obéit et eut un sursaut d'horreur et de pitié devant le spectacle qui s'offrait à ses yeux. Au-dessus d'elle, sur le mur, Claire O'Flaherty s'agitait faiblement, embrochée sur des crocs par le fondement et l'épaule.

– Elle ne vous nuira plus jamais, mon enfant. Elle a eu le sort qu'elle méritait. Elle mourra bientôt et son cadavre pourrira sur ces crocs jusqu'à ce que les charognards et les éléments se chargent de la faire disparaître.

– Je n'oublierai jamais cette vision, dit Skye, dont le visage, très pâle, se couvrit de larmes.

– Vous oublierez, ma fille. Je ne vous ai pas fait contempler ce spectacle pour vous attrister, mais pour que vous ne doutiez pas de sa mort, dit-il en effleurant légèrement son visage mouillé de pleurs. Quelle belle âme vous avez pour pleurer sur une ennemie aussi cruelle! Elle n'aurait pas pleuré sur vous.

– Sans doute, Osman. Mais de pareilles souffrances contrebalancent certainement ses crimes.

La litière fut déposée à terre, tout près de la passerelle du navire. Skye monta rapidement à bord et gagna sa cabine, suivie d'Osman. Elle lui prit les mains et les embrassa, en lui disant d'une voix tremblante d'émotion :

– Merci, mon très cher ami! Aussi longtemps que je vivrai, je n'oublierai pas ce que vous avez fait pour mes enfants et pour moi. Vous nous avez rendu le bien le plus précieux : un père et un époux.

Osman l'étreignit affectueusement et lui dissimula son inquiétude.

– Je voudrais que vous vous souveniez que tout arrive par la volonté d'Allah, ma fille. Essaierez-vous de ne pas vous élever contre votre sort et de garder confiance en votre créateur, quoi qu'il arrive? La lumière finira toujours par triompher de l'obscurité, je vous le promets.

– Je m'efforcerai d'accepter mon destin, quel qu'il soit, Osman, répondit Skye en souriant. Vos leçons commencent à porter leurs fruits. Pour l'instant, toutefois, l'avenir ne me réserve que du bonheur.

– Soyez heureuse, Skye. Personne ne le mérite plus que vous.

– Nous reverrons-nous, Osman?

– Peut-être...

Sur un geste d'adieu, il quitta la cabine.

Les marins remontèrent la passerelle et larguèrent les amarres. Dès que le navire eût quitté le quai, Skye commença à ôter pensivement ses vêtements orientaux auxquels s'attachaient tant de souvenirs et, avec un soupir, elle les mit résolument de côté. Elle s'était toutefois tellement habituée à ces fins voiles de soie qu'elle se sentit très gauche, un moment, avec ses bottes et sa ceinture. Puis, avec un éclat de rire, elle se fit une tresse, pirouetta devant le trumeau de la cabine, et monta sur le pont. Skye O'Malley était de retour!

– Bienvenue à bord, madame, dit Bran Kelly.

– Merci, Bran. Comment va Daisy?

– Très bien. Et nous avons un fils.

– Mes félicitations, Bran! Si je comprends bien, il va falloir que je me trouve une autre dame de compagnie!

– Je ne crois pas que ce soit l'avis de Daisy! répondit Bran en riant. Mais vous aurez tout le temps d'en discuter à notre retour.

– Dans combien de temps aurons-nous rejoint le navire de lord Burke, Bran?

– Dans quelques heures, si ce vent tient, madame.

Skye alla vers la proue du navire et ne se retourna pas une seule fois pour regarder Alger. Elle avait adoré cette ville féerique et pittoresque quand elle l'avait connue, entourée de l'amour de Khalid. Mais, cette fois-ci, elle en avait découvert aussi toute la cruauté, et le souvenir de l'agonie de Claire la hanterait longtemps. Elle inspira profondément l'air de la mer, en goûtant la douceur et la tiédeur. Elle ne voulait plus songer au passé, mais à l'avenir. Niall l'attendait, juste au-delà de l'horizon. Elle brûlait de le rejoindre enfin, elle l'appelait de tout son être.

Skye! Skye! criait Niall, en s'agitant sur son lit. Robbie? Vous êtes là?

– Oui, mon garçon, répondit Robbie en posant une main apaisante sur son front brûlant.

– Où est Skye? demanda Niall d'une voix plaintive.

– Elle arrive, mon garçon.

– J'ai soif, tellement soif!

Robbie porta une coupe de vin à ses lèvres, mais quelques secondes plus tard, Niall rendait dans une cuvette tout ce qu'il avait bu.

– Où sont mes loukoums, Robbie? Ils me soulagent quand je suis souffrant.

– Il n'y en a plus, milord. Vous avez mangé les derniers il y a déjà plusieurs jours. Si vous pouviez nous expliquer ce qu'ils contenaient, nous pourrions vous en confectionner.

– Je vous ai déjà dit que je ne le savais pas, Robbie, fit Niall avec irritation.

Il s'endormit soudain d'un sommeil léger. Robbie soupira. Il devait avoir été empoisonné pour être aussi mal en point. La présence de Skye l'aiderait peut-être à recouvrer rapidement la santé.

– Surveille Sa Seigneurie, ordonna-t-il à un mousse. Je monte sur le pont pour guetter l'arrivée de lady Burke.

– Oui, monsieur.

– Son navire est-il en vue? demanda-t-il à MacGuire.

– La vigie a aperçu une voile qui quittait Alger et faisait route vers nous. Comment se porte Sa Seigneurie?

– Mal. Je crois qu'il est en train de mourir, et je ne sais fichtre pas de quoi!

– Allons! C'est impossible! Niall Burke est bien plus solide que ça!

– Je vous dis que si! insista Robbie. Il est perpétuellement assoiffé, vomit tout ce qu'il avale et a un flux de ventre qui ne le quitte pas depuis deux jours. Quand il arrive à dormir, il est secoué d'horribles cauchemars. Il a les yeux rouges et la peau si desséchée qu'elle se desquame aux lèvres et aux coudes. Je n'ai jamais rien vu de pareil, Sean!

– Il faudrait peut-être lui appliquer des ventouses, suggéra MacGuire sans conviction.

– Des ventouses! Seigneur! Voilà qui le tuerait certainement! Par la morbleu! J'espère que ce vent va tenir. Il reprendra peut-être des forces en la voyant.

– S'il meurt, elle ne le supportera pas, fit MacGuire d'une voix sinistre. Le perdre une seconde fois après tout ce qu'elle a subi...

Il se signa anxieusement.

Robert Small fixa la mer d'un air sombre. Il avait prévu que cette aventure pourrait se terminer tragiquement et avait pris ses précautions. Pas plus que lui, Adam de Marisco ne laisseraient Skye mourir. Quand il lui avait fait part de la situation dans laquelle elle se trouvait, le seigneur de Lundy, fou d'inquiétude, avait aussitôt quitté son île, prêt à tenter une opération de sauvetage. Et maintenant, il attendait patiemment dans la cabine de Robbie. Si Skye avait besoin d'aide et de réconfort, il serait là.

– Capitaine Small! Lord Burke s'est réveillé et vous appelle, dit le mousse, en le tirant de ses pensées.

– Va lui dire que le navire de son épouse est tout proche et que je reste sur le pont pour l'accueillir. Nous le rejoindrons dès qu'elle sera à bord.

Le navire de Bran Kelly aborda précautionneusement et l'on jeta une planche entre les deux bâtiments. Skye se précipita dans les bras de Robbie qui l'étreignit avec un grognement de joie, respirant avec bonheur le parfum de rose qui l'enveloppait toujours.

– Dieu merci, Skye, vous êtes de retour saine et sauve!

– Robbie! Mon Robbie! murmurait Skye en se pressant contre lui.

Ils restèrent un long moment étroitement embrassés.

– Où est Niall, Robbie?

– Dans la cabine principale. Mais il se porte mal.

– Mal? répéta Skye.

– Je ne sais pas ce qu'il a, Skye. Il a des vomissements et un flux de ventre. Je ne suis pas docteur, conclut-il avec impuissance.

Skye courait déjà vers la cabine. Elle s'arrêta brutalement sur le seuil en voyant son époux chercher à se lever pour venir à sa rencontre et retomber sur le lit, trop faible pour y parvenir.

– Niall! s'écria-t-elle en pâlissant.

Il était si décharné, si amaigri! Elle s'agenouilla à son chevet et lui prit la main.

Niall ouvrit les yeux et la regarda avec tristesse et amour.

– J'avais oublié combien vous aviez la peau douce, mon amour, murmura-t-il en lui effleurant la joue d'une main tremblante.

– Oh! Niall, mon cher amour! Tout ira bien, maintenant, je vous le promets. Nous allons revoir l'Irlande et nos enfants, murmura Skye, le visage couvert de larmes. Par la morbleu! Niall. Ils ne nous reconnaîtront même pas. Padraic venait à peine de naître quand vous êtes parti. Il a trois ans et demi, maintenant et notre petite Deirdre, presque cinq! Il serait grand temps que nous songions à leur donner des frères et des sœurs.

– Je suis en train de mourir, Skye.

– Non! cria-t-elle dans un sanglot, le cœur serré comme par un étau.

– Je ne le veux pas, Skye, et je ne sais pas de quel mal je suis atteint, mais je vais mourir.

Skye suffoquait, prise de terreur. Elle se domina pour répondre d'une voix ferme :

– Vous êtes gravement malade, Niall, mais vous ne mourrez pas. Je vous soignerai moi-même et vous vous rétablirez, comme autrefois, lorsque Constanza s'est occupée de vous. Vous vous souvenez? Ce n'est sans doute qu'une récidive de votre ancienne maladie, mon amour.

– Je vais mourir, Skye, soupira Niall tristement. A l'époque dont vous parlez, je souffrais d'une vilaine blessure et d'un choc violent. C'est différent aujourd'hui. Je n'en ai plus pour bien longtemps.

Il retomba sur le lit, épuisé.

– Ne mourez pas, Niall! implora-t-elle. Vous ne pouvez pas mourir maintenant! Pas après tout ce que j'ai dû endurer pour vous sauver!

– Je sais, mon amour. Vous êtes si courageuse! Vous avez le cœur d'un lion et l'âme d'un ange. Vous allez me manquer, mais je ne regrette pas d'avoir survécu à la lame de Darragh. Dieu a exaucé mes plus ferventes prières, mon cœur; il m'a permis de vous revoir une dernière fois.

– Ne me quittez pas maintenant, Niall, s'écria Skye, le regard noyé de larmes. Je ne le supporterais pas. Pas maintenant!

– La décision ne m'appartient pas, répondit-il en la regardant avec compassion. Embrassez-moi, mon amour, que j'emporte ce dernier souvenir dans mon voyage.

Skye avait l'impression de vivre un horrible cauchemar. Était-ce pour en arriver là qu'elle avait traversé l'enfer ?

– Skye ! fit Niall d'une voix pressante.

Elle se pencha vers lui et une joie merveilleuse l'envahit lorsque leurs lèvres se joignirent. Mais Niall retombait déjà, inerte, le regard éteint. Il était mort. Skye resta longtemps immobile, glacée jusqu'à l'âme. Puis elle se leva enfin et lui ferma les yeux.

– Au revoir, mon amour, mon premier et dernier amour. Vous êtes à l'abri du danger, maintenant.

Quand Robbie entra dans la cabine, elle lui annonça d'une voix calme et froide :

– Il est mort.

– Skye..., dit-il en s'approchant d'elle.

– Mettez le cap sur Beaumont de Jaspré. Je n'abandonnerai pas le corps de mon époux à la mer. Je demanderai à Nicolas la permission de l'enterrer dans la cathédrale de Villerose et, dans quelques années, nous ramènerons ses restes en Irlande. C'est ce qu'il aurait voulu. Et MacWilliam aussi.

– Ce n'est pas raisonnable, Skye. Donnons-lui tout de suite une sépulture.

– Si vous le jetez à la mer, Robbie, je l'y suivrai, vous m'entendez ?

Elle avait une voix dure qu'il ne lui avait jamais connue. Il renonça à discuter davantage, la sentant au bord de la folie; un rien suffirait à la faire sombrer.

– Très bien, Skye. Voulez-vous que nous enlevions le corps ou que nous le laissions ici ?

– Vous n'avez que du lest dans votre câle, n'est-ce pas ?

– Oui.

– C'est là que vous exposerez sa dépouille mortelle. Je veux que vous y fassiez brûler des cierges et qu'il soit veillé en permanence. Je prierai à côté de lui jusqu'à ce que nous touchions terre.

– Vous mangerez bien quelque chose avant de commencer votre veille, suggéra Robbie doucement.

– Qu'on m'apporte un peu de vin. Je ne veux rien d'autre.

Robbie quitta la cabine où elle resta figée dans une immobilité de pierre.

– Le vin que vous avez fait demander, Madame, fit une voix enfantine.

Un petit garçon aux cheveux roux, qui devait avoir neuf ans, la regardait avec curiosité en lui tendant un plateau.

– Comment t'appelles-tu, mon garçon ?
– Michael, Madame.
– Michael comment ?
– J'sais pas, Madame. Le capitaine Small m'a trouvé dans une ruelle, le crâne tout plein de sang. Je me rappelle rien.
– J'ai un frère qui s'appelle aussi Michael. Il est prêtre. Aimerais-tu être prêtre, Michael ?
– Non, Madame! Je veux être comme le capitaine Small!
– Peut-être y arriveras-tu, un jour, fit Skye en lui caressant doucement les cheveux. C'est un brave homme et tu fais bien de le prendre pour exemple.
Le petit garçon sortit et l'imposante silhouette d'Adam de Marisco s'encadra dans l'embrasure de la porte.
– Skye, dit-il en la regardant anxieusement.
– Entrez, Adam.
– Vous n'êtes pas surprise de me voir, petite fille ?
– N'avez-vous pas été auprès de moi chaque fois que j'ai eu besoin de vous ?
– Je n'aurais jamais dû vous laisser partir, Skye.
– Cela ne dépendait ni de vous ni de moi, Adam. Osman m'aurait d'ailleurs retrouvé n'importe où. Mais ne vous ai-je donc pas fait assez souffrir pour que vous cherchiez à souffrir encore ?
– Je ne souffre que de vous voir malheureuse, répliqua-t-il en la serrant contre lui.
Sans ajouter un mot, il la souleva et s'assit près de la grande fenêtre de poupe, en la tenant dans ses bras. Il la berça tendrement tandis qu'elle se blotissait contre lui avec un soupir.
– Vous ne pouvez pas pleurer, petite fille ?
– Je n'ai plus de larmes. Il ne reste plus en moi qu'un vide immense et glacé.
– Je suis là, Skye. Je ne vous abandonnerai pas.
– Je sais, Adam.
Ils restèrent longtemps silencieux. Skye finit par s'endormir profondément et Adam veilla sur son sommeil. Des marins emmenèrent le corps de Niall Burke, et lorsque Michael eut entièrement refait le lit, il y déposa doucement Skye, la déshabilla avec précaution et quitta la cabine. Il savait qu'elle dormirait longtemps : Robbie avait glissé un soporifique dans son vin.

Skye dormit presque deux jours entiers. Lorsqu'elle se réveilla, Beaumont de Jaspré était en vue. Les cernes sombres autour de ses yeux avaient disparu, mais elle n'avait rien perdu de son impassabilité et de sa froideur.
Adossée à des coussins, elle donna ses ordres de son lit :

– Allez voir Edmond de Beaumont, Robbie, et sollicitez un emplacement pour le corps de Niall, dans la cathédrale. Toutes les dépenses seront bien sûr à ma charge. Vous achèterez ensuite le plus beau cercueil que vous pourrez trouver.

– Et le jeune duc ?

– Eh bien ? fit Skye, sans comprendre.

– Il vous aimait...

– Il s'est certainement marié depuis. Nicolas était sans aucun doute un homme charmant et affectueux, mais cette période de ma vie appartient désormais au passé.

– Que leur dirai-je s'ils veulent vous voir ?

– Qu'ils sont les bienvenus à bord de mon navire. Mais faites leur bien comprendre qu'en aucun cas je ne me rendrai au château.

– Comme il vous plaira, lady Burke.

Sur un salut cérémonieux, Robbie quitta la cabine.

– Que ferez-vous après l'enterrement de Niall ? demanda Adam.

– Je ne sais pas. Je rentrerai chez moi, mais où ? Au château des Burke ? Je ne l'ai jamais aimé et n'y ai vécu que pour Niall. A Innisfana ? La demeure appartient à ma belle-mère et à ses enfants, comme Ballyhennessey est la propriété d'Ewan, et Lynmouth, celle de Robin. Il n'y a que Greenwood qui soit vraiment à moi et je n'ai aucun désir de vivre à Londres, pour l'instant. La riche et puissante Skye O'Malley n'a même pas de véritable foyer, conclut-elle avec un petit sourire triste.

– Venez avec moi.

– Où cela ?

Le visage d'Adam s'éclaira.

– J'ai très envie d'aller rendre visite à ma mère.

– Et où habite-t-elle ?

– Dans la vallée de la Loire. Je vous ai dit qu'elle s'était remariée lorsque j'avais douze ans. Eh bien, mon beau-père, le comte de Cher, possède le château d'Archambault, à proximité de Blois. C'est un endroit agréable et accueillant. J'aimerais vous le faire connaître, Skye, et j'aimerais que vous rencontriez ma famille.

– C'est curieux, observa Skye. Je n'avais jamais pensé que vous aviez une famille !

– Et pourtant, elle est presque aussi grande que la vôtre. J'ai deux sœurs, une demi-sœur et deux demi-frères, tous mariés. Venez avec moi, Skye.

– Pourquoi pas ? Je n'ai aucune autre obligation, désormais.

– Il faudra bien que vous rentriez chez vous pour vos enfants, Skye. Mais pour le moment, je pense qu'il est préférable que vous m'accompagniez.

– Personne n'attend mon retour. Voilà deux ans que mes enfants se passent de moi et, si je ne revenais jamais, ils ne s'en soucieraient guère. Quant aux O'Malley, ils se sont manifestement très bien tirés d'affaire en mon absence.

Adam aurait préféré qu'elle pleure la mort de Niall avec désespoir, qu'elle crie sa douleur et injurie le sort. Son indifférence l'inquiétait. Elle avait perdu le goût de vivre. Pourtant, quoi qu'elle en dise, ses enfants avaient besoin d'elle et lui, Adam de Marisco, encore plus. Cette fois-ci, il était bien décidé à la garder. Il ne la laisserait plus jamais à la merci d'Élisabeth Tudor et elle ne rentrerait en Angleterre que lorsqu'elle serait sa femme. Elle l'avait accusé, un jour, de n'être pas prêt à se battre pour elle. Eh bien, à l'avenir, il se battrait. Et rien ni personne ne la lui enlèverait.

QUATRIÈME PARTIE

La France

12.

– Mais bien entendu, monsieur Robert, dit Edmond de Beaumont avec un soupir de sympathie, Skye peut enterrer son mari dans notre cathédrale. Pauvre enfant! Comment va-t-elle?

– La mort de lord Burke l'a profondément bouleversée, bien que son attitude distante n'en laisse rien deviner.

– Consentira-t-elle à me voir?

– Bien sûr. Mais elle refuse de se rendre au château.

– Je la comprends fort bien. Malheureusement, je crains qu'il n'en aille pas de même pour le duc.

– Le duc est marié?

– Assurément! Nous ne pouvions courir le risque de voir les Français réclamer le duché. Trois mois après le départ de Skye, Nicolas a épousé Madeleine de Monaco. Leur premier enfant doit naître d'ici quelques semaines.

– Tant mieux! s'exclama Robbie. Dans son état, Skye ne supporterait pas qu'il lui fasse d'absurdes déclarations d'amour. Je suis content de le savoir heureux.

Edmond ne répondit pas. Mieux valait que Robbie ne sache pas que Nicolas était toujours passionnément épris de Skye. C'était par devoir qu'il avait épousé la fille du prince de Monaco, une jolie enfant de seize ans, aux cheveux blonds, qui était aussi petite et ronde que Skye était grande et élancée. Les deux femmes se ressemblaient pourtant par leur sensibilité et leur intelligence. Bien qu'elle adorât le jeune duc, Madeleine avait compris sa douleur et cherchait patiemment à l'apaiser.

– J'espère que leur premier enfant sera un garçon, dit aimablement Robbie.

– Nous prions tous pour qu'il en soit ainsi. Mais de toute façon Nicolas et Madeleine sont jeunes et vigoureux; ils auront certainement de nombreux autres enfants.

Une jolie jeune fille blonde pénétra dans la bibliothèque.

– J'ai entendu dire que nous avions un visiteur?

– Oui. Madeleine. Permettez-moi de vous présenter mon ami, lord Robert Small. Robert, je vous présente Madeleine, duchesse de Beaumont de Jaspré.

– Très honoré, madame, déclara Robbie en s'inclinant.

– J'espère que vous passerez dans notre duché un séjour agréable, monsieur.

– Hélas, madame! Je suis ici pour une bien pénible tâche.

– Robert nous demande l'autorisation d'inhumer à Beaumont un noble irlandais, mort à bord de son navire, expliqua Edmond. Son épouse répugnait à livrer sa dépouille mortelle à la mer.

– La pauvre! s'exclama Madeleine. Puis-je lui être de quelque utilité?

– Vous êtes très aimable, madame la duchesse, répondit Robbie d'une voix émue, mais lady Burke a surtout besoin de tranquillité. Je n'ai pas besoin de vous dire que ce malheur l'a profondément éprouvée.

– Où est Nicolas? demanda Edmond.

– Il siège au Conseil, mais il ne devrait pas tarder à rentrer.

– Pourriez-vous lui demander de venir me voir, Madeleine?

Elle acquiesça et se tourna vers Robbie :

– Nous ferez-vous le plaisir de dîner avec nous, monsieur?

– Je vous remercie, madame, mais cela m'est malheureusement impossible, répondit Robbie en s'inclinant poliment.

– Elle est charmante! déclara-t-il à Edmond quand la duchesse fut sortie. Nicolas devrait être heureux avec elle.

– Elle l'aime, répondit simplement Edmond.

– Sait-elle ce qui s'est passé entre Skye et son époux?

– Elle sait seulement que Nicolas aimait une autre femme qu'il n'a pas pu épouser.

– Avec un peu de chance, elle ignorera toujours qui est Skye.

– A moins que Nicolas ne se laisse aller à quelque folie! Il souffre encore de l'avoir perdue.

– Il n'oserait tout de même pas peiner sa jeune femme?

– Non, bien sûr, vous avez raison, déclara Edmond qui priait le ciel pour que Nicolas se comporte en homme raisonnable.

Quelques instants plus tard, alors qu'ils dégustaient un verre de rosé, Nicolas fit irruption dans la pièce.

– Où est-elle? demanda-t-il avec impétuosité.

– Asseyez-vous, mon oncle. Robert va vous dire ce qu'il faut que vous sachiez.

– Je vous en prie, insista Nicolas sur un ton anxieux. Où est-elle? Elle va bien?

– Le navire est ancré dans votre port, Seigneur. Lady Burke est revenue afin de vous demander l'autorisation d'enterrer son défunt mari, lord Niall Burke, dans votre cathédrale. Edmond de Beaumont a eu la bonté d'y consentir.

– La pauvre petite, murmura Nicolas. Il faut que je la vois!

Et avant qu'Edmond ait pu le retenir, il avait quitté la bibliothèque.

– Ne vous inquiétez pas, Edmond, fit Robbie avec un sourire malicieux. Vous souvenez-vous d'Adam de Marisco?

– Ce géant aux cheveux noirs? Et comment!

– Il est auprès de Skye et je lui fais confiance pour ramener Nicolas à la raison. La jeune duchesse ne saura rien de ce qui s'est passé entre eux et Nicolas comprendra une fois pour toutes qu'il doit renoncer à Skye.

– Vous avez raison, Robert, fit Edmond, rassuré. C'est la meilleure solution. Vous reprendrez bien un peu de vin?

Nicolas chevauchait déjà vers le port et reconnut sans difficulté le navire de Skye au dragon d'or sur champ de mer qui ornait son pavillon.

– Je suis heureux de vous revoir, monsieur le duc, dit Bran Kelly en le saluant.

– Moi aussi, capitaine Kelly. Votre chère Daisy va bien, j'espère?

– Oui, Seigneur.

– Annoncez-moi à votre maîtresse, capitaine.

– Si vous voulez bien me suivre, Seigneur.

– Le duc de Beaumont, madame, déclara Bran en entrant dans la cabine de Skye.

– Qu'il entre.

– Ma douce...!

– Seigneur... répondit Skye avec froideur.

Nicolas perdit de son assurance. Il ne reconnaissait pas dans cette femme pâle, à l'air sombre et distant, la femme passionnée qu'il avait connue.

– Je suis heureux de vous revoir à Beaumont de Jaspré, madame, reprit-il d'une voix hésitante.

– Merci, Nicolas, fit-elle avec un peu plus de chaleur. Je regrette d'avoir à vous infliger cette épreuve, mais je n'avais d'autre endroit où aller. Vous me comprenez?

– Oui. Oh! Ma douce... Je n'ai jamais cessé de vous aimer! Jamais; s'exclama-t-il en l'enlaçant.

– Moi, par contre, j'ai cessé de vous aimer dès que j'ai su que mon cher Niall était vivant! répondit-elle d'une voix dure en le repoussant.

N'avez-vous pas honte, Nicolas ? Que faites-vous de votre femme et de l'enfant qu'elle porte ?

– Vous seule comptez pour moi, ma douce ! Si vous saviez avec quelle ferveur j'ai prié pour que vous me soyez rendue !

– Vous êtes un enfant, Nicolas ! Un petit garçon égoïste ! Vous vous devez à votre duché et à votre famille. Je ne veux ni de vous ni de quiconque. Je vous demande seulement de me laisser enterrer mon mari. Si vous n'y consentez pas, dites-le moi, je m'en irai immédiatement.

– Je vous en supplie...

Skye ne put s'empêcher de ressentir un peu de pitié pour lui et ce fut avec douceur qu'elle lui dit :

– Et moi, je vous supplie d'oublier ce caprice que vous avez eu pour moi. Je ne vous serais jamais revenue, Nicolas, même si je n'avais pas retrouvé Niall. Et vous avez dû le sentir puisque vous vous êtes marié, comme votre devoir l'exigeait. Je me suis promenée dans la ville, cet après-midi, en veillant à ce qu'on ne me reconnaisse pas, et j'ai entendu chanter partout les louanges de votre femme. Pourquoi cherchez-vous à détruire votre bonheur, Nicolas ? Oseriez-vous m'affirmer que vous ne l'aimez pas ?

– Bien sûr que je l'aime ! s'exclama Nicolas. Elle est la bonté même. Mais vous, ma douce, vous êtes une créature de feu !

Skye eut un léger sourire. Nicolas serait décidément toujours un incorrigible romantique !

– Et on se brûle à ses flammes ! Écoutez-moi bien, Nicolas. Je suis morte avec Niall Burke. Je ne suis plus désormais qu'une terre stérile. Allez retrouver votre femme, et laissez-moi en paix.

Il la regarda sans mot dire, les larmes aux yeux, puis il vit avec stupéfaction un géant s'approcher de lui.

– Vous l'avez entendue, mon garçon. Partez maintenant.

Emporté par une colère aveugle, Nicolas dégaina son épée.

– Qui est cet homme ? cria-t-il. C'est votre amant, n'est-ce pas ?

Il porta une botte à Adam qui l'évita avec aisance et le désarma.

– Je suis Adam de Marisco, seigneur de l'île de Lundy. Mon domaine est plus étendu que ce petit bout de terre que vous appelez votre duché et je compte épouser Skye lorsqu'elle se sera remise de sa douleur. Car je suis libre de lui faire cette offre, Seigneur, ce qui n'est pas votre cas. Et maintenant, vous allez quitter ce navire de votre propre chef. A moins, que vous ne préfériez que je vous jette par-dessus bord ? ajouta-t-il avec un aimable sourire.

– Adam ! s'écria Skye d'un ton de tendre reproche.

Mais les déclarations d'Adam avaient eu raison de la colère de Nicolas. Il s'inclina galamment et baisa la main de Skye avec ferveur.

– Je vous prie de pardonner mon attitude impulsive, Skye. Je ne troublerai plus votre deuil. Je me suis réellement efforcé de suivre vos conseils et je croyais bien y être parvenu – jusqu'à ce que j'apprenne votre arrivée.

– Je suis sûre que cela ne se reproduira plus, Nicolas.

Il hocha la tête et tourna un regard menaçant vers Adam de Marisco.

– Si vous la maltraitez, je le saurai ! lui jeta-t-il avant de sortir.

– Si vous riez, Adam, je ne vous le pardonnerai jamais ! lança Skye à Adam que l'hilarité gagnait.

– J'avoue que je serais très curieux de savoir quelle punition m'infligerait votre petit coq français si je devais jamais vous maltraiter !

– Vous n'aviez pas le droit de lui dire que j'allais vous épouser, riposta Skye avec plus de fougue qu'elle n'en avait montré depuis longtemps.

– C'est pourtant ce que vous allez faire. J'ai l'intention de veiller à ce que plus personne ne tire profit de votre faiblesse.

– Cela s'applique-t-il également à vous, Adam ? demanda Skye avec cruauté.

– Oui, petite fille, répondit-il aimablement.

Lorsque Niall eut été inhumé dans un caveau de la cathédrale, Skye prit hâtivement congé de Bran Kelly et de Robbie.

– Je ne peux pas rentrer, expliqua-t-elle à ce dernier, pas encore. Dieu sait ce que la reine et lord Burghley me réservent, Robbie, et je ne me sens pas la force de les affronter.

– Où irez-vous ?

– Je vais accompagner Adam chez sa mère, dans la vallée de la Loire. Lui au moins n'exigera rien de moi.

– Souhaitez-vous que la reine connaisse le lieu de votre séjour ?

– Vous sentez-vous capable de l'abuser ?

– Pour vous, oui, répondit-il sans hésiter. Je lui dirai seulement que vous êtes quelque part en France.

– Merci, Robbie, fit Skye en l'étreignant avec émotion.

Nicolas insista pour fournir à Skye et à Adam l'équipement nécessaire à leur voyage.

– Je ne sais si vous vous en souvenez, dit-il à Skye, mais vous êtes toujours la duchesse douairière de mon petit duché. Je manquerais à tous mes devoirs si je ne vous fournissais pas une voiture, des piqueurs et des chevaux de selle.

– Vous êtes très généreux, Nicolas.

– J'ai également fait emballer vos toilettes. Votre Daisy considérait que vous n'auriez pas l'usage, en Angleterre, de ces « fanfreluches françaises ». Mais, puisque vous devez maintenant traverser la France...

– Je vous en remercie, Nicolas.

– Que Dieu vous accompagne, ma douce, dit-il en lui baisant la main avec tendresse.

– Merci, Nicolas. J'espère que votre femme donnera le jour à un vigoureux petit garçon.

Après avoir pris congé du jeune duc, elle quitta la cathédrale en compagnie d'Adam.

Le carrosse que Nicolas avait mis à leur disposition les attendait, entouré de douze cavaliers en armes, et de deux valets qui tenaient chacun un pur sang par la bride. Un des cochers sauta prestement à terre pour leur ouvrir la porte. L'intérieur de la voiture était très luxueux avec ses cloisons capitonnées de cuir, ses sièges de velours, ses fenêtres encadrées de cuivre et ses candélabres d'or. On y avait également disposé des vases de cristal garnis de thym et de lavande.

– En rabattant le dossier du siège qui vous fait face, vous trouverez une couverture de voyage et quelques provisions, leur indiqua le cocher avant de regagner son siège.

Ils voyagèrent tout le jour en silence et, s'arrêtèrent au soir, dans une auberge d'aspect confortable; qui ne disposait malheureusement plus que d'une seule chambre. Adam proposa d'aller coucher dans les écuries, mais Skye ne voulut pas en entendre parler.

– Je pense que nous pouvons partager platoniquement le même lit, proposa-t-elle.

Adam acquiesça et observa d'un ton moqueur :

– Je suis sûr que si vous m'offrez l'hospitalité, c'est pour pouvoir disposer d'une femme de chambre...

Skye avait, en effet, refusé d'obliger une servante de Beaumont de Jaspré à quitter le duché pour la suivre.

Ils dînèrent simplement d'un canard rôti garni d'artichauts à l'huile d'olive au vinaigre et à l'estragon, et accompagné d'un bon vin de Bourgogne. Après avoir assisté ensuite au spectacle qu'une troupe de gitans donnait dans la cour de l'auberge, ils montèrent dans leur chambre.

Le cocher leur apporta une petite malle contenant un nécessaire de voyage.

– C'est la duchesse elle-même qui s'en est occupée, expliqua-t-il à Skye.

– Vous connaissez la duchesse? demanda-t-elle avec curiosité.

– Oh ! oui, Madame. Mon épouse et moi-même la servions déjà lorsqu'elle était encore à Monaco.

– Votre maîtresse savait-elle que j'étais la précédente duchesse de Beaumont ?

– Oui, Madame.

– Vous la remercierez de sa bonté, à votre retour.

La femme de Nicolas était plus mûre et plus sage qu'il ne le pensait. Il était en bonnes mains et le duché prospèrerait certainement.

– Pourquoi souriez-vous, petite fille ?

– Oh ! pour rien, répondit Skye. Vous voulez bien dégrafer ma robe ?

– Voilà ! déclara-t-il quand il eut défait la dernière attache.

L'effort qu'il devait faire sur lui-même pour ne pas la toucher le fit jurer intérieurement. Était-il donc une bête pour être incapable de maîtriser ses désirs ? Dieu, comme il l'aimait ! Il aurait voulu la prendre dans ses bras pour la réconforter, pour chasser à jamais toutes les souffrances qu'elle avait endurées. Il se détourna lentement et tira de ses sacoches une chemise de nuit. Il en portait rarement mais, ce soir, il sentait le besoin de mettre le maximum d'obstacles entre Skye et lui.

– Voulez-vous que je dorme par terre, petite fille ? demanda-t-il d'une voix qu'il espérait neutre. Avec le couvre-lit et un oreiller, j'y serai tout à fait à l'aise.

– Le sol est trop humide, répondit-elle.

Puis, tout à coup, elle se mit à pouffer en le regardant.

– Qu'y a-t-il ? demanda Adam, sans comprendre.

– Vous portez une chemise de nuit ! s'exclama-t-elle.

– Vous aussi, il me semble !

– C'est la première fois que je vous vois en chemise.

– Jusqu'à présent, je n'avais jamais éprouvé le besoin d'en porter une en votre présence, répondit-il gravement.

– Oh ! fit Skye d'une toute petite voix.

– Je dormirai par terre.

– Non, Adam, vous allez attraper la mort. Regardez, le lit est très grand...

Elle s'interrompit un instant, puis ajouta :

– Et si je ne suis pas prête à ..., si je ne peux pas... Oh ! Adam. Je sais que je suis injuste avec vous, mais j'ai besoin que vous soyez là, à côté de moi. Vous comprenez ?

– Couchez-vous, Skye. Il fait froid et vous avez besoin de dormir.

Elle se glissa entre les draps et Adam l'imita, après avoir soufflé la chandelle. Ils restèrent quelque temps silencieux, puis il lui prit la main :

– Vous ne parlez pas, petite fille, et pourtant je vous entends hurler de douleur. Confiez-moi vos tourments, Skye. Ils vous étouffent.

Elle frissonna.

– Tout ce que j'ai fait a été vain, Adam, répondit-elle d'une voix tremblante. Niall est mort. Savez-vous, Adam, que je me suis prostituée? Je ne vaux pas mieux que ces femmes qu'on trouve dans les bordels des ports. Si mon mari avait survécu, cela ne serait peut-être pas aussi atroce. Mais l'avoir fait pour rien!

– Grâce à vous, il est mort en homme libre, Skye.

Cette pensée ne suffit sans doute pas à l'apaiser car elle poursuivit, comme si elle ne l'avait pas entendu :

– Kedar! Je hais jusqu'à son nom! Regardez le bracelet que je porte à la cheville. Savez-vous ce qui y est inscrit? « Muna, propriété de Kedar »! J'étais son esclave, Adam! J'ai vécu dans la terreur de cet homme qui cherchait à s'emparer de moi, corps et âme. Je n'aurais jamais imaginé qu'on pouvait se conduire avec une femme comme il s'est conduit avec moi, et pourtant ce n'était jamais assez! Oh! Dieu! Je serai hanté par ces souvenirs jusqu'à la fin de mes jours. Je sais aujourd'hui que j'aurais dû laisser Niall à son destin plutôt que de souiller les liens sacrés qui nous unissaient. Je me sens si perdue, Adam!

Avec un grognement de colère, Adam se leva, souleva délicatement la cheville de Skye, cassa net le bracelet et le jeta à toute volée par la fenêtre. Puis, tranquillement, il se recoucha.

Skye éclata en sanglots et se blottit contre lui. Il l'enlaça et la laissa pleurer, sachant qu'il ne pourrait jamais totalement effacer ces terribles souvenirs.

Pendant les huit jours qu'il leur fallut pour atteindre Archambault, Adam insista pour que Skye lui raconte en détail tout ce qu'elle avait eu à subir et, peu à peu, les cauchemars qui agitaient ses nuits perdirent de leur violence. En l'écoutant il comprit combien il l'aimait et, peu avant leur arrivée au château, il lui dit :

– Vous allez m'épouser, Skye.

– Je ne me marierai plus jamais, Adam. Je ne supporterais plus d'appartenir à un homme. Essayez de me comprendre, mon ami.

– Si je suis résolu à faire de vous ma femme, vous n'en serez pas pour autant ma propriété, Skye. Cela fait si longtemps que je vous aime, petite fille.

– J'ai besoin d'être libre, Adam.

– Vous avez besoin de temps, fit-il en soupirant. Je patienterai, autant qu'il le faudra.

– Vous êtes impossible!

– Je suis amoureux, répliqua Adam. Cela fait vingt-deux ans que je n'ai pas demandé une femme en mariage, Skye.

– Ah, non, Adam de Marisco! Ne comptez pas que je me sente coupable parce qu'un jour la fille de quelque obscur comte vous a refusé sa main!

Adam éclata de rire, l'enlaça et frôla son cou de ses lèvres.

– Vous m'épouserez!

– Non! s'obstina Skye, ne le repoussant toutefois qu'à moitié.

Reprenant son sérieux, Adam l'enveloppa d'un regard qui la bouleversa. Elle rougit légèrement lorsqu'il lui murmura de sa voix grave :

– Je vous adore, ma petite sorcière irlandaise.

Il posa alors sur ses lèvres un baiser d'une grande tendresse qui les laissa tous deux haletants, et profondément émus.

– Eh bien! petite fille, reprit Adam d'un ton moqueur. Il me semble que vous n'êtes pas aussi lasse de la vie que vous voudriez le faire croire!

Skye en fut surprise, elle qui pensait ne plus pouvoir supporter le contact d'un homme. Bien sûr, elle avait toujours aimé Adam, à sa façon. Mais son amour pour lui s'approfondissait maintenant d'une manière fort différente.

Adam souriait d'un air entendu. Furieuse, elle lui frappa la poitrine de son poing.

– Je n'appartiendrai plus jamais à personne, vous m'entendez? Et ne souriez pas comme ça, Adam! Oh! comme je hais votre air satisfait!

– Je ne vous brusquerai pas, Skye. J'attendrai que vous soyez prête à reconnaître vos véritables sentiments. Dieu m'est témoin que j'ai déjà su faire preuve de patience en ce qui vous concerne!

– Vraiment! Je crois me souvenir que c'est vous qui par deux fois avez refusé de m'épouser, Adam de Marisco. Et maintenant, vous osez parler de patience! Eh bien! je vais m'efforcer de traiter les hommes comme ils nous traitent, nous, femmes. Nous verrons bien avec quelle patience vous me regarderez en courtiser d'autres!

– Vous redeviendrez raisonnable, petite fille, et alors je serai là, répondit-il avec un large sourire.

Par Dieu, il l'exaspérait! Elle avait trente-deux ans, un passé douloureux, et voilà qu'il lui parlait comme à une enfant!

– Regardez! Voilà Archambault! s'exclama Adam.

Sur une petite colline, au-dessus du Cher, se dressait un charmant château au toit de tuiles rouges, flanqué de quatre tours rondes. Par ce bel après-midi d'été, il offrait, avec les champs, les vignes et les bois qui l'entouraient, un spectacle merveilleusement paisible.

Lorsque le carrosse s'arrêta devant le portail, des laquais se précipitèrent immédiatement à leur rencontre. Ils étaient suivis d'une femme très belle, vêtue d'une robe de taffetas primevère au corsage brodé d'argent et incrusté de petites perles de cristal.

– Adam !

– Maman !

D'un bond, Adam sauta hors de la voiture, souleva sa mère de terre et l'embrassa.

– Lâchez-moi, espèce d'ours mal léché ! s'écria-t-elle en riant. Que va penser de moi votre charmante Skye en me voyant tout échevelée ?

– Elle pensera comme moi que vous êtes la femme la plus belle et la plus merveilleuse du monde !

Gabrielle de Saville regarda son fils avec tendresse, puis demanda avec vivacité :

– Alors, où est-elle ? Où est ce parangon de beauté dont vous ne cessez de me parler ?

Skye, ravissante dans sa robe de voyage toute simple, descendit alors du carrosse en rougissant.

– Maman, permettez-moi de vous présenter lady Burke, plus connue sous le nom de Skye O'Malley. Skye, je vous présente ma mère, la comtesse de Cher.

– Vous m'appellerez Gaby, ma chère. Adam ne mentait pas lorsqu'il me faisait l'éloge de votre beauté ! Soyez la bienvenue à Archambault. J'espère que vous nous ferez le plaisir de rester longtemps parmi nous.

– Madame... Gaby..., fit Skye, soudain émue. C'est très aimable à vous et je vous remercie de votre hospitalité.

– Vous êtes en sécurité, ici, ma chère, dit Gaby de Saville en l'enlaçant affectueusement. Adam m'a parlé dans ses lettres du courage dont vous avez fait preuve au Maroc pour sauver votre mari. Comme je compatis à votre malheur ! Allons ! venez. Toute ma famille attend avec impatience de vous rencontrer.

Skye regardait la mère d'Adam avec admiration et sympathie. A cinquante-sept ans, elle avait un regard plein de vivacité, de chauds reflets dorés dansaient dans son abondante chevelure et elle était aussi svelte qu'une jeune fille. Elle avait les mêmes yeux et le même nez fin et aristocratique que son fils, mais son visage, avec son petit menton pointu et son adorable bouche en cœur, ressemblait à celui d'un chaton.

Les nombreuses personnes qui discutaient avec entrain dans le salon se turent brusquement en les voyant entrer. Un homme à l'air cultivé se détacha aussitôt du groupe pour s'avancer vers eux.

– Ma chère Skye, voici mon époux, Antoine de Saville, comte de Cher.

Skye éprouva une sympathie immédiate pour cet homme un peu bedonnant, au cheveu rare, qui la regardait avec admiration.

– Je vous suis très reconnaissante de votre hospitalité monsieur le comte, dit-elle en lui tendant une main qu'il baisa avec empressement.

– Comment pourrais-je refuser mon toit à tant de beauté, madame ?

Trois femmes s'étaient précipitées sur Adam. Celui-ci avec un grognement ravi, les serra tour à tour dans ses bras.

– Mes enfants ! Voyons ! s'écria Gaby. Vous oubliez de saluer notre invitée !

– Pardon, maman, dirent-elles toutes trois d'une seule voix.

– Ces trois créatures sans éducation sont mes filles, Skye. Isabeau, Clarisse et Musette.

Elles lui firent une révérence à laquelle Skye répondit de même. Isabeau de Rochouart et Clarisse Sainte-Justine étaient les deux filles qu'avait eues Gaby de son premier mariage avec John de Marisco et Musette de Saville Sancerre était la demi-sœur d'Adam, la cadette de la famille.

Les autres membres de la famille s'avancèrent aussi. Il y avait là les époux des trois jeunes femmes ainsi que leurs enfants, et les deux demi-frères d'Adam dont l'un était veuf. Skye ne s'était jamais douté qu'Adam, le seigneur solitaire de l'île de Lundy, avait une famille aussi nombreuse et aussi aimante. Elle les regardait, à la fois attendrie et intimidée, tandis qu'ils se pressaient autour de lui en l'embrassant et en bavardant gaiement.

Le comte la conduisit vers un siège confortable en lui disant avec un sourire :

– Ils vont encore le soûler de paroles un petit moment. Il faut qu'ils se fassent à l'idée qu'il est vraiment là.

– Je ne savais pas qu'Adam avait une si grande famille, observa Skye.

– Il ne vous a jamais parlé de nous ?

– Non. Sans doute craignait-il de se sentir encore plus seul sur cette île, à laquelle il est très attaché.

– Tout cela va changer maintenant.

– Mais bien sûr, mon chéri, renchérit Gaby en les rejoignant. Adam me dit qu'il a l'intention d'épouser notre charmante invitée.

– Non ! s'exclama brutalement Skye qui rougit aussitôt.

– Mon Dieu ! murmura Gaby, l'air désolé.

– Vous ne comprenez pas, Gaby. J'aime Adam mais je ne veux me marier encore. Tous mes maris sont morts ! Je leur porte malheur. Et puis, je viens de passer presque un an dans le harem d'un riche

Marocain qui me considérait comme son bien, au même titre qu'une épée ou un vêtement. Je ne peux plus supporter l'idée d'être traitée de la sorte. J'ai été très franche avec Adam, mais il s'obstine à vouloir m'épouser.

– Vous prétendez pourtant l'aimer?

– C'est vrai, Gaby, et je veux son bonheur. Mais son bonheur, ce n'est pas moi!

– Bien sûr, ma chère, bien sûr, fit Gaby d'une voix apaisante. Les hommes sont si obstinés. Ils sont incapables de nous comprendre, fit la comtesse, convaincue qu'une fois remise du choc qu'avaient été pour elle son séjour au Maroc et la mort de son mari, Skye se rendrait compte qu'Adam et elle étaient faits l'un pour l'autre. Nous irons à Paris dans quelques semaines, reprit-elle gaiement. Le roi Henri de Navarre doit épouser la princesse de Valois, le dix-huitième jour du mois d'août. Vous nous accompagnerez, j'espère?

– Avec un immense plaisir! s'exclama Skye. Je ne suis encore jamais allée à Paris.

– Alors, c'est entendu, dit Gaby en se levant. Venez, ma chère. Je vais vous conduire à vos appartements. Ce voyage a dû vous épuiser.

Adam, toujours entouré de sa famille, fit un sourire à Skye et, avec un petit geste d'impuissance, lui envoya un baiser.

– C'est un bon fils, observa Gaby. Si vous saviez combien il a souffert du mépris que lui a témoigné cette Athénaïs Boussac, qui, non contente de refuser sa main, s'est empressée de rendre publique son infortune! Il vous a parlé d'elle, n'est-ce pas?

– Il ne m'avait jamais dit son nom, répondit Skye.

– Je le reconnais bien là! Toujours galant, même vis-à-vis d'elle.

– C'était une idiote! s'exclama Skye. Le fait qu'il ne puisse pas engendrer d'enfants n'empêche pas Adam d'être un homme. Elle s'interrompit un instant.

– Vous savez que nous avons été amants, Adam et moi?

– Bien sûr, répondit Gaby en riant.

– Vous n'en êtes pas choquée?

– Vous n'étiez mariés ni l'un ni l'autre, ma chère Skye, et vous avez le droit de mener votre vie à votre guise. D'ailleurs, quoi que vous en pensiez, j'ai idée que je vous appellerai un jour ma belle-fille. Non! fit-elle en posant une main sur la bouche de Skye. Ne dites rien! Laissez-moi un peu d'espoir!

Skye ne put s'empêcher de rire.

– Le caractère obstiné d'Adam ne m'étonne plus maintenant! Il a de qui tenir.

Gaby rit à son tour et l'introduisit dans les appartements qui lui étaient destinés.

– Son père aussi était terriblement têtu. Nous avons eu de ces bagarres tous les deux! A faire trembler les murs de ce vieux château de Lundy. Cela fait trente ans qu'il est mort et il me manque toujours! Je ne sais ce que je serais devenue sans Antoine.

– Le château de Lundy devait être en parfait état, à l'époque? remarqua Skye tout en examinant le petit salon où elle se trouvait.

C'était une ravissante pièce lambrissée dont les fenêtres donnaient sur la rivière et les champs.

– Oui, répondit Gaby, mais John de Marisco a eu le malheur d'avoir une petite dispute avec Henri Tudor au sujet d'une dame de la Cour, aux charmes assez opulents. Celle-ci était d'ailleurs toute prête à partager ses faveurs. Mais le roi ne l'entendait pas de cette oreille et il a fait bombarder Lundy par un de ses navires. Mon mari et cette dame, qui y séjournaient à ce moment-là, ont péri tous les deux.

– Cela a dû être terrible pour vous!

– Vous voulez parler de la perte de mon château ou de celle de mon mari? demanda Gaby.

– Des deux

– Oui, cela a été terrible. J'étais au courant des incartades de John et je fermais les yeux, mais celle-là a coûté leur demeure à mes enfants, et ses droits d'aînesse à Adam. La colère du roi s'est reportée sur toute notre famille. Quand Adam, qui n'avait alors que onze ans, l'a accusé du meurtre de son père, c'en a été fait de nous : nous avons été bannis de la Cour. Nous sommes revenus en France où nous avons été bien accueillis car mon père avait été un des conseillers les plus appréciés du roi François. Celui-ci nous a accordé une petite pension, a fait d'Adam le page de la reine Éléonore et a arrangé mon mariage avec ce cher Antoine. Vous voyez, conclut-elle avec un sourire, tout s'arrange parfois pour le mieux, en dépit des apparences.

– Parfois. Mais pas toujours.

La comtesse ne releva pas l'observation et poursuivit aimablement :

– J'espère que vous vous sentirez bien, ici, ma chère. Votre chambre à coucher est sur la droite, celle d'Adam, sur la gauche. Puis-je vous proposer les services d'une de mes domestiques?

– Avec plaisir, Gaby. Ma femme de chambre est en Angleterre, et je n'ai pas voulu obliger quelqu'un de Beaumont de Jaspré à me suivre jusqu'ici. Heureusement j'ai trouvé en Adam une camériste de premier ordre, ces derniers jours, ajouta-t-elle avec un sourire malicieux.

– Je ne l'en aurais pas cru capable! s'exclama Gaby en riant. Mais si vous le dites... Désirez-vous autre chose, Skye?

– Un bain serait merveilleux! Je suis couverte de poussière de la tête aux pieds!

– Je m'en occupe tout de suite. Votre servante sera ici dans un instant.

Restée seule, Skye fit le tour de ses appartements qui, outre le salon, comprenaient une chambre de domestique, la chambre à coucher d'Adam et la sienne, ainsi qu'une garde-robe. Puis, sa domestique arriva, une petite femme d'un certain âge, aux yeux noirs.

– Bonjour, Madame. Je m'appelle Mignon. Ah! Voilà les laquais qui apportent votre bain. Dans la chambre à coucher, mes amis, vite! fit-elle en les précédant.

Les deux hommes qui portaient un encombrant baquet de chêne furent suivis de plusieurs autres, chargés chacun de deux seaux d'eau fumante qu'ils déversèrent dans le baquet.

– Venez Madame, fit Mignon. Je suis prête.

Elle avait ouvert les fenêtres. Un vent tiède et doux dissipait l'humidité de la pièce et y apportait toutes les senteurs du jardin.

Mignon déshabilla rapidement sa nouvelle maîtresse.

– J'ai préparé une cuvette d'eau chaude. Je vais vous laver d'abord les cheveux. Mon Dieu! Je n'ai jamais vu ça! Vous avez dû vous rouler dans la poussière comme un jeune chiot!

– C'est tout comme, répondit Skye en riant. Nous avons voyagé huit jours sans que la moindre pluie vienne chasser la poussière du chemin.

– Nous n'avons pas besoin de pluies, maintenant, répliqua Mignon. Plus il y aura de soleil, plus doux sera le raisin, et meilleur le vin.

Elle se mit à laver habilement les cheveux de Skye qui s'exclama, surprise :

– Rose de Damas!

– Mais oui. Ce n'est pas votre parfum?

– Si, mais comment le saviez-vous?

– C'est madame la comtesse qui me l'a dit.

Adam avait dû parler longuement d'elle à Gaby... Skye en fut très touchée. Il l'aimait vraiment. C'était par amour qu'il avait préféré qu'elle épousât des hommes plus puissants que lui. Elle aurait voulu le voir heureux mais pourrait-elle jamais se décider à se remarier? Non. Pas maintenant. Peut-être plus tard...

Après avoir tordu sa longue chevelure et l'avoir séchée vigoureusement, Mignon lui demanda poliment :

– Pourriez-vous vous asseoir quelques instants près de la fenêtre Madame? Je vais préparer votre bain.

Skye obéit, ferma les yeux et se mit à chantonner doucement tandis que sa servante mélangeait une huile parfumée à son bain. Puis, avec un soupir de plaisir, elle se laissa enfin glisser dans l'eau.

– Pourriez-vous attendre un peu avant de me laver? demanda-t-elle d'une voix implorante qui fit sourire Mignon.

– Mais bien sûr, Madame. Je vais déballer vos affaires pendant ce temps.

Skye s'abandonna avec délice au bien-être qui l'envahissait.

– Désirez-vous de la compagnie ? fit une voix.

– Non, Adam, pas maintenant, répondit-elle sans même ouvrir les yeux. Cela fait bien longtemps que je n'ai pris autant de plaisir à un bain.

– J'ai demandé au vieux Guillaume de m'en préparer un aussi, mais j'ai pensé que vous accepteriez peut-être de partager le vôtre avec moi, petite fille. C'est bon, je reviendrai plus tard.

Skye avait compris au son de sa voix qu'il la désirait. Cela faisait près de deux semaines qu'il se contraignait à dormir chastement à ses côtés. C'était injuste de sa part de se refuser à lui...

– Puis-je vous laver maintenant, Madame ?

Brutalement arrachée à ses pensées, Skye sursauta.

– Je ne voulais pas vous faire peur, Madame. Je suis désolée.

– Oh ! Ce n'est pas grave, Mignon. J'étais simplement un peu songeuse.

– Vous pensiez à M. Adam ? Je le connais depuis qu'il est tout petit. C'est devenu un homme magnifique ! Grand et passionné ! Il est votre amant ?

– Quelle curieuse vous faites ! intervint Adam, de la porte communicante. Skye sera bientôt ma femme.

– Monsieur Adam ! s'exclama Mignon en battant des mains et en s'élançant vers lui pour l'embrasser. Bonne chance, Monsieur ! Je suis très contente. Je vous avais bien dit que vous trouveriez la femme qu'il vous faut. Madame Skye est beaucoup plus belle que cette demoiselle Athénaïs !

– Et meilleure aussi, renchérit Adam avec sérieux.

– Vous êtes vraiment impossible ! s'écria Skye. Allez donc vous laver, grand idiot ! Mignon ! L'eau refroidit ! Adam rentra dans sa chambre en riant tandis que Mignon s'occupait de Skye. Tout en bavardant gaiement, elle l'aida ensuite à passer une robe de soie rose, boutonnée par une rangée de perles.

– Voulez-vous manger quelque chose maintenant ?

– Apportez-moi simplement un morceau de pain, un bout de fromage et un peu de vin. Je voudrais surtout me reposer.

Après lui avoir servi ce qu'elle désirait, Mignon se retira. Skye se mit à manger lentement tout en regardant par la fenêtre les enfants qui jouaient dans le jardin, sous la surveillance de leur gouvernante. Elle pensait avec émotion à ses propres enfants, qui souffraient sans doute autant qu'elle de leur séparation. Mais elle ne se sentait pas encore prête à leur revenir et à affronter la reine d'Angleterre.

Après ces deux années terribles, elle avait besoin de reprendre des forces.

Son repas terminé, Skye s'allongea sur le lit et, épuisée, sombra aussitôt dans le sommeil. L'après-midi finissait lorsqu'elle s'éveilla. Adam était à côté d'elle, endormi. Elle le contempla un instant en souriant, admira la perfection de ses traits, sa peau lisse et hâlée, sa barbe soigneusement taillée qui mettait en valeur sa bouche sensuelle, et elle se demanda si elle était responsable des reflets argentés qui couraient à présent dans son épaisse chevelure noire.

– Comptez-vous me manger, petite fille, ou simplement me peindre? demanda Adam en ouvrant les yeux.

– J'étais en train de me dire que vous étiez un bien bel homme, répondit Skye avec franchise.

– Vous ne vous en étiez pas encore aperçu?

– Non, fit-elle en pouffant. Je vous ai toujours trouvé beau mais après cet examen approfondi, je dois avouer que vous êtes très, très beau.

– Venez, petite fille, fit-il de sa voix grave en l'attirant à lui.

Il l'embrassa avec tendresse et amour. Skye se mit à pleurer, de joie et de soulagement. Ce n'était pas à Kedar qu'elle avait affaire et au désir insatiable qu'il avait de son corps, mais à Adam, son doux géant, qui l'aimait depuis si longtemps. Il se mit à lécher tendrement ses larmes et elle frissonna, comprenant au même instant qu'elle le voulait à ses côtés, et pour toujours. Il avait senti sa douleur, sa colère, il avait su se montrer patient et lui garder son amour malgré tout. C'était lui, sans aucun doute, ce destin qu'Osman lui avait toujours conseillé de ne pas chercher à combattre.

– Oh! Adam, murmura-t-elle d'une voix tremblante. Je vous aime.

– Je sais, petite fille, répondit-il avec un sourire plein de malice. Pourquoi diable croyez-vous que j'étais disposé à me montrer si patient? Vous aviez besoin de temps.

– Comment pouviez-vous le savoir alors que moi-même je n'en savais rien?

– Vous le saviez, petite fille, mais vous ne vouliez pas le reconnaître. Je suis l'homme qu'il vous faut, le seul, de même que pour moi vous êtes la seule femme, fit-il en lui effleurant les lèvres.

– Je ne suis pourtant pas sûre de vouloir me remarier, fit observer Skye doucement.

– Cela ne durera pas, répondit-il avec une assurance qui la fit rire.

– Adam!

– Vous verrez! D'ailleurs, nous devons attendre un an.

– Une année entière? fit-elle d'un ton moqueur.

– Ma foi, peut-être moins. Après tout, Niall est présumé mort depuis trois ans, mais la reine ne vous a pas laissé le loisir de porter son deuil.

– C'est pourquoi j'ai besoin d'un peu de temps maintenant.

D'ailleurs, il me semble que nous n'avons pas eu besoin de nous marier pour prendre du bon temps ensemble, seigneur de Lundy? ajouta-t-elle, l'œil brillant de malice.

– Vous n'êtes qu'une petite impudente! répliqua-t-il sur le même ton, en se mettant à lui déboutonner sa robe. Vous souvenez-vous de la dernière fois où vous avez porté cette robe pour moi?

Skye fit signe que non.

– A Londres, avant votre départ pour Beaumont de Jaspré. Vous vouliez que nous nous aimions pour que nous gardions d'agréables souvenirs de notre dernière rencontre, dit-il en lui caressant de la langue la pointe du sein.

– Oui, murmura-t-elle en frissonnant. Je m'en souviens.

– Est-ce que votre duc vous a aimée?

– Fabron ne savait pas aimer, répondit-elle, haletante. C'était un être triste. Oh! Adam. Vous me rendez folle! Arrêtez!

– J'adore vous voir folle! déclara-t-il en riant.

Pour toute réponse, elle lui délaça sa chemise et se mit à lui caresser le dos. Comme elle faisait courir ses ongles sur sa peau elle s'aperçut qu'il en perdait le souffle. Satisfaite, elle lui mordilla l'oreille.

– Sorcière! grogna-t-il. Je vais vous faire regretter ces privautés!

– Essayez donc! fit-elle d'un ton provocant.

Il la dénuda brusquement. Elle poussa un petit cri perçant, puis soupira de plaisir sous ses caresses familières.

– Petite débauchée! murmura-t-il.

– Vous ne comprenez pas, Adam! La dernière fois qu'un homme m'a fait l'amour, ce n'était pas parce qu'il m'aimait, mais parce que je lui appartenais, pour soulager son désir. J'ai besoin de votre amour, mon cher Adam, j'ai besoin d'être aimée comme une femme, pas comme un objet que l'on possède.

– Cela ne me sera pas très difficile... répondit-il doucement.

– Aimez-moi, répéta-t-elle.

Elle l'enlaça et se serra étroitement contre lui. Il l'embrassa avec plus de passion qu'il ne l'avait jamais fait, murmurant d'un ton farouche.

– Je vous aime, ma douce Skye. Je vous aime!

On frappa brusquement à la porte avec insistance. Adam s'arracha à elle en étouffant un juron.

– Qu'y a-t-il, nom de Dieu? cria-t-il.

Mignon entra et déclara tranquillement :

– Il est temps de vous préparer pour le dîner, mes enfants.

– Allez vous-en, Mignon!

– Non, Monsieur Adam. Cela fait des jours que les cuisiniers s'affairent pour vous accueillir dignement. Votre mère serait très peinée de ne pas vous voir ce soir. D'ailleurs, vous avez intérêt à manger, poursuivit-elle d'un ton malicieux. Vous aurez besoin de toutes vos forces, cette nuit. Allons! Debout. Guillaume vous attend pour vous habiller.

Adam se leva, marmonnant qu'on le traitait comme un gamin, et quitta la pièce avec un regard plein de regrets pour Skye.

Celle-ci se rajusta en rougissant et demanda, pour détourner la conversation :

– Avez-vous réussi à sauver une de mes robes?

– Oui, Madame, répondit Mignon gaiement. Et que Madame ne se sente pas embarrassée. Nous autres, Français, nous savons ce qu'est l'amour! D'ailleurs, puisque vous êtes fiancés, qui pourrait trouver à redire à ce que vous vous aimiez un peu avant votre mariage? J'ai réussi à rendre présentable votre belle robe de soie bleu-vert. Et je vais vous apporter votre coffret à bijoux pour que vous y fassiez votre choix.

– Mais je n'en ai pas! répondit Skye. Ma femme de chambre les a remportés en Angleterre.

– Il y a pourtant une petite boîte en ivoire sculptée parmi vos affaires.

– Apportez-la, ordonna Skye, très étonnée.

Mignon alla la lui chercher aussitôt. Après l'avoir ouverte, Skye en contempla le contenu avec stupeur. Un parchemin, qu'elle déroula, était fixé à l'intérieur du couvercle.

« Ma douce,

« J'avais fait faire ces bijoux pour vous quand je pensais que vous me reviendriez. Comme ils n'étaient destinés qu'à vous et que je ne saurais les offrir à mon épouse, je vous supplie de les accepter.

« Nicolas. »

Il y avait là un merveilleux collier de diamants, des boucles d'oreille assorties, des perles, des bagues, des bracelets en or sertis de perles, de rubis, d'émeraudes ou de saphirs. C'était particulièrement touchant, de la part de Nicolas d'avoir mis ces bijoux dans ses bagages. Mais pouvait-elle décemment garder pareil trésor alors qu'elle allait justement épouser quelqu'un d'autre? Mais après tout, Nicolas les avait fait faire pour elle alors qu'il n'était pas encore marié, et alors qu'elle n'était pas encore fiancée à Adam... Après réflexion, elle décida de les condisérer comme un cadeau de mariage.

– Je porterai les perles, dit-elle à Mignon. Les diamants seront pour Paris.

– Très bien, Madame.

En s'habillant, Skye eut la surprise de constater que sa jupe et son corsage étaient devenus beaucoup trop larges pour elle.

– Je pensais bien avoir maigri, s'exclama-t-elle, mais pas à ce point!

– Ne vous inquiétez pas, Madame. Je vais arranger ça et, demain, la couturière retouchera toutes vos robes. Les décolletés se portent plus échancrés, aujourd'hui.

– Vraiment? fit Skye qui les trouvaient déjà bien assez profonds.

Mignon travailla avec dextérité et Skye put bientôt se contempler dans le trumeau de la chambre : sa chevelure ramenée en un chignon très simple était surmontée de deux roses blanches; le décolleté en trapèze et les manches rembourrées et bouffantes de son corsage étaient incrustés de petites perles de cristal et la jupe bleu-vert s'ouvrait sur un jupon brodé d'or.

– Vous êtes très belle, Madame, déclara Mignon en la parfumant.

– Pourquoi diable les femmes mettent-elles autant de temps à s'habiller? demanda Adam en entrant dans la chambre.

– Le résultat n'en vaut-il pas la peine? fit Skye, avec une pirouette d'abord, une révérence ensuite.

Skye avait rarement vu Adam aussi élégamment vêtu. Il portait un pourpoint de velours bleu sombre brodé d'or et incrusté de petits diamants, et une casaque du même bleu, bordée d'hermine.

Adam l'examinait avec attention. Rougissante, le cœur battant, elle se rendit compte qu'elle regrettait, comme lui, que l'intervention de Mignon les ait séparés. Énivrée par la chaleur de son regard, elle ne pouvait le quitter des yeux.

– Comment est-il possible que vous deveniez plus belle, d'année en année, petite fille? demanda-t-il en lui prenant la main.

– Adam...

Elle ne savait que dire. Il l'aimait d'un amour si profond, si indestructible! Elle comprit que de tous les hommes qui l'avaient aimée, il était le premier à se préoccuper véritablement de son bonheur et de ses sentiments autant que des siens propres.

Ils descendirent ensemble à la salle à manger, une belle pièce lambrissée qui s'ornait d'une immense cheminée de marbre. Comme Skye admirait une grande tapisserie représentant un chevalier qui s'apprêtait à combattre un féroce dragon pour sauver une jeune prisionnière, Antoine de Saville lui fit remarquer :

– Trois générations de femmes de ma famille ont travaillé à cette tapisserie. Elle a plus de deux cents ans.

– Elle est splendide! s'exclama Skye.

– Vous ne l'êtes pas moins, répondit le comte galamment.

– Attention, beau-père! plaisanta Adam. Je n'hésiterai pas à me battre en duel pour cette dame.

– Et vous auriez raison, approuva le comte. Quelle homme fortuné je suis! J'ai déjà une épouse, des filles et des petites filles toutes plus ravissantes les unes que les autres, et voilà que notre famille va compter une beauté de plus. Mon Dieu! C'est trop pour un seul homme!

Il ajouta en se tournant vers Skye :

– Car vous allez faire partie de notre famille, n'est-ce pas, mon petit.

Le silence se fit. Tous les yeux se tournèrent vers Skye qui répondit d'un ton malicieux :

– Je crois qu'il n'y a pas d'autre issue puisque Adam s'obstine à vouloir m'épouser et que je l'aime.

Des félicitations bruyantes et joyeuses fusèrent de tous les côtés. On entoura Skye, on l'embrassa avec chaleur.

– Adam! s'écria Gaby. La bague de fiançailles! Avez-vous donné à Skye sa bague de fiançailles?

– Non, maman, répondit Adam. Skye m'a pris à l'improviste.

Il sortit de son pourpoint une bague dont le saphir s'ornait d'une petite mouette en or, les ailes déployées. En la glissant au doigt de Skye, il lui expliqua :

– Geoffroi de Sudbois a donné cette bague à mon ancêtre, Mathilde de Marisco, en gage de son amour. Depuis, tous les hommes de ma famille l'ont offerte à leur fiancée. Mon père l'a donnée à ma mère et moi je vous la donne aujourd'hui, Skye O'Malley , en témoignage de fidélité et d'amour éternels.

Skye était si émue qu'elle n'entendait plus rien de ce qui se passait autour d'elle. Elle pensait : « Mon Dieu, ne me prenez pas Adam comme vous m'avez pris les autres. Laissez-nous vieillir ensemble, je vous en prie. »

Adam se pencha vers elle et lui murmura doucement, comme s'il l'avait devinée :

– Je serai toujours auprès de vous, petite fille. Toujours!

Skye eut le pressentiment qu'elle était enfin en sécurité. Se rappelant tout à coup qu'Osman lui avait prédit qu'elle trouverait le bonheur grâce à la puissante influence d'un homme né sous le signe du Lion, elle demanda à Adam :

– Je ne connais même pas votre date de naissance. Quand êtes-vous né?

– Nous célèbrerons son anniversaire dans deux semaines, intervint Gaby. Il est né le neuf août.

Le soulagement qu'Adam lut dans les yeux de Skye l'intrigua.

– Qu'y a-t-il ? demanda-t-il à voix basse.

– Osman ! Il m'a prédit qu'un Lion ferait mon bonheur. Je viens de m'en souvenir...

– Vous serez toujours en sécurité auprès de moi, petite fille, lui promit-il en souriant.

13.

Un somptueux repas fêta, ce soir-là, l'arrivée de Skye et d'Adam à Archambault : de fines tranches de saumon servies sur un lit de cresson, une dinde farcie de truffes du Périgord, un jambon de Bayonne, un chevreuil accompagné d'une sauce au vin, un pâté de lapin en croûte et de petites cailles. A cela s'ajoutaient des saladiers d'oignons, de riz au safran et de laitues. Un superbe plateau de fromages et un délicieux gâteau arrosé de cognac complétaient le festin.

Tandis que toute la famille mangeait avec appétit, dégustait les vins rouges et blancs provenant des vignes d'Archambault, et portait toast sur toast aux nouveaux fiancés, ceux-ci se dévoraient des yeux, touchant à peine aux plats. Adam, le regard brûlant de désir, prit la main de Skye et lui embrassa lentement chaque doigt. Émue comme une jeune fille, Skye rougit, impatiente de se retrouver seule avec lui.

– Moi aussi, murmura-t-il, devinant ses pensées.

La famille les regardait avec une indulgence amusée et, lorsque les domestiques débarrassèrent la table, Antoine de Saville murmura en affectant de bâiller :

– Je dois me faire vieux; j'ai du mal à garder les yeux ouverts. Croyez-vous que je passerais pour mauvais hôte, mon amour, si je me retirais ? demanda-t-il en se tournant vers sa femme.

– Mais non, mon chéri. D'ailleurs, je suis sûre qu'Adam et Skye sont fatigués, eux aussi, après leur long voyage. N'est-ce pas mes enfants ?

– Oui, maman, répondit Adam. Très fatigués.

Skye faillit éclater de rire. Ce gentilhomme aux manières raffinées était-il vraiment le même que celui qui avait osé exiger d'elle, dès leur première rencontre, qu'elle partageât sa couche si elle voulait obtenir son aide ? Adam lui lança un regard menaçant qui ne fit qu'accentuer sa gaieté.

– Bonsoir, maman. Bonsoir, beau-père...

– Bonsoir, mon fils, murmura Gaby.

La lueur malicieuse qui dansait dans son regard n'échappa pas à Skye.

Ils sortirent après avoir pris congé de toute la famille, et se séparèrent devant la porte de leur chambre.

Mignon, déjà au courant des fiançailles, assaillit Skye de commentaires ravis.

– Les enfants de Madame aimeront-ils M. Adam? lui demanda-t-elle.

– Ils le connaissent déjà et ils l'adorent, répondit Skye en souriant.

– Oui, c'est un homme profondément bon, déclara Mignon.

Elle ajouta en baissant la voix :

– J'ai fait brûler des cierges quand l'autre l'a refusé. Malgré ses airs de vierge et sa voix douce, ce n'était qu'une petite ambitieuse. Elle aurait fait le malheur de M. Adam, comme elle a fait celui du vieux duc qu'elle a fini par épouser.

Elle tendit à Skye une chemise de nuit que celle-ci refusa d'un signe de tête.

– Eh bien! il ne me reste plus qu'à vous laisser dormir, fit Mignon avec un léger rire.

Skye se coucha, goûtant la douceur des draps parfumés et le calme qui l'entourait. Un petit feu projetait sur les murs des ombres dansantes.

Adam la rejoignit rapidement. Ils restèrent un moment silencieux, tendrement enlacés. Puis, passant la main dans la toison qui lui couvrait le torse, Skye demanda, moqueuse :

– Combien de cœurs avez-vous brisés, seigneur de Lundy, depuis notre dernière rencontre?

– Je ne suis pas de ces hommes qui comptent leurs conquêtes, Skye, répondit-il avec sérieux. J'ai fait l'impossible pour vous oublier, pour oublier vos yeux, la suavité de vos baisers, l'incroyable douceur de votre peau. Je n'y suis pas parvenue, mon amour. Mais, désormais, je ne vous laisserai plus partir. Je vous défendrai envers et contre tous, dussé-je affronter la reine!

– Je n'ai plus peur, Adam. Je sais maintenant que nous sommes faits l'un pour l'autre.

– Il nous faudra peut-être rester en France. J'ai l'intention de vous épouser, avec ou sans l'autorisation de la reine avant de rentrer en Angleterre. Si notre mariage ne lui convient pas, elle va chercher à nous séparer et nous ne pourrons trouver refuge qu'ici.

– Et mes enfants?

– Nous les ferons venir. Il ne serait pas prudent de les laisser à la merci d'Élisabeth Tudor si nous tombons en disgrâce. Les terres de Robin seront en sécurité entre les mains de Grenville. Quant à celles des Burke, les O'Malley parviendront peut-être à les sauvegarder jusqu'à la majorité de votre petit Padraic.

– Que faites-vous de mes devoirs envers ma famille, Adam ? J'ai promis à mon père, sur son lit de mort, de m'occuper d'eux.

– Il y a quatorze ans de cela, Skye. Vos frères sont des hommes, aujourd'hui, tous capables d'assumer leurs responsabilités. Et puis, vous allez avoir à vous occuper de moi, désormais. Je suis une très lourde charge ! fit-il en la renversant brusquement sous lui.

Sa bouche chaude se referma sur la pointe d'un sein qu'il mordilla délicatement. Puis, il leva vers Skye un regard brûlant de désir et murmura d'une voix rauque :

– Que Dieu me pardonne, petite fille, mais j'ai trop faim de vous, ce soir, pour raffiner notre plaisir. Je vous veux, Skye.

– Moi aussi, Adam. Dieu comme j'ai envie de vous ! Prenez-moi, mon amour !

Quand Adam s'allongea sur elle, elle l'aida à trouver son chemin et, avec un gémissement de plaisir, il s'enfonça profondément en elle, scellant ses lèvres d'un baiser brûlant, tandis qu'elle l'enlaçait étroitement, se soulevant pour aller à sa rencontre, criant de bonheur entre ses bras. Ils s'aimèrent avec passion, ne pouvant se rassasier l'un de l'autre. Puis, emportée par des vagues successives de plaisir, Skye enfonça ses ongles dans sa chair. Et lorsqu'il s'abandonna en elle, elle pleura de joie en murmurant :

– Je vous aime, mon mari !

Adam, bouleversé, la supplia d'un ton pressant :

– Marions-nous dès que nous rentrerons de Paris.

– Le jour de la Saint-Michel, si vous voulez.

– A la fin septembre ? C'est trop loin ! protesta-t-il.

– J'ai besoin de temps pour mon trousseau, riposta Skye. Et puis, de cette façon, mes enfants pourront peut-être assister à nos noces.

– Je savais bien que je me préparais des jours difficiles en épousant une vieille dame !

Skye le repoussa brusquement avec un petit cri d'indignation.

– Vous allez avoir trente-deux ans en décembre, insista Adam en riant.

– Quel rustre vous faites, Adam de Marisco ! répliqua-t-elle en se mettant à le chatouiller. Et vous ? Vous êtes une vieille baderne, de dix ans mon aîné ! Je pourrais épouser un jeune homme de vingt ans, si je le souhaitais !

– Arrêtez, sorcière ! s'écria-t-il, les larmes aux yeux.

– Pas avant que vous ne vous soyez excusé!

– De vous épouser ou d'avoir dit que vous alliez avoir trente-deux ans?

– Oh! grossier personnage!

Elle lui tira les cheveux et lui arracha un grognement de douleur. La saisissant par la taille, il la tint un instant à bout de bras tandis qu'elle feignait la plus grande terreur, après quoi il la déposa doucement sur le lit, et l'embrassa en murmurant :

– Je vous aime, petite fille!

Ils s'aimèrent sans fin cette nuit-là, et toutes celles qui suivirent. Le jour de leur départ pour Paris, Mignon vint réveiller Skye à l'aube.

– Dépêchez-vous, Madame. J'ai déjà emballé vos affaires.

Skye prit un bain rapide et s'habilla, aidée de Mignon : bas de soie brodés de roses; jarretières; jupons, chemise et corsage de soie; robe de dessous de satin rose et robe écarlate dont le décolleté, très audacieux, était pudiquement voilé de dentelle. Après l'avoir coiffée, Mignon orna ses cheveux, ses oreilles et son cou de perles, et cercla sa taille d'une chaîne en or.

Skye alla rejoindre ensuite le comte et la comtesse. Toute la famille réunie, ce furent vingt et un adultes et enfants qui, avec domestiques et bagages, se pressèrent dans les voitures qui devaient atteindre Paris au terme de cinq jours de voyage.

Le mariage qui allait unir Henri de Navarre et Marguerite de Valois passionnait la France, d'autant plus que la fiancée se montrait peu enthousiaste. Femme de caractère comme Catherine de Médicis, sa mère, Marguerite de Valois, jeune, belle et enjouée, était beaucoup plus aimée qu'elle. Toute la population de Paris, d'un catholicisme fervent, plaignait la jolie princesse d'avoir à épouser un huguenot. Le prince de Navarre aurait d'ailleurs couru quelque danger s'il n'avait bénéficié de la protection de Catherine de Médicis, que tous redoutaient, – y compris Henri de Guise, l'amant de la princesse de Valois.

Mais comme la jeune épouse de Charles IX ne pouvait lui donner d'héritier et que les Français plaçaient peu d'espoir dans le comte d'Anjou, frère du roi, dont le passe-temps préféré était de se travestir en fille, c'était Henri de Navarre qui était destiné à être le prochain roi de France. On attendait de ce mariage qu'il mette enfin un terme aux guerres de religion.

Quand les carrosses pénétrèrent dans Paris, Skye se précipita d'une fenêtre à l'autre, attentive à ne pas laisser échapper le moindre détail. Elle fut pourtant déçue par ces rues étroites et encombrées qui lui rappelaient Londres. Il fallut traverser la Seine pour gagner la demeure que les Saville avaient louée dans le Marais à un riche huguenot, retenu à la campagne par la mort de sa femme, et qui jouxtait celle du duc de Guise.

Propriétaires terriens, les de Saville n'avaient pas une fortune comparable à celles d'Adam et de Skye, et la petite maison qu'ils possédaient, rive gauche, n'aurait pas suffi à loger toute la famille. Aussi Adam les avait-il convaincus d'en louer une plus grande, en insistant discrètement pour payer la plus grosse partie du loyer.

– Notre maison est bien mieux située, déclara Gaby. Le duc de Guise a peut-être mis cet endroit à la mode, il n'empêche que le Marais était très insalubre autrefois, et l'air y est encore putride, si vous voulez mon avis! Et puis cela sera poussiéreux en diable. Vous verrez! C'est toujours comme cela dans ces maisons louées.

– Allons, ma chérie, lui reprocha Antoine de Saville. Les maîtresses de maison huguenotes sont réputées pour leur propreté.

– Peut-être, mais la propriétaire de la nôtre est morte. Il faudra certainement que nos domestiques nettoient tout de fond en comble.

La comtesse fut presque déçue de trouver la maison très accueillante et dans un état d'irréprochable propreté.

– Vous voyez, ma chérie, observa le comte avec malice. Tout est parfait. Il ne nous reste plus qu'à nous amuser.

Ils eurent à peine le temps de se reposer de leur long voyage : le bal qui devait précéder le mariage princier avait lieu le lendemain soir et les domestiques passèrent une grande partie de la nuit et la journée suivante à repasser les vêtements de leurs maîtresses. Skye avait choisi une merveilleuse robe bleu paon dont le corsage était brodé de petits cristaux bleus et de perles argentées assorties aux jupons. Elle était si outrageusement décolletée que Skye redoutait qu'une inspiration trop profonde ne libérât totalement sa poitrine. Adam s'esclaffa en imaginant la scène, puis observa en lui attachant le collier de diamants autour du cou :

– Je ne me rappelle pas vous avoir jamais vu ce bijou. Il est vrai que vous en avez d'innombrables!

– Nicolas m'en a fait présent lorsque nous avons quitté Beaumont, répondit Skye, prenant la décision de ne rien lui cacher.

Elle ajouta, guettant sa réaction :

– L'attention était particulièrement délicate. Il savait que Daisy avait emporté les miens en Angleterre.

– Ce sont des bijoux ducaux?

– Non. Ils m'étaient destinés bien avant que Nicolas ne songe à épouser sa petite duchesse. Je les aurai refusés s'il en avait été autrement, Adam.

– Je m'étonne cependant que vous les ayez acceptés.

Bien qu'il cherchât à le dissimuler, Adam se sentait jaloux, un sentiment qu'il n'avait encore jamais éprouvé et qui le surprit.

– Je ne voudrais pas blesser Nicolas en les lui renvoyant. Mais, si vous voulez, je peux les mettre de côté et ne plus jamais les porter.

Et se haussant sur la pointe des pieds pour l'embrasser, elle ajouta :

– Je vous aime, seigneur de Lundy. Ces maudits bijoux n'ont aucune signification pour moi, vous le savez fort bien!

– Il vous serait difficile de paraître sans bijoux à la cour la plus élégante de la chrétienté, reconnut Adam.

Au moment où ils s'apprêtaient à monter dans leur carrosse, leurs voisins quittaient également leur hôtel pour le Louvre.

– Le duc de Guise! souffla Isabeau de Rochouart, la sœur aînée d'Adam. Il est l'amant de la princesse Marguerite.

– Surveillez vos paroles! fit sèchement Gaby.

– Mais tout le monde le sait, intervint Clarice Sainte-Justine.

– Il y a une différence entre ce qu'on sait et ce qu'on peut dire! répliqua Gaby.

Tous les membres de la famille prirent place dans les trois carrosses qui les attendaient, et qui s'ébranlèrent pour se joindre à l'interminable colonne des voitures qui, elles aussi, se rendaient au Louvre.

Une lumière féerique éclairait la grande cour du palais où une multitude de laquais accueillaient les invités, torche à la main.

– Restons ensemble, mes enfants, leurs recommanda le comte de Saville. Nous allons présenter nos hommages au roi. Je vous montre le chemin.

Toutes les Cours se ressemblent. Skye n'eut aucun mal à faire la différence entre les hauts personnages, les courtisans infatigables ou les invités occasionnels. Elle savait aussi que leurs somptueuses parures avaient dû coûter d'énormes sacrifices à la plupart d'entre eux. Elle eut un petit sourire en pensant que, grâce à la prévoyance de Nicolas, elle ne le céderait à personne en élégance et en magnificence.

Lorsque le majordome cria leurs noms, ils s'avancèrent vers le trône. Antoine de Saville déclara, en s'inclinant profondément :

– Je remercie Votre Majesté de l'honneur qu'elle nous a fait en nous conviant à ces festivités.

– Merci, monsieur, répondit Charles IX avec indifférence.

– Vous n'avez certainement pas oublié mon fils, intervint Catherine de Médicis, de sa voix sèche, que le comte de Saville a soutenu notre projet de mariage avec votre père. Nous sommes heureuses de vous revoir à Paris, vous et votre ravissante Gabrielle, Antoine de Saville.

Skye était fascinée par cette femme, surnommée à juste titre « le serpent ». Petite, rondelette, le teint olivâtre et le cheveu grisonnant, elle n'avait aucune beauté, mais il y avait dans le regard perçant de ses yeux noirs une vivacité et une intelligence extraordinaires. Catherine de Médicis était, sans aucun doute, une puissance redoutable.

– Et voici mon beau-fils, Adam de Marisco, seigneur de Lundy, et sa future épouse, madame Burke, dit Antoine de Saville, après avoir présenté les autres membres de sa famille.

– Vous êtes Anglais, monsieur? demanda Catherine de Médicis.

– Oui, Votre Majesté.

– Et votre fiancée?

– Je suis Irlandaise, Votre Majesté, répondit Skye.

– Votre pays donne bien des soucis à cette pauvre Élisabeth Tudor!

– Pas plus que la reine ne nous en donne, Votre Majesté.

– Tout est une question de point de vue, n'est-ce pas? fit celle-ci avec un petit rire. Êtes-vous catholique, madame?

– Oui, Votre Majesté.

– Et vous, monsieur de Marisco?

– J'ai été élevé dans la foi catholique, Votre Majesté.

Catherine de Médicis parut satisfaite de sa réponse. Skye et Adam allèrent s'incliner ensuite devant Marguerite de Valois et le jeune roi de Navarre. Celui-ci dévisagea Skye effrontément et attarda longuement son regard sur son décolleté.

– Monsieur! fit Skye d'un ton de reproche.

– Vous ne pouvez me tenir rigueur de mon admiration, madame. J'apprécie la beauté et vous êtes la femme la plus ravissante qu'il m'ait été donné de contempler. Où et quand pourrai-je vous rencontrer? Je veux faire l'amour avec vous.

– Dois-je vous rappeler que vous vous mariez demain, monsieur?

– Oh! Margot n'y verra aucun inconvénient, répondit-il avec un charmant sourire.

– Je suis fiancée.

– Nous avons donc quelque chose en commun.

– Vous n'êtes qu'un impertinent gamin de dix-neuf ans, monsieur, lança Skye, exaspérée, et j'ai plus de trente ans.

– Quelle chance! J'adore les femmes expérimentées.

Tandis que Skye cherchait à se tirer de cette situation délicate, Catherine de Médicis ne perdait rien de leur conversation. Si cette belle Irlandaise répondait aux avances d'Henri de Navarre, elle pourrait lui être fort utile pour distraire l'attention du huguenot, le moment venu. Toutefois, elle s'aperçut vite que Skye ne cèderait pas et que son refus n'était pas dicté par la coquetterie. Dommage! Heureusement, elle avait encore de la ressource avec son « escadrille volante » et les ravissantes créatures qui la composaient.

Quant au roi de Navarre, persuadé que toutes les femmes finissaient par succomber, il n'avait pas été découragé le moins du monde par le refus de Skye et l'avait laissée s'éloigner, sûr que, tôt ou tard, elle se pâmerait dans ses bras comme toutes ses précédentes conquêtes.

– Vous êtes furieuse, mon amour, observa Adam. Je suppose que le jeune roi de Navarre vous a fait des propositions indécentes.

– C'est honteux! Et la veille de son mariage, encore!

– D'après ce que j'ai entendu dire, c'est tout à fait caractéristique de sa conduite, fit Adam avec un petit rire.

– Pauvre princesse!

– Oh! Ne la plaignez pas, Skye. Cette petite garce est la maîtresse du duc de Guise. Elle l'aurait d'ailleurs épousé si Catherine de Médicis n'avait jugé son mariage avec Henri de Navarre plus avantageux. Le duc, lui, a hâtivement convolé avec la princesse de Porcien pour échapper à une éventuelle tentative d'assassinat de la part de la reine mère. Celle-ci ne reculerait certainement pas devant un meurtre. Les Guise sont très ambitieux et constituent, d'après elle, une menace pour ses fils.

– Quelle famille! Ils ne valent pas mieux que les Tudor!

– Le pouvoir est une boisson capiteuse, mon amour.

Les musiciens attaquèrent un air de danse et les invités se mirent en place. Skye souriait à Adam qui dansait avec une grâce surprenante pour sa taille. Elle avait l'impression qu'ils étaient seuls au monde, tous les deux. Elle était si heureuse! Dans moins de deux mois ils seraient mariés, et même si Élisabeth Tudor en montrait d'abord de la contrariété, elle finirait par le leur pardonner et ils vieilliraient ensemble à Lundy, entourés de tous ses enfants.

– Qu'est-ce qui vous fait sourire ainsi, mon amour?

– Je pensais à notre vieillesse.

– Ne pouvons-nous pas rester jeunes encore un peu, Skye? demanda-t-il en riant. Avec vous pour épouse, ma vie ne fait que commencer.

– Oh! Adam, s'écria Skye, les larmes aux yeux. Quel merveilleux compliment!

Comme la danse s'achevait, ils entendirent une voix féminine s'exclamer :

– Adam! Adam de Marisco! C'est bien vous?

Une femme merveilleusement belle se précipitait vers eux. Svelte, les seins hauts, la taille très mince, elle portait une robe de soie verte et or qui rehaussait l'éclat blond vénitien de sa superbe chevelure.

– Merde! grommela Adam en français.

La femme jeta un bref regard à Skye, puis sans plus lui prêter attention, se jeta dans les bras d'Adam :

– Adam! Quel bonheur de vous revoir, mon chéri! Mon Dieu! Vous êtes encore plus séduisant que lors de notre dernière rencontre!

Adam la repoussa et déclara d'une voix glaciale :

– Skye, je vous présente Athénaïs Boussac.

– Non, mon chéri, protesta cette dernière. J'ai épousé de Montoire, vous vous en souvenez ? Je suis duchesse de Beuvron.

– Et comment se porte votre époux, madame la duchesse ?

– Il est mort et en enfer, je l'espère. C'était un homme abominable.

– Mais dont la virilité ne faisait aucun doute, j'en suis sûr. Combien de fils vous a-t-il donnés, madame la duchesse ?

Skye, qui avait reconnu en Athénaïs Boussac la jeune fille qui avait autrefois dédaigné l'amour d'Adam, posa une main apaisante sur son bras :

– Venez, mon ami, votre mère nous appelle.

– Qui est cette personne, Adam ? Renvoyez-la ! Nous avons tant de choses à nous raconter !

– Vous êtes, à votre habitude, d'une impolitesse rare Athénaïs. Mme Burke est ma fiancée. Vous nous excuserez...

– Adam ! s'écria Athénaïs en le retenant par la manche.

– Nous n'avons rien à nous dire, madame la duchesse.

Ils rejoignirent Gaby qui, ayant assisté à toute la scène, s'écria aussitôt :

– Non, mais quelle impudence ! Que voulait-elle ?

– Me parler, soi-disant.

– Athénaïs n'a jamais brillé par sa conversation ! Elle cherche sans doute un mari et à présent qu'elle est riche et titrée, son choix se porte à nouveau sur vous. Quelle créature éhontée !

– Elle a refusé de m'épouser parce que je ne pouvais pas lui donner d'enfants, maman. Je doute qu'elle ait changé d'avis depuis !

– Que les hommes peuvent être naïfs ! Les enfants sont le dernier de ses soucis. Elle a usé de ce prétexte parce que vous n'étiez qu'un petit seigneur désargenté et que le vieux duc de Beuvron venait de la demander en mariage.

Cette offre tenait d'ailleurs du miracle. Mais de Beuvron se mourait de désir pour Athénaïs et elle était vierge... Il paraît que lorsqu'il a voulu connaître le montant de la dot, le baron Boussac a fait appeler sa fille, lui a ôté son manteau et elle est apparue complètement nue aux yeux du duc qui a failli périr d'une attaque d'apoplexie. Le baron lui aurait dit alors : « Voici la dot de ma fille, Votre Grâce, un visage et une silhouette parfaite, des charmes avec lesquels tout l'or du monde ne saurait rivaliser. » Le duc a aussitôt signé le contrat de mariage et non seulement il a épousé Athénaïs sans dot, mais il a versé une fortune à son père pour sa virginité !

Après cinq ans de mariage, Athénaïs a donné le jour à un fils qui a aujourd'hui quinze ans, et dont la naissance a failli lui coûter la vie. Le duc de Beuvron est mort il y a deux ans.

– Je vois que vous êtes fort bien informée, maman, fit Adam d'un ton moqueur.

– Athénaïs a toujours fait l'ojet de commérages, dans notre région. Elle a eu d'innombrables amants après la naissance de son fils. Mais depuis qu'elle passe la majeure partie de son temps à la Cour, je n'ai plus guère entendu parler d'elle.

– Elle est très belle, observa Skye d'un air songeur.

– Vous l'êtes beaucoup plus, riposta Adam.

– Ce n'est pas sa beauté qui m'inquiète, répondit Skye, mais la perversité que je devine en elle.

– On raconte qu'Athénaïs fait partie de « l'escadrille volante » de la reine mère, déclara Gaby.

– Qu'est-ce que c'est que cette escadrille volante?

– C'est ainsi qu'on appelle les femmes qui à la Cour sont chargées par Catherine de Médicis de séduire les hommes qu'elle veut utiliser ou influencer.

Les musiciens attaquèrent un nouvel air entraînant et, oubliant la duchesse de Beuvron, Skye s'amusa follement, dansant tour à tour avec Adam, ses demi-frères et les époux de ses sœurs. Puis ils firent honneur aux buffets, installés dans les pièces attenantes.

Skye fut éblouie par leur extraordinaire magnificence. Il y avait là des huîtres, des moules accommodées à la moutarde, des soles au vin blanc, des anguilles, des saumons entiers sur des lits de cresson, ainsi que des harengs fumés ou salés. Pour les viandes, les invités avaient le choix entre du jambon de Bayonne, des quartiers de sanglier, de chevreuil, de bœuf ou d'agneau. A cela s'ajoutaient des perdrix, des bécasses, des alouettes, des canards lardés, des oies rôties, des chapons aromatisés au gingembre et toutes sortes de pâtés et de tourtes. La diversité des vins ne le cédait en rien à celle des plats, et une table entière consacrée aux desserts offrait à profusion pâtisseries et fruits, sans compter un immense gâteau en massepain représentant la cathédrale Notre-Dame et les futurs mariés.

Skye accusa Adam d'avoir goûté à tous les plats sans exception, ce qu'il nia énergiquement. Les danses reprirent et, à la stupéfaction des Saville le roi de Navarre vint vers eux et invita Skye à danser. Mais il mit d'abord un point d'honneur à se montrer gracieux avec toutes ces dames. Courtois et souriant avec Gaby et de ses deux filles, il fit un brin de cour à Musette et à deux de ses nièces, et taquina gentiment la plus jeune de la famille qui jura ensuite à sa mère qu'elle n'aimerait jamais un autre homme que lui. Enfin, après avoir poliment salué les hommes, il entraîna fermement Skye vers la piste de danse.

– Vous ai-je manqué, ma chère? demanda-t-il en riant.

– Comment pourriez-vous me manquer alors que je ne vous connais même pas, Votre Altesse, répondit Skye froidement.

– Situation à laquelle il va falloir remédier madame, car votre beauté m'a ensorcelé, répondit-il en la pressant plus étroitement contre lui.

– Vous devriez plutôt admirer la beauté de votre fiancée, Votre Altesse.

– Vos lèvres appellent irrésistiblement les baisers, murmura-t-il, en lui frôlant le visage. Comment pouvez-vous être si froide, quand je brûle pour vous?

Skye tourna la tête vers la gauche, comme le voulait la danse, et écrasa délibérément le pied de son partenaire :

– Un peu de correction, Votre Altesse!

Henri de Navarre grimaça de douleur, puis déclara avec un petit rire :

– Votre froideur m'enflamme, ma chère, car je sais que derrière cette morgue et les paroles glaciales se dissimule une femme ardente. La douceur de vos lèvres vous trahit, et aussi cette adorable petite veine à votre cou, qui bat si précipitamment.

Skye fut un instant troublée : cet Henri de Navarre était trop jeune pour connaître aussi bien les femmes. Puis, reprenant ses esprits, elle répliqua posément :

– Si mon pouls est rapide, c'est que le rythme de cette danse l'est aussi, Votre Majesté.

– Vous avez la repartie prompte, ma chère. J'aime qu'une femme ait autre chose à offrir que sa seule beauté.

– Je ne vous offre, ni ne vous offrirai jamais rien, Votre Altesse. Quand je vous aurai dit que j'aime l'homme que je vais épouser et que je ne le trahirai jamais, je suis sûre que vous renoncerez à me poursuivre de vos vaines assiduités.

– La poursuite de l'amour et de la beauté n'est jamais vaine, répondit Henri de Navarre.

Agacée par ce jeune roi trop gâté, Skye déclara sèchement :

– Je suis convaincue que cette salle est remplie de femmes qui iraient jusqu'au meurtre pour avoir l'honneur de partager votre couche, Votre Altesse, mais je n'en fais pas partie!

A son grand soulagement, Adam la rejoignit dès que la danse s'acheva et, sur une profonde révérence au roi de Navarre, elle s'éloigna à son bras.

– A en juger d'après la mine de M. de Navarre, vous venez de lui infliger une sérieuse déconvenue, fit Adam avec un petit rire.

– Quel insupportable gamin! Il se croit irrésistible.

– C'est bien la réputation qu'il a.

– Il ne connaît pas la signification du mot « non ».

– C'est un mot qu'il n'a sans doute guère eu l'occasion d'entendre, mon amour.

– N'en éprouvez-vous donc aucune jalousie, Adam ? demanda Skye en s'arrêtant brusquement.

– Je suis furieux, mon amour, mais je dois penser à notre avenir. Pourrions-nous encore chercher refuge en France si je tuais ou blessais en duel un prince de sang royal ? Vous croyez vraiment que je regardais avec calme ce jeune fat vous déshabiller du regard ? Je mourais d'envie de l'étrangler !

Skye eut un sourire satisfait.

– Si nous partions maintenant, votre mère s'en formaliserait-elle ?

– Et pourquoi donc quitterions-nous si joyeuse compagnie ? demanda Adam, moqueur.

– Parce que mes lèvres qui, d'après Henri de Navarre, appellent les baisers, sont avides des vôtres, parce que je soupire après vos caresses, parce qu'en un mot, je brûle de désir pour vous, mon mari !

Enflammé par ses paroles, Adam l'attira dans une alcôve sans se soucier des convenances et, l'enlaçant étroitement, il murmura, ses lèvres frôlant les siennes :

– Quel sort m'avez-vous donc jeté, sorcière ?

La bouche de Skye forma le mot « amour » et quand, incapable de résister davantage, Adam l'embrassa avec passion, elle se pressa contre lui en chuchotant :

– Rentrons chez nous, Adam.

– Il faudrait d'abord que vous vous écartiez un peu, mon amour, et que vous me donniez le temps de retrouver mon calme.

Une lueur malicieuse dans le regard, Skye recula, affectant un maintien modeste. Et ils quittèrent la salle de bal pour rejoindre leur carrosse.

14.

Le lendemain, 18 août, le mariage princier fut célébré par une chaude et belle journée. Le roi de Navarre n'étant pas catholique, la cérémonie devait se dérouler sur les marches de Notre-Dame, l'épousée pénétrant ensuite dans la cathédrale pour y entendre la messe. Les invités, massés sur le parvis, crièrent leur admiration quand Marguerite de Valois s'avança, vêtue de soie azur et bleue brodée des lys du royaume de France, la traîne de son manteau de drap d'or et d'hermine portée par les enfants des plus grandes familles de l'aristocratie.

Mais c'est avec une attitude pleine de défi que la princesse se présenta devant le vieil évêque de Paris. Et quand celui-ci lui demanda d'une voix chevrotante si elle acceptait de prendre Henri de Navarre pour époux, elle garda un silence obstiné, songeant sans doute, avec un sentiment de victoire qu'il lui suffisait de ne pas répondre pour que ce mariage qui lui répugnait ne soit pas célébré. Mais le prélat, nerveux, ayant réitéré sa question, Charles IX se pencha soudain en avant et, agrippant la chevelure de sa sœur, la força à opiner de la tête. Avec un soupir de soulagement, l'évêque se tourna alors vers Henri de Navarre qui feignit d'hésiter un bref instant, puis acquiesça d'une voix haute et ferme, répondant par un large sourire au regard furieux que lui lançait son épouse.

Sur le passage du cortège royal, Skye et Adam entendirent la foule acclamer le duc de Guise qui feignait de ne pas s'en apercevoir.

– Voilà qui devrait rabattre un peu l'orgueil de M. de Navarre, observa Skye.

Adam éclata de rire. Le matin même, un gamin des rues, au visage crotté, avait apporté des fleurs à Skye en lui disant avec un sourire effronté : « Pour Mme Burke, de la part de Navarre. » Avec un cri de rage, Skye avait aussitôt jeté le bouquet par la fenêtre.

– De Guise se berce de vaines espérances s'il croit pouvoir

triompher de Henri de Navarre et de ses prétentions au trône. J'ai bien peur que la guerre civile n'ensanglante encore longtemps la France.

– Comment des hommes raisonnables peuvent-ils s'affronter pour des questions de culte ?

– J'ai souvent pensé que le Christ verserait des larmes amères s'il pouvait voir les atrocités que l'on commet en son nom, soupira Adam.

Skye glissa sa main dans la sienne.

– Parlons de sujets plus agréables, mon chéri. De notre mariage, par exemple.

– J'ai déjà envoyé un messager en Angleterre pour prévenir vos enfants. Pour ce qui est de Robin, j'ai prié Robbie de l'éloigner de la Cour sous prétexte que sa sœur, malade, demanderait à le voir. Si Élisabeth Tudor apprenait notre mariage avant qu'il ne soit célébré, elle risquerait de s'y opposer et je préfère ne pas avoir à la défier ouvertement.

– Vous avez raison, approuva Skye. Il vaut mieux la placer devant le fait accompli.

Toute une semaine, Paris célébra le mariage royal. On voyait partout dans la ville des foires avec diseuses de bonne aventure et ours dansants, et le roi offrait de généreux festins à la population. A la Cour, la noblesse dansait, festoyait et... intriguait. L'influence croissante du huguenot Coligny ne laissait pas de mécontenter Catherine de Médicis.

– Voyez ce que vous rapportent vos machinations, Madame ! lui dit un soir le duc de Guise, d'un ton sarcastique.

– J'avoue que j'aimerais être débarrassée de Coligny, répondit la reine mère. Navarre finira par se montrer plus traitable.

– L'amiral de Coligny doit passer devant la demeure d'un de mes anciens précepteurs pour rentrer chez lui, Madame. Ce serait pour moi un honneur de vous aider en ces heures difficiles. Après tout, nous cherchons tous les deux le bien de la France.

– Vous ferez ce que vous dictera votre conscience, monsieur le duc, murmura la reine en s'éloignant.

Le 22 août, un coup de feu blessa l'amiral de Coligny et l'on sut, grâce à des témoins, qu'il avait été tiré d'une maison appartenant au duc de Guise.

L'attentat indigna profondément les huguenots venus à Paris pour assister au mariage royal et, dans la ville en fièvre, on ne compta plus les heurts mettant aux prises catholiques et protestants. Les princes de Navarre et de Condé cherchèrent à apaiser leurs hommes et l'amiral de

Coligny lui même déclara : « Cet attentat a été le fait d'un fanatique exalté, mes amis. Dieu m'a épargné. N'est-ce pas là le signe que je vivrai pour accomplir ses desseins ? »

Une trève fragile s'installa entre factions rivales.

Au Louvre, Charles IX passait tour à tour par la colère et la peur, une peur que sa mère et le duc de Guise cherchaient à attiser. Le jeune roi exigea d'abord que le meurtrier et ses complices soient traduits en justice.

– Coligny est mon ami ! cria-t-il. C'est un serviteur tout dévoué au royaume qui cherchait à mettre fin à la guerre civile. En l'attaquant, on m'attaque et on attaque la France. Je veux que l'on retrouve son assassin !

– Ne soyez donc pas ridicule, Charles, répliqua Catherine de Médicis avec un grand calme. Personne n'a cherché à vous attaquer. Coligny a empiété sur votre autorité, ces derniers temps, et manifestement quelqu'un a cru bon de mettre un terme à ses ambitions. La violence de son acte est sans doute regrettable, mais nous devons nous interroger sur l'attitude peu coopérative de Coligny et de ses huguenots.

– Vous avez été plus que généreux avec ces hérétiques, Sire, murmura le duc de Guise, et voilà qu'ils cherchent à vous poignarder dans le dos.

– Que voulez-vous dire ? demanda le roi, gagné par la peur.

– Voyons, Charles, intervint le duc d'Anjou, c'est assez évident !

– Qu'est-ce qui est évident ? fit le roi d'une voix tremblante. Je ne comprends pas.

Le duc d'Anjou enlaça son frère aîné et lui déclara sur le ton de la confidence :

– On fait feu sur Coligny et les témoins, tous huguenots, affirment que le coup a été tiré d'une maison appartenant à l'ennemi mortel de Coligny, le duc de Guise. L'attentat pourrait fort bien être une manigance et le prétendu assassin, un huguenot.

– Mais pourquoi Coligny ferait-il une chose pareille, Henri ?

– Pour une raison très simple : s'il parvenait à persuader ses partisans que vous et de Guise, votre fidèle serviteur, êtes responsables de cette tentative d'assassinat, il n'aurait aucun mal à les soulever contre vous, ici même, à Paris. Une bande d'émeutiers armés s'emparerait du Louvre sans coup férir et, une fois les Valois massacrés, les huguenots pourraient mettre tranquillement Henri de Navarre sur le trône. Ce complot ne vise pas Coligny, mon frère, mais vous et la France !

– Foutaises !

Tout le monde se tourna vers le plus jeune frère de Charles, le duc d'Alençon.

– Vous vous laissez terrifier par Guise et Anjou, déclara celui-ci d'une voix traînante. Ni Coligny ni ses huguenots ne conspirent à vous nuire. S'il me fallait un traître, je n'irais pas le chercher si loin, mon frère.

– Que tentez-vous d'insinuer, Alençon? demanda le duc de Guise en mettant la main à son épée.

– Mon Dieu, Guise, répliqua le jeune prince d'un ton de sarcasme, vous paraissez bien sûr de vous-même! Oseriez-vous tirer l'épée en présence du roi?

– Messieurs! Messieurs! intervint la reine mère. Nous nous égarons. Comment les deux familles les plus nobles du royaume, les Valois et les Guise-Lorraine, peuvent-elles se quereller, unies comme elles le sont par les liens du sang et de la religion? Puisse Dieu me pardonner mon imprévoyance! J'ai cherché à faire vivre en paix catholiques et hérétiques, et j'ai eu tort.

Elle ajouta en s'agenouillant devant son fils :

– Pardonnez-moi, Charles! J'ai eu tort, je vous ai mal conseillé. Je me retirerai dans un couvent pour y expier ce terrible péché!

Anjou et Guise prirent un air dévot, mais le duc d'Alençon faillit éclater de rire devant l'attitude théâtrale de sa mère. Il savait, comme les deux autres, qu'elle n'avait pas la moindre intention de mettre ses paroles à exécution.

Mais Charles IX, bouleversé, se précipita :

– Non, mère! Ne m'abandonnez pas! Nous résoudrons ce problème ensemble.

– Il n'y a qu'une seule solution, intervint Guise. Il faut tuer les huguenots.

– Mais le meurtre est un péché, murmura le roi.

– Non, mon frère, répliqua le duc d'Anjou. Ce sont des hérétiques, l'Église chantera nos louanges.

Charles regarda sa mère. Elle ne dit rien, mais hocha la tête.

– Je ne peux pas.

– Il le faut! insista Guise.

– Vous n'avez pas le choix. C'est eux ou vous.

– Tous?

– Tous! tonna Guise, une lueur fanatique dans le regard.

– Sauf Navarre et Condé, intervint soudain Catherine de Médicis d'un ton péremptoire.

Navarre mort, Guise aurait vite fait de se débarrasser de son épouse, la princesse de Porcien, pour épouser Margot. Catherine savait qu'il tuerait alors ses fils sans pitié pour prétendre à la couronne de France, et elle avait bien l'intention de déjouer ses plans.

– Il faut les massacrer tous! insista Guise.

– Navarre et Condé se convertiront au catholicisme si nous ne leur laissons pas d'autre issue, et les huguenots qui survivront rentreront eux aussi dans le sein de l'Église. Ces deux hommes nous seront utiles, Charles, il faut les épargner.

– Oui, mère, je comprends. Mais les autres, tuez-les, tous! Je ne veux pas qu'un seul survive pour me reprocher mon crime!

Il se mit à trembler et ajouta en geignant :

– Marie! Je veux Marie!

– Allez chercher Mlle Touchet! ordonna sèchement Catherine à Alençon.

Le duc s'inclina légèrement avec un sourire moqueur :

– Bien sûr, mère.

En arrivant, Marie Touchet se précipita vers le roi avec un petit cri de compassion et chercha à le rassurer par de douces paroles et de tendres caresses. Quand la reine mère quitta la pièce, suivie des ducs d'Anjou et de Guise, le roi ne s'en aperçut même pas.

– J'espère m'être bien fait comprendre, messieurs, dit Catherine de Médicis. S'il arrive quoi que ce soit à Navarre ou à Condé, vous ne leur survivrez pas.

– Quand devrons-nous agir? demanda Anjou.

– Allons en parler dans mes appartements.

Là, après avoir renvoyé ses femmes, la reine mère reprit :

– Il faut que tout soit accompli cette nuit.

– C'est impossible, protesta Guise.

– Vous n'avez pas le choix. Aujourd'hui, Coligny est blessé et alité, mais dès demain il risque d'être assez bien pour aller voir le roi et vous accuser. Tout serait alors perdu. Il faut agir cette nuit même.

– La soirée est à peine commencée, observa Guise d'un air songeur. Si on se dépêche de prévenir les nôtres... Le massacre une fois en route, tout Paris se joindra à nous. Oui, c'est réalisable. Disons au matin, lorsque le tocsin sonnera deux heures... L'heure vous convient-elle, Votre Majesté?

– Oui. Tous ces pieux huguenots seront chez eux, occupés à dormir – sauf mon cher beau-fils qui sera à la Cour pour le dernier bal donné en l'honneur de son mariage. Demain, Margot et lui partiront à Chenonceaux en voyage de noces.

– Je persiste à penser que nous devrions le tuer, lui aussi, marmonna Guise.

– Pour que vous puissiez légaliser la liaison audultère que vous avez avec ma fille? Non, Guise. Vous devriez déjà me savoir gré de ne pas vous avoir fait arracher de force de son lit dans lequel vous vous êtes attardé ces derniers jours, pendant qu'Henri de Navarre jouait au volant avec Alençon.

– Madame! s'exclama Guise.

– Ne vous fatiguez pas à nier, monsieur. Songeons plutôt au moyen de distraire Navarre et Condé, cette nuit. A mon avis, Mlle de Grenier sera parfaite pour Condé.

– Une femme ne saurait le séduire, mère, protesta le duc d'Anjou. Il vient de se marier et, en outre, c'est un véritable dragon de vertu !

– Vous me sous-estimez, mon fils. Condé est passionné d'échecs et Mlle de Grenier est la meilleure joueuse de la Cour. Quant à sa femme, je demanderai à Alençon de la divertir. Elle a beaucoup d'affection pour lui.

– Et Navarre ? demanda le duc de Guise.

– Je lui réserve un plaisir auquel il ne résistera pas. Il poursuit de ses assiduités une Irlandaise du nom de Burke, qui doit bientôt épouser le beau-fils du comte de Cher. Et cette dame repousse ses avances avec une fermeté qui, bien sûr, ne fait qu'enflammer son ardeur.

– Et qu'en pense le fiancé ? demanda le duc d'Anjou.

– Il ne considère pas Navarre comme une menace sérieuse, avec juste raison. Mais je compte aider celui-ci à parvenir à ses fins. La duchesse de Beuvron, qui a été autrefois fiancée au seigneur de Marisco, souhaite regagner ses faveurs. J'ai l'intention de leur ménager un entretien pendant que vous, Anjou, conduirez Mme Burke dans une pièce écartée où elle retrouvera Navarre. Vous l'y attirerez sous le prétexte que je désire lui remettre un message pour Élisabeth Tudor.

– Et si elle fait appel à son sens de l'honneur ? demanda Guise.

– Faut-il donc tout vous dire ? Vous connaissez mon cabinet secret, Anjou ?

– Celui qui contient un lit d'alcôve ?

– Oui. Vous y emmenerez Mme Burke et vous lui administrerez un narcotique. Non ! Assommez-la plutôt, mais légèrement. Endormie, elle nous serait de peu d'utilité. Vous veillerez ensuite à la dénuder un peu et à lui lier les mains. Elle a une poitrine magnifique qui fascine Navarre et qui lui fera sans aucun doute oublier ses manières de galant homme. Mais ne faites rien avant une heure du matin, Anjou. Il faut que Navarre soit très occupé à l'heure où le tocsin sonnera.

Le dernier bal donné cette nuit-là fut éblouissant, et l'on dansa jusque dans les jardins du Louvre. Skye était ravie de son séjour à Paris, mais elle se surprit à préférer la Cour des Tudor à celle du roi de France où les intrigues étaient beaucoup trop nombreuses à son goût, et les courtisans un peu trop élégants et retors.

– Je n'aurais jamais pensé faire compliment un jour aux Anglais de leurs manières brusques et franches, mais ils sont bien plus simples que les Français.

– Vous et vos satanés Irlandais, arrêterez-vous jamais de nous combattre, mon amour ? demanda Adam en riant.

– Mais, Adam, ce sont les Anglais qui combattent les Irlandais !

– Je connais au moins une exception, murmura-t-il en lui effleurant les lèvres.

– Démon ! fit-elle à voix basse. Si vous continuez à me provoquer, je vais me conduire de façon scandaleuse !

– Excusez-moi de vous déranger, mes enfants, intervint Gaby, mais la reine exige qu'Adam accorde une entrevue à la duchesse de Beuvron.

– Jamais, maman ! s'exclama Adam en se renfrognant.

– Vous ne pouvez pas vous opposer à Catherine de Médicis, Adam. Athénaïs est l'une de ses favorites.

– Combien de fois m'avez-vous empêchée de braver Élisabeth Tudor, Adam ? insista doucement Skye. Allez donc !

– Vous avez raison, mon amour. Mieux vaut ne pas nous attirer la colère de la reine. Je vais aller écouter les bavardages d'Athénaïs et je vous promets de ne pas chercher à lui tordre le cou !

Il alla rejoindre la duchesse de Beuvron qui se tenait auprès de la reine mère, un sourire suffisant aux lèvres.

– Cela faisait des années que je n'avais vu mon fils aussi heureux, déclara Gaby. Je vous serai éternellement reconnaissante du bonheur que vous lui donnez.

– Il ne m'est pas difficile de le rendre heureux, Gaby. Je l'aime.

– Madame Burke ?

Les deux femmes se retournèrent et firent une profonde révérence en reconnaissant le duc d'Anjou.

– Votre Altesse.

– Ma mère désire vous parler, madame Burke. Si vous voulez bien me suivre.

– La reine Catherine veut me voir ? Pardonnez-moi, Votre Altesse, je ne comprends pas.

– Elle a un message personnel à vous remettre pour la reine d'Angleterre, madame. Catherine de Médicis et Élisabeth sont en excellents termes depuis que nos deux familles négocient un mariage entre le duc d'Alençon et votre souveraine.

– Allez, ma chère, dit Gaby. La reine vous fait là un grand honneur.

Skye sortit en compagnie du duc d'Anjou qui déclara en souriant aimablement :

– Votre robe est une véritable œuvre d'art, madame. Cette teinte de mauve met parfaitement en valeur l'éclat laiteux de votre peau et je n'aurais jamais pensé qu'on pouvait mêler l'argent à ces perles roses qui ornent votre jupon. Votre couturière est certainement française.

– Vous avez deviné juste, Votre Altesse.

– A-t-elle choisi elle-même les couleurs de votre robe ?

– Non, c'est toujours moi qui en décide.

– Vous avez du goût, madame. Trop de femmes se laissent influencer au point de se vêtir de manière ridicule.

– Où allons-nous ? demanda Skye.

– Ma mère a un cabinet privé dans un endroit retiré du palais. Comme tout le monde n'approuve pas l'idée de ce mariage entre mon frère Alençon et votre reine, elle préfère vous parler hors de portée des oreilles indiscrètes.

– Bien sûr, murmura Skye, qui renonça vite à s'orienter à travers le dédale de couloirs qu'ils empruntèrent.

Le duc d'Anjou s'arrêta enfin devant une petite porte et s'effaça devant Skye :

– Entrez, madame. Ma mère sera là dans un instant.

A peine Skye avait-elle franchi le seuil qu'une douleur fulgurante lui traversa le crâne et qu'elle sombra dans le néant.

Lorsqu'elle revint à elle, elle était couchée sur un lit à baldaquin. Était-elle tombée ? Sa tête lui faisait horriblement mal. Elle essaya de s'asseoir et s'aperçut avec stupeur qu'elle avait les mains liées derrière le dos. Peu à peu, ses pensées devenant plus claires, elle se rappela le duc d'Anjou et l'entretien qu'elle devait avoir avec la reine mère. Elle appela, mais seul le silence lui répondit. Un rideau fermait l'alcôve où elle se trouvait. Trop faible encore pour se lever, elle regarda autour d'elle, découvrit avec stupéfaction sa robe de bal soigneusement posée sur une chaise et s'aperçut qu'elle n'était plus vêtue que d'un jupon et d'une chemise de soie. Tous ses autres vêtements, bas et jarretières y compris, se trouvaient avec sa robe, sur la chaise.

Soudain, elle entendit la porte du cabinet s'ouvrir et un pas d'homme approcher. Le rideau fut vivement écarté et Henri de Navarre, le visage illuminé d'un large sourire, lui dit gaiement :

– Ah ! ma chère ! Vous êtes venue ! J'ai eu terriblement peur toute la soirée que vous ne changiez d'avis.

Skye ne douta plus d'avoir été entraînée dans un piège. Mais qui l'avait tendu et à quelle fin ? Henri de Navarre ne faisait manifestement pas partie du complot ; il en était la victime, tout comme elle.

– Ne voyez-vous pas que je suis attachée, monsieur ? Je ne suis pas ici de mon plein gré.

– Vous avez pourtant répondu à mon billet en me donnant rendez-vous, ici, dans le cabinet privé de ma belle-mère.

– Comment aurais-je pu vous indiquer cet endroit alors que le Louvre m'est inconnu ? Pourriez-vous me détacher, Monsieur ? Adam de Marisco et sa famille doivent s'inquiéter à mon sujet et je ne suis pas sûre de pouvoir retrouver mon chemin jusqu'à la salle de bal. Consentiriez-vous à me guider ?

– Vous n'avez pas répondu à mon billet ?

– Je ne l'ai même pas reçu ?

– Pourtant, vous êtes ici...

– C'est le duc d'Anjou qui m'a amenée, en prétextant que la reine désirait me parler sans témoins.

Catherine de Médicis ne s'était pas trompée en prévoyant que le spectacle de Skye, à moitié dévêtue, ferait oublier toute autre préoccupation à Henri de Navarre. Celui-ci, tout à la contemplation de ses seins magnifiques que l'émotion soulevait précipitamment, n'écoutait Skye que d'une oreille distraite. Elle avait enflammé ses sens dès qu'il avait posé les yeux sur elle et voilà qu'elle était à sa merci, aussi belle et désirable qu'il l'imaginait...

– Nous serions bien fous de ne pas profiter d'une si merveilleuse occasion, murmura-t-il en défaisant les rubans qui retenaient la chemise de Skye.

– Monsieur de Navarre, je vous en supplie ! Je suis fiancée à un homme que j'aime. Comment retourner à lui après avoir été profanée par un autre ?

Mais Navarre lui caressait les seins, admirant leur douceur soyeuse, leur éclat laiteux.

– Qui, après avoir goûté à ces adorables fruits, pourrait renoncer à vous, ma chère ? Par ailleurs, vous n'avez plus de virginité à protéger, que je sache.

– J'ai mon honneur ! s'écria Skye.

– L'honneur d'une femme est aisément remis à neuf, Madame. Un collier de diamants ou un petit château, et il n'y paraît plus.

– Vous avez acquis une solide expérience en dix-neuf ans ! répliqua Skye d'un ton acerbe.

– J'ai eu ma première femme à treize ans Madame, et, depuis, je crois bien avoir passé toutes mes nuits en aimable compagnie. Si je vous libérais ce soir, je le regretterais jusqu'à ma mort, poursuivit-il en commençant à se dévêtir.

– Je vais crier, menaça Skye.

– Personne ne vous entendra, ma très chère, répondit-il en riant. En installant son cabinet dans cette partie reculée du Louvre, Catherine de Médicis avait pour intention, entre autres, de pouvoir y interroger des prisonniers en toute tranquillité. Vous ne gagneriez, à vous égosiller, qu'un terrible mal de gorge.

Libérant la masse soyeuse de sa chevelure, il murmura d'une voix ardente :

– Ne craignez rien, ma très chère. Je ne vous donnerai que du plaisir, je vous le promets.

A son regard, Skye comprit que toute discussion serait vaine. Il ne lui restait plus qu'à subir avec indifférence son étreinte, en espérant qu'elle serait brève. Comme elle devait quitter la Cour le lendemain, elle ne le reverrait plus et Adam ignorerait toujours ce qui s'était passé. Malgré la honte qu'elle éprouvait à l'idée de lui dissimuler la vérité, elle se refusait à le faire souffrir inutilement.

– Ces liens me font mal, Monsieur. Voulez-vous me détacher ? Je vous promets de ne pas me débattre.

Henri de Navarre la libéra et lui retira en même temps sa chemise, Skye réussit à ramener un peu de vie dans ses poignets endoloris. Mais, à sa grande surprise, le jeune roi lui rattacha aussitôt les bras.

– Pardonnez-moi, très chère, déclara-t-il d'un ton plein de regret mais je crains qu'en dépit de votre promesse, votre sens de l'honneur vous pousse à défendre votre vertu. Or, je préfère occuper mes mains à autre chose qu'à parer vos coups.

Skye l'observa tandis qu'il s'achevait de se dévêtir. Presque aussi grand qu'Adam, Henri de Navarre était fortement charpenté ce qui, allié à un grande minceur, lui donnait une apparence singulière. Elle remarqua aussi ses pieds immenses, et la finesse et l'élégance de ses mains.

– Mon Dieu, comme vous êtes belle ! s'exclama-t-il en se mettant à la caresser avec lenteur. Vous avez une peau si merveilleusement douce... Je n'en ai jamais vu de pareille.

Il effleura ses seins de baisers brûlants, puis en suça avidement la pointe, Skye poussa un petit cri.

– Vous aimez cela, très chère ? lui demanda-t-il aussitôt.

– Cela m'est totalement indifférent, répondit Skye avec froideur.

– Quelle charmante petite menteuse vous faites ! Croyez-vous donc pouvoir faire taire votre désir ? Vous crierez bientôt de plaisir entre mes bras, lui murmura-t-il à l'oreille. Vous êtes de ces femmes, si rares, qui sont nées pour l'amour. Et moi, je suis né pour aimer les femmes. Nous allons merveilleusement nous entendre !

Il s'empara de sa bouche et, sous les caresses savantes de sa langue, Skye sentit son désir s'éveiller. Honteuse de sa faiblesse, elle s'arracha à ses lèvres et s'écria avec colère :

– Prenez-moi donc et finissez-en !

Une lueur malicieuse dansa dans le regard d'Henri de Navarre.

– On dirait que vous commencez à perdre un peu de votre indifférence, fit-il en riant.

– Absolument pas! répliqua-t-elle avec hargne.

– Mais si! Vous frissonnez. C'est à peine perceptible, mais je suis extrêmement sensible à ce genre de choses.

– Vous avez beaucoup d'imagination, Monsieur, ou alors, une très haute opinion de vous-même! fit Skye d'un ton cinglant.

Henri de Navarre s'esclaffa et reprit ses caresses, tandis que Skye, maudissant le trouble qui s'emparait d'elle, maudissant ses sens qui la trahissaient, marmonnait comme une litanie :

– Je vous hais! Je vous hais! Je vous hais!

Avec un sanglot, elle détourna la tête pour échapper au regard du jeune roi qui l'observait, la mettant au défi de nier le désir qu'il suscitait en elle. Elle le détesta encore davantage lorsqu'il chercha à la réconforter avec douceur :

– Non, ma belle, ne soyez pas fâchée contre vous-même. Nous aurions tant de plaisir si vous renonciez à me résister.

– Jamais!

Avec un soupir de regret, il abandonna les seins de Skye pour promener lentement sa bouche sur son torse, descendant toujours plus bas. Puis, malgré sa résistance, il lui écarta les cuisses et chercha de la langue le cœur de sa féminité dont il respira avec délice, le parfum entêtant.

Les ongles de Skye s'enfoncèrent cruellement dans ses paumes. Elle eut beau se mordre les lèvres jusqu'au sang, elle ne put retenir le gémissement de plaisir que lui arrachèrent ces caresses. Le jeune roi s'allongea alors sur elle et la pénétra.

– Avouerez-vous enfin que personne ne vous a jamais aimé comme je le fais? demanda-t-il.

– J'aurais cru que vous saviez faire la différence entre aimer une femme et la violer, monsieur! murmura Skye.

– Vous êtes têtue, ma belle, mais je n'abandonnerai pas. Je peux posséder une femme toute une nuit entière sans faiblir.

Il se remit à aller et venir en elle. S'arrêterait-il jamais? Il y avait déjà longtemps qu'elle avait quitté la salle de bal et Adam la cherchait peut-être. Comment justifierait-elle une si longue absence? Son inquiétude dissipa totalement le désir que Henri de Navarre était parvenu à éveiller en elle et elle résolut de le contraindre à répandre sa semence. Comme elle l'avait appris au harem, elle contracta ses muscles vaginaux autour de sa virilité, tout en gémissant de manière convaincante.

Henri de Navarre poussa un grognement de plaisir.

– Ah! quelle délicieuse torture! Continuez, je vous en supplie.

Skye soupira de soulagement lorsque, avec un cri de triomphe, il s'abandonna enfin en elle.

– Mon Dieu! Vous êtes merveilleuse, s'exclama-t-il, après avoir repris son souffle. Je ne dois pas être le premier à vous le dire.

– Maintenant que vous êtes satisfait, puis-je partir ?
– Mais notre nuit ne fait que commencer !
Il ajouta en l'embrassant avec douceur :
– Allons, ma chérie, ne vous ai-je pas plu, au moins un tout petit peu ?
Elle aurait dû haïr ce jeune homme arrogant, et pourtant elle n'y parvenait pas.
– Si vous me retenez ici jusqu'à l'aube, je serai obligée de tout avouer à mon fiancée, Monsieur. Songez au scandale lorsque l'on apprendra que, moins d'une semaine après votre mariage, vous trompez déjà votre femme. Relâchez-moi tout de suite et personne n'en saura rien.
– Vous raisonnez bien, ma belle, malheureusement personne ne s'émeuvra de savoir que je cours après d'autres femmes que la mienne. Cela fait partie de mon personnage. Ma chère épouse m'a déjà trahi avec le duc de Guise. C'est là, Madame, que réside le scandale. Mais comme je suis huguenot le bon peuple de France trouve cela tout naturel : Margot considère presque de son devoir de catholique de me cocufier. Vous voyez que je peux vous faire l'amour en toute tranquillité.
– Soyez raisonnable, Monsieur ! Que faites-vous donc de votre orgueil ? Quel triomphe de posséder une femme ligotée qui se refuse à vous !
– Vous êtes adorable quand vous êtes en colère, ma chérie, fit-il d'un ton moqueur.
Avant que Skye ait pu répliquer, la porte du cabinet s'ouvrit brutalement et le prince de Condé fit irruption dans la pièce.
– Henri ! Dieu merci, vous êtes sauf ! Habillez-vous ! Vite ! Fuyons, ou nous allons êtres assassinés !
– Vous arrivez toujours au mauvais moment, mon cousin. De quoi parlez-vous donc ?
– Paris est à feu et à sang ! La Ligue massacre les nôtres dans leur lit. Une bande d'émeutiers s'est déjà lancée à l'assaut du Louvre. Les soldats du roi les ont repoussés, mais pour combien de temps ? On m'a déjà fait savoir que Coligny était mort. Levez-vous, Henri !
Le roi de Navarre ne souriait plus ; son visage, si enfantin un instant auparavant, avait pris une expression sombre et sérieuse. Il s'habilla rapidement.
– Je pense que nous n'avons rien à craindre, Henri, dit-il à Condé. Je ne connais pas la part exacte de responsabillité de Madame « le serpent » dans cette affaire, mais elle y est sans aucun doute impliquée. J'aurais du prêter plus d'attention à vos propos, Madame, poursuivit-il en se tournant vers Skye. J'ai toujours eu le déplorable défaut de me laisser gouverner par ma verge. Je ne regrette pourtant de notre

intermède que sa brièveté. En sortant de ce cabinet, vous trouverez un escalier qui vous conduira dans les jardins du Louvre, d'où vous n'aurez ensuite aucun mal à regagner la salle de bal. Adieu, ma chérie, murmura-t-il en l'embrassant.

Il s'apprêtait à sortir quand Skye le rappela.

– Vous ne m'avez pas détachée, monsieur.

– Pardonnez-moi, fit-il en dénouant ses liens.

– Que Dieu vous accompagne, Navarre, répondit Skye calmement.

– Je savais bien que je n'avais pas laissé votre cœur insensible, ma belle, lui lança-t-il avant de partir.

Skye ne put s'empêcher de rire. Alors même que sa vie était en danger, ce diable de garçon trouvait encore le temps de se préoccuper de ses succès! Soudain elle entendit des bruits de bataille et des cris d'agonie. Songeant qu'Adam devait être fou d'inquiétude, elle s'habilla rapidement et lorsqu'elle fut parvenue, non sans quelques difficulté, à donner à sa toilette et à sa chevelure une apparence à peu près décente, gagna aussitôt les jardins.

Les hurlements des malheureuses victimes que l'on massacrait partout en ville lui parvenaient avec de plus en plus d'intensité. Elle se précipita vers la salle de bal. Les conversations agitées des courtisans y faisaient régner un bruit épouvantable, contrastant avec le silence des quelques nobles familles huguenotes qui, réunies par petits groupes, cherchaient à faire oublier leur présence. Catherine de Médicis était assise sur l'estrade royale, très calme, en compagnie de son fils et de son épouse, de sa fille, de Navarre et de Condé. Croisant un bref instant son regard, Skye eut instantanément la certitude que c'était elle, la reine, qui était à l'origine de tout, y compris de son enlèvement.

– Skye! mon amour! J'étais fou d'inquiétude! Où étiez-vous?

Adam la serra dans ses bras. Skye, prenant soudain conscience du danger qu'elle avait couru, fondit en larmes.

– Oh! Adam. J'ai eu si peur.

– Là, ma chérie, tout va bien maintenant. Venez.

Ils allèrent rejoindre les Saville.

– Que s'est-il passé, ma fille? demanda Gaby avec inquiétude.

– Pas ici, Gaby, fit Skye d'un ton implorant. Plus tard, je vous expliquerai tout.

– Maintenant que Skye est saine et sauve, rentrons, dit le comte. Vous êtes prêts, mes fils?

– Comme la maison que nous louons appartient à un huguenot, Antoine redoute une attaque, expliqua Adam à Skye. Nous devons aller chercher les enfants et les domestiques pour les mettre en sécurité.

Le comte de Cher, suivi de ses fils et des ses beaux-fils, se dirigea vers la reine Catherine avec laquelle il s'entretint un instant. Sur un signe de tête affirmatif de celle-ci, les hommes quittèrent précipitamment la pièce. Gaby se tourna vers Skye.

– Ce soi-disant entretien que la reine voulait avoir avec moi n'était qu'un piège destiné à mettre Henri de Navarre à l'abri des émeutiers, lui expliqua Skye. Le duc d'Anjou m'a conduit jusqu'à un cabinet où il m'a assommée, déshabillée et ligotée. Quant à Henri de Navarre, il a cru que je lui avais accordé un rendez-vous d'amour...

– Qu'a-t-il fait quand il s'est aperçu qu'il avait été dupé, ma fille ?

– Ses sentiments chevaleresques n'ont hélas pas pris le dessus ! Il m'a tout simplement violée. Mais je vous prie, qu'Adam n'en sache rien ! Il serait capable de le tuer !

– J'espère bien ! s'exclama Gaby, indignée.

– Non, Gaby. Adam ne peut pas tuer l'héritier de la couronne de France, ni se plaindre à la reine qui est la responsable de tout. Si Élisabeth Tudor refusait de reconnaître notre mariage, où trouverions-nous refuge ? Promettez-moi de ne rien dire à Adam, Gaby.

– Vous avez raison, ma fille. Mais avant d'abandonner le sujet, il y a une chose que je tiens absolument à savoir : est-il un amant aussi merveilleux qu'on le prétend ?

– Il est encore jeune, mais il est certainement doué...

– Le roi de Navarre serait sans doute fort déçu de ce jugement, fit Gaby avec un petit rire.

– Madame Burke...

Gaby et Skye sursautèrent. Puis elles se levèrent précipitamment pour faire à Catherine de Médicis une profonde révérence.

– Sachez que je n'oublierai pas le service que vous m'avez rendu, madame. Vous avez désormais une amie en Catherine de Médicis.

– Pourquoi m'avoir choisie ? demanda Skye, étonnée de ne ressentir aucune colère.

– Parce que vous étiez sa passion du moment, madame. Vous seule pouviez retenir son attention assez longtemps pour le mettre à l'abri du duc de Guise et de ses émeutiers. Vous connaissez la Cour des Tudor, vous avez la réputation d'être une femme intelligente. Et je vois que vous m'avez comprise, sinon vous seriez déjà en train de hurler des accusations devant toute la Cour.

– J'aimerais que mon fiancé ignore le déshonneur qui nous a été infligé ce soir à tous les deux, Majesté. J'ajouterai cependant une chose : je n'apprécie guère que l'on se serve de moi.

– C'est la règle chez les puissants, Madame, vous ne l'ignorez pas. Quand devez-vous vous marier ?

– A la Saint-Michel, au château d'Archambault.

– Je viendrai, dit Catherine de Médicis en se tournant vers Gaby.

Je serai à ce moment-là au château d'Ussé et je passerai à Archambault. Le comte Antoine m'a informé de ce que vous quittiez Paris cette nuit? Je vous fais donc mes adieux.

– Mon Dieu! s'exclama Gaby quand la reine se fut éloignée. Nous n'avons jamais reçu de souverain à Archambault! Je ne peux y croire! Vous rendez-vous compte de l'honneur que nous fait la reine, Skye?

Skye eut un petit rire. Ah! les souverains! Elle ne les comprendrait jamais. Il n'y avait pas pires créatures au monde. Mais la présence de Catherine de Médicis à leur mariage ferait peut-être assez d'impression sur Élisabeth Tudor pour qu'elle leur accorde sa bénédiction?

– Mon mariage avec Goeffrey Southwood a été célébré dans le palais d'Élisabeth Tudor. Nous y avons même passé notre nuit de noces, dit-elle à Gaby.

– Adam ne m'en a jamais parlé, répondit celle-ci, impressionnée. Vous avez été heureuse avec Southwood, n'est-ce pas?

– Très heureuse!

– Alors la présence de la reine vous a porté bonheur. Il en sera certainement de même cette fois-ci.

– Quelle charmante pensée! s'exclama Skye en l'étreignant. Savez-vous, Gaby, que je n'ai encore jamais eu de belle-mère? Vous serez la première et j'en suis si heureuse!

Gaby sentit les larmes lui monter aux yeux. Elle aurait fait de toute façon l'effort d'aimer la femme d'Adam, n'importe laquelle. Mais avec Skye, cela lui était si facile... Mieux même : elles étaient amies.

– Je ferai brûler cent cierges pour remercier la Vierge Marie de vous avoir donné à mon fils, déclara-t-elle avec émotion.

– Et moi, cent de plus pour me l'avoir donné! Oh! Gaby, cette fois je suis sûre que tout ira bien.

[illegible] d'une que passe [illegible] Archambault [illegible]

[illegible]

Mais [illegible] Vous [illegible]

Vous êtes [illegible] comme [illegible]

[illegible] Il y a [illegible] toujours [illegible] au monde. Mais [illegible] Calixte [illegible] d'impression [illegible]

[illegible] avec Calixte [illegible]

[illegible]

— Tu [illegible]

[illegible]

— Calixte [illegible]

[illegible]

15.

Le comte de Cher et ses fils arrivèrent devant leur maison au moment où une foule en colère, armée de piques et d'armes improvisées, s'apprêtait à la prendre d'assaut aux cris de : « Mort aux hérétiques! »

– Arrêtez! cria Antoine de Saville sans parvenir à se faire entendre.

Adam reconnut dans le meneur un homme du duc de Guise et se dirigea vers lui.

– Le huguenot à qui appartient cette demeure n'est pas à Paris, Monsieur. Il l'a louée à un catholique, le comte de Cher, et ce sont ses enfants et ses domestiques qui se trouvent à l'intérieur.

– La maison doit être brûlée, répondit l'homme. Ordre du duc de Guise!

– Je comprends, intervint Adam, vous permettez toutefois à mon beau-père d'évacuer ses gens et ses biens. Le comte de Cher est bien en Cour auprès du roi et de la reine Catherine.

– C'est bon, nous allons essayer de contenir la foule. Mais dépêchez-vous car chaque minute qui passe exaspère leur soif de sang.

Le comte ordonna aussitôt :

– Alexandre! Yves! Allez aux écuries et préparez toutes les voitures qui s'y trouvent, même celles qui ne nous appartiennent pas. Louis! Henri! Robert! Attendez-nous devant la porte d'entrée. Adam, venez avec moi!

La maison fut rapidement évacuée par les écuries. Lorsque tout le monde fut en sécurité, Adam et le comte allèrent remercier l'homme du duc et s'éloignèrent à cheval. La foule enfin libérée se lança aussitôt à l'assaut de la maison qu'elle saccagea et pilla avant d'y mettre le feu.

Au palais, toutes les femmes attendaient leurs maris avec anxiété, impatientes de quitter Paris au plus vite. Skye se retrouva seule avec Adam dans une petite voiture. Épuisée par cette terrible nuit, elle se pelotonna contre lui et s'endormit. Quand elle s'éveilla, Paris était déjà loin. Mais la même violence se déchaînait à travers tout le pays. Sur leur route, à maintes reprises, ils aperçurent des gibets où se balançaient des corps d'hommes, de femmes et d'enfants. Ils ne s'arrêtèrent que pour de brefs repas et trois jours après avaient regagné Archambault où ils arrivèrent à bout de force, bouleversés par les dramatiques événements qu'ils venaient de vivre.

Dans la région d'Archambault, les huguenots n'avaient presque pas été inquiétés, ce qui n'avaient pas empêché le pasteur et quelques-unes de ses ouailles de s'enfuir pour La Rochelle. Les autres avaient attendu avec confiance le retour du comte, dont ils étaient les meilleurs vignerons et les meilleurs cultivateurs. Par bonheur, le curé du village, un vieil homme plein de bonté, avait adjuré les catholiques de ne pas se livrer aux mêmes excès que leurs coreligionnaires de la capitale.

Archambault ne se ressentit donc guère du drame de la Saint-Barthélemy et la vie là-bas reprit rapidement son cours habituel.

Skye comptait avec impatience les jours qui la séparaient encore de son mariage et de l'arrivée de ses enfants. Le 20 septembre, enfin, ceux-ci descendaient en se bousculant de la voiture qui les avait conduits du port de Nantes à Archambault. Ils étaient tous là, même l'aîné, Ewan, qui avait quitté ses terres pour assister aux noces de sa mère.

– Ne vous inquiétez pas, mère, lui dit-il avec un large sourire. Mes oncles s'occupent de Ballyhennessey.

– Où est ta femme ? demanda Skye.

– Nous avons décidé Gwyn et moi, d'attendre votre retour pour nous marier, mère. Gwyn est encore très jeune. Êtes-vous si pressée de devenir grand-mère ?

– Tu es donc si sûr de pouvoir me donner des petits-enfants ? répliqua Skye.

Ewan s'esclaffa, puis rougit lorsque Murrough déclara :

– Il a déjà engendré deux bâtards, mère.

– Ewan ! s'exclama Skye, consternée.

Mais Adam et les autres hommes de la famille se mirent à rire, approuvant manifestement les exploits d'Ewan.

– Sacrebleu ! fit le comte. Vous me donnez là des petits enfants selon mon cœur, Skye ! Alors, on aime les dames, mon garçon ? Je suis trop vieux pour ce genre de divertissements, mais mes fils se feront certainement un plaisir de vous faire connaître les plus jolies filles du domaine.

– Beau-père! protesta Skye. Ne l'encouragez pas!

– Et pourquoi pas, ma chère? C'est un homme, vous devriez être fière de lui!

Skye jeta un regard désespéré à Gaby. Celle-ci leva les yeux au ciel mais se garda bien d'intervenir.

Les Saville accueillirent avec chaleur les enfants de Skye, qui trouvèrent tous des compagnons de leur âge parmi les nombreux petits-enfants du comte et de la comtesse. Ils étaient ravis de cette vie de famille si nouvelle pour eux, et très heureux de revoir enfin leur mère. Les petits Burke, toutefois, ne se souvenaient pas d'elle et se montraient assez réservés. En revanche, Deirdre se rappelait très bien Adam qui avait passé beaucoup de temps avec elle pendant l'absence de Skye. Elle l'appelait résolument « papa », imitée par Padraic qui suivait en tout l'exemple de sa sœur.

– Laissez-les faire, dit calmement Adam lorsque Skye voulut les corriger. Il sera temps de tout leur expliquer plus tard. Pour l'instant, ils ont besoin d'un père.

A la grande surprise de Skye, ses quatre autres enfants suivirent l'exemple de leurs cadets. Robin n'avait jamais appelé « père » que Geoffrey; Ewan et Murrough, dans leur fierté, n'avaient accordé ce titre, ni à Geoffrey, ni à Niall. Seule, Willow avait appelé Niall, « papa », mais elle se laissa séduire, elle aussi, par le charme d'Adam.

– Vous avez ensorcelé mes enfants! fit-elle observer un jour à Adam.

– Mais, non. Nous avons simplement besoin les uns des autres.

– Oh! Adam. J'en suis si heureuse! avoua Skye avec émotion.

Trois jours avant le mariage, la couturière remarqua, alors qu'elle était en train de mettre la dernière main à la robe de Skye :

– Vous avez de nouveau grossi, Madame. Vous devez être particulièrement heureuse, car la plupart des futures mariées ont tendance à perdre du poids avant leurs noces.

Skye resta très calme pendant tout l'essayage, mais Gaby qui avait remarqué qu'elle avait pâli lui demanda, dès que la couturière fut partie :

– Qu'y a-t-il, ma fille? Qu'est-ce qui vous inquiète?

– Je suis enceinte, Gaby, répondit Skye d'une voix altérée par l'émotion. Je ne peux plus en douter. Mon Dieu! Que faire?

Gaby faillit pousser un cri de désespoir. Mais devant le chagrin de Skye, elle se reprit et déclara fermement :

– C'est évidemment l'enfant de Navarre. Qu'il soit maudit!

– Il ne m'a pris qu'une seule fois, Gaby, fit Skye d'une voix tremblante. Comment est-ce possible?

– Une fois, ma fille, c'est très suffisant...

– Comment épouser Adam à présent, Gaby? Comment épouser l'homme que j'aime alors que je porte le bâtard d'un autre? Oh! mon Dieu! Que faire?

– Vous n'avez pas le choix, ma fille. Il faut tout raconter à Adam.

– Non!

– Écoutez-moi, Skye. Je connais mon fils et je crois vous connaître aussi. Vous vous aimez. Grâce à vous, mon fils est plus heureux qu'il ne l'a jamais été. Je n'ose songer à ce qu'il ferait si vous le quittiez. Le croyez-vous capable de vous abandonner ou de vous blâmer lorsqu'il saura la vérité? Il ne pensera qu'à vous et à ce que vous avez dû endurer. Bien sûr, il voudra se venger et il nous appartiendra de l'en dissuader. Je connais une vieille sorcière dans la forêt qui pourra vous débarrasser de cet enfant, si vous le désirez. Sinon, nous le confierons à une paysanne, dès sa naissance.

– Je n'attenterai pas aux jours d'un enfant à naître, Gaby, c'est contraire à ma nature. Je sais qu'Adam me pardonnera, mais il me semble si injuste de le lui demander! S'il renonçait à m'épouser, je le comprendrais très bien.

Gaby envoya chercher Adam et, tandis qu'elles l'attendaient, chercha à apaiser Skye qui, profondément bouleversée, tordait à le déchirer son fin mouchoir de batiste.

– Tout ira bien, ma fille, je vous le promets.

En entrant, Adam entendit les paroles de sa mère et se précipita aussitôt près de Skye.

– Que se passe-t-il, petite fille? De quoi s'agit-il?

Skye le regardait, incapable de parler, le visage couvert de larmes. Gaby le mit rapidement au courant des événements.

– Sacrebleu! jura-t-il. Et vous l'avez laissé porter cette croix toute seule! Après les épreuves qu'elle a connues au Maroc! Je vous croyais plus avisée, maman!

– Ne parlez pas ainsi à votre mère, Adam de Marisco! s'écria Skye dans un sanglot. Elle a été merveilleuse avec moi.

– Je le tuerai! rugit Adam.

– Voilà précisément pourquoi j'ai cru bon de me taire, répliqua Gaby d'un ton sec. Quel fier service ce serait nous rendre à tous, y compris à Skye! Si vous tuez un héritier du royaume, il n'est pas un seul endroit au monde où vous pourrez trouver refuge.

– Si vous ne voulez pas m'épouser, Adam, je le comprendrai, murmura Skye.

– Ne dites donc pas d'absurdités! s'écria Adam. Bien sûr que je veux vous épouser! Cela fait six ans que je ne désire rien d'autre! Je ne saurais compter les nuits que j'ai passées sans pouvoir dormir, tant je souffrais de votre absence, et à me maudire de n'avoir pas su vous retenir! Après tout, cet enfant que vous portez est à moitié le vôtre, et nous l'élèverons comme s'il était le mien aussi. Je ne veux pas entendre parler de paysanne! Séchez donc ces maudites larmes, petite fille, et venez m'embrasser.

Il l'enlaça et posa tendrement ses lèvres sur les siennes.

– Oh! Adam. Je vous aime tant, murmura Skye. Mais toute votre famille saura que cet enfant n'est pas de vous. Je ne peux vous infliger pareille honte!

– Non, non! intervint Gaby. Seuls Antoine et les deux sœurs d'Adam connaissent la vérité. Quand je leur aurai expliqué ce qui s'est passé, ils comprendront et se tairont. Ils vous aiment autant que moi, Skye, et vous sont reconnaissants du bonheur que vous avez apporté à Adam.

– Vous voyez, petite fille, murmura Adam. Vous ne m'échapperez pas, cette fois.

Soudain profondément heureuse, Skye leva vers Adam un visage rayonnant.

– Je vais être obligée de suivre un régime draconien si je veux entrer dans ma robe le jour du mariage!

La robe, ce jour-là, s'avéra une pure perfection. Elle était de soie vert pomme et son corsage, brodé de fils d'or et de perles, serrait Skye étroitement à la taille, tandis qu'un vertugadin donnait de l'ampleur à sa jupe et l'évasait en forme de cloche. Ses manches à gigot s'ornaient de petits rubans d'or et se terminaient en parements de dentelle, d'or également. Des bas de soie vert pâle, enjolivés d'un motif de vignes et d'exquises pantoufles incrustées de perles complétaient l'ensemble. Roses de soie et fines chaînettes d'or, constellées de diamants, s'entrelaçaient dans sa chevelure et elle portait autour du cou un collier de perles laiteuses.

La présence de la reine Catherine donnant à ce mariage un véritable caractère de fête pour tout le voisinage, la cérémonie fut célébrée, non dans la chapelle du château, mais dans l'église du village, spécialement décorée pour l'occasion.

Agenouillée aux côtés d'Adam, Skye eut soudain la curieuse impression que des invités invisibles, les fantômes de ses précédents époux, se tenaient derrière elle, lui souriant avec approbation. Dom, bien sûr, n'était pas là. Mais il y avait Khalid el Bey, Geoffrey Southwood, Niall Burke et même Fabron de Beaumont, ce malheureux homme torturé dont elle n'avait été que si brièvement l'épouse. Puis, lorsque Adam glissa à son doigt la bague de mariage, ils disparurent.

Au sortir de l'église, ils furent accueillis par les cris de félicitations des invités et des paysans. Skye rit de bonheur quand, à la grande joie de tous, Adam la souleva de terre et l'embrassa bruyament. Ils prirent ensuite la tête du cortège et regagnèrent le château où devaient se dérouler les festivités.

Des tables avaient été installées sur les vastes pelouses d'Archambault. Celle des mariés trônait sur une estrade, pour que tous puissent contempler l'heureux couple en compagnie de la reine Catherine et de la princesse Margot. Celle-ci était arrivée le matin même à l'improviste. D'abord terrifiée à l'idée que Henri de Navarre était sans doute venu avec elle, Skye, à son grand soulagement, avait entendu la princesse déclarer à sa mère d'un ton acerbe que le prince de Navarre était « occupé ailleurs ». La princesse avait ensuite consacré toute son attention au duc Guise dont l'épouse était mystérieusement absente, elle aussi.

La noblesse des environs prit place, ainsi que les gens des villages d'Archambault et de Saville à des tables plus éloignées. On tira des tonneaux de chêne un vin riche et capiteux qui vieillissait depuis trois ans dans les caves du château dans l'attente d'une grande occasion. Il fut servi aux invités dans des coupes d'argent et on remplit les pots en terre des villageois d'un vin plus ordinaire.

Le comte de Saville leva sa coupe :

– Adam de Marisco ne porte pas mon nom et n'héritera pas de mes terres, mais il est le fils de mon épouse bien-aimée et m'est aussi cher que mes deux fils. Je partage son allégresse en ce jour, car il a non seulement trouvé une épouse, mais une femme selon son cœur. Longue vie à vous et à votre merveilleuse Skye, mon fils!

– Vivent les mariés! crièrent les invités avec enthousiasme.

Skye dut ensuite répondre en souriant aux toasts qu'on leur porta et qui, pour la plupart, leur souhaitaient une nombreuse descendance. Conscient de son malaise, Adam, tenait sa main serrée dans la sienne et la regardait avec tant d'amour que Skye pensa que personne, jamais, ne l'avait aimée aussi profondément.

Les invités firent honneur au plantureux repas qui suivit, puis les villageois se mirent à danser, ravis de voir que Skye et Adam se joignaient à eux et encourageaient leurs nobles hôtes à les imiter. Le soir tomba, puis la nuit, et la fête continua à la lumière des torches sans que personne ne se décidât à quitter les lieux. Ils ne restait plus aux nouveaux mariés d'autre solution que de se retirer les premiers pour donner le signal du départ.

Avec beaucoup de solennité, Gaby et ses filles conduisirent la jeune épousée à sa chambre, l'aidèrent à se dévêtir et poussèrent des cris d'admiration à la vue de sa chemise de nuit. De soie rose pâle, le corsage en était moulant et fort décolleté tandis que les manches, longues et amples, donnaient une illusoire apparence de pudeur. Quand Skye l'eût enfilée, Gaby et ses filles restèrent muettes de stupeur et ce fut Clarice qui exprima l'opinion générale :

– Mon Dieu, ma sœur! Je me demande bien pourquoi nous nous sommes données la peine de vous habiller. Cette chemise épouse si étroitement vos formes qu'on la croirait peinte sur vous. Espérons que mon frère, dans son impatience, ne la réduira pas en morceaux.

– Voilà les hommes! annonça Musette.

– Vite! s'écria Gaby. Mettez-vous au lit, ma fille. Je ne crois pas qu'Adam apprécierait que d'autres profitent d'une spectacle qui lui est réservé.

La porte s'ouvrit livrant passage à Adam, en chemise de nuit, poussé en avant par ses demi-frères et quelques autres invités masculins. Après les avoir laissé plaisanter un moment, Adam les chassa fermement, referma la porte et rejoignit Skye.

– Mon Dieu! murmura-t-elle, je n'arrive pas à y croire. Nous sommes mariés, Adam!

Devant le sourire de bonheur presque enfantin d'Adam, Skye sentit son cœur se serrer.

– Je vous aime, Skye de Marisco. Je vous aime beaucoup.

– Si vous ne voulez pas dormir près de moi, je ne vous le reprocherai pas, dit brusquement Skye.

– Et où devrais-je donc dormir, Skye?

– Vous me comprenez très bien, Adam!

– Cela risque-t-il de faire du mal au bébé?

– Non.

– Jusqu'à quand, Skye? Il faudra que vous m'appreniez ces choses, je n'ai encore jamais été père.

Skye eut envie de crier sa douleur. Il n'était pas père et elle ne pourrait jamais donner d'enfant à cet homme qu'elle adorait! Elle ne portait qu'un bâtard! Mais elle répondit simplement :

– Il n'y a aucun danger pour le moment, Adam.

– Tant mieux! fit-il en se débarrassant de sa chemise. Car, voyez-vous, Skye, j'ai l'intention de prendre mes devoirs conjugaux très au sérieux.

Skye se leva, fit une pirouette et demanda en souriant :

– Aimez-vous ma chemise, mon mari?

– Si vous tenez à ce vêtement, madame, vous feriez mieux de l'ôter avant que je ne le mette en pièces.

Skye fit lentement glisser le haut de sa chemise de nuit, hésita un instant, offrant à Adam le spectacle de sa ravissante poitrine, puis laissa tomber sa chemise jusqu'au sol. Elle contempla alors Adam, aussi hardiment qu'il l'avait fait.

– Vous avez l'air d'aimer ce que vous voyez, madame, dit-il, amusé.

– Il en a toujours été ainsi, mon mari, répondit Skye. Et vous?

– Moi aussi, répondit-il en riant. Et maintenant, au lit, petite fille! J'ai très envie de sentir la douceur de votre corps contre le mien.

Quand ils furent dans les bras l'un de l'autre, Skye murmura avec un soupir de bonheur :

– Oh! mon chéri, je vous aime tant.

Elle chercha sa bouche et leurs lèvres se joignirent en un baiser brûlant qui les laissa tous deux haletants. Adam la renversa ensuite sur les coussins et, glissant la main dans la masse sombre de sa chevelure, reprit ses lèvres en un baiser d'une insoutenable douceur. Lorsqu'il sentit les seins de Skye se raidir contre sa poitrine velue, il s'empara de l'un d'eux et en caressa du pouce la pointe dressée. Un long frisson parcourut Skye et Adam, gagné par le même plaisir, eut un petit rire :

– Vous êtes la femme la plus sensuelle que j'aie jamais connue, mon amour. Je suis heureux de constater que le mariage n'a pas fait de vous une prude.

Tandis qu'emportée par un désir croissant Skye lui pétrissait la nuque, il caressa ses seins à loisir, suçant lentement leur pointe délicate, les embrassant avec ferveur. Skye sentait la chaleur de son membre dressé contre sa jambe et frissonnait à la pensée des délices qui les attendaient encore.

Cette nuit-là, Adam lui fit l'amour comme si cela avait été la première fois, comme s'il découvrait les beautés de son corps, l'enflammant par chacun de ses baisers, la laissant chaque fois pantelante et pourtant encore plus exigeante. Lorsqu'il effleura la peau satinée de ses cuisses, cherchant le cœur de sa féminité, elle le supplia :

– Oh! mon chéri. Je veux vous caresser, moi aussi.

– Pas encore, mon amour, mais bientôt, je vous le promets, répondit-il.

Après l'avoir couchée sur le ventre, il promena ses mains sur son dos et ses fesses, exacerbant son désir jusqu'à la faire gémir. Puis il s'allongea sur elle, faisant aller et venir sa virilité palpitante contre ses fesses. Skye, dans sa soif irrépressible d'être possédée, cria :

– Oh! Adam. Je vous en supplie! Je brûle!

– Maintenant, petite fille. Maintenant vous pouvez me caresser, dit-il doucement en se dégageant.

Le contact de son membre rigide embrasa Skye encore davantage et elle comprit soudain combien Adam avait dit vrai : ils s'aimaient sans précipitation et le désir qui grandissait en eux l'emplissait d'un plaisir comme elle n'en avait encore jamais connu.

Il la pénétra enfin avec douceur, lui arrachant un cri de bonheur, et elle alla à sa rencontre, le serrant étroitement contre elle.

– Ah! fit Adam dans un grognement. Quelle merveille d'être en vous!

Il resta un instant immobile, goûtant cette sensation avec délice, puis commença à se mouvoir voluptueusement en elle en lui murmurant des choses à l'oreille. Skye l'entendait à peine, emportée par les vagues successives d'un plaisir extatique.

– Oh! Adam, gémit-elle. D'où vient que cela soit aussi merveilleux entre nous?

– Comment pourrait-il en être autrement, répondit Adam avec un petit rire. Nous nous aimons, mon amour.

L'amour... C'était le lien indestructible qui les unissait et que la vie, la souffrance et le désir avaient forgé. A Archambault aussi Skye était entourée d'amour. Les Saville, la considéraient désormais comme un membre de la famille. Le comte avait insisté pour que les nouveaux mariés restent au château jusqu'à la naissance de l'enfant. Antoine de Saville était un homme réservé mais plein de sagesse, et il savait que, malgré la compréhension et l'amour d'Adam, Skye avait besoin de la chaleur d'un milieu familial pour affronter cette difficile épreuve.

La grossesse de Skye fut assez pénible au début. Adam se montra très attentionné, ce qui amusait et chagrinait Skye tour à tour. Il était heureux de l'aider, de lui présenter une cuvette lorsqu'elle se sentait mal, le matin, au réveil; il prenait prétexte de son appétit capricieux pour s'empresser autour d'elle et lui massait les chevilles quand celles-ci la faisaient souffrir.

Skye s'efforçait de se montrer d'humeur enjouée, mais s'assombrissait parfois, incapable d'oublier que l'enfant qu'elle portait n'était pas celui d'Adam. Les sœurs de celui-ci tentaient alors de la réconforter de leur mieux.

– Il ne faut pas que vous haïssiez cet enfant, lui dit un jour l'aînée, Isabeau. Ce n'est qu'une victime, tout comme vous.

– Je prie tous les jours pour qu'il ne ressemble pas à son père, répondit Skye, sinon comment pourrai-je m'empêcher de le détester?

– Pensez à Adam, fit Clarice en la regardant avec inquiétude. Oh! Skye, vous ne savez pas combien il a souffert quand cette exécrable Athénaïs a décidé de rompre leurs fiançailles! Il était jeune alors et croyait être épris d'elle. Il avait tant besoin de sa compréhension ou, tout du moins, de sa discrétion! Au lieu de cela, elle lui a infligé un déshonneur public, faisant courir des bruits mensongers sur sa virilité dans tout le pays. Elle a ensuite si promptement épousé le duc de Beuvron que, bien sûr, personne n'a ajouté foi à ses paroles. Mais Adam en a été profondément humilié. Cela fait si longtemps qu'il désire un enfant. Laissez-le considérer celui-ci comme le sien, je vous en supplie!

Skye se souvint qu'Adam n'avait jamais démenti la paternité des enfants que plusieurs filles de Lundy lui avaient attribuée et avait veillé à leur bien-être ainsi qu'à celui de leur mère. Elle s'avisa aussi de l'aisance avec laquelle il avait assumé son rôle de père avec ses propres enfants. Il écrivait à Murrough et Ewan, qui étudiaient à Paris, leur prodiguant de nombreux conseils, et les deux garçons lui répondaient avec respect et affection.

Willow, de son côté, essayait sur lui de nouvelles ruses féminines, sollicitant constamment son avis. Lorsqu'il lui offrit, pour le nouvel an, un collier de perles couleur d'or pâle qui seyait particulièrement bien à son teint, plus mat que celui de Skye, Willow lui sauta au cou en s'écriant :

– Oh! papa, je vous aime tant! Je suis si heureuse que vous soyez mon père!

Skye, émue aux larmes, en conçut un bonheur sans bornes.

Quant à Robin, il idolâtrait ouvertement Adam. Il était tout petit quand son père, Geoffrey Southwood, était mort et il avait à peine six ans, quand Niall avait disparu. Adam était celui dont il avait le plus longtemps subi l'influence et il lui semblait tout naturel qu'il ait épousé sa mère. Tous les matins, ils partaient ensemble à cheval et, dans l'après-midi, Adam faisait irruption dans la chambre de Deirdre et Padraic pour y jouer avec eux sous l'œil approbateur de leur gouvernante.

Pour le nouvel an, les Saville donnèrent une fête au château, à laquelle fut conviée la noblesse des environs. La duchesse de Beuvron avait été invitée, mais comme elle préférait de beaucoup vivre à Paris, sa présence n'était pas escomptée. Elle vint pourtant, escortée de son fils, Renaud, un grand échalas au visage grêlé.

– Renaud n'est pas encore marié, déclara Athénaïs à Henri Saint-Justine en minaudant, et votre fille a tout juste un an de moins que lui. Nous pourrions peut-être nous entendre. Votre famille ne pourrait que s'enorgueillir d'une alliance avec un duc.

Henri frissonna à l'idée de livrer son adorable fille à Renaud de Montoire. Il savait que c'était la vérole qui marquait ainsi son visage. Livré à lui-même, tandis que sa mère prenait du bon temps à Paris, le jeune duc ne connaissait plus de freins et, doté du même appétit insatiable qu'Athénaïs, ne se montrait guère délicat quant au choix de ses partenaires.

– Hélas, madame, répondit-il avec une politesse affectée. Mes deux filles sont déjà fiancées.

Après l'avoir saluée, il la quitta juste au moment où Skye et Adam faisait leur entrée dans la grande salle du château. La grossesse de Skye ne faisait aucun doute et une lueur malicieuse se mit à danser dans les yeux d'Athénaïs. Elle venait d'essuyer une sérieuse déconvenue et sentait le besoin de se venger. S'approchant en souriant du couple, elle s'exclama à haute voix, feignant la surprise :

– Mais vous êtes enceinte, madame de Marisco! J'ai cru un instant que vous aviez grossi, mais non! Vous attendez bien un enfant. Comment est-ce possible ?

Autour d'eux, les hommes riaient sous cape : l'état de Skye leur semblait tout naturel, et s'ils avaient eu la chance de l'avoir pour épouse, ils n'auraient pas mis longtemps, eux non plus, pour la rendre mère. Mais l'insulte faite à sa femme n'avait pas échappé à Adam. Sans lui laisser le temps d'intervenir, Skye répondit d'une voix suave :

– Mon Dieu, Madame la duchesse, c'est pourtant assez simple. Sans doute n'êtes-vous pas parvenue depuis fort longtemps à attirer un homme dans votre lit pour avoir oublié comment on obtient ce résultat. L'endroit n'est guère approprié pour une discussion de ce genre mais, si vous le désirez, c'est avec plaisir que je vous apporterai en privé quelques éclaircissements.

Tout le monde éclata de rire car, sans le savoir, Skye était assez près de la vérité : Athénaïs de Montoire, à quarante ans, avait de plus en plus de mal à trouver des amants, et on racontait à la Cour qu'elle payait des jeunes gens pour satisfaire ses désirs.

– Ce que je voulais dire, Madame, répliqua Athénaïs avec rage, mais peut-être l'ignorez-vous, c'est que si j'ai rompu autrefois mes fiançailles avec votre époux, c'est parce qu'il était incapable d'engendrer.

Les invités écoutaient maintenant, retenant leur souffle.

– Je ne comprends pas, Madame, répondit Skye. Je connais quelques mères, vivant sur les terres de mon époux, en Angleterre, qui pourraient s'inscrire en faux, comme moi-même, contre cette accusation. Et si l'on peut soupçonner une paysanne d'avoir la mémoire un peu déficiente, il n'en est certes pas de même en ce qui me concerne.

Un long moment, les deux femmes se défièrent du regard, puis Athénaïs déclara d'un ton dégoûté :

– Je ne fais que répéter ce qu'on m'a dit autrefois, madame.

– Bah! intervint la comtesse de Cher. Vous n'avez rejeté mon fils que dans votre impatience d'épouser le duc de Beuvron, Athénaïs. Tout le pays sait comment votre père a usé de votre virginité comme appât pour faire de vous une duchesse. C'est la rancune qui dicte vos paroles, aujourd'hui. Personne n'ignore à la Cour que vous avez supplié la reine Catherine d'intercéder en votre faveur pour qu'Adam consente à vous accorder un entretien.

– Comment osez-vous m'insulter ainsi s'écria Athénaïs de Montoire, indignée. Je m'en plaindrai à la reine, madame la comtesse, et je n'assisterai pas un instant de plus à votre stupide fête campagnarde, qui ne doit son éclat qu'à la présence de mon fils et de moi-même. Venez, Renaud!

Dans un bruissement furieux d'étoffes, elle quitta la pièce.

– Bon débarras! s'exclama Gaby, qui fit aussitôt signe aux musiciens.

Les invités se remirent à danser.

– Je tuerais volontiers cette peste! marmonna Skye.

– Vous seriez obligée d'attendre votre tour, ma fille : Madame la duchesse est la fille du diable en personne et compte de nombreux ennemis. Mais ne vous inquiétez pas : elle ne peut pas vous nuire.

La vivacité de ses reparties valurent à Skye l'estime et le respect immédiats des femmes de l'assemblée qui n'avaient eu que trop à souffrir de la supériorité d'Athénaïs. Tout le monde s'accorda à trouver la soirée très réussie.

Vint le carême. Parce qu'elle était enceinte et avait trente-deux ans, le prêtre du château dispensa Skye d'un jeûne rigoureux et lui accorda le droit de manger de la viande le mardi, le jeudi et le dimanche. Skye se sentait coupable de faire gras quand tout le monde autour d'elle se nourrissait de poisson. Les Saville, qui pouvait faire servir à leur table du poisson frais, pêché dans le Cher, étaient cependant plus fortunés que d'autres, qui devaient se contenter de morue et de hareng saur.

Au grand soulagement de Skye, Adam l'entoura d'attentions pendant tout le temps de sa grossesse, prenant plus de plaisir à son état qu'aucun de ses précédents maris ne l'avait jamais fait. Il aimait à la tenir contre lui, dans leur grand lit, et à caresser son ventre rebondi et ses seins alourdis.

– Par la mordieu! dit-il un matin. Comme j'ai hâte de voir enfin l'enfant sucer le lait de votre admirable poitrine!

– Je pensais confier l'enfant à une nourrice, observa Skye.

– Nous verrons plus tard, mais au début j'aimerais vous voir l'allaiter. Vous avez sûrement de quoi le nourrir, fit-il en lui soupesant tendrement un sein. Pourquoi le confier à une paysanne? Je serais d'avis, ajouta-t-il, de rester en France quelque temps encore. Nous y sommes heureux, les enfants aussi...

Ces propos, d'apparence raisonnables, étaient démentis par la sombre expression de son visage. Il remettait déjà depuis plusieurs jours l'annonce d'une nouvelle désagréable, attendant une occasion favorable qui ne se présentait jamais.

– Robbie vous a écrit ? demanda Skye, immédiatement sur le qui-vive.

– Oui, avoua Adam, sachant que toute dissimulation aurait été vaine. La reine – que son âme aigre et desséchée de vieille fille soit damnée – refuse de reconnaître notre mariage. Elle dit que nous avons usé de tromperie, que nous avons démérité auprès d'elle. J'aimerais bien savoir de quelle tromperie nous nous sommes rendus coupables ? Cette sorcière est tout bonnement jalouse de notre bonheur ! Elle n'a jamais été assez femme pour tout sacrifier à l'amour et elle en veut à tous ceux qui ont le courage de faire ce à quoi elle-même aspire en secret.

– Qu'elle aille au diable ! grommela Skye.

Adam éclata de rire, puis reprit d'un ton sérieux :

– Il y a plus grave, mon amour.

– Il n'est certes pas dans la nature d'Élisabeth Tudor de se satisfaire de mots. Dites-moi tout, Adam.

– Elle s'est emparée des terres des Burke.

– La peste soit de cette femme ! Elle m'avait fait le serment de les conserver à Padraic si j'épousais le duc de Beaumont ! Que les Tudor, ces chiens fourbes, soient maudits ! Qu'elle-même soit maudite ! Mais mon oncle Seamus, que lui est-il arrivé ?

– Il ne s'est pas rendu sans combats, répondit Adam avec un petit rire. Il a d'abord usé de diplomatie et rappelé sa promesse à la reine. Lorsqu'il a compris que tout serait vain, ce vieux renard a fait bourrer le château de poudre et l'a fait exploser, la veille du jour où le nouveau propriétaire anglais devait en prendre possession. Et comme celui-ci avait déjà prévenu les fermiers d'avoir à quitter les lieux, ils ont eux aussi fait sauter leur maison, si bien qu'il ne reste plus sur le domaine que des monceaux de pierres.

– Mais les gens qui vivaient sur ces terres, que vont-ils devenir ? demanda Skye, inquiète.

– Certains ont rejoint les O'Malley, d'autres se sont réfugiés à Ballihennessey qui, jusqu'à présent a échappé à l'attention de la reine.

– C'est un petit domaine, qui nourrit déjà à peine ses propres paysans ! protesta Skye. Et mon oncle, où est-il allé ?

– Chez les O'Malley, bien sûr. Sa tête est mise à prix pour avoir détruit des biens appartenant à la Couronne.

– Mes frères le protégeront. Mais à soixante et onze ans, il est bien vieux pour affronter de tels troubles !

– Voulez-vous que je le fasse venir en France, Skye ?

– Il n'y consentira jamais. Il est évêque de Connaught et se doit à ses gens, surtout en ce moment.

Après ces tristes révélations, il en coûtait à Adam d'accabler Skye encore davantage, mais il n'avait pas le choix :

– La reine s'est également emparé de Lundy.

– Oh, Adam! s'écria Skye. Tout cela à cause de moi!

– Je ne veux pas vous mentir, Skye. J'aimais Lundy; j'aimais jusqu'à cette sacrée tour qui menaçait ruine et qui était tout ce qui restait de mon château. Je regretterai ces lieux où nous nous sommes connus et où nous avons fait l'amour pour la première fois. Mais même si j'avais mille domaines, je les céderais tous avec joie pour vous avoir comme épouse, petite fille. D'ailleurs, la reine n'a mis la main que sur mon île. Lorsque je me suis lancé à votre poursuite, averti par quelque instinct, j'ai transféré toute ma fortune à Paris, chez mes banquiers. Si nous ne parvenons pas à apaiser la reine, je chercherai à acquérir des terres ici, en France.

« Quand aux domaines de Lynmouth et à ceux de Robert Small, qui reviendront plus tard à votre fille, la reine n'y a pas touché. Elle n'en voulait qu'aux Burke. D'ailleurs, étant donné la situation actuelle en Irlande, je crois que les Anglais auraient de toute façon fini par s'emparer de leurs terres.

– Et les O'Malley, Adam?

– Pour l'instant, ils semblent en sécurité. J'espère que vous ne m'en voudrez pas, Skye, mais j'ai demandé à Robbie de prendre le commandement des six navires qui vous appartiennent en propre et de les séparer de ceux des O'Malley. Vos frères font à présent cause commune avec votre parente Grace O'Malley, l'ennemie mortelle de la reine. J'ai essayé de protéger vos biens.

– Vous avez bien fait, répondit Skye avec tristesse. Mes frères sont des têtes brûlées sans cervelle qui vont réduire à néant tout ce que j'ai fait pour les O'Malley et condamner nos gens à la misère. Malheureusement je ne peux rien faire pour les aider : ce sont des adultes maintenant, ils ne m'écouteraient pas. Ils ne pensent qu'à la gloire dont ils se couvrent en se rebellant contre les Anglais, sans voir les malheurs dont ils vont être la cause.

Avec un profond soupir, elle poursuivit :

– Il faut envoyer chercher les deux filles de Geoffrey, Gwyneth et Joan, et supplier ma belle-mère, Anne, de les accompagner.

– Elle ne se résoudra peut-être pas à quitter ses fils, Skye.

– Peut-être, mais je dois au moins à la mémoire de mon père de le lui proposer.

– Avec le temps, la reine reviendra sur sa décision. J'en suis sûr.

– Pas moi. Vous souvenez-vous du mariage secret de lady Catherine Grey et d'Edward Seymour, le comte d'Hertford? Il s'agissait d'un mariage catholique, comme le nôtre, mais quand ils ont eu besoin d'en faire la preuve, le prêtre est resté mystérieusement introuvable et la reine a déclaré illégitimes leurs deux fils.

– Mais Catherine Grey prétendait au trône des Tudor, Skye. La reine ne cherchait qu'à se protéger.

– Non, Adam. La reine exige un pouvoir total sur ses courtisans. Elle m'a expliqué un jour qu'elle ne se marierait jamais de peur de n'être plus ni reine ni femme, mais la propriété d'un homme. Elle la redoute vraiment, Adam, et le désire tout aussi ardemment. Elle s'entoure de femmes qui lui ressemblent, des femmes d'esprit, belles et intelligentes, mais si elles ont le malheur de la décevoir, en tombant amoureuses, elle leur voue une rancune tenace. Elle croit honnêtement qu'elles ont laissé triompher leurs bas instincts. Élisabeth Tudor, elle, ne cédera jamais à ses sentiments; elle restera jusqu'à sa mort la reine vierge.

– Qu'adviendra-t-il alors de l'Angleterre? fit Adam d'un air songeur.

– Marie Stuart a un fils. C'est lui, sans doute, qui sera appelé à régner.

Au fond du cœur, Adam n'avait pas perdu tout espoir d'obtenir le pardon d'Élisabeth Tudor. S'il aimait la France, il se sentait anglais avant tout et comptait bien parvenir à rentrer en grâce un jour.

Gwyneth et Joan arrivèrent à la mi-avril, après s'être arrêtées en Cornouailles pour assister aux noces de leur sœur aînée, Susan, et du jeune lord Trevenyan. Susan, qui avait quinze ans, avait alors écrit à Skye pour lui proposer de prendre en charge ses deux cadettes, puisqu'elle était mariée à présent. Mais Gwyneth et Joan s'étaient empressées de fuir cette famille d'un protestantisme rigoureux, lorsqu'il avait été question de leur faire épouser les deux jeunes beaux-frères de Susan.

– Si vous aviez pu les voir, belle-maman! s'exclama Joan en pouffant. Deux garçons boutonneux qui cherchaient toujours à nous passer la main sous les jupes quand personne ne les observait. Par contre, ils devenaient d'une piété exemplaire dès qu'il le fallait!

– En vérité, belle-maman, et bien que Susan ait paru outrée de voir que nous préférons vos fils, c'est Ewan et Murrough que nous aimons. Quand pourrons-nous nous marier?

– Nous en reparlerons quand vous aurez atteint seize ans. Cet été, vous resterez à Archambault et, à l'automne, je réussirai peut-être à vous placer comme demoiselles d'honneur auprès de la jeune reine de France. Aimeriez-vous passer quelques mois à la Cour?

L'expression ravie qui illumina le visage des deux jeunes filles parlait d'elle-même.

– Je suis désolée qu'Anne ne vous ait pas accompagnées, observa Skye.

– Elle n voulait pas quitter ses fils, expliqua Joan. Et pourtant, ils entraîneront certainement les O'Malley à leur perte.

– C'est justement pourquoi je vous ai fait venir. Je ne voulais pas vous voir impliquées dans cette affaire.

Joan et Gwyneth s'installèrent confortablement dans la routine familiale, participant aux jeux et aux études de Willow et de ses petits cousins français.

Le vingt-neuf avril, Skye ressentit les premières douleurs.

– C'est un peu tôt, remarqua Gaby, mais la nature se trompe rarement : l'enfant doit être assez gros et prêt à naître.

– En effet, approuva Eibhlin O'Malley qui était arrivée d'Irlande avec ses nièces pour aider sa sœur préférée à accoucher.

Le salon des Marisco avait été transformé en salle de travail et toutes les dames du château étaient prêtes à offrir leurs services, qu'Eibhlin trouvait bien superflus étant donné que Skye en était à son huitième enfant. La naissance s'annonça pourtant difficile. Skye, en proie à des contractions qui allaient et venaient sans lui laisser de répit, arpentait la pièce de long en large, le dos trempé de sueur.

– Je ne comprends pas, avoua-t-elle à Eibhlin. Aucun de mes accouchements ne s'est déroulé de cette façon.

– Que voulez-vous dire, ma sœur ? demanda Eibhlin en s'efforçant de ne rien laisser paraître de son inquiétude.

– Je me suis sentie très mal au début de ma grossesse et l'enfant ne s'est pas montré aussi remuant que les autres.

Secrètement soulagée, Eibhlin déclara :

– Il n'y a pas deux naissances rigoureusement identiques, Skye. La seule chose qui m'inquiète, c'est que ce petit soit si long à venir. Les autres sont nés très rapidement.

Le matin du trente avril, de violentes douleurs réveillèrent Skye qui perdit les eaux avant même d'avoir pu se lever. Furieuse, elle maugréa :

– Ce bâtard royal me cause déjà des ennuis ! Puisse-t-il ne jamais venir au monde !

– Vous n'avez pas honte, ma sœur ! Cet enfant n'est pas responsable du forfait de son père. Vous devriez plutôt vous réjouir d'avoir un époux qui vous aime au point de l'accepter comme le sien.

– Mais je ne veux pas de ça ! grommela Skye, éperdue de douleur. Je hais cet être que je n'ai pas désiré. Ce jeune roi de Navarre m'a traitée comme une catin et je ne pourrai jamais l'oublier ! Ce n'est pas juste, Eibhlin, vraiment pas juste ! Adam, le meilleur homme qui soit au monde, ne peut engendrer à cause d'une fièvre qu'il a eue alors qu'il est fait pour être père! C'est son enfant que je veux, et non le bâtard du prétendant au trône de France!

Eibhlin qui avait toujours compris sa cadette, l'enlaça tendrement :

– Vous ne pouvez plus rien y changer, ma sœur; les faits sont les faits. Vous prétendez aimer votre époux plus que tout au monde et ne serait-ce que pour lui, vous devez accueillir cette naissance de bonne grâce. C'est la seule chose qu'il vous ait jamais demandée, lui qui vous a déjà tant donné, qui a perdu son île et son pays pour l'amour de vous; il vous aime totalement, sans honte et sans restriction. Et il désire cet enfant pour mettre un terme à tous les bruits que la duchesse de Beuvron a fait courir sur lui. Vous ne pouvez pas le lui refuser. Skye éclata en sanglots.

Vous avez raison, Eibhlin, mais je ne parviens pas à m'y résigner. Je sais que c'est parfaitement égoïste, mais je n'y arrive pas!

– Vous avez une nature bonne et généreuse, Skye, fit Eibhlin en lui caressant doucement les cheveux. Vous y parviendrez.

Blottie contre sa sœur, Skye pleura longtemps. Elle se rappelait les regards concupiscents d'Henri de Navarre, elle sentait encore sa bouche sur elle et, surtout, elle ne pouvait pas oublier que ses sens l'avaient trahie et que le jeune roi s'en était rendu compte. Tout l'amour qu'Adam lui portait ne suffisait pas à effacer la honte qu'elle en ressentait et il lui faudrait supporter jusqu'à la fin de ses jours le souvenir vivant de ce viol.

Skye se sentit soudain arrachée aux bras d'Eibhlin. La serrant contre son torse puissant, Adam la suppliait :

– Ne pleurez pas, petite fille. Ne pleurez pas, je vous en prie!

Malgré son chagrin, Skye s'efforça de lui répondre d'une voix normale.

– Voyons, Adam! Un accouchement est toujours douloureux. Toutes les femmes pleurent à ce moment-là! Pourquoi voudriez-vous que je me comporte autrement que les autres?

Un intense soulagement se peignit sur les traits d'Adam.

– Vous êtes sûre que tout va vraiment bien? demanda-t-il, cherchant encore à être rassuré.

– Mais, bien entendu, grand bêta. Je ne m'étonne plus que ce soit aux femmes que Dieu ait confié la tâche d'enfanter. La moindre chose vous met sens dessus dessous, vous, les hommes!

– J'avoue que je préfère affronter mon pire ennemi plutôt que des souffrances comme les vôtres. Si vous me le permettez, je resterai auprès de vous, petite fille.

– J'en serai très heureuse, Adam, à condition que vous me promettiez de partir si cela vous devient trop insupportable. Je comprendrai.

Eibhlin se sentit secrètement soulagée : si Skye acceptait l'enfant, tout irait mieux. Ses couches difficiles étaient dues sans aucun doute à son refus farouche de le voir naître. Et, en effet, le travail de Skye se mit à progresser, mais beaucoup plus lentement qu'Eibhlin ne s'y attendait. Ayant décidé de procéder à un examen plus attentif de sa sœur, elle demanda à Adam et Gaby d'allonger Skye sur un matelas et, après s'être soigneusement lavée les mains, elle lui explora délicatement la matrice. Elle étouffa un juron.

– Qu'y a-t-il ? voulut savoir Skye.

– L'enfant se présente mal...

– Va-t-il se redresser de lui-même ?

– C'est possible. Je pense que nous pouvons attendre encore un peu.

On aida Skye à se relever et, avec une détermination farouche, elle se mit à arpenter la pièce de long en large, accompagnée d'Adam. Gaby et Eibhlin en profitèrent pour prendre un peu de repos.

Au bout de quelques heures, les douleurs apparaissant avec un rythme régulier, Eibhlin examina de nouveau sa sœur. Skye était à présent complètement dilatée, mais l'enfant se présentait toujours par le siège.

– Je vais essayer de le retourner moi-même, déclara Eibhlin.

– En êtes-vous capable ?

– Je l'ai déjà fait plusieurs fois avec succès, répondit Eibhlin. Ne vous inquiétez pas, Skye. Tout ira bien.

Tandis qu'Adam, assis à côté d'elle, cherchait à la réconforter, Skye priait en silence. Elle n'avait pas voulu de ce bâtard, mais à présent que sa vie était en danger son instinct maternel reprenait le dessus.

– Voilà ! s'exclama Eibhlin d'une voix triomphante. Et maintenant poussez, ma sœur, pour que l'enfant vienne rapidement au monde.

– Vous l'avez retourné ? demanda Gaby avec anxiété.

– Oui, madame la comtesse. Regardez ! On voit sa tête !

Une douleur intolérable déchira Skye, lui arrachant un cri. Adam, d'une pâleur de cire, lui rafraîchissait le front et elle se rappela tout à coup Goeffrey, qui était resté ainsi auprès d'elle lors de la naissance de leur fils. Elle espérait qu'il en serait de même d'Adam car, sensible comme il était, il chérirait ensuite à jamais ce souvenir.

Comme un nouveau spasme la secouait, elle entendit Gaby s'écrier :

– Il est en train de naître, ma fille !

– Encore un tout petit effort, ma chérie, lui enjoignit Eibhlin. La tête et les épaules sont déjà sorties.

– Je veux voir l'enfant venir au monde, mon amour, lui murmura Adam.

– Oui! fit Skye d'une voix pressante. Oui!

Elle remarqua, avec une joie presque païenne l'expression émerveillée et stupéfaite qui se peignit sur le visage d'Adam. Leurs regards se rencontrèrent et l'amour et l'admiration qu'elle lut dans ses yeux lui donna des forces neuves. Rassemblant toute son énergie, elle poussa de nouveau. L'enfant glissa hors de son corps, eut un hoquet, et poussa un cri de rage : il respirait.

– C'est une fille, déclara Eibhlin avec un sourire. Une très belle petite fille.

– Donnez-la moi, dit Gaby. Je vais la laver pour qu'elle puisse être convenablement présentée à son papa et à sa maman.

Skye éclata d'un rire ravi en voyant avec quel plaisir Adam contemplait le bébé.

On délivra Skye de l'arrière-faix et Eibhlin, fit disparaître les dernières traces de l'accouchement :

– L'enfant vous a un peu déchirée. Mâchez cette herbe, ma sœur, car je vais devoir vous recoudre.

Skye obéit et l'amertume de la plante la fit grimacer.

Gaby qui nettoyait le nouveau-né, poussa soudain un cri d'étonnement :

– Mon Dieu! Comment est-ce possible? Et pourtant, il n'y a aucun doute. Adam! Allez immédiatement chercher Isabeau et Clarice.

– Mais, maman! protesta Adam. Je ne vais pas les réveiller en pleine nuit. J'ai beau être très fier de cet enfant, je peux tout de même patienter jusqu'à demain matin.

– Faites ce que je vous dis! ordonna Gaby. Je vous en prie, Adam, ne discutez pas.

Adam céda et alla chercher ses sœurs.

– Qu'y a-t-il? demanda Isabeau en serrant sa robe de chambre autour d'elle.

– L'enfant est né et maman tient absolument à ce que vous veniez immédiatement.

– Comment va Skye? intervint Clarice.

– Elle se porte bien et l'enfant aussi. Je crois que maman a perdu la tête!

Les deux sœurs échangèrent un regard, puis se hâtèrent de gagner les appartements des Marisco, suivies d'Adam.

– Que se passe-t-il, maman? s'écria Isabeau.

– Vous vous sentez bien? demanda sa sœur.

– Parfaitement bien, répondit Gaby. Mais j'ai besoin de vous car il s'est produit un miracle. S'approchant de Skye, l'enfant dans les bras, elle poursuivit :

– Cette petite fille n'est pas d'Henri de Navarre. Elle est de notre sang. Et je vais vous le prouver.

Elle confia le nourrisson à Eibhlin, souleva ses jupes et dénuda sa hanche.

– Vous voyez ce petit grain de beauté en forme de cœur, Skye ?

– Oui, répondit Skye, perplexe.

– Eh bien, c'est la tache de naissance que portent toutes les femmes Saint-Denis, et uniquement elles. Isabeau, Clarice, montrez votre grain de beauté à Skye.

Les deux sœurs découvrirent une tache de naissance exactement identique à celle de leur mère.

– Nos filles l'ont aussi, observa Isabeau.

– J'étais une demoiselle Saint-Denis avant de me marier, expliqua Gaby. Les femmes de ma famille portent cette marque depuis au moins dix générations. Et l'enfant que vous venez de mettre au monde est ma véritable petite-fille, la véritable fille d'Adam. Dénudez-la, ma sœur, fit-elle en se tournant vers Eibhlin. Regardez, Skye ! Là, sur la hanche gauche. Vous voyez ce petit grain de beauté ? C'est un miracle, ma fille. Adam est bien le père de cet enfant, lui et personne d'autre !

Skye regarda sa fille, puis se tournant vers Eibhlin, lui demanda d'une voix troublée :

– Vous qui êtes docteur, Eibhlin, dites-moi, est-ce vrai ? Est-ce vraiment possible ? Ce bébé peut-il être celui d'Adam ?

Eibhlin examina attentivement le nouveau-né, l'emmitoufla de nouveau dans une couverture et se tourna vers Adam :

– De qui tenez-vous que vous ne pouvez pas engendrer, Adam ?

– D'une vieille femme, spécialiste des plantes. J'avais eu une très forte fièvre et elle a affirmé que toute vie avait disparu de ma semence.

– Un diagnostic qui n'est que partiellement exact. Le cours de la nature s'inverse parfois et il est fort possible qu'aujourd'hui, bien des années plus tard, votre semence ait retrouvé un peu de sa fertilité. J'ai déjà entendu parler de cas semblables au vôtre. Cet enfant est indubitablement le vôtre, mais ne nourrissez pas de trop grands espoirs pour l'avenir. Vous avez eu de la chance et Dieu a exaucé les prières de ma sœur, mais comme l'a dit votre mère : c'est un miracle !

Adam s'approcha de Skye et tous deux contemplèrent leur fille avec admiration.

– Comment pourrai-je jamais vous remercier, mon amour, balbutia Adam d'une voix enrouée.

– Je... Je n'arrive pas à y croire, répondit Skye en pleurant de bonheur.

Eibhlin fut la première à secouer l'émotion qui les étreignait tous.

– Il est temps pour tout le monde d'aller au lit. Où est le berceau ?

– Donnez-moi le bébé, ordonna Gaby. Je vais aller le coucher pendant que vous vous occuperez de Skye. Eh bien ! poursuivit-elle en se tournant vers ses filles. Ne restez donc pas là à rien faire ! Préparez le lit de Skye. Il faut vraiment tout vous dire !

Isabeau et Clarice s'esclaffèrent, sans s'émouvoir. Elles étaient trop heureuse du bonheur de leur frère bien-aimé et de sa belle épouse.

Adam prit avec précaution Skye dans ses bras et l'allongea sur le lit. Quand il se pencha pour effleurer ses lèvres d'un baiser, épuisée, elle s'était déjà endormie.

– Est-ce qu'elle va bien ? demanda-t-il à Eibhlin.

– Oui, répondit-elle en souriant, mais elle est extrêmement fatiguée. Je ne m'inquiéterais pas si Skye n'avait déjà plus de trente ans. Une naissance difficile n'est pas souhaitable à cet âge.

– Est-elle en danger, Eibhlin ?

– Je ne crois pas. Skye a toujours été vigoureuse. Mais il vaut mieux être prudent.

Resté seul, Adam alla sur la pointe des pieds contempler longuement le nouveau-né. Sa fille ! Il avait une fille ! Pas un bâtard qu'il aurait accepté pour l'amour de Skye, mais son propre enfant ! C'était vraiment un miracle. Il aurait voulu la prendre dans ses bras, mais n'osait pas. Tout le monde avait beau dire que c'était une belle et solide petite fille, il la trouvait si frêle ! Il attendrait le lendemain pour faire plus ample connaissance avec elle.

Plus tard, dans son sommeil, Adam entendit le bébé gémir. Il se réveilla aussitôt et se précipita vers le berceau, surpris et soulagé à la fois d'y trouver la nourrice qui lui dit en souriant :

– Tout va bien, monseigneur. Retournez vous coucher.

Adam s'exécuta avec gratitude et lorsqu'il s'éveilla de nouveau, le soleil était déjà haut dans le ciel. Jetant un coup d'œil dans la chambre de Skye, il vit qu'elle était assise dans son lit, et déjeunait d'un œuf. Il se hâta de se préparer et d'aller la rejoindre. Le visage de Skye s'éclaira aussitôt et elle s'écria gaiement en lui ouvrant les bras :

– Bonjour, mon mari.

– Je vous aime, murmura Adam en l'embrassant avec passion. Vous êtes la femme la plus merveilleuse du monde, lady de Marisco !

– Mon Dieu ! Et pourquoi êtes-vous d'aussi charmante humeur, ce matin, milord ? fit-elle d'un ton narquois. Ila, apportez donc le bébé que Monsieur puisse le voir, poursuivit-elle en se tournant vers la nourrice. Oh ! Adam, elle est si belle !

– Merci, ma femme, répondit-il en lui baisant la main. Mille fois merci !

Ila déposa l'enfant sur le lit avec précaution.

– Regardez-la, Adam. N'est-ce pas que c'est une pure merveille ?

Le bébé était si bien emmailloté qu'Adam n'apercevait qu'un tout petit visage en forme de cœur.

– Je ne peux pas vraiment m'en rendre compte, répondit-il. Ne pouvons-nous pas la déshabiller ?

– Eh bien ? demanda Skye après avoir retiré ses langes à l'enfant.

Adam contempla sa fille avec admiration. Toute rose, avec d'épaisses boucles noires, elle avait de petits membres grassouillets, un ventre rebondi, et regardait hardiment Adam de ses beaux yeux bleus. Avec un petit rire, il l'effleura tendrement de la main, s'émerveillant de la douceur de sa peau.

– Rose et ébène ; ivoire et velours. Voilà ce qu'elle est.

Skye sourit, heureuse de le voir si fier, et langea l'enfant qui se mit à vagir. Elle découvrit alors sa poitrine pour lui donner le sein et en l'observant, Adam se sentit envahi par un sentiment de paix comme il n'en avait encore jamais connu.

– Comment allons-nous l'appeler ? demanda-t-il.

Skye ne s'était jamais résolue à discuter du nom de l'enfant tant qu'elle avait cru qu'Henri de Navarre en était le père.

– Si nous la prénommions Gabrielle, comme votre mère, et Marie, puisque le mois de mai est celui de la sainte Vierge ?

– C'est très gentil à vous, mon amour, répondit Adam. Mais il y a déjà une Marie-Gabrielle et une Gabrielle-Marie dans notre famille. Il faut que notre fille ait un nom qui la différencie de ses cousines.

Adam contempla l'enfant qui têtait avidement le sein de sa mère et se sentit de nouveau l'irrésistible besoin de la toucher. Son visage s'éclaira soudain et il s'écria :

– Velvet ! Je veux que nous l'appelions Velvet, car elle est douce comme du velours.

– Très bien ! approuva Skye. Velvet Gabrielle Marie. Velvet de Marisco !

Velvet de Marisco choisit cet instant précis pour attraper le hoquet, au grand amusement de ses parents. Puis, sans se laisser le moins du monde émouvoir par la solennité de l'occasion, elle s'endormit.

16.

Quand elle eut trois jours, Velvet de Marisco fut baptisée dans la chapelle d'Archambault par le prêtre du château. A la surprise générale, la reine Catherine et Marguerite de Valois arrivèrent de Chenonceaux où elles avaient fêté le mois de mai. La princesse tint absolument à être la marraine de la petite fille.

– Henri de Navarre n'en est pas le père, Votre Altesse, déclara hardiment Skye. Je ne voudrais pas qu'il y ait de malentendu entre nous.

– Elle est bien trop mignonne pour être de lui, madame, répondit la princesse en riant. Non, si je souhaite être sa marraine, c'est tout simplement qu'en bonne épouse je devrais moi aussi mettre un enfant au monde. Mais je ne suis pas une très bonne épouse et d'ailleurs, Henri n'est pas non plus un bon mari. Passez-moi ce caprice, madame.

– Vous faites un bien grand honneur à ma fille, Votre Altesse, fit Skye en s'inclinant poliment.

– Qui sera l'autre marraine ? demanda Catherine de Médicis.

– Élisabeth Tudor, répondit doucement Skye.

La reine éclata de rire.

– Vous jouez bien votre jeu, madame de Marisco ! L'enfant n'aura certainement pas à se plaindre d'avoir pour protectrices à la fois une reine d'Angleterre et une princesse française. Qui sait à quelle brillante destinée elle est promise. Et les parrains ?

– Le comte de Cher et le demi-frère de ma fille, le comte de Lynmouth.

– Excellent choix. Vous cherchez une fois de plus à avoir un pied de chaque côté de la Manche...

Cet été-là, les guerres de religion agitèrent de nouveau la France. Un riche marchand huguenot, qui avait décidé de partir pour la place forte protestante de La Rochelle, accepta avec gratitude de vendre son petit manoir de Belle Fleur à Adam.

A six lieux d'Archambault, au bord d'un lac, entouré d'un immense jardin que cernait la forêt, c'était un véritable château de conte de fées. Construit de blocs de schiste d'un gris rougeâtre grossièrement équarris, il était flanqué de quatre tours d'angle polygonales qu'on aurait cru surmontées de coiffes de sorcières. La cour d'honneur n'était accessible que par une porte fortifiée, encadrée de deux hautes tours rondes en encorbellement. Trois façades donnaient sur le lac, et la quatrième sur un magnifique jardin où poussaient à profusion les fleurs qui avaient valu son nom au château.

Celui-ci, bien que de petite taille, était cependant pourvu d'une grande salle de belle dimension et du nombre de chambres nécessaires pour héberger les enfants et la domesticité.

Adam et Skye y passèrent un été heureux, se consacrant à leurs enfants que le retour d'Ewan et Murrough, et la présence des deux belles-filles de Skye, portaient au nombre de neuf. Les trois aînés passaient de longues journées en compagnie de leur beau-père, à chasser ou à pêcher paresseusement dans le lac. Ewan et Murrough s'étaient également pris d'un intérêt soudain pour Gwyneth et Joan, auxquelles ils étaient fiancés depuis l'enfance.

Les belles-filles de Skye, enfants que Geoffrey Southwood avaient eus d'un premier mariage, étaient de ravissantes jeunes filles aux cheveux blonds et aux yeux gris dont Skye s'occupait depuis qu'elles avaient cinq ans. Quand elle avait quitté l'Angleterre pour Beaumont, elle les avait confiées à Anne O'Malley qui leur avait appris tout ce que doit savoir une bonne épouse et une bonne mère. Enfants, elles avaient été plutôt laides et leur joliesse toute neuve comblait Skye d'aise et ravissait ses fils.

En compagnie de leur belle-mère et de Willow, Gwyneth et Joan faisaient des promenades à cheval, canotaient sur le lac et déjeunaient sur l'herbe dans la forêt. Déjeuners qu'Adam et les garçons ne tardèrent pas à partager et auxquels Deirdre et Padraic exigèrent bientôt de participer.

Le soir, la famille se réunissait dans la grande salle et, après le repas, Adam et Ewan jouaient aux échecs tandis que Robin et Murrough, qui avaient tous deux été pages à la Cour, accompagnaient de leur luth le chant de ces dames.

Fière de ses enfants, Skye se réjouissait de les voir si heureux. Leur bonheur n'avait jamais été aussi parfait : ils étaient loin du conflit qui opposait Anglais et Irlandais, loin d'Élisabeth Tudor et de ses intrigues et, pour la première fois, ils vivaient sans inquiétude, à l'abri de tout danger.

A l'automne, Gwyneth, Joan et Willow, qui devaient faire partie pendant quelques mois de la maisonnée de la jeune reine de France, Élisabeth d'Autriche, se réunirent à Paris en compagnie d'Ewan. Murrough qui avait décidé de ne pas poursuivre ses études, partit en mer avec le vieux MacGuire. Resté seul, Robin ne tarda pas à manifester des signes d'impatience.

– Tu voudrais rentrer en Angleterre, lui fit remarquer Skye un jour.

Robin, qui avait maintenant dix ans, regarda sa mère avec tristesse.

– Je suis Anglais, mère, et comte de Lynmouth. Bien que je ne sois pas encore adulte, ma place est à la Cour des Tudor, là où mon père a passé sa jeunesse. Je dois également veiller sur mes domaines.

– Si tu pars, nous ne nous reverrons peut-être jamais. Adam et moi nous craignons le courroux de la reine. Nous ne pouvons pas nous rendre en Angleterre : elle refuse de reconnaître notre mariage et considère notre petite Velvet comme une enfant illégitime.

– La reine n'est pas heureuse, observa Robin avec sagesse. Elle désire et redoute tout à la fois ce que les autres femmes possèdent. Elle est plus fâchée contre elle-même que contre vous.

Skye fut stupéfaite de la perspicacité de son fils. Il était vrai que Robin avait été le page favori de la reine et qu'il était, en outre, doté d'une grande intelligence.

– Je vais écrire à Robbie et à Richard de Grenville pour leur demander si ton retour serait bien accueilli, déclara-t-elle, les larmes aux yeux.

– Ne vous inquiétez pas, mère, fit Robin pour la réconforter. Élisabeth Tudor ne pourra pas m'empêcher de vous rejoindre quand je le voudrai. Je suis un Southwood et le premier comte d'Angleterre!

Skye observa attentivement son fils et remarqua soudain combien il ressemblait à son père. Il en avait l'allure, le port de tête arrogant, et s'exprimait avec la même fierté farouche.

– Tu es sans aucun doute un Southwood, répondit-elle doucement.

Comme elle le lui avait promis, Skye écrivit immédiatement à Robbie et à Grenville. Pendant plusieurs semaines, ils entretinrent une correspondance suivie. Skye tenait absolument à avoir une autorisation écrite de la reine donnant à Robin le droit de visite à sa mère. Élisabeth Tudor répondit que Robin pourrait, bien sûr, venir voir lady Burke et son amant, le seigneur de Marisco, mais qu'elle regrettait toutefois le mode de vie que lady Burke avait cru bon de choisir; sans compter la présence d'un enfant illégitime qui constituait, à son avis, un bien mauvais exemple pour un jeune garçon influençable.

– Oh, quelle vipère jalouse! s'écria Skye, furieuse. Si elle pouvait préserver sa virginité tout en s'offrant une bonne verge, bien rigoureuse, elle n'hésiterait pas, l'hypocrite! Je ne laisserai pas partir Robin.

Adam éclata de rire.

– Vous ne devez pas l'obliger à rester, Skye dit-il en reprenant son sérieux. Je rentrerais moi aussi, si je le pouvais.

Le jeune lord Southwood quitta Belle Fleur au début du mois de novembre, après des adieux émus à sa mère. Adam devait l'accompagner jusqu'à Nantes où il embarquerait pour Plymouth sur l'un des navires de Skye.

– Je ferai en sorte d'adoucir la reine et de l'amener à reconnaître votre mariage, mère, promit Robin. Il n'est pas juste qu'elle s'y refuse et je ne supporterai pas de voir compromis l'honneur de ma sœur, Velvet.

Skye le serra sur son cœur en l'accablant de recommandations maternelles. Il fallait qu'il dorme, qu'il se nourrisse convenablement et qu'il ne se laisse séduire par personne, homme ou femme car, c'était bien connu, les pages étaient toujours en butte à ce genre de dépravations, surtout lorsqu'ils étaient aussi beaux que Robin.

Le jeune lord rougit et Adam, réprimant un éclat de rire, déclara :

– Allons, mon amour, il faut partir. Sinon nous allons manquer la marée et le vieux MacGuire sera fort mécontent de vous.

Skye se ressaisit et embrassa son fils.

– Que Dieu t'accompagne, Robin.

Après le départ de Robin, il ne restait plus à Belle Fleur que Deirdre, Padraic et Velvet, et c'est en leur compagnie qu'Adam et Skye passèrent l'hiver. Peu après la nuit des Rois, ils reçurent une lettre de Willow, leur annonçant que le roi était souffrant et prêt de mourir.

« Quant à la Cour, écrivait-elle, elle me paraît très semblable aux descriptions que Robin m'a faites de celle des Tudor. Ce ne sont qu'intrigues, graves ou dérisoires. Tout le monde, ou presque, accorde une extrême importance à vos titres ou au contenu de votre portefeuille. Quant aux jeunes gens, leur passe-temps favori est de séduire le plus grand nombre possible de nobles dames, sans se douter que celles-ci en font de même de leur côté. Ne vous faites surtout aucune inquiétude à notre sujet car mes belles-sœurs trouvent, comme moi-même, ces agissements scandaleux. Si Gwyneth et Joan ne courent guère de danger du fait de leur médiocre beauté et de leur maigre fortune, pour ma part, j'ai un certain nombre d'admirateurs. Toutefois, je ne consens jamais à rester seule en leur compagnie et j'évite ainsi des commérages qui ne pourraient que nuire à ma réputation. »

La lecture de cette lettre fit sourire Skye. Elle ne nourrissait aucune crainte pour cette petite demoiselle avisée dont l'ambition était d'épouser un grand nom. Petite? Non, Willow n'était déjà plus une petite fille. Elle aurait quatorze ans en avril, et il faudrait bientôt songer à lui trouver un époux. Pensant à Dom O'Flaherty, Skye pria pour que sa fille tombât amoureuse d'un jeune homme convenable, afin que lui soient épargnées les souffrances qu'elle avait connues. Elle ne marierait pas Willow contre son gré, comme l'avait fait son père.

Au printemps de 1574, on fêta le premier anniversaire de Velvet de Marisco. Elle marchait déjà et mettait tant d'ardeur à trotter par le château que Skye dut interdire à sa nourrice de la quitter des yeux un seul instant. Elle parlait également, formulant des exigences aussi nombreuses qu'incessantes dans un mélange d'anglais et de français.

Comme Skye l'avait prévu, Adam vouait à sa fille un amour passionné et lui passait ses moindres caprices. Et comme elle ne pouvait se résoudre à le lui reprocher ni à lui gâcher son plaisir, c'était à elle que revenait la tâche de discipliner l'enfant.

– Non, non, c'est sale! dit-elle à Velvet, un jour que celle-ci essayait de fourrer un morceau de gâteau dans sa bouche.

Elle donna une légère tape sur sa petite main poisseuse et Velvet, ses yeux immenses brillants de larmes, courut se réfugier auprès de son père. S'accrochant à ses jambes elle jeta un regard furibond à sa mère et déclara distinctement.

– Papa aime.

Adam mourait d'envie de rire et de prendre sa fille chérie dans ses bras pour l'embrasser, mais devant le regard de Skye, il se contenta de dire :

– Maman t'aime aussi, Velvet, mais tu dois lui obéir.

Furieuse que la situation n'ait pas tourné à son avantage, Velvet se dirigea avec dignité vers sa nourrice, qui l'emmena.

– Quelle petite peste s'exclama Skye. Vous rendez-vous compte que nous ne sommes pas au bout de nos peines avec elle? Pourquoi le bon Dieu ne nous a-t-il pas donné une enfant douce et sage?

– Vous oubliez que c'est notre enfant, mon amour, remarqua Adam en riant.

– Vous ne montrerez pas autant d'indulgence lorsque les hommes commenceront à s'empresser autour d'elle, répliqua Skye en souriant.

– Nous n'y sommes pas encore. Ce n'est qu'un bébé!

– Le temps passe vite, Adam. Regardez Ewan. Il a déjà dix-huit ans et je n'ai pas vu les années passer.

– Vous m'attristez, madame. Allons vite au lit avant qu'il ne soit trop tard. Quoique des autorités en la matière m'aient affirmé qu'on n'était jamais trop vieux pour ce genre de choses! Vous qui avez toute la sagesse que confèrent les ans, qu'en pensez-vous?

– Suivez-moi dans notre chambre, monseigneur, et je vous exposerai mon opinion en détail, fit Skye en lui lançant un regard provocant.

C'était là les moments que Skye préférait, ces moments où ils pouvaient enfin se retrouver dans l'intimité de leur chambre, dans ce lit qu'Adam avait fait construire tout spécialement pour eux, ce lit immense, en bois de chêne, avec ses panneaux à étoffe pliée, ses montants sculptés et ses tentures de lin brodées de velours. Ils pouvaient y rester des heures à se caresser tout à loisir, à s'aimer avec lenteur, jusqu'à ce que se consume le feu qui les dévorait.

Ils prenaient à faire l'amour un plaisir chaque fois plus grand, surtout depuis la naissance de Velvet, et ne se rassasiaient pas l'un de l'autre. Ce désir toujours renouvelé, qui les embrasait, s'accompagnait pourtant d'un profond sentiment de paix, comme s'ils savaient tous deux qu'ils s'aimeraient ainsi à jamais.

Charles IX mourut. Son frère, Anjou, qui avait été sacré roi de Pologne l'année précédente, abondonna précipitamment son pays d'adoption pour regagner la France, s'arrêtant toutefois en chemin, à Vienne et à Venise, où il fut fêté en roi. Élisabeth d'Autriche quitta la Cour, ne gardant qu'une suite restreinte, et les filles de Skye revinrent à Belle Fleur. L'été ramena également Ewan, puis Murrough qui rentrait de son premier voyage, grandi et hâlé. Robin fit lui aussi son apparition un jour, à l'improviste. Après ces quelques mois passés en Angleterre, il était redevenu un courtisan parfait.

– Vous devriez me laisser emmener Padraic à la Cour, cet automne, dit-il à Skye. Il aura bientôt six ans et il serait temps de songer à son éducation. Si la reine s'est emparée de ses terres, il n'en reste pas moins lord.

– Non! s'exclama Skye. A part toi, aucun de mes enfants ne paraîtra à la Cour des Tudor tant qu'Adam et moi n'y seront pas les bienvenus. Un seigneur sans terres n'est rien. Aussi longtemps que la reine ne les restituera pas aux Burke, je ne veux rien avoir à faire avec elle. D'ailleurs, Padraic est encore trop jeune.

– Ce n'est pas vrai! protesta celui-ci.

– Tu iras le moment venu, déclara Skye en souriant. Sois patient. Je suis si heureuse que nous soyons tous réunis, à nouveau, poursuivit-elle en regardant ses enfants.

– Je ne suis ici que pour un mois, déclara Robin. J'ai promis de rejoindre la reine à Hardwick Hall, une des étapes de son voyage d'été.

– Je repartirai avec Robin, intervint Ewan.

– Voilà une décision bien soudaine, Ewan! s'exclama Skye.

– Je corresponds avec mon oncle Michael depuis plus d'un an, mère. Il fait de son mieux, mais il n'est qu'un prêtre. Les autres O'Malley se désintéressent de Ballyhennessey depuis qu'ils ont rallié Grace O'Malley pour combattre Élisabeth Tudor. Je dois m'occuper de mon domaine.

Après une courte pause, il ajouta :

– Je souhaite que Gwyneth m'accompagne, mère. Il est temps que nous nous mariions.

– Mais elle a tout juste quinze ans!

– Vous aviez quinze ans lorsque vous avez épousé mon père, répliqua Ewan.

– J'étais trop jeune.

– Non, mère. Vous avez seulement épousé un homme qui ne vous convenait pas.

– Je ne supporterais pas d'être séparée d'Ewan, intervint Gwyneth. Je me sens tout à fait prête à devenir sa femme.

– Moi aussi, intervint Joan.

– Mais Murrough commence seulement son apprentissage de marin! protesta Skye qui se sentait soumise à une attaque en règle. S'il en fait sa vie, comment pourra-t-il prendre soin de vous?

– MacGuire doit faire réparer son navire et n'appareillera pas avant deux mois, répliqua Murrough. Nous pouvons nous marier et même passer quelque temps ensemble avant mon départ. Qu'elle m'épouse maintenant ou plus tard, Joan devra de toute façon s'habituer à avoir un marin pour mari. J'ai l'intention d'acheter une maison dans le Devon, près de Lynmouth.

Robin toussota d'un air gêné.

– Eh bien, parle, Robin Southwood, fit Skye d'un ton irrité. Qu'y a-t-il encore?

– La reine m'a chargé d'une invitation pour Willow. Elle la prie de faire partie de ses demoiselles d'honneur.

Willow poussa un cri de ravissement :

– Oh! maman. Vous m'avez promis que vous me permettriez d'y aller. Vous me l'avez promis!

– Tu as déjà été à la Cour.

– Ce n'était que celle du roi de France, fit Willow d'un ton méprisant.

– Non!

– Maman! Je vous en prie! Je serais bientôt trop vieille!

Skye regarda ses enfants qui semblaient tous faire bloc contre elle dans leur désir de partir.

– Mais je vous ai eu si peu de temps! s'écria-t-elle en se précipitant en pleurant hors de la pièce.

– Je sais que vous devez suivre votre destinée, mes enfants, leur déclara Adam quand elle fut partie. Vous en avez l'âge, mais pour votre mère, c'est difficile de le comprendre. Laissez-moi faire, je me charge de tout arranger.

Skye pleurait à fendre l'âme sur son lit lorsqu'il la rejoignit. Il la prit dans ses bras et la berça tendrement jusqu'à ce qu'elle s'apaise.

– Je sais, notre vie va être bien morne sans eux, fit-il avec douceur.

– Mais c'est justement une vie morne que je veux! Adam. Mes aventures suffiraient à remplir trois existences! Pourquoi faut-il donc que tout change au moment où je connais enfin la paix dont je rêvais?

– Parce que les années ont passé, mon amour, et que vos enfants ont grandi. Ils souhaitent voler de leurs propres ailes et qui les en blâmerait? Je sais que cela n'est pas facile à admettre pour une mère, mais Ewan et Murrough sont des hommes à présent. Il y a au moins trois de leurs bâtards sur ce domaine, ajouta-t-il en riant. Il est vraiment grand temps qu'ils se marient!

– Mais Wiilow...

– Tous vos enfants ont des gentilshommes pour père, Skye, sauf elle. Willow a beau être une riche héritière, elle n'a pas de nom et il lui faut aller à la Cour pour trouver un époux titré.

– Son père était un noble espagnol, protesta Skye avec chaleur.

– Mais sa famille ignore tout de son existence et, de toute façon, elle ne la reconnaîtrait pas. Vous avez épousé Khalid el Bey selon le rite musulman; pour le monde chrétien, elle est une bâtarde. Sa parenté avec le comte de Lynmouth lui permettra de trouver un parti convenable à la Cour. A moins, bien sûr, que vous n'envisagiez de la marier en France. Mon neveu, Jean-Antoine cherche justement une épouse.

– Non. Willow est vraiment anglaise jusqu'au bout des ongles. Un époux français ne lui conviendrait pas.

– En ce cas, laissez-la partir, Skye.

– Je trouve étrange que la reine invite personnellement nos enfants en Angleterre, alors que nous-mêmes n'y sommes pas les bienvenus, observa Skye.

– Vous êtes trop soupçonneuse, petite fille.

– On ne l'est jamais trop quand on a affaire aux Tudor!

– Peut-être faut-il y voir des ouvertures de paix?

– Le simple fait qu'elle se souvienne de nous m'intrigue.

– Robin est auprès d'elle. Ce n'est que normal.

– C'est quand même bizarre... Bon, ajouta-t-elle, allons dire aux enfants que je consens à leur départ avant qu'ils ne m'accusent de leur briser le cœur où... que je ne change d'avis.

Les noces des deux fils aînés de Skye furent célébrées dans la chapelle d'Archambault le vingt-six juillet et Robin accompagna avec fierté ses deux demi-sœurs à l'autel. Seule la famille assista au mariage. Après le banquet et les danses qui suivirent, les deux jeunes couples furent conduits à leur chambre, au milieu des rires et des plaisanteries, et, au matin, deux drap tachés de sang étaient suspendus aux fenêtres. Les nouveaux mariés quittèrent le château le jour même, en compagnie de Robin et Willow. Celle-ci était partagée entre la surexcitation du départ et l'anxiété qu'elle éprouvait à se séparer de la présence aimante et rassurante de sa mère et de son beau-père.

Depuis qu'elle avait pris la décision de la laisser partir, Skye ne cessait de prodiguer des conseils à sa fille aînée :

– Méfie-toi des jeunes gens. Ils s'en prendront à ta vertu et, avec ta fortune, c'est le seul bien dont tu disposes pour obtenir un mari titré.

– Oui, maman.

– Tu t'es très bien comportée cet hiver, à Paris, ma chérie. Ne reste jamais seule avec un jeune homme si tu ne veux pas donner prise aux médisances. Même sans fondement, elles laissent toujours des traces.

– Oui, maman.

– Souviens-toi que la reine aime que ses demoiselles d'honneur soient vertueuses.

– Oui, maman.

– Ne prête jamais d'argent. Les gens sauront vite que tu es riche et ils viendront te demander l'aumône. Réponds que ta pension est si minime qu'elle te suffit à peine pour arriver à la fin du trimestre. Dame Cecily se chargera de ton argent et ne te fera jamais d'avance. Tu ne pourras donc pas vivre au-dessus de tes moyens. Tu pars avec plus de vêtements que tu n'en auras besoin et je ne vois vraiment pas ce que tu pourrais trouver à dépenser, mais je ne veux pas te laisser sans un sou.

– Oui, maman, fit Willow en étouffant un bâillement.

Elle avait entendu les mêmes propos au moins une centaine de fois au cours des dernières semaines.

– Tu écouteras ton frère.

– Robin ? Mais il est de trois ans mon cadet !

– Il connaît la Cour des Tudor et il est au courant des commérages. Prends en considération les conseils qu'il te donnera.

– Oui, maman.

– Encore un mot au sujet des hommes, Willow.

– Oh, maman !

– Pas de ces grands airs avec moi, mademoiselle ! J'ai de l'expérience en ce domaine et je te prie de m'écouter. Les hommes ont un charme irrésistible lorsqu'ils ont décidé de séduire une jeune fille. Quand tu seras tentée de céder à quelque galant, demande-toi d'abord s'il persistera ensuite dans son intention de t'épouser et s'il lui est possible de le faire. Tu t'apercevras vite que les jeunes gens convenables ne chercheront à t'approcher que par l'entremise de ton frère, de sir Robert ou de la reine. Ne va pas te contenter de baisers à la sauvette, dans quelque obscur recoin.

– Qu'est-ce qui vous fait penser que je le ferais, maman ?

– Tu es une petite fille très raisonnable, ma chérie, mais qui manque d'expérience. J'essaie simplement de te faire partager la mienne, pour éviter que tu n'aies à souffrir.

– Oh ! maman, s'écria Willow en se jetant dans ses bras. Vous serez fière de moi, je vous le promets ! Je n'aurai que le plus noble des époux et je convaincrai la reine de vous laisser revenir en Angleterre.

Skye sourit à travers ses larmes et embrassa tendrement sa fille.

– Comme tu vas me manquer, ma chérie !

– Allons ! Partons, fit le comte de Lynmouth avec impatience. Willow a toujours été intelligente, mère, et je pense que nous n'aurons qu'à nous louer de sa conduite.

Skye conseilla ensuite à son fils de rester neutre dans la lutte perpétuelle qui opposait Anglais et Irlandais.

– Je sais que cela ne te sera pas facile, ajouta-t-elle. Mais pense à ta femme et aux enfants que vous aurez. Tu n'as que Ballyhennessey à leur offrir, Ewan, et ces terres appartiennent aux O'Flaherty depuis plus de trois cents ans. Ne permets pas à des têtes brûlées ou à l'Église de te faire perdre ton héritage, mon fils.

– Tout finira par se résumer à un conflit de religion, mère.

– Je sais, Ewan. Mais si l'on croit en Dieu, où est la différence ? Demande-toi toujours pourquoi tu irais mettre tes terres et ta famille en danger sous prétexte qu'un pape italien et un souverain anglais se querellent sur un point du dogme ?

– Est-ce pour cette raison que vous n'avez jamais pris parti, mère ?

– Ton grand-père, Dubhdara O'Malley – que Dieu ait son âme – m'a appris que la famille était ce qu'il y avait de plus sacré. C'est un principe qui m'a toujours guidée. Tu agiras selon ta conscience, Ewan. Que Dieu te garde !

Les derniers adieux échangés, les trois jeunes filles montèrent en voiture tandis que les jeunes gens enfourchaient leur monture. Avec de grands signes, ils s'éloignèrent et disparurent bientôt de la vue d'Adam et de Skye.

– Rentrons chez nous, petite fille, déclara Adam en poussant un soupir.

Profondément abattue, Skye prit place dans le petit carrosse qui devait les ramener à Belle Fleur. Ses aînés l'avaient quittée et les trois petits devaient rester plusieurs jours à Archambault pour profiter de la compagnie de leurs cousins.

– Je suis vieille, déclara-t-elle avec tristesse.

– Vous ai-je donc si bien domestiquée, mon amour, que vous vous sentiez perdue sans votre nichée ? riposta Adam avec un petit rire.

– Vous ne comprenez donc pas, Adam ? Deux de mes fils sont mariés et leurs femmes sont peut-être déjà enceintes. Quant à ma fille aînée, elle part à la Cour pour y trouver un époux. Dans un an, je serai sans doute grand-mère !

Adam l'attira dans ses bras en riant et, glissant une main dans son corsage, s'empara d'un sein dont il agaça la pointe.

– Vous êtes d'âge mûr, madame, je vous l'accorde, mais vous n'avez pas encore trente-quatre ans.

Il dénuda alors avec adresse sa poitrine qu'il se mit à couvrir de baisers brûlants en murmurant :

– Dieu qu'ils sont beaux !

Skye, que ses caresses ne laissaient pas insensible, protesta faiblement :

– Si vous croyez pouvoir me détourner de mes préoccupations... Puis comme Adam passait une main sous ses jupes :

– Oh ! Adam, mon chéri !

– Quelle vieille dame effrontée vous faites ! s'exclama Adam, narquois.

– Je ne suis pas vieille ! répliqua Skye, comprenant soudain combien ses propos étaient ridicules.

Elle se sentait aussi jeune qu'à vingt ans. Rassérénée, elle caressa Adam, sentant les battements de son cœur s'accélérer au contact de son membre raidi.

– Je ne serai jamais vieille tant que je vous ferai cet effet murmura-t-elle à son oreille en le délaçant.

Adam l'attira rudement sur ses genoux et, soulevant ses jupes, l'ampala sur sa puissante lance, prenant si complètement possession d'elle qu'il lui arracha un cri de ravissement. Étroitement enlacés, ils s'embrassèrent avec ardeur, balancés d'avant en arrière par le mouvement de la voiture. En proie à une sensation de pure exaltation, Skye gémissait doucement tandis que brûlait, toujours plus haute, la flamme de son désir.

– Ohhh ! Adam, fit-elle dans un souffle quand la première vague de plaisir l'emporta.

Quand ils eurent retrouvé leur souffle, Adam lui demanda avec douceur :

– Vous n'aviez encore jamais fait l'amour dans un carrosse, ma chérie ?

– Non. Geoffrey y a bien songé, une fois, mais il a décidé en fin de compte qu'un lit était bien plus confortable, répondit Skye en riant à ce souvenir.

– Vous sentez-vous toujours aussi décrépite ?

– Je me sens merveilleusement bien.

– En combien de temps pensez-vous pouvoir retrouver une tenue présentable ?

– Pourquoi ? demanda Skye en se blottissant contre lui.

– Parce que nous arrivons à Belle Fleur et que je ne voudrais pas scandaliser le valet qui nous ouvrira bientôt la portière.

Avec l'aide amusée d'Adam, Skye se hâta de rattacher son corsage et de remettre de l'ordre dans ses jupes et sa chevelure.

– Vous feriez mieux de vous occuper de votre propre tenue, monsieur, dit-elle d'un ton moqueur à Adam qui attardait son regard sur ses seins.

– Combien de temps les enfants resteront-ils à Archambault petite fille ?

– Quinze jours.

– Très bien. Je compte passer tout ce temps en votre compagnie, et la plus grande partie, dans notre lit. J'ai l'impression que cela fait très longtemps que nous n'avons pas été seuls et libres de nous aimer.

– N'irons-nous pas nous promener et déjeuner dans la forêt ? demanda Skye d'un ton taquin.

– Seulement si j'ai la permission de vous aimer sous quelque chêne majestueux.

– Oui, mon mari, murmura-t-elle avec douceur. Oh, oui !

Adam tint parole et pendant les deux semaines qui suivirent, ils ne se quittèrent presque pas, plus passionnément épris l'un de l'autre qu'ils ne l'avaient jamais été. Lorsque les trois enfants revinrent, Adam initia le petit Padraic à l'exploitation du domaine tandis que Deirdre apprenait avec sa mère l'art de bien conduire une maison.

Deirdre était la plus secrète des enfants de Skye. Elle apprenait avec facilité tout ce qu'on lui enseignait, que ce soit la fabrication du savon et des parfums ou le latin, mais elle ne se départissait jamais de sa réserve. Et bien que Skye l'entourât de son affection et mît tous ses efforts à rattraper les années que la petite fille avait dû passer sans elle, Deirdre ne confiait jamais ses problèmes et ses joies qu'à Adam.

– Je crois qu'elle ne m'aime pas, fit remarquer un jour Skye à Adam.

– Elle vous respecte et vous craint un peu, mais elle vous aime aussi.

– Non, elle n'a pas d'affection pour moi et je ne comprends pas pourquoi. J'ai pourtant tout essayé.

– Pourquoi ne pas lui en parler, mon amour ? Il vaut mieux qu'elle puisse s'ouvrir de ce qui la tourmente avant que cela ne prenne des proportions déraisonnables.

– Je voudrais que vous soyez là aussi, Adam.

– Non. En nous voyant ensemble, elle pensera que nous sommes alliés contre elle et ne dira rien. Vous devez lui parler seule à seule.

Ce ne fut pas facile. Un après-midi qu'elle était assise au bord du lac en compagnie de Deirdre, Skye rassembla enfin tout son courage et lui demanda tout à coup :

– Pourquoi me détestes-tu, Deirdre ?

Surprise, la petite fille rougit violemment, puis répondit tout aussi brusquement :

– Parce que vous nous avez abandonnés, Padraic et moi, quand vous vous êtes remariée. Et lorsque vous nous avez enfin fait venir à Beaumont, vous êtes aussitôt repartie en nous promettant de nous ramener notre vrai père. Vous ne l'avez jamais fait, maman, et avant que vous n'épousiez Adam, nous avons eu une existence malheureuse. Je ne peux m'empêcher de penser qu'un jour ou l'autre, vous nous fuirez encore sous un prétexte quelconque.

Skye fut bouleversée par le ton venimeux de l'enfant.

– Padraic partage-t-il tes sentiments ?

– Il prétend que vous nous aimez et cela semble lui suffire.

– Mais pas à toi. Ton frère a raison : je vous aime. Il ne m'était pas venu à l'esprit d'expliquer à un tout jeune enfant les difficultés de mon existence. Si tu m'avais interrogée lorsque ces questions ont commencé à te tourmenter, je t'aurais tout expliqué de mon mieux, Deirdre.

Skye l'attira dans ses bras. La petite fille se raidit, son visage resta froid et fermé.

– Je t'aime, Deirdre. Tu es une enfant née de l'amour, celui qui nous unissait Niall et moi. J'essaierai de ne plus jamais te quitter.

– Vous essaierez ! Mais moi, je veux que vous me promettiez de ne plus jamais partir !

– Je ne peux pas, Deirdre. Je ne t'ai jamais menti et je ne le ferai pas non plus aujourd'hui, même pour obtenir ton approbation. J'essaierai !

Deirdre se mit soudain à sangloter avec désespoir :

– Ne me quittez pas, maman ! Ne me quittez pas !

Skye l'étreignit et la berça en silence. Ses autres enfants avaient supporté ses voyages sans trop en souffrir, mais Deirdre, comme son père, était un être fragile en dépit des apparences.

– Ne pleure pas, mon tout petit. Je ne te quitterai pas, mon trésor.

A la Saint-Michel, date à laquelle les serviteurs recevaient leurs gages annuels, la nourrice de Velvet, qu'un valet avait engrossée, les quitta pour se marier. On trouva pour la remplacer une jeune fille, bien en chair et d'humeur joviale, que Velvet sembla fort bien accepter. Mais, moins d'une semaine après son entrée en fonctions, elle disparut avec l'enfant.

Skye et Adam, fous d'inquiétude, craignirent d'abord qu'elles ne soient tombées dans les fossés du château. Mais le portier leur dit avoir vu Margerie et la petite fille s'en aller en direction de la forêt. Des recherches furent immédiatement entreprises, sans résultat. On se rendit ensuite au village d'où la jeune fille était originaire dans l'espoir, malheureusement déçu, qu'elle soit allée rendre visite à sa famille sans en demander l'autorisation. Cependant, ils furent timidement abordés par une jeune fille. Celle-ci leur raconta que Margerie lui avait confié qu'elle aurait bientôt une belle dot et qu'elle n'aurait plus besoin de trimer à Belle-Fleur pour l'acquérir.

Le comte de Cher qui voyait son beau-fils sur le point de secouer la jeune fille pour en savoir davantage, prit celle-ci par la main et lui demanda avec douceur :

– Essayez de vous rappeler ses paroles exactes, ma petite Jeanne. Vous a-elle dit où elle comptait se procurer tout cet or ?

La jeune fille fronça les sourcils, puis brusquement, son visage s'éclaira :

– Mais bien sûr, monsieur le comte ! Elle m'a expliqué qu'elle avait rencontré un homme, un étranger avec un accent terrible. Il lui a promis que si elle lui amenait la petite Velvet, dont il avait entendu dire qu'elle était la plus belle petite fille de la chrétienté, il lui donnerait six écus d'or.

– Où Margerie devait-elle conduire l'enfant ?

– Dans une auberge de Tours.

– Elle ne vous a pas donné le nom de cette auberge ?

– Non, monsieur le comte, mais Gilleet, le charretier, doit le savoir. C'est lui qui les y a conduites, hier.

– Amenez-moi ce charretier ! ordonna le comte. Vous êtes une bonne fille, Jeanne, fit-il en laissant tomber quelques pièces d'argent dans son corsage.

Interrogé, le charretier avoua sans difficultés avoir accompagné Margerie et une petite fille à Tours, où il les avait laissées au Coq d'or, une auberge à l'ouest de la ville. Adam, le comte de Cher et ses deux fils partirent aussitôt pour Tours d'où ils revinrent plusieurs heures plus tard, porteurs d'un parchemin cacheté qu'Adam tendit à Skye d'un air sombre.

L'écriture en était familière et le message, bref :

« Madame,

J'ai besoin de vos services. Venez immédiatement.

Élisabeth R. »

– Où avez-vous trouvé ce billet ? demanda Skye.

– Il nous attendait à l'auberge. L'hôtelier nous a expliqué qu'il avait été laissé là par deux gentilhommes qui ont pris la route de Nantes, accompagnés d'une jeune fille et d'un enfant.

– Cette maudite garce de Tudor a Velvet en sa possession ! s'exclama Skye en tendant le parchemin à Adam. Elle l'a fait enlever, Dieu sait dans quel but ! Seigneur ! Moi qui croyais être débarrassée à tout jamais des Tudor !

– Je vais partir pour l'Angleterre.

– *Nous* allons partir pour l'Angleterre. Ce n'est pas vous qu'elle veut, c'est moi. Elle a pris Velvet en otage parce qu'elle a besoin de moi. Eh bien, je lui vendrai chèrement mon aide ! Nous aurons des terres, Adam de Marisco, et elle nous rendra Lundy ainsi que le domaine de Padraic. Il faudra qu'elle reconnaisse de bonne grâce notre mariage et la légitimité de Velvet !

– Skye ! C'est la vie de ma fille que la reine tient entre ses mains. Ne jouez pas avec ses jours !

– C'est notre fille, Adam, et je ne tolérerai certainement pas qu'il lui arrive le moindre mal. Écoutez-moi, mon chéri. Si la reine s'est emparée de Velvet, c'est sans doute qu'elle a désespérément besoin de moi et qu'elle était sûre, par ce moyen, de me tenir entre ses mains. Mais Élisabeth Tudor n'est pas un assassin, elle ne touchera pas à un cheveu de notre fille, et cette fois-ci, je lui donnerai du fil à retordre ! Nous partirons ce soir-même !

– Je savais bien que vous me quitteriez encore ! cria Deirdre qui venait d'entrer et n'avait entendu que les dernières paroles de sa mère.

– Te quitter ? Mais, non, ma fille. Vous allez nous accompagner, toi et ton frère. C'est une famille unie que la reine trouvera en face d'elle.

– Je ne sais pas si vous êtes admirable ou si vous avez perdu la raison, observa Adam en l'enlaçant.

– L'un et l'autre, sans doute, mon chéri. J'ignore ce que veut la reine, et je pars peut-être me battre pour rien.

– Jusqu'à présent, chaque fois que la reine vous a tenu à sa merci, vous étiez seule à l'affronter, petite fille. Cette fois, je serai à vos côtés et elle devra compter avec moi !

Ils quittèrent Belle Fleur à la nuit et mirent deux jours pour gagner Nantes où les attendait un navire O'Malley. Quelques-uns des vaisseaux de Skye y avaient leur port d'attache, car elle faisait importer en

Angleterre et en Europe du Nord les célèbres vins de la vallée de la Loire.

Même avec un vent favorable, la traversée prenait plusieurs jours. Mais, au large de Brest, une forte brise de sud leur permit de franchir la Manche et d'arriver en vue des côtes anglaises plus rapidement que prévu. Skye montra à ses enfants l'île de Wight et les blanches falaises de Douvres. Puis, à Margaret Head, ils remontèrent la Tamise avec la marée jusqu'au port de Londres. Accoudés au bastingage, Skye et Adam aperçurent sur le quai un petit groupe des gardes de la reine.

– Mon Dieu! s'écria Adam. Elle nous attend?

– Oui, répondit Skye avec un sourire satisfait.

– Je reconnais votre sourire de guerre, fit Adam avec un petit rire. Je ne l'avais pas vu depuis... Je ne m'en souviens plus. Cela fait si longtemps!

– J'ai déjà triomphé une fois d'Élisabeth Tudor, Adam, et je vaincrai encore cette fois-ci. Fasse le Ciel que ce soit la dernière!

CINQUIÈME PARTIE

L'Angleterre et l'Irlande

17.

– Vous jouez là un jeu dangereux, Madame.

– Il ne s'agit point d'un jeu, Cecil, répondit Élisabeth Tudor.

– Vous auriez pu reconnaître leur mariage et leur demander de l'aide ensuite. En lui volant son enfant, vous ne réussirez qu'à réveiller la tigresse qui sommeille en lady de Marisco et vous n'avez certainement pas oublié de quoi cette dame est capable!

– Nous n'avons jamais réussi à prouver que Skye O'Malley était l'instigatrice de ces actes de piraterie, Cecil!

Le conseiller de la reine se tut. Il était inutile de discuter avec Élisabeth Tudor lorsqu'elle avait pris une décision. Et d'ailleurs, elle avait sans doute raison : Skye O'Malley refuserait certainement d'aider de son plein gré la Couronne contre sa propre famille. Il était nécessaire d'avoir prise sur elle.

– L'enfant va tout à fait bien, Cecil. Elle est à Hampton Court avec sa nourrice. C'est une véritable petite peste, paraît-il! Je l'ai vue à son arrivée : tout le portrait de son père. Je suis sûre qu'il l'adore, ce qui est pour moi un atout supplémentaire. Ils sont certainement tous les deux fous de cette petite.

– *La Mouette* a été aperçue au large de Margaret Head, cet après-midi. J'ai envoyé quelques-uns des gentilhommes de votre garde pour les escorter jusqu'ici.

– Vous avez été trop zélé, mon ami, fit la reine d'un ton de reproche. Ils seraient venus à Greenwich de leur propre gré. Enfin! Nous dirons que c'est une garde d'honneur. Un trait d'humour que Skye O'Malley ne manquera pas d'apprécier! Cette satanée femme a de l'esprit, Cecil, beaucoup d'esprit!

Pendant que la reine riait de cette petite plaisanterie, sir Christopher Hatton, capitaine des gardes de la reine, rencontrait pour la première fois cette femme qu'il ne connaissait que de réputation. Une réputation assez contradictoire, car si la reine professait pour lady Burke de l'admiration et un grand respect, Robert Dudley affirmait, de son côté, que la dame en question était une ribaude qui ne se lassait pas de ses attentions. Hatton n'ajoutait cependant que peu de foi aux vantardises du comte de Leicester : il lui semblait fort improbable que la reine témoignât de l'affection à une femme qui aurait ouvertement cherché à séduire son favori.

– Monsieur ? fit Skye d'un ton interrogateur.

– Sir Christopher Hatton, madame, capitaine de la reine. Je suis ici pour vous escorter à Greenwich.

– Je ne vois ni carrosse, ni chevaux, sir Christopher. Vous comptez peut-être me voir marcher derrière votre cheval comme une captive romaine ?

Devant l'air gêné du capitaine, Skye poursuivit en riant :

– Ne vous inquiétez pas, sir Christopher. J'ai l'intention de me rendre sans tarder à Greenwich. Mais notre traversée a été assez agitée et, avant de paraître devant la reine, je veux d'abord passer chez moi pour me rafraîchir et me changer. A moins, bien sûr, que vous n'ayez l'ordre de me traîner immédiatement devant Sa Majesté ?

Hatton n'avait reçu aucune instruction semblable. Complètement désemparé devant cette belle femme qui paraissait si parfaitement maîtriser la situation, il bredouilla :

– Bien sûr, lady Burke...

– Lady de Marisco, monsieur.

– On m'avait dit que vous étiez la veuve de lord Niall Burke, madame, répliqua le capitaine, confus.

– Certes, monsieur, mais je suis remariée au seigneur de Marisco depuis bientôt deux ans et demi. Nous accompagnerez-vous à Greenwood ? poursuivit Skye avec un charmant sourire. Si la reine vous a donné l'ordre de nous ramener, vous feriez mieux de ne pas paraître devant elle sans nous.

La porte de la cabine s'ouvrit sur Adam qui déclara :

– Notre barque nous attend, mon amour.

– Eh bien, sir Christopher ? Venez-vous avec nous ?

– J'irai à cheval, madame, si vous voulez bien m'indiquer l'emplacement de votre maison.

– Au bord de la rivière, à côté de celle du comte de Lynmouth.

– Je vous y retrouverai, fit sir Christopher en se hâtant de battre en retraite.

– Vous lui avez fait une peur épouvantable, Skye, observa Adam en riant.

– Je vois que la reine n'a rien perdu de son goût pour les charmants jeunes gens, marmonna Skye.

– Il paraît qu'il danse divinement!

– Peut-être, mais je parierais qu'il est également homme d'esprit. Élisabeth Tudor n'admet jamais d'imbécile parmi ses intimes. Allons! partons. J'ai beau savoir que Velvet ne court aucun danger, je suis impatiente de comprendre ce que tout cela signifie. Où sont les enfants?

– Une barque les a déjà emmenés.

Il l'enlaça et ajouta en l'embrassant :

– Ne vous inquiétez pas, mon amour, nous retrouverons bientôt notre petite fille.

Quand ils approchèrent de l'appontement de Greenwood, une femme se précipita à leur rencontre avec de grands gestes.

– Madame! Madame! Soyez la bienvenue!

Les deux femmes se regardèrent un instant avec émotion, puis se jetèrent dans les bras l'une de l'autre.

– Que diable faites-vous ici, Daisy? s'exclama Skye.

– Quand dame Cecily m'a dit que vous rentriez en Angleterre, j'ai tout de suite pensé que vous auriez besoin de moi. La mère de Bran est venue s'installer chez nous, il y a un peu plus d'un an, à la mort de son époux. Mes enfants lui ont redonné goût à la vie et c'est elle qui a insisté pour que j'aille à Londres. Mon tout petit est sevré maintenant et n'a plus besoin de moi. Venez! Vous avez passé plusieurs jours en mer et je suis sûre que vous souhaitez prendre un bon bain. J'ai amené avec moi ce pirate de Kipp qui vous a toujours servi à Lundy, milord, fit-elle en se tournant vers Adam. Ils ont chassé tout le monde de l'île, vous savez.

– Seigneur! s'exclama Adam. Je n'aurais pas cru qu'ils s'en prendraient à mes gens. Que sont-ils devenus, Daisy?

– Le bailli de Lynmouth les a recueillis, milord.

Lorsqu'ils furent dans la maison, Skye expliqua à Daisy :

– Il faut que je me hâte. La reine m'attend.

– Ah! Je savais bien que vous retrouveriez sa faveur!

– Vous vous trompez, répliqua Skye d'un air sombre. Elle a fait enlever notre petite fille, sinon je ne serais pas ici. Oh! si vous saviez comme elle est mignonne, Daisy!

– Mais pourquoi la reine aurait-elle fait enlever votre enfant?

– Je crois qu'elle a besoin de mon aide, Daisy, une aide que je n'aurais pas consenti à lui accorder si elle n'avait pas eu prise sur moi.

– Je me demande..., commença Daisy d'un ton songeur.

– Quoi donc? fit Skye en entrant dans son bain.

– Je me demande s'il ne s'agit pas de vos frères.

– Racontez-moi ce que vous savez, Daisy.

– Ils sont tous plus fous les uns que les autres, madame. Quand vous vous occupiez de votre famille, les O'Malley prospéraient et vivaient en paix, mais vos frères ont dilapidé presque toute la fortune que vous aviez amassée et harcèlent les Anglais chaque fois qu'ils le peuvent. Lady Anne, leur mère, a essayé de leur faire entendre raison, mais ils ne font que rire de ses conseils. Ils lui disent de ne pas s'inquiéter, lui offrent des objets qu'ils ont pillés et qu'elle refuse de garder. Elle se tourmente beaucoup mais ne peut rien faire.

Skye acquiesça. Ses frères étaient des Irlandais orgueilleux et têtus. Elle avait laissé à Anne, leur mère, le soin de les élever, mais celle-ci était une femme douce et sans autorité.

– Qu'ont fait les O'Malley pour s'attirer la colère de la reine ? Il s'agit certainement d'autre chose que de simples actes de piraterie.

– Bran dit qu'ils se sont alliés à votre parente, Grace O'Malley, pour combattre les Anglais.

– Les imbéciles !

– D'après Bran, c'est une femme fascinante.

– Sans aucun doute. Elle est issue de la branche la plus noble et la plus puissante de notre famille, les O'Malley de l'île de Clare. Elle a même épousé un Burke, un cousin éloigné de Niall. Mais c'est une femme dangereuse, Daisy. Elle combat les Anglais depuis sa jeunesse et ne s'arrêtera certainement qu'à sa mort. En un sens, j'admire son courage et sa détermination, mais j'ai la tête plus froide et je sais qu'elle ne vaincra jamais les Anglais, aussi juste que soit sa cause. Si elle ne mettait que sa propre vie en danger, je n'interviendrais pas, mais je ne la laisserai pas réduire à néant tous les efforts et les sacrifices que j'ai faits depuis que mon père m'a confié la responsabilité des O'Malley d'Innisfana ! Si c'est là l'aide que la reine me demande, je la lui accorderai volontiers.

Daisy dissimula un sourire. Elle aimait beaucoup ses enfants, mais la vie qu'elle avait auprès d'eux était bien monotone à côté de celle qu'on menait au service de Skye !

On frappa à la porte et une femme de chambre entra :

– Sir Christopher vous attend, madame.

– Dites-lui que je prends mon bain et que je me rendrai bientôt à ses ordres. Veillez à ce que ses hommes aient du vin, de la viande et du pain en quantité.

– Oui, madame.

– Il vous faudra au moins deux heures avant d'être prête, Madame, observa Daisy.

– Plutôt trois, répliqua calmement Skye.

– Vous vous restaurerez bien un peu pendant que vos cheveux sèchent ?

– Oui, mais frugalement.

– Du pain, du fromage et un peu de bon cidre du Devon ?

– Oui, et un peu de jambon aussi. Apportez-en assez pour deux, car mon époux doit avoir faim, lui aussi.

Daisy l'aida à sortir du bain, puis se hâta de descendre aux cuisines. Lorsque Adam entra, Skye était en train de brosser sa longue chevelure auprès du feu.

– Vous êtes heureux d'être de retour en Angleterre, n'est-ce pas ? dit-elle.

– Oui, mon amour.

– Daisy pense que la reine a besoin de moi pour ramener mes frères à la raison. Ils ont fait alliance avec Grace O'Malley pour combattre les Anglais.

– Ils n'ont pas la sagesse de leur sœur aînée...

– Ah ! Adam. Moi aussi, j'aimerais voir les Anglais quitter l'Irlande, mais je sais bien que les O'Malley n'y suffiront pas. Tant que notre peuple sera incapable de s'unir, nous subirons la domination anglaise. Je n'ai pas l'étoffe d'une héroïne ou d'une martyre et je refuse de sacrifier ce pour quoi je me suis battue, les biens que j'ai acquis, pour ce feu follet insaisissable qu'on appelle l'indépendance irlandaise. Car l'obtiendraient-ils que les Irlandais se montreraient encore incapables de s'accorder sur le choix d'un roi. Ils changent de camp aussi souvent qu'une prostituée change de client et cherchent sans cesse à avoir l'avantage sur leur voisin, quitte à s'allier avec les ennemis de celui-ci pour y parvenir. C'est un jeu exécrable auquel je ne veux pas participer.

– Mais si vous prenez le parti de l'Angleterre, les vôtres vous considéreront comme une traîtresse, Skye.

– Je ne prendrai pas le parti de l'Angleterre, Adam. Je suis le chef des O'Malley d'Innisfana et mes frères me doivent obéissance. Ils n'auront pas le courage de me résister, car ils seraient alors mis au ban de leur propre clan. Je n'agirai que pour la survie de ma famille et non pour servir une politique, qu'elle soit anglaise ou irlandaise.

– Est-ce là ce que vous avez l'intention de dire à la reine ?

– Elle ne saura pas que j'ai, de toute manière, l'intention de mettre un terme aux agissements de mes frères, répliqua Skye avec un petit rire. Si elle croit que je lui rends un service, tant mieux pour nous.

– Vous êtes décidée à ne pas faire preuve du moindre repentir en ce qui concerne notre mariage, n'est-ce pas ? demanda Adam, amusé.

– Quelle importance peut bien avoir notre mariage pour elle ? riposta Skye avec irritation. Elle n'a absolument aucune excuse pour refuser de le reconnaître ou pour traiter notre fille de bâtarde. Nous avons été unis par un prêtre catholique. Bien qu'elle entende, dans son royaume, substituer sa suprématie à celle de Rome, la reine n'a jamais contesté l'autorité spirituelle de l'Église, ce que les protestants réclamaient pourtant à grands cris.

– Quel dommage que vous ne puissiez être amies, Élisabeth Tudor et vous. Vous avez l'acuité d'esprit qu'elle admire.

– Elle aime trop qu'on l'adule, Adam, et je n'en ai pas la patience, pas plus que vous, d'ailleurs. Aimeriez-vous vraiment passer chacun de vos moments auprès d'une femme têtue et d'âge mûr? Nous n'aurions pas un instant à nous, mon chéri et cela, je ne le supporterais pas.

Skye donna un dernier coup de brosse à sa chevelure, puis la rejeta en arrière d'un gracieux mouvement de tête.

– Voilà, j'ai fini. J'entends venir Daisy. Ouvrez-lui la porte, mon chéri.

Ils mangèrent avec grand plaisir ce que Daisy leur avait apporté, jusqu'à ce qu'on vienne leur annoncer que sir Christopher et ses hommes commençaient à s'impatienter.

– Je pense qu'il est temps de nous habiller, remarqua Skye.

– Je le crois aussi, répondit Adam en se levant.

Il gagna la porte qui séparait leurs appartements et lui envoya un baiser avant de disparaître.

– Ma robe saphir est-elle toujours à la mode, Daisy?

– Oui, Madame. Je vous l'apporte tout de suite.

Il fallut près d'une heure à Skye pour s'habiller, mais elle ne put que se féliciter du résultat. Sa chevelure, élégamment relevée en chignon, était ornée de perles; elle portait autour du cou une vaste collerette de dentelle d'or qui surmontait un décolleté en trapèze bordé également de perles; un énorme saphir scintillait sur sa poitrine; sa robe d'un velours bleu nuit découvrait un jupon de même couleur, tissé de fils d'or qui dessinaient un motif compliqué de fleurs, d'abeilles et de papillons.

– Eh bien, mon époux? demanda-t-elle à Adam lorsqu'il la rejoignit. Me trouvez-vous l'air assez redoutable pour mettre la reine en déroute?

– Et pour la rendre jalouse, aussi, petite fille. Et moi? Que pensez-vous de ma tenue? Suis-je digne de vous?

– Oui, mon époux, répondit Skye en le regardant avec admiration.

Son pourpoint de velours noir était brodé et surbrodé d'or et de diamants, et il portait autour du cou un médaillon d'or frappé à l'emblème des Marisco – une mouette pillarde aux ailes déployées et à l'œil de rubis.

– Êtes-vous prête, madame? demanda-t-il en remarquant avec amusement qu'elle ne portait aux doigts que ses bagues de mariage et de fiançailles, un détail qui n'échapperait certainement pas à la reine!

Ce fut avec une admiration éblouie que sir Christopher Hatton regarda le couple qui descendait à sa rencontre. Il baisa la main de Skye en déclarant :

– Nous aurions volontiers attendu plus longuement pour le plaisir d'une aussi charmante apparition madame, – si vous me permettez ce compliment, monsieur de Marisco.

– Où diable est-elle donc ? s'exclama Élisabeth Tudor pour la centième fois. Il y a des heures que son satané navire a mouillé l'ancre ! Où est Hatton ? C'est intolérable, Cecil !

– Soyez patiente, madame. Elle ne tardera plus.

Lord Burghley savait déjà que Skye O'Malley était passée par Greenwood, mais il n'avait pas l'intention d'en informer la reine. Elle se serait emportée et la colère ne pouvait que nuire à leur affaire. Il eut un petit rire en pensant à la vive discussion qui allait s'engager entre les deux femmes. Décidément, la soirée promettait d'être fort intéressante.

– Qu'est-ce qui vous amuse ? demanda Élisabeth d'un ton sec.

Mais avant que lord Burghley ait pu répondre, une demoiselle d'honneur vint annoncer :

– Monsieur et madame de Marisco, Votre Majesté.

– Lady Burke et monsieur de Marisco ! rectifia la reine.

– Oui, madame. Pardonnez-moi, balbutia la demoiselle d'honneur d'une voix tremblante.

– Faites-les entrer.

Élisabeth Tudor s'assit, mais se releva aussitôt car elle venait de se souvenir de la taille de ses invités et elle ne voulait pas paraître sous un jour désavantageux.

Skye soutint le regard de la reine sans faiblir et lui fit une profonde révérence tandis que son époux s'inclinait avec une grâce parfaite qui n'échappa pas à la reine, fort sensible à l'élégance des manières.

– J'ai soutenu maintes fois que votre obstination à ne pas quitter votre île était fort regrettable, monsieur de Marisco. Vous feriez un excellent courtisan.

– Merci, madame, répondit Adam en souriant. Mais si j'avais le choix, je préférerais mon rocher à votre Cour. Je suis un homme simple que tant de splendeurs éblouit ; une vie paisible me convient davantage.

– La compagne que vous avez élue n'est pourtant pas de celles qui en offrent les meilleures garanties, répliqua la reine en jetant à Skye un regard de défi.

– Je vous l'ai dit, madame, je suis un homme simple et les hommes simples n'écoutent que leur cœur. Comme je suis convaincu que vous écouteriez le vôtre, si vous n'aviez pas à porter sur vos épaules le lourd fardeau de votre royaume. Vos sujets ne peuvent que se réjouir de vous avoir pour souveraine!

– Et vous, monsieur de Marisco? Vous en réjouissez-vous?

– Vous avez mon indéfectible loyauté, madame. Jusqu'à ma mort.

– Mais pas votre cœur?

– Non, madame, car il ne m'appartient plus. Je l'ai depuis longtemps donné à Skye O'Malley.

– Je pourrais vous faire jeter à la Tour de Londres pour ces paroles, monsieur de Marisco. Je pourrais vous y faire enfermer tous les deux, mais je suppose que cela vous serait parfaitement égal, à vous et à cette drôlesse irlandaise que vous avez cru bon d'épouser à la mode papiste!

– Je ne chercherai pas à me disculper, madame, fit Adam en réprimant un sourire, et j'implore, pour ma femme et pour moi-même, votre indulgence et votre pardon. Mais, en toute honnêteté, je dois dire que, ni l'un, ni l'autre, nous ne reviendrions sur notre décision.

La reine éclata de rire et, avec une familiarité surprenante, envoya à Adam une bourrade amicale :

– Voilà ce que j'apprécie en vous, monsieur! Vous ne cherchez pas à m'en faire accroire. Eh bien, soit, je vous pardonne. D'ailleurs, il suffit de vous regarder pour voir que vous êtes faits l'un pour l'autre, je le reconnais. Quant à nous, madame, nous avons un autre problème à régler ensemble, bien plus urgent, celui-là.

– Ma fille, d'abord, répondit crûment Skye.

– Comment, madame! Oseriez-vous me proposer un marché? s'exclama la reine d'un air scandalisé.

– Pour quelle autre raison vous seriez-vous emparée d'elle? rétorqua Skye.

– Votre enfant est en sécurité et vous sera rendue.

– Quand?

Élisabeth Tudor regarda Skye avec attention, puis déclara avec un soupir :

– J'enverrai un messager cette nuit même.

– Votre parole ne me suffit pas, madame.

Lord Burghley crut un instant que son cœur allait s'arrêter de battre. L'insulte était grave et ce fut d'une voix blanche de colère que la reine répliqua :

– Dois-je vous rappeler que je suis votre souveraine, madame?

– Vous êtes reine d'Angleterre, madame, et je suis Irlandaise. Pour protéger les terres de Padraic Burke, je vous ai rendu un service, un grand service, mais vous n'avez pourtant pas hésité à dépouiller mon fils au profit d'un Anglais. J'ai tenu ma promesse, vous avez trahi la vôtre.

– Vous êtes une épine à mon pied, Skye O'Malley, et vous l'avez toujours été. Mais j'ai besoin de votre aide aujourd'hui, et vous me l'accorderez!

– Rendez-moi mon enfant, les terres des Burke et l'île de Lundy, et je vous obéirai, madame.

– J'enverrai chercher votre enfant, cette nuit, mais je ne saurais vous rendre les propriétés des Burke sans offenser un bon et loyal sujet. Votre fils aura en contrepartie des terres, ici, en Angleterre. Quant à Lundy, je vous la restituerai, à la condition que vous n'y viviez pas. Je ne veux pas que cette île puisse encore vous servir de base pour m'attaquer. Je vous octroierai cependant un domaine d'égale valeur, monsieur de Marisco, car je crois que vous m'avez rendu un grand service en épousant cette furie.

– Mon fils est un Burke et un Irlandais! s'exclama Skye.

La reine se montrait d'une grande générosité, mais elle ne pouvait s'empêcher de regretter l'héritage de son fils.

– Précisément, madame. En l'installant ici, en Angleterre, j'aurai un rebelle de moins à combattre dans mes vieux jours. Eh bien, je crois avoir fait preuve d'assez de munificence pour exiger que vous m'obligiez à votre tour.

– Renoncez, petite fille, fit Adam à voix basse. Vous n'obtiendrez pas gain de cause sur ce point.

Remarquant sa tristesse et ses yeux brillants de larmes, il ajouta :

– Vous ne pouvez pas toujours gagner, Skye.

Elle acquiesça mais répondit avec une note de défi dans la voix :

– Très bien, madame. Que puis-je faire pour vous?

– Vos frères et toute la flotte O'Malley font cause commune avec votre parente, Grace O'Malley. Ils harcèlent nos navires, compromettent le commerce de notre pays et poussent l'Irlande à la révolte. Je dois reconnaître, bien à contrecœur, que ce sont de merveilleux marins. Même Drake, que j'ai envoyé à leur poursuite l'année dernière, a été incapable de s'emparer d'eux. Mais vous, madame, vous pouvez mettre un terme à leurs agissements et, par là, affaiblir Grace O'Malley. Cette femme est une menace pour l'Angleterre et doit être réduite à l'impuissance!

Skye fit mine d'étudier la demande de la reine.

– Si j'y parvenais, madame, il me faudrait être sûre de votre grâce, déclara-t-elle enfin. Je ne trahirai pas ma famille, fût-ce pour la reine d'Angleterre.

– Vous avez ma promesse.

– Alors, j'essaierai, madame.

– Je vous conseille de réussir, madame! répliqua la reine d'un ton sec.

– Je ne peux que faire de mon mieux, madame.

– En ce cas, que Dieu vienne en aide à vos frères, déclara la reine en retrouvant soudain toute sa bonne humeur. Vous avez été bien longue à nous rejoindre, ajouta-t-elle. Votre navire est pourtant arrivé à midi ?

– J'ai assez de savoir-vivre pour ne pas paraître devant la souveraine du royaume d'Angleterre en empestant la sueur et la mer. Je suis rentrée chez moi prendre un bain.

– Comment! s'écria la reine, scandalisée. Vous m'avez fait attendre pour batifoler dans votre bain ?

– Je n'aurais pas témoigné à Votre Majesté le respect que je lui dois si je ne m'étais pas présentée devant elle revêtue de mes plus beaux atours.

– Je crois bien plutôt que vous cherchez à me narguer, madame. Mais brisons-là ? Vous souperez avec nous et vous nous parlerez du duc d'Alençon. Il veut m'épouser, comme vous savez.

– Toute la France en parle.

La reine minauda et demanda avec un enthousiasme d'adolescente :

– Comment est-il ?

– C'est un homme amusant, madame. Je crois que vous le trouverez à votre goût.

– Amusant ?

– Il a de l'esprit, autant d'esprit, en tout cas, que peut en avoir un fils de Catherine de Médicis.

– On dit qu'il a le visage fort grêlé.

– Il porte une barbe pour le dissimuler. C'est un homme séduisant qui a beaucoup de succès auprès des dames.

Ils gagnèrent ensemble la salle de banquet où la Cour les attendait. Élisabeth Tudor accapara aussitôt Adam pour s'entretenir avec lui et Skye se retrouva seule.

– Toujours aussi belle, murmura soudain à son oreille la voix familière de Robert Dudley.

– Et vous, toujours aussi débauché, répliqua Skye, irritée du regard effronté qu'il posait sur ses seins. Vous semblez vouloir me dévorer, monsieur. N'y a-t-il donc pas assez de viande à la table de la reine pour apaiser votre appétit ?

– Personne d'autre que vous n'a jamais pu assouvir ma faim, Skye.

– Personne d'autre que vous ne m'a jamais inspiré un tel dégoût, monsieur.

– Ah! sorcière. Votre froideur m'enflamme, comme toujours.

Et, la plaquant contre le mur, il se mit à couvrir sa poitrine de baisers humides et brûlants.

Se remémorant une situation similaire, avec un petit sourire mauvais, Skye lui donna un violent coup de genou entre les jambes. Grâce à quoi il la lâcha aussitôt, la surprise et la douleur peintes sur son visage. Avec calme, elle remit de l'ordre dans son vêtement et s'écarta de lui.

– Je vous rappellerai, Dudley, que la dernière fois que vous avez osé m'importuner de la sorte, le seigneur de Marisco vous a assez brutalement chassé de ma demeure. Il n'était alors que mon ami. Il est aujourd'hui mon époux... Je vous conseille de bien réfléchir avant de tenter de nouvelles avances.

Et sur une révérence goguenarde, Skye se dirigea vers la table de la reine.

Dudley jura puis, comme il entendait rire près de lui, jura de plus belle.

– Si vous dites un mot de ce que vous venez de voir, Hatton, je vous perce de part en part, murmura-t-il en grinçant des dents.

– C'est difficile à croire, monsieur, fit sir Christopher Hatton d'un ton railleur. Ne prétendiez-vous pas qu'elle brûlait de désir pour vous?

Il s'éloigna en riant, laissant le comte passablement déconfit.

Un bal suivit le dîner, et bien que Skye eût préféré regagner sa demeure, elle ne pouvait le faire avant que la reine ne se fût retirée. Celle-ci, infatigable, dansait avec entrain, accordant la plupart de ses danses à sir Christopher et délaissant Dudley dont l'air maussade réjouissait fort Skye.

– Bonsoir, mère :

C'était Robin.

– Tu ne sembles pas surpris de me voir, fit Skye en l'embrassant.

– La reine nous a annoncé votre retour, il y a déjà quelques semaines.

– Vous a-t-elle également avertis de la forme que prendrait son invitation, Robin?

– Je ne comprends pas.

– Elle a fait enlever Velvet.

– Par la mordieu!

– Voyons, Robin!

– Pardonnez-moi, mère. Mais ce que vous me dites-là est stupéfiant! Est-elle indemne?

– La reine me l'assure. J'ai toutefois insisté pour qu'elle me soit rendue immédiatement. Elle est à Hampton Court.

– Mais pourquoi ?

– Vos oncles d'Irlande se montrent assez peu dociles et la reine compte sur moi pour calmer leur ardeur.

– Les Irlandais sont une perpétuelle source d'ennuis, observa Robin.

– L'affaire est sérieuse. Mais je vous rappellerai, monsieur le comte, que vous êtes à demi-irlandais vous-même.

– Toutefois, ma fidélité et mon cœur sont acquis à l'Angleterre, madame.

– En effet, Robin. Et pour être Irlandaise, je n'en désapprouve pas moins la vaine rébellion de mes frères. Je dois les empêcher de porter sérieusement préjudice à notre famille.

– Je suis sûr que la reine n'a fait aucun mal à Velvet.

– Cela n'excuse pas son acte, Robin, et je lui ai vendu chèrement mon appui : la reine a accepté de reconnaître notre mariage et a octroyé des terres à Padraic et Adam.

– Elle vous a rendu les terres des Burke ?

– Non. Elle a offert à leur place un domaine en Angleterre.

– Je suis désolé, mère, fit Robin en remarquant la tristesse de Skye. Mais notre famille sera ainsi moins désunie et je m'en réjouis.

– Où est Willow ?

– Cherchez le comte d'Alcester, maman, et vous trouverez Willow.

– Par Dieu ! s'exclama Skye. Ne l'ai-je donc pas suffisamment avertie de ne pas se compromettre en compagnie d'un homme !

– C'est plutôt le comte qui se compromet, fit Robin avec un sourire. Il est fou de Willow et en mesure de l'épouser.

– Raconte-moi tout.

– James, lord Edwardes, comte d'Alcester : vingt-quatre ans, veuf, une fille; cultivé et raffiné; boit et joue avec modération; aime les femmes mais n'a rien d'un débauché. Il me plaît assez, mère, et à Willow aussi, bien qu'elle prenne de grands airs et ne donne pas le moindre encouragement à ce pauvre garçon.

Robin eut un petit rire, un peu trop averti au goût de Skye, et ajouta :

– Il est assez timide, je crois.

– Et sa famille ?

– Son père et sa mère sont morts. Il n'a plus qu'une grand-mère paternelle.

– Tu as certainement entendu parler de sa fortune ?

– Il n'est pas riche, mais il possède un petit domaine bien géré. Il ignore tout de la richesse de Willow, ajouta Robin à voix basse, comme d'ailleurs tout le monde à la Cour. Elle n'est arrivée que depuis peu et se montre très discrète. En outre, elle dépense à peine l'argent de sa pension.

Avec un sourire satisfait, Skye chercha sa fille du regard. Elle la découvrit au milieu d'un joyeux groupe de jeunes gens, ravissante dans une robe de velours grenat.

– Lequel est Alcester ? demanda-t-elle à Robin.

– Le jeune homme qui se tient à sa droite.

De taille moyenne, bien bâti, les cheveux châtain clair, Alcester avait un visage qui exprimait l'intelligence et la bonté.

– Présente-le-moi, ordonna-t-elle à Robin.

Lorsque Willow les aperçut, son visage s'éclaira et elle se précipita dans les bras de sa mère, qui l'étreignit avec émotion.

– Tu m'as manqué, Willow. Tu es ravissante, ma chérie, et les perles de Nicolas te vont à merveille.

– Maman !

– Oui, Robin ?

– Permettez-moi de vous présenter lord James Edwardes, comte d'Alcester. Ma mère, lady de Marisco.

– Enchanté, madame, fit le comte en lui baisant la main. Je ne m'étonne plus de la beauté de votre fille.

Willow rougit de plaisir, mais répliqua d'un ton faussement agacé :

– Vraiment, Alcester ? On prétend pourtant que je ressemble à mon père.

– Vous avez toutes deux les cheveux noirs, protesta le pauvre Alcester.

– C'est vrai, monsieur, intervint Skye. Je vous croyais mieux élevée, Willow. Vous devriez remercier monsieur de son compliment.

Puis elle ajouta en leur souriant :

– Vous me pardonnerez, mais je dois rejoindre mon époux. Nous resterons plusieurs jours à Greenwood avant de partir pour l'Irlande. Viens nous rendre visite, Willow.

Dans le carrosse qui les ramenait à Greenwood, Skye parla à Adam du prétendant de sa fille.

– Je pense que nous le verrons avant notre départ. J'aimerais que vous vous renseigniez à son sujet.

– Que pense Willow de lui ? demanda Adam.

– Je n'ai guère eu la possibilité de le savoir, mais je la crois bien disposée à son égard. Nous verrons. Je ne veux pas faire comme mon père et lui imposer un époux.

– Nous nous assurerons de ses sentiments, mon amour.

Sans laisser à Skye ni à Adam le temps de recueillir de plus amples informations à son sujet, le comte d'Alcester leur rendit visite dès le lendemain, sans même s'être fait annoncer.

– J'espère que vous me pardonnerez mon incorrection, mais sachant que vous ne devez rester que fort peu de temps à Londres, je tenais à vous parler de Willow.

– Asseyez-vous, je vous en prie, dit Adam.

– Je voudrais épouser votre fille, monsieur.

– Willow n'est que ma belle-fille. Son père, le second mari de ma femme, était un gentilhomme espagnol.

– Et pourquoi voulez-vous l'épouser, monsieur? demanda Skye.

– Parce que je l'aime, répondit Alcester en rougissant.

– Je ne doute pas de votre sincérité, monsieur, mais vous ne connaissez Willow que depuis très peu de temps et elle ne m'a encore jamais parlé de vous dans ses lettres.

– Willow est une jeune fille d'une grande discrétion, madame. Dès son arrivée à la Cour, j'ai vu qu'elle était différente des autres. Elle est pudique, bonne, pieuse et intelligente. J'adore jusqu'au sol qu'elle foule et je la voudrais pour femme.

– Si nous prenions votre demande en considération, intervint Adam – et nous ne le ferons bien entendu qu'avec l'accord de Willow – quelle dot exigeriez-vous?

– Je ne suis pas riche, mais je suis en mesure d'assurer une existence confortable à mon épouse. J'accepterai ce qu'il vous plaira de m'accorder, monsieur.

– Ignoriez-vous que ma fille est une riche héritière? demanda Skye en le regardant avec attention.

– Une riche héritière? répéta le comte, visiblement abasourdi. En effet, je l'ignorais.

Skye fut convaincue de sa sincérité.

– Son père jouissait d'une grosse fortune, et elle est également l'héritière de sir Robert Small, son parrain. Si votre proposition obtient l'agrément de ma fille, celle-ci vous apportera une dot généreuse, monsieur, mais la plus grande partie de ses biens restera en sa possession. Si vous acceptez ces conditions, nous parlerons à Willow.

– Est-ce vous qui gérez votre propre fortune, madame? Je l'ai entendu dire.

– Oui, et il en est ainsi depuis mon premier mariage. Comme vous l'avez remarqué, Willow est intelligente. Si vous lui faites confiance, elle saura faire fructifier son capital. Nous lui avons enseigné à le faire, Robert Small et moi.

– Ce sont des conditions qui sortent de l'ordinaire, mais je les accepte, car je suis sincèrement épris de Willow. J'en connais d'ailleurs d'autres exemples : la comtesse de Shrewsbury, Élisabeth de Hardwick, gère également elle-même sa fortune, et si Shrewsbury y consent, pourquoi pas moi ? D'autant que Willow est bien plus belle que la comtesse, ajouta-t-il avec un sourire malicieux.

– Je l'espère bien ! s'exclama Willow qui entrait à cet instant. Bonjour, mère. Bonjour, père. Que faites-vous ici, Alcester ?

– Il est venu nous demander votre main, répondit Skye. Mais vous êtes peut-être encore un peu trop jeune.

– Maman ! protesta Willow.

Puis, en rougissant, elle se tourna vers James Edwardes :

– Maman ne plaisante pas ? Vous voulez vraiment m'épouser ?

– C'est mon plus cher désir, Willow, répondit-il en la regardant avec tendresse. Accepteriez-vous de devenir ma femme ? Je ferai de mon mieux pour vous rendre heureuse.

– Oh ! James, murmura Willow. Je n'osais pas l'espérer. Oui ! Oh, oui ! Je serais si fière d'être votre femme !

Le comte l'embrassa. Adam prit la main de Skye qui le regarda, les yeux pleins de larmes.

– Il serait fier d'elle, dit-il avec douceur, devinant qu'elle pensait à Khalid el Bey.

– Oui, murmura Skye.

Willow resplendissait de bonheur et le jeune comte paraissait soudain plein d'assurance.

– Vous devrez attendre le quinzième anniversaire de Willow, au printemps prochain, pour vous marier, déclara Skye. Vous devez aussi obtenir la permission de la reine. Elle tient beaucoup à être informée des faits et gestes de ses courtisans.

Le comte acquiesça puis se tourna vers Adam :

– Quand signerons-nous le contrat de fiançailles, monsieur ?

– Quand la reine vous aura donné son accord, Alcester.

Lorsqu'on lui annonça, le soir même, que le comte d'Alcester et la jeune Willow Small désiraient se marier, Élisabeth se sentit étrangement émue. La défection d'une de ses demoiselles d'honneur la mettaient, d'ordinaire, de fort méchante humeur, mais la candeur de Willow était si manifeste, l'honnêteté d'Alcester si bien connue, qu'elle déclara :

– Je suis heureuse de consentir au mariage de votre fille et du comte d'Alcester, lady de Marisco. J'assisterai à la cérémonie si, d'ici là, la question irlandaise est résolue.

– Je ferai de mon mieux, madame, répondit Skye.

On frappa à la porte. Sir Christopher entra avec un paquet dans les bras.

– Remettez-le à lady de Marisco, ordonna la reine.

– Oh ! mon tout petit, murmura Skye, tandis qu'Adam se précipitait auprès d'elle et caressait avec tendresse la joue du bébé.

– Vous avez votre fille, madame, dit Élisabeth Tudor. Quand partez-vous ?

– Dès que le sort de mes enfants sera réglé, Majesté.

– La place de ma filleule n'est pas à la Cour, fit la reine en donnant une petite tape affectueuse à Velvet. Vous allez l'envoyer dans le Devon, je présume ? Mais que comptez-vous faire des petits Burke ? Leur permettrez-vous de rester ici, à la Cour ? Lord Burke pourrait faire partie de mes pages et sa sœur serait en sécurité chez la comtesse de Lincoln.

Il était clair que la reine voulait garder les enfants en otage.

– Lord Burke ne demande qu'à rejoindre vos pages, madame, d'autant plus plus qu'il y bénéficiera de la protection de son frère. Mais ma fille Deirdre redoute d'être à nouveau séparée de moi. Ne pouvons-nous la laisser libre d'en décider elle-même ?

Le visage de la reine s'adoucit. Pour avoir elle-même perdu sa mère à l'âge de trois ans, elle comprenait fort bien ce que pouvait ressentir un enfant abandonné à lui-même.

– Mais bien sûr, dit-elle. Deirdre pourra vous accompagner, si c'est là son désir.

Toutefois, à la grande surprise de Skye qui en ressentit presque de l'amertume, Deirdre, fascinée par la Cour des Tudor, décida de rester auprès de la comtesse de Lincoln.

Adam et Skye partirent donc pour le Devon où ils confièrent Velvet à dame Cecily, puis s'embarquèrent pour l'île d'Innisfana, situé à l'ouest de l'Irlande.

Skye avait prévenu ses frères de son intention de tenir un conseil de famille. Elle fit voile vers le nord, escortée des huit navires qui lui appartenaient et qui, rapides et puissamment armés, constituaient une force redoutable.

Plusieurs jours avant leur départ, Skye avait réuni les équipages pour leur expliquer le but de son voyage, sans leur dissimuler qu'ils auraient peut-être à se battre. La moitié de ses hommes étant irlandais, elle les avait laissé libres de rester à terre et de s'engager sur d'autres bâtiments s'ils ne voulaient pas avoir à affronter leurs compatriotes. Bran Kelly s'était alors fait le porte-parole de tous les Irlandais :

– Nous sommes vos hommes et c'est à vous que nous devons fidélité. Nous avons tous de la famille en Irlande, à Innisfana ou sur les terres des O'Flaherty. Si vos frères continuent à attaquer les Anglais, ce sont nos femmes et nos enfants qui auront à subir leur vengeance. Nous restons avec vous.

L'équipage avait bruyamment acquiescé.

Au cours de la traversée, Skye passa beaucoup de son temps à arpenter nerveusement le pont et à scruter l'horizon. Pour réaffirmer son autorité sur ses frères, il allait lui falloir semer la désunion entre les membres de sa famille, et elle y répugnait. Quelle serait la réaction d'Anne? La soutiendrait-elle, ou prendrait-elle aveuglément le parti de ses fils?

– Nom de Dieu! jura-t-elle à voix haute. Ce n'était quand même pas à moi de les élever! Pourquoi Anne n'a-t-elle pas fait preuve de plus de force de caractère?

– Vous mesurez les autres à votre aune, Skye, répondit Adam. La plupart des femmes sont des êtres doux qui laissent leur mari guider leur conduite, et jusqu'à leurs pensées. Anne est veuve depuis seize ans. Le souvenir de son époux et ses enfants, c'est là toute sa vie.

– Mes chers frères ont été si gâtés qu'ils en sont pourris et n'ont aucun sens de leurs responsabilités! Ils gâchent tout ce que j'ai construit pour eux et jouent à la guerre sans se soucier des leurs. Du temps de mon père, on pouvait encore écumer les mers sans encourir le courroux royal, mais ce n'est plus le cas aujourd'hui.

– Vous, vous le savez, petite fille, mais pas vos frères qui n'ont jamais quitté l'Irlande. Votre pays de brume ne change que lentement. Votre peuple a cent ans de retard sur l'Angleterre, vous ne l'ignorez pas.

– Alors, vous pensez que ma tentative est vaine, Adam?

– Je ne sais pas, mon amour.

– Que Grace O'Malley soit maudite! s'exclama Skye avec véhémence. Comme la reine, elle a le goût du pouvoir. Mais je ne la laisserai pas nous détruire!

[illegible] soulever la question entre les membres de sa famille [illegible]. Qu'elle [illegible] [illegible] peur de [illegible].

— [illegible] Dumas [illegible] j'ai quitté [illegible] de [illegible] pas fait preuve de [illegible].

— [illegible]

— [illegible]

— [illegible]

[illegible]

— [illegible]

— [illegible]

18.

Grace O'Malley, la reine des pirates du Connaught, regarda Anne droit dans les yeux et ordonna à son commandant en chef :

– Soyez prêts à faire feu sur quiconque tente de pénétrer dans le port d'Innisfana sans mon autorisation.

Celui-ci partit aussitôt transmettre les instructions.

– Vous n'avez pas le droit ! protesta Anne. Ma belle-fille, le chef des O'Malley, doit arriver incessamment. Vous n'avez aucune autorité sur ses terres !

– Et elle a perdu la sienne le jour où elle a épousé un Anglais, répliqua Grace d'un ton méprisant.

– C'est vrai, mère, intervint Brian O'Malley. C'est moi le chef des O'Malley, à présent.

– Tant que Skye ne vous aura pas transmis son titre, comme votre propre père lui a transmis le sien, aucun de nous ne reconnaîtra votre autorité, Brian, déclara Anne d'un ton sec.

– La paix, femme ! interrompit grossièrement Grace.

Anne lui jeta un regard furieux et se tut.

Un grondement sourd, suivi de plusieurs autres, les fit soudain courir aux fenêtres : huit navires entraient dans le port, toutes voiles dehors et, derrière eux, le bâtiment de Grace O'Malley sombrait lentement.

– Jésus ! s'écria Grace O'Malley. Ils ont coulé mon navire !

Elle se répandit alors en jurons orduriers qui firent rougir même Brian.

Anne faillit éclater de rire lorsque son fils aîné déclara d'un ton pompeux :

– Ma sœur est de retour. Nous allons enfin pouvoir régler notre différend.

– Sans aucun doute, Brian. Mais je ne suis pas sûre que vous trouviez la solution de Skye à votre goût !

– Vous devez me prêter votre appui, mère!

– Je vous ai déjà dit, Brian, que Skye était le chef des O'Malley. C'est à elle seule qu'il appartient de conserver son titre ou de le transmettre à celui qu'elle en jugera digne.

– Il n'y a aucune raison pour qu'elle ait droit à ce titre puisqu'elle n'est pas là pour en assumer les obligations, observa Grace.

– Skye a toujours veillé à la prospérité d'Innisfana, même de loin. C'est elle qui a bâti la fortune de notre famille, que mes fils se sont empressés de dilapider.

– Elle est au service de l'Angleterre, fit Grace d'un ton méprisant, et ne vaut pas mieux qu'un propriétaire anglais.

– C'est vrai! renchérit Brian.

– Je me demande si vous aurez le courage de lui dire ça en face, mon fils, murmura Anne.

– Je n'ai pas peur de Skye, répondit Brian en prenant un air bravache.

– Si c'est vous qui avez tenté de m'empêcher de pénétrer dans mon propre port, vous avez diablement tort! déclara Skye d'un ton sec en entrant dans la pièce, suivie d'Adam et de ses capitaines.

– Vous avez coulé mon navire! intervint Grace.

– Il me barrait la route.

– Vous ne pouviez pas lui demander de se déplacer?

Skye examina sa cousine de dix ans son aînée : c'était une grande femme d'un mètre quatre-vingts, bâtie comme un homme, mais plutôt belle et qui ne paraissait pas son âge avec ses yeux d'un bleu sombre et ses cheveux courts, noirs et bouclés.

– Quiconque tente de stopper mon navire en tirant un coup de semonce, cherche la bataille. On ne m'interdit pas l'entrée de mon prope port. Auriez-vous l'intention d'ajouter Innisfana à vos terres, ma cousine?

Adam les regardait avec amusement : ces deux diablesses étaient bien de force égale, en dépit de l'avantage que conféraient à Skye ses huit navires. Grace croisa son regard et lui adressa un sourire provocant.

– Votre île est bien trop petite pour que je m'en soucie, ma cousine, répondit-elle. Mais quel est ce bel étalon qui vous accompagne? Si c'est un de vos capitaines, je le convaincrais avec plaisir de vous quitter pour s'engager à mon service.

– Lui non plus, vous ne l'aurez pas, ma cousine. C'est mon époux, lord de Marisco.

– Voilà le deuxième Anglais que vous épousez, Skye O'Malley. Le premier n'était qu'un bellâtre aux cheveux blonds, à ce qu'on m'a dit, mais celui-ci...

Elle parcourt de nouveau Adam d'un regard appréciateur, s'attardant délibérément au-dessous de la ceinture.

– Ma foi, il me donnerait assez envie de tâter d'un Anglais.

– Pas de celui-ci, répliqua Skye avec froideur.

– Les Anglais se laissent-ils mener par leurs femmes, monsieur de Marisco ?

– Seulement lorsque ce sont de belles et ardentes Irlandaises, madame, répondit Adam avec un sourire amusé. Une seule O'Malley me suffit largement !

Grace éclata de rire. Elle était assez fine pour se rendre compte qu'Adam était épris de sa cousine.

– Vous rentrerez à Clare sur l'un de mes navires, ma cousine, avec tous les pirates que nous serons parvenus à repêcher. MacGuire ! Raccompagnez-la !

Grace ramassa le manteau de fourrure qu'elle avait négligemment jeté sur un siège puis, se tournant vers Adam, lui dit avec un clin d'œil :

– Au revoir, mon cousin. Nous nous reverrons, sans aucun doute.

Et, sans se presser, elle quitta la pièce.

– Où sont vos frères ? demanda Skye à Brian.

– Par là, répondit-il d'un air renfrogné. Nous ne vous attendions pas si tôt.

– Pardi ! Allez les chercher, Brian. Qu'ils soient tous ici, dans une heure ! Allez !

Brian sortit précipitamment.

– Je suis désolée, Anne, fit Skye en se tournant vers sa belle-mère, mais j'ai l'intention de les tancer d'importance. J'espère que vous vous rendez compte qu'ils sont à deux doigts de causer notre ruine.

– Je n'ai rien pu faire, Skye. Il aurait fallu l'influence d'un homme. Votre oncle Seamus était seul et il ne pouvait pas être partout à la fois.

– Je sais, Anne. Tout cela a été le résultat d'un malheureux concours de circonstances.

Skye regarda autour d'elle avec surprise.

– Mais cette pièce est dégoûtante !

– Brian a épousé ma nièce, Maggie O'Brian. C'est elle, maintenant, la maîtresse de maison. Et elle n'accepte ni mon aide, ni mes conseils.

Une bouffée de colère empourpra Skye. Elle se souvenait de l'époque où Anne s'occupait encore de la maison : d'énormes vases de porcelaine, garnis de fleurs, égayaient alors la pièce et se réfléchissaient sur la surface immaculée des tables. A présent, il y régnait une odeur rebutante, des détritus traînaient sur le sol, des toiles d'araignée pendaient du plafond, les fauteuils étaient poussiéreux et usés, et la cheminée ainsi que ses immenses chenêts disparaissaient sous une couche de suie graisseuse.

– Je ne le supporterai pas! s'écria Skye, furieuse. Où diable sont les domestiques? Faites-les venir, Anne, tout de suite! Gardez le port, ordonna-t-elle en se tournant vers ses capitaines. Vous viendrez dîner demain. Je n'ose pas vous inviter ici, ce soir!

Ceux-ci se hâtèrent de se retirer, heureux de fuir la bataille homérique qui allait opposer leur maîtresse, non seulement à ses frères, mais également à sa belle-sœur!

Restée seule avec son mari, Skye s'exclama :

– C'est impossible, Adam! Toute cette fichue affaire est impossible! Anne est charmante, mais elle se laisse complètement dominer par ses fils, et même par la femme de Brian! Que faire? Je ne peux tout de même pas passer ma vie à m'occuper d'eux!

Adam l'enlaça et elle se serra contre lui.

– Tout s'arrangera, petite fille. Dame Anne sait ce qu'il convient de faire. Rendez-lui le pouvoir qu'elle a perdu, et elle remettra tout en ordre.

Blottie contre lui, Skye regretta soudain de ne pas se trouver ailleurs que dans la grande salle des O'Malley. Adam, sentant son propre désir s'éveiller, la réprimanda tendrement :

– Bon Dieu! petite fille. Ce n'est ni le moment ni le lieu.

– Vous n'avez pas envie de moi? fit Skye d'un ton malicieux en se pressant plus étroitement contre lui.

– Skye!

Il chercha à l'écarter, mais elle ne lâcha pas prise. Horrifié et ravi tout à la fois, il sentit qu'elle lui caressait les fesses.

– Cessez cette torture, sorcière, ou je vous prends à l'instant!

– Avez-vous envie de moi? répéta Skye.

– Oui! dit-il dans un grognement.

Elle se détacha de lui en riant de son trouble.

– Moi aussi, Adam. Pourquoi diable n'avons-nous pas ramené Velvet à Belle Fleur et abandonné les O'Malley à leur sort?

– Parce que vous êtes la fille de votre père, mon amour, et que vous lui avez promis de vous occuper de votre famille.

– Je pourrais transmettre mon titre à Brian.

– Sachant qu'il en est indigne? Vous ne ferez jamais ça.

– Non, et c'est bien dommage.

– Lorsque vous aurez chanté pouilles aux O'Malley, vous vous sentirez mieux, dit Adam avec un petit rire.

Anne entra dans la pièce, suivie d'une jeune fille et d'un groupe d'hommes et de femmes de pauvre apparence.

– Je vous présente ma belle-fille, Maggie, leur dit Anne.

– Quel âge avez-vous ? demanda Skye, trop furieuse pour sacrifier aux bonnes manières.

– Dix-sept ans, marmonna Maggie.

– Votre mère ne vous a-t-elle pas appris à conduire une maison ?

– Elle est morte quand j'avais quatre ans. J'étais son huitième enfant, Madame.

– Pourquoi avoir pris la place de dame Anne, dans ce cas ?

– Parce que je suis l'épouse du chef des O'Malley. Mes sœurs m'ont expliqué que si je ne m'imposais pas dès le début, je ne serais jamais maîtresse chez moi.

Malgré son envie de corriger la jeune femme pour sa sottise, Skye s'efforça à la patience.

– Je crois que nous ferions bien de mettre les choses au point. C'est moi le chef des O'Malley, non pas Brian ! Cette maison est la mienne, et vous l'avez transformée en une véritable porcherie. Alors écoutez-moi, Maggie O'Malley : dame Anne s'occupera de cette maison jusqu'à ce qu'elle vous juge capable de la remplacer. Si j'en juge par l'état lamentable de ces lieux, il vous faudra bien dix ans pour apprendre à devenir une bonne maîtresse de maison ! Combien d'enfants avez-vous ?

– Quatre.

– Des filles ?

– Une.

– Il faudra qu'elle apprenne, elle aussi.

Puis, se tournant vers les domestiques, Skye leur dit d'un ton sévère :

– Votre zèle sera récompensé et votre paresse, punie. Je n'hésite pas à battre un domestique lorsqu'il le mérite. Je suis le chef des O'Malley et jusqu'à nouvel ordre, c'est à moi que vous obéirez et à dame Anne. Vous m'avez bien compris ?

Terrorisés, les serviteurs hochèrent la tête.

– La grande salle d'abord, Anne, s'il vous plaît.

Retrouvant soudain toute son assurance, Anne O'Malley se mit à donner des instructions brèves et précises, puis elle se tourna vers Skye :

– Prenez mes appartements pour l'instant. Je vous enverrai mes garçons dès qu'ils arriveront.

Adam et Skye s'étaient à peine installés que les frères de celle-ci faisaient irruption chez eux, maculant les beaux tapis de leurs chaussures boueuses. Furieuse, Skye leur ordonna de se déchausser. L'air penaud, ils s'exécutèrent. Grands et forts comme leur père, trois d'entre eux avaient ses yeux, d'un bleu étonnamment vif. Tous portaient une barbe, noire et fournie, et leur chevelure, noire elle aussi, était un peu plus longue que ne le voulait le goût du jour.

– Vous êtes le portrait vivant de père, et pourtant vous ne lui ressemblez pas du tout! Il n'était pas stupide, lui, tandis qu'à vous tous, vous avez autant de cervelle qu'un poulet!

– Vous êtes injuste, Skye! protesta Brian d'un ton geignard.

– Injuste! fit Skye en lui jetant un regard méprisant. J'ai passé ma jeunesse à assurer la fortune de cette famille et qu'en avez-vous fait? Vous l'avez dilapidée!

– L'argent est fait pour être dépensé, remarqua Brian.

– Dépensé intelligemment, imbécile! Qu'avez-vous donc fait pour accroître notre richesse? Pensez-vous qu'elle soit inépuisable?

– Père avait de l'argent.

– Très peu. Il pillait des épaves et quand il en manquait, il provoquait lui-même le naufrage. Parfois aussi, il faisait sa proie de quelque navire marchand sans protection. Il est mort en espérant que votre vie serait meilleure.

– Il est mort en vous léguant son autorité, fit Brian avec amertume.

– Et cela, vous ne le supportez pas, n'est-ce pas? Vous mourez d'envie d'être le chef des O'Malley! Mais seuls peuvent l'être ceux qui acceptent d'assumer leurs responsabilités, Brian, et jusqu'à présent, aucun d'entre vous ne s'est conduit en adulte. Tant qu'il en sera ainsi, je continuerai à tenir les engagements que j'ai pris envers notre père. Que Dieu ait son âme!

– Sacrebleu! Skye, s'exclama Shamus O'Malley, il est gênant d'avoir à obéir à une femme. Cela va bien pour des enfants, mais nous sommes des hommes!

– C'est étrange, murmura Skye. Mon autorité vous pèse, alors que je ne vous la fais guère sentir, et vous vous ralliez sans hésitation à Grace O'Malley et à ses coupe-jarrets. Ne me dites pas que vous ne vous pliez pas à ses ordres, Shamus!

Elle jeta un regard perçant à ses frères qui s'agitaient, embarrassés, et leur fit signe de s'asseoir.

– Dites-moi, Brian. Que feriez-vous si vous étiez le chef des O'Malley?

Le visage de Brian s'épanouit en un large sourire.

– Eh bien, j'attaquerais avec Grace les navires de ces damnés Anglais et je les forcerais à regagner leur île miteuse. Ça, ça serait amusant! Pas vrai, mes frères?

Shane et Shamus approuvèrent avec le même sourire béat. Skye avait envie de les battre : ils étaient si puérils!

– Et comment nourririez-vous vos gens, pendant votre absence?

Qui protégerait Innisfana de nos voisins, sans parler des Anglais ? Qui pourvoirait aux besoins de votre famille et de ceux dont vous avez la responsabilité ? J'ai déjà vu ce qui se passait lorsque vous étiez livrés à vous-mêmes.

– Que diable voulez-vous dire ? s'écria Brian.

– Que vous avez déjà gaspillé toute votre fortune et qu'il ne vous reste rien ! Vous n'avez aucun discernement, Brian ! Si vous combattez les Anglais en laissant Innisfana sans protection et dans la misère, vos voisins s'immisceront dans les bonnes grâces de vos gens, les aideront et s'approprieront vos terres en paiement de leurs perfides services.

– Mais que pourrions-nous faire d'autre, Skye ? demanda soudain Shamus.

Pour la première fois, cet après-midi-là, Skye sourit. C'était la question qu'elle attendait : elle voulait que ce soit de plein gré qu'ils lui demandent son aide.

– Je pense que vous devez continuer à faire ce que vous savez faire, c'est-à-dire vous livrer à la piraterie. Mais laissez les Anglais tranquilles, ils ne sont pas assez riches. Les Espagnols le sont eux, par contre.

– Les Espagnols ?

– Oui ! Vous avez le goût de l'aventure ? Eh bien, obtenez de la reine des lettres de marque et partez harceler les seigneurs espagnols dans la mer des Antilles. Vous ne mettrez pas longtemps à reconstituer votre fortune.

– Nous pouvons nous passer des Anglais et de leurs lettres de marque !

– Comme il vous plaira, Brian. Mais sans elles, vous serez la proie de tout et de tous. Et si vous êtes pris, vous serez pendus comme de vulgaires pirates. En revanche, si vous faites partie des corsaires de la reine, vous bénéficierez de sa protection et de l'aide puissante de tous les navires voguant avec sa bénédiction. En cas de capture, vous serez seulement mis à rançon. La décision vous appartient, Brian, conclut Skye en souriant. Et maintenant, sortez ! Je n'ai plus rien à vous dire pour l'instant. Mais nous nous reverrons ; car je n'ai pas l'intention de repartir de si tôt, mes chers frères.

Lorsqu'ils eurent quitté les lieux, Skye alla s'asseoir sur les genoux d'Adam.

– Embrassez-moi.

Il s'exécuta de bonne grâce, s'emparant de ses lèvres avec une ardeur qui la laissa haletante.

– Avez-vous vraiment l'intention de vous débarrasser d'eux ? demanda-t-il en glissant une main sous sa chemise.

– Oui, murmura Skye en lui mordillant l'oreille.

– Et s'ils ne vous écoutent pas ?

– Ils m'écouteront.

– Et après, petite fille ?

Blottie contre Adam, Skye lui couvrait le visage et le cou de merveilleux petits baisers qui étaient loin de le laisser insensible.

– Après, monsieur, nous en aurons fini avec la reine et avec sa Cour. Nous rentrerons chez nous, je passerai mes jours à remplir mes devoirs de châtelaine et mes nuits à être votre courtisane attitrée.

Elle l'embrassa avec passion. L'étreignant avec violence, il lui rendit son baiser avec une ardeur égale, enfouit son visage entre ses seins et, bouleversé par leur douceur et leur parfum, murmura :

– Bon Dieu, Skye ! comme je vous désire ! Vous êtes cruelle de me tenter ainsi !

Skye s'arracha à son étreinte en riant, alla verrouiller la porte, puis, avec un sourire espiègle, ôta lentement sa chemise. Adam contempla avec ravissement les merveilles qu'elle lui révélait. Après s'être débarrassée de sa jupe et de ses dessous, elle s'approcha d'Adam et se mit à lui délacer sa chemise pendant qu'il se défaisait du reste de ses vêtements, impatient de se retrouver nu, lui aussi. Elle l'entraîna ensuite vers une peau de mouton, devant l'âtre, et il se laissa faire sans résister.

Étroitement enlacés, ils s'embrassèrent avec douceur. Au contact de la peau satinée de Skye, Adam sentait son désir s'éveiller, comme la première fois qu'il l'avait caressée, comme chaque fois qu'il faisait l'amour avec elle. Skye le frôlait de ses seins, glissant ses mains dans l'épaisse toison qui lui couvrait le torse, et il la renversa pour couvrir son visage et son cou d'une pluie de baisers.

– Comme je vous aime, mon amour !

– Oh ! moi aussi, Adam. Je vous aime tant ! répondit-elle d'une voix haletante.

Jamais personne ne l'avait aimée comme Adam ! Dans l'amour que les autres lui avaient porté, se mêlaient toujours l'orgueil de la possession. Adam, lui, l'avait toujours considérée comme son égale et respectait son intelligence. C'était sans doute pour cela qu'il était pour elle un ami aussi bien qu'un époux et un amant.

Quand son vibrant éperon la pénétra, elle ouvrit les yeux et chercha son regard, lui révélant toute l'intensité de son amour et de son désir. Il bougea en elle avec tendresse jusqu'à ce que, submergée par cette intolérable douceur, elle fermât les yeux à nouveau, en criant son plaisir.

Adam la contempla, émerveillé par les émotions tumultueuses qu'il lisait sur son visage, puis il l'embrassa avec émotion, goûtant sur ses joues la saveur de ses larmes. Skye lui sourit alors, d'un sourire si plein d'amour qu'il en fut ébloui.

– Comme j'ai besoin de vous, petite fille, murmura-t-il.

– Et moi, de vous! répondit Skye en posant un léger baiser sur ses lèvres.

Toujours unis, couchés sur le côté, jambes entremêlées, ils se caressèrent longtemps. Et, lorsqu'Adam s'empara de ses seins pour en sucer les pointes délicates, Skye sentit de nouveau un feu délicieux se répandre dans tous ses membres. Glissant une main le long de son dos, elle caressa les fesses musclées d'Adam.

– Sorcière! grogna-t-il.

– Oh! mon chéri, murmura Skye en lui agaçant effrontément l'oreille de sa langue. Comme j'aime vous sentir en moi. Ne vous arrêtez pas, mon amour! Ne vous arrêtez pas, je vous en supplie! Ah! je voudrais que cela n'en finisse jamais!

Enflammé par ses paroles, Adam frissonna de désir et du plaisir brûlant qu'il avait à la posséder. La dominant une nouvelle fois, il s'enfonça en elle, encore et encore, sentant vaguement ses ongles lui griffer le dos, son corps se tordre sous le sien.

Emportée, elle aussi, par un torrent de passion, Skye l'entendit crier sa jouissance. Quand il s'effondra sur elle, elle l'enlaça étroitement, posant un baiser dans ses cheveux.

Ils restèrent un long moment côte à côte, goûtant le silence qui les entourait, troublé seulement par le gai crépitement du feu dans l'âtre et le grondement du vent, au-dehors.

– Ah! je passerais bien tout l'hiver ainsi...

– Moi aussi, répondit Skye en riant. Mais j'ai bien peur qu'Anne ne souhaite réintégrer ses appartements, cette nuit. Je me sens un peu coupable de la manière dont nous avons passé l'après-midi alors qu'elle était occupée à des corvées ménagères!

– Si cette peau de mouton pouvait parler...!

– Pauvre Anne! Elle serait choquée. Je ne pense pas que mon père ait été un amant très imaginatif.

– Pourquoi Anne ne s'est-elle jamais remariée? Elle était encore toute jeune quand votre père est mort!

– Elle avait vingt-deux ans et lui, cinquante-huit. Elle prétend que c'est parce qu'elle devait élever ses enfants et n'avait pas de dot. Mais j'ai plutôt tendance à croire qu'elle ne tenait pas du tout à se retrouver avec un mari. Il y a des femmes qui n'aiment pas le lit conjugal et, à mon avis, Anne est de celles-là. A ma connaissance, elle n'a pas eu d'amant depuis la mort de père. Ne plus vous aimer me paraîtrait inconcevable, Adam, ajouta-t-elle en l'embrassant.

– Je l'espère bien, répondit-il en l'attirant contre lui. Vous me briseriez le cœur!

Ils avaient presque honte de se comporter comme de jeunes amoureux, et non pas comme les adultes qu'ils étaient. On frappa à la porte.

– La grande pièce est propre, Skye. Les domestiques attendent votre approbation!

– Nous arrivons, Anne, répondit Skye en tentant de garder son sérieux en dépit des grimaces que lui faisaient Adam. Aidez-moi à m'habiller, au lieu de faire le bouffon! ajouta-t-elle à voix basse.

– Bonté divine, madame! votre robe est toute froissée! Et votre corsage! Mais vous lui avez fait un accroc! s'exclama Adam, contrefaisant Daisy.

– Arrêtez de me taquiner, démon! fit Skye en éclatant de rire.

– Entendu, petite fille, je promets d'être sage si vous me dites où nous allons dormir, cette nuit, dans ce vieux tas de pierres que vous appelez la demeure de vos ancêtres.

– Mon ancienne chambre est au sommet de la tour. En fait, c'est la seule pièce convenable de la maison. Je suis bien contente qu'Anne ne l'ait pas donnée à Brian.

Grâce à Anne, le hall avait retrouvé son aspect d'antan. Après un repas simple, arrosé de bière brune, les femmes devisèrent agréablement de leur côté, tandis que les hommes continuaient à boire en se racontant des histoires qui, à entendre leurs rires paillards, n'étaient pas faites pour les oreilles des dames. Skye remarqua avec plaisir que ses frères s'entendaient à merveille avec Adam. Ils ne s'en rendaient peut-être pas compte mais, en acceptant la compagnie d'un Anglais, ils venaient de faire un premier pas vers la tolérance.

Brian vint bientôt rejoindre Skye et la prit à part :

– Mes frères et moi, nous avons réfléchi à vos paroles, lui dit-il. Croyez-vous vraiment que la reine d'Angleterre nous accorderait des lettres de marque?

– Oui. Mais ne vous abusez pas, Brian. Si elle le fait, ce sera autant pour elle que pour vous.

– Vous voulez dire qu'elle prendra sa part du butin que nous rapporterons?

– Oui. Et elle y gagnera aussi d'être débarrassée de vous. S'il y a une chose à laquelle la reine tient par-dessous tout, c'est à la paix. Mais pour obtenir vos lettres de marque, il faudra que vous m'accompagniez en Angleterre.

– Jamais! cria Brian. Jamais je ne quitterai notre sainte Irlande pour cette terre maudite!

– Ne soyez donc pas stupide ni supersticieux, Brian! répliqua Skye. Vous m'accompagnerez! Vous ne pouvez pas demander une faveur à la reine en restant ici.

– Je préfère ne rien lui demander, marmonna-t-il.

– Vous serez riche, Brian, fit Skye d'un ton enjôleur. Vous pourrez faire construire une nouvelle aile à cette maison, pour vous et Maggie.

Cela vous plairait, Maggie, n'est-ce pas?

– Pour sûr! répondit celle-ci.

– Vous serez tous riches, poursuivit Skye en se tournant vers ses autres frères. Et vous pourrez épouser qui vous voudrez : vous serez devenus des partis enviables.

– Je n'irai pas en Angleterre, s'entêta Brian.

– Sans vous voir, la reine ne vous accordera rien.

– J'irai, moi!

Tous les regards se tournèrent vers Conn, le plus jeune frère de Skye.

– Vous?

– Oui. J'ai envie de connaître l'Angleterre et la mégère rousse qui est à sa tête. Puis-je faire l'affaire, Skye? demanda Conn en lui souriant.

Skye l'examina d'un œil critique. Conn était le plus jeune, mais aussi le plus grand de ses frères. Il suffirait d'une barbe soigneusement taillée, d'habits élégants et de quelques cours de maintien pour lui donner assez belle allure. Élisabeth Tudor aimait les jeunes gens beaux et intelligents, et Skye devait reconnaître que Conn était et l'un et l'autre.

– Vous ferez très bien l'affaire, répondit-elle. Y voyez-vous quelque objection? demanda-t-elle à ses frères.

– Non, répondirent-ils avec ensemble, manifestement soulagés.

– Alors, c'est entendu.

– Quand partirez-vous? demanda Brian.

– Pas avant plusieurs jours. Je veux d'abord voir Ewan, et votre oncle Seamus. Mais j'enverrai un message à la reine pour l'avertir de notre prochaine arrivée.

Le lendemain, Skye se leva à l'aube pour écrire à Élisabeth Tudor :

« Madame,

Mes frères implorent votre pardon pour l'excès de fougue qui les a bien follement jetés aux côtés de notre parente, Grace O'Malley. Je leur ai suggéré de mettre leur ardeur au service des corsaires de Votre Gracieuse Majesté, pour votre plus grand profit et pour le leur. Je serai prochainement de retour en Angleterre, accompagnée de Conn O'Malley qui sollicitera cette faveur de Votre Majesté, au nom de ses frères et de lui-même.

Votre amie dévouée,

Skye, lady de Marisco. »

Skye appliqua calmement le cachet des O'Malley sur la cire verte qui fermait la lettre puis, après s'être assurée que celle-ci partirait immédiatement sur l'un de ses navires, elle regagna sa chambre et se glissa en soupirant sous le couvre-lit de plume.

– Qu'y a-t-il, petite fille? demanda Adam en l'attirant dans ses bras.

– Je crois que je suis en train de perdre le goût de l'aventure.

– Vous avez trop longtemps porté seule un bien lourd fardeau, et je comprends votre lassitude. Mais aujourd'hui, je suis là pour vous aider, mon amour.

– Oh! comment pourrais-je vous impliquer dans cette affaire, Adam? Vous êtes anglais.

– Quelle importance? Nous nous aimons, cela justifie que nous partagions nos problèmes. L'entêtement de vos frères n'a rien à voir avec leur nationalité, c'est un trait de leur caractère. Ensemble, nous en viendrons à bout. Il est déjà encourageant que Conn souhaite se rendre à la Cour des Tudor.

– Nous l'emmènerons d'abord à Lynmouth pour qu'il soit convenablement habillé et que nous lui apprenions les manières de la Cour. Je ne veux pas qu'il soit un objet de risée. S'il se sentait insulté, il serait capable de tuer aussitôt une demi-douzaine de personnes. Mon but n'est pas de le présenter à la Cour pour qu'il y fasse des ravages et qu'il y soit traité avec le mépris réservé aux Irlandais, mais pour qu'il obtienne de la reine ces lettres de marque.

– Il les obtiendra.

– J'aimerais avoir votre optimisme, Adam.

– Je le soupçonne d'être un redoutable séducteur, répliqua celui-ci avec un petit rire. La reine ne résistera pas à son charme.

– En ce cas, mon époux, je crois que je vais cesser de m'inquiéter et m'abandonner à mes penchants les plus vils, fit Skye en se blottissant contre lui.

Quand ils s'éveillèrent le lendemain, la matinée était déjà bien avancée.

– Par Dieu! jura Skye. Je vais me faire traiter de paresseuse! Il est sûrement plus de neuf heures, et je voulais rendre visite à mon oncle Seamus aujourd'hui. Où diable est donc passée Daisy?

Elle bondit hors du lit et courut à la porte.

– Ah! enfin levée! remarqua Daisy. Comme elle détournait le regard, Skye se rendit soudain compte qu'elle était nue.

– Mon bain est prêt?

– Si je m'en étais occupée plus tôt, l'eau serait glaciale à l'heure qu'il est, répliqua Daisy. Je vais le faire préparer, Madame, dit-elle en sortant.

– Vous avez le plus joli derrière que j'aie jamais vu, fit Adam d'un ton moqueur.

– Vous êtes bien effronté, monsieur mon mari, répondit Skye en riant. Oncle Seamus m'attend certainement depuis l'aube. Il est vieux et je ne voudrais pas lui manquer de parole.

– Nous ne lui manquerons pas de parole, petite fille. Je vous accompagnerai : je n'ai encore jamais vu ce brave évêque. Est-ce qu'il hait les Anglais, lui aussi ?

– Pas tous, seulement ceux avec lesquels il ne parvient pas à se mettre d'accord, répondit Skye en riant.

– Un véritable O'Malley en quelque sorte !

– Skye se jeta sur lui et lui tira violemment les cheveux.

– Brute ! Je vais vous apprendre à respecter les O'Malley d'Innisfana !

Ils roulèrent sur le lit en se battant, mais un fou rire les laissa sans force. Adam donna à Skye une claque sur les fesses qui lui arracha un cri d'outrage.

– Voilà qui vous apprendra à montrer plus de déférence à votre seigneur et maître ! fit-il d'un ton faussement féroce.

– Mon seigneur et maître n'est qu'un âne, rétorqua Skye.

Adam l'attira contre lui dans une étreinte passionnée.

– Et ma femme est une ardente petite rouée qui m'enfièvre plus que de raison, murmura-t-il en lui mordillant tendrement les lèvres.

– Laisserez-vous ce bain refroidir aussi ou vous laverez-vous enfin ? intervint Daisy en entrant.

– J'arrive, fit Skye en s'arrachant aux bras d'Adam.

– Moi aussi, déclara Adam en faisant mine de se lever. Hors d'ici, ma petite Daisy, à moins que mon anatomie ne vous intéresse, poursuivit-il en fronçant les sourcils d'un air menaçant.

– Et qui lavera Madame ?

– Moi, répondit Adam.

– M'est avis que vous allez encore vous retrouver au lit, grommela Daisy, mais je n'y peux rien. Enfin ! je vous laisse. Et pour ce qui est de votre anatomie, Monsieur, vous n'avez rien que je n'aie déjà vu ! conclut-elle d'un air digne avant de sortir.

– Eh oui ! Adam, fit Skye en pouffant. Daisy est une femme mariée, à présent, et j'ai entendu dire que de ce côté-là, Bran Kelly pouvait en remontrer aux meilleurs.

Elle lui tira la langue et courut dans l'antichambre où un grand baquet d'eau chaude l'attendait devant l'âtre. Adam la rejoignit au moment où elle s'apprêtait à se glisser dans l'eau parfumée. Il la fit pivoter et l'embrassa.

– Nous n'arriverons jamais à partir, protesta faiblement Skye.

– Mais si! répondit Adam en la déposant dans le baquet. Seigneur! mais je vais fleurer la rose, madame!

– C'est vous qui avez tenu à partager mon bain!

– Oui, grommela-t-il, mais pour qui vos frères vont-ils me prendre?

– Les commérages de Daisy les rassureront certainement, répliqua Skye en riant. Allons, monsieur, vous avez promis de me servir de domestique. Lavez-moi donc le dos!

– Seulement si je peux aussi vous laver côté face, répliqua-t-il.

– Adam!

– Vous étiez plus amusante lorsque vous étiez ma maîtresse, fit-il avec un petit rire. Le mariage vous a bien assagie, petite fille. Il effleura sa nuque d'un baiser et lui tendit le savon.

– A votre tour, madame.

– Le côté face aussi? demanda Skye d'un ton narquois.

– Si vous l'osez!

– Que va penser mon oncle de vous, Adam de Marisco? se lamenta Skye.

Sans l'avoir jamais vu, le vieil évêque du Connaught tenait Adam en grande estime. Grâce à ce que lui en avait dit Skye et à la correspondance qu'ils avaient échangée en son absence, il avait l'impression de le connaître.

Depuis que, deux ans auparavant, à la suite de la destruction du château des Burke, sa tête avait été mise à prix, faisant peser sur ses jours une menace perpétuelle, Seamus O'Malley avait vu sa santé décliner. Depuis six mois, il ne quittait plus guère Innisfana et sa grande demeure de pierre qui surplombait la mer. Il continuait cependant à officier tous les matins dans l'église du village voisin.

Lorsqu'ils arrivèrent, à midi, Skye et Adam furent accueillis par Maeve, l'épouse de Connor Fitzburke, le frère bâtard de Niall. Les deux femmes s'embrassèrent avec émotion, puis Maeve, une jolie petite femme, aux cheveux roux et au regard chaleureux, s'exclama :

– Vous êtes toujours aussi belle! Ne vieillirez-vous donc jamais, Skye O'Malley?

– Si vous me regardiez plus attentivement, vous verriez mes rides, Maeve, répondit Skye en riant. Laissez-moi vous présenter mon époux, le seigneur de Marisco.

Maeve adressa à Adam un sourire cordial.

– Entrez vite! Votre oncle vous attend avec impatience.

– Où est Connor? demanda Skye.

– Il s'occupe du bétail et des troupeaux de mouton de Sa Grandeur. Ne soyez pas trop bouleversée, Skye. Votre oncle est bien vieux et la perte des terres de Burke l'a beaucoup affecté. Ses forces ont encore décliné ces derniers mois, et j'ai bien peur qu'il ne revoie pas le printemps.

Skye lutta pour refouler ses larmes.

– La voilà enfin, Monseigneur! annonça Maeve en entrant dans la chambre de l'évêque.

Le vieillard était assis près de l'âtre. Skye s'agenouilla à côté de lui pour baiser sa main noueuse.

– Relevez-vous, ma fille, et laissez-moi vous regarder, dit Seamus O'Malley d'une voix qui n'avait rien perdu de sa force. Vous êtes toujours aussi belle. Quand vous êtes née, Dubhdara a été si déçu que vous ne soyez pas un garçon! Mais vous étiez déjà une beauté et vous avez immédiatement conquis son cœur. Le mien aussi, ajouta-t-il après un bref silence.

– Mon cher oncle, murmura Skye en posant un baiser sur son front.

– Allons! pas de sensiblerie avec moi, ma fille, grommela Seamus. Présentez-moi plutôt ce géant qui doit être votre époux.

– En effet, mon oncle.

– C'est exactement l'homme qu'il vous faut, Skye. Je suis sûr qu'il vous adore et vous gâte effrontément. Mais je vois aussi que c'est un homme de caractère qui saura vous administrer une bonne correction si vous lui échauffez trop le sang. Asseyez-vous, mon neveu. Vous êtes aussi grand qu'un arbre et je n'apprécie guère de parler à votre braguette, ajouta-t-il avec un petit rire. Maeve! Apportez du whisky. Je suis transi!

Pendant que l'évêque avait avec Adam une conversation animée, Skye le regardait avec une tendre affection. Ses cheveux, noirs autrefois, avaient la blancheur de la neige, mais ses yeux, d'un bleu vif, n'avaient rien perdu de leur vivacité. Maigre et décharné, l'effort qu'il devait faire pour tenir son verre faisait trembler sa main, et Skye se demandait où il trouvait encore la force de célébrer la messe, chaque matin.

– Skye?

– Mon oncle?

– Je suis désolé pour le château des Burke. La reine va-t-elle rendre ses terres à Padraic?

– Non, mon oncle, mais elle lui en donnera d'autres en Angleterre. Elle pense qu'il y aura ainsi un rebelle de moins en Irlande. Seamus O'Malley hocha la tête avec un léger sourire.

– Vous n'avez plus beaucoup d'attaches en Irlande, ma fille.

– Je suis toujours le chef des O'Malley, mon oncle.

– Pour combien de temps? Il n'est pas juste que vous le restiez maintenant que les fils de Dubhdara sont adultes.

– Des adultes stupides et égoïstes! fit Skye d'un ton sec.

– Que comptez-vous faire, alors ?
Skye lui expliqua son plan.
– Je ne veux plus de ce pouvoir, mon oncle, dit-elle pour conclure. Mes enfants ont grandi en me connaissant à peine et je ne veux pas que Velvet ait à subir le même sort.
– Votre impatience et votre fièvre ont donc disparu, ma fille ?
– Oui, mon oncle. Je veux vivre auprès de mon mari et de mes enfants.
– Je suis heureux que vous ayez trouvé le bonheur, ma fille. Je pourrai ainsi reposer en paix, et retrouver votre père la conscience tranquille.
– Je vous aime, Seamus O'Malley, fit Skye en l'étreignant avec émotion.
– Fi donc ! encore un peu et vous allez me couvrir de vos larmes !
Mais son expression ravie contredisait cette affectueuse réprimande.
Ils passèrent tous les trois une journée heureuse. Le lendemain matin, lorsque Skye entra dans les appartements de son oncle, elle le trouva endormi près du feu.
– Mon oncle ! appela Skye doucement. Je dois partir.
Il n'y eut pas de réponse.
– Mon oncle ? répéta-t-elle.
Sa main était froide sous la sienne.
– Adam ! hurla-t-elle.
Adam s'agenouilla pour l'examiner et se releva, les larmes aux yeux.
– Il est mort, Skye, fit-il en la prenant dans ses bras.
Skye éclata en sanglots.
Seamus O'Malley, évêque du Connaught, fut enterré le jour du trente-quatrième anniversaire de sa nièce bien-aimée, en présence de toute sa famille. Le lendemain, Skye et Adam, accompagnés de Conn O'Malley et de Daisy, quittaient Innisfana pour le Devon et le château de Lynmouth.
Dès leur arrivée, Skye envoya un message à dame Cecily, et un autre à la reine pour la prévenir de son retour et de son intention de paraître à la Cour pour les fêtes de Noël. Elle se mit ensuite en devoir de transformer son frère en un gentilhomme digne de la Cour des Tudor.
Conn rugit comme un lion lorsqu'on lui tondit sa crinière hirsute et qu'on lui tailla sa barbe broussailleuse. Il hurla à la mort lorsqu'on le plongea dans une eau fumante qui sentait la lavande et que sa sœur, les manches retroussées, s'occupa elle-même de le récurer avec vigueur.

– Vous m'assassinez! cria-t-il en gaélique.

– Parlez anglais, espèce de cul-terreux! Sinon, vous serez la risée de toute la Cour.

– Qu'ils aillent au diable!

– Tout à fait d'accord, fit Skye en éclatant de rire, mais vous avez besoin de ces bâtards, Conn. En outre, la Cour regorge de ravissantes jeunes filles qui ne demandent qu'à se pâmer d'amour devant vos charmes. Comment vous y prendrez-vous, si vous ne parlez pas leur langue?

– Je me suis assez bien défendu jusqu'à présent.

– Avec des servantes? répliqua Skye d'un ton narquois. N'avez-vous donc jamais appris à faire la différence entre une dame et une fille, petit frère? Si vous voulez avoir du succès à la Cour, il serait temps de vous y mettre.

A dix-neuf ans, Conn était un superbe jeune homme de près d'un mètre quatre-vingt-dix. Il avait un nez droit, un front haut, une mâchoire carrée, des yeux gris-bleu et des cheveux d'un noir de jais. Une mèche rebelle lui barrait le front, lui donnant un air à la fois enfantin et bravache. Lorsque Adam l'avait vu, la première fois, il avait étouffé un juron. Large d'épaules, la jambe longue et bien faite, les hanches étroites, le jeune homme avait vraiment fort belle allure.

– Dieu du Ciel! Toutes les femmes vont être à ses pieds! Nous allons nous faire des ennemis de tous les pères et de tous les maris de la Cour, Skye.

– Je ne serai pas trop méchant avec toutes ces petites chéries, Adam, avait promis Conn avec un large sourire.

– Que Dieu nous vienne en aide! avait marmonné Adam.

Conn avait l'esprit vif et il apprit facilement tout ce que Skye et Adam se mirent en tête de lui enseigner. Dame Cecily travailla également à améliorer son langage, si bien qu'au moment de leur départ pour Greenwich le jeune homme parlait un anglais où ne subsistait qu'une légère trace d'accent, qui ajoutait encore à son charme.

Dans le carrosse qui les emmenait à Londres, Conn ne quitta pratiquement jamais les fenêtres. La campagne anglaise avec ses fermes soignées et ses vergers, les villes avec leurs boutiques animées, leurs marchés de plein air et leurs maisons à quatre étages, tout était nouveau pour lui et tout le fascinait. Sa curiosité et son intérêt étaient insatiables, à la différence de ses frères. Skye imaginait Brian à sa place et le voyait, le visage buté, grommelant tout le long du chemin.

– Regardez, Conn! Londres!

Le jeune homme découvrit la ville avec une surprise immense. D'énormes églises projetaient vers le ciel des flèches plus hautes que les montagnes de son pays; maisons et boutiques se pressaient les unes contre les autres; une foule dense encombrait les rues. Mais ce fut surtout la puanteur de la ville qui le stupéfia.

– Ça empeste plus qu'une étable mal entretenue! s'exclama-t-il.

– D'une certaine façon, ça n'est rien d'autre, répondit Adam en riant. L'hygiène n'est pas le point fort de Londres. Si en marchant dans les rues, vous entendez crier : « Gare! », écartez-vous vivement, mon garçon. On a vite fait de recevoir un seau d'eaux sales sur la tête!

– Où allons-nous? demanda Conn à sa sœur.

– A Chiswick, un petit village à côté de Londres. J'y ai une demeure au bord de la Tamise qui jouxte celle du comte de Lynmouth, votre neveu. Elle est bien plus modeste que la sienne, bien sûr, mais fort commode.

Les yeux de Conn s'écarquillèrent de stupeur lorsque le carrosse franchit les grilles de Greenwood. Un petit homme se découvrit respectueusement sur leur passage et une femme au visage souriant leur fit la révérence.

– C'est Bates et son épouse, dit Skye en les saluant gaiement.

Devant la maison de brique rose, partiellement recouverte de lierre, des laquais à la livrée verte et blanche les accueillirent avec empressement.

– Nous sommes heureux de vous voir de retour, Madame, dit le majordome.

– Merci, Walters. Je vous présente mon jeune frère, Conn O'Malley.

– Soyez le bienvenu, Monsieur. Madame, j'ai un message à vous transmettre de la part de lord Burghley : il demande que vous l'informiez aussitôt de votre arrivée afin qu'il puisse fixer la date de votre audience avec Sa Majesté.

– Envoyez immédiatement quelqu'un à Greenwich, ordonna Adam.

– Bien, Monsieur.

Skye, accompagnée de Conn et d'Adam, se dirigea vers la bibliothèque tandis que Nora, une jeune cousine de Daisy, se hâtait de conduire Velvet à la chambre d'enfants. Conn l'arrêta pour embrasser tendrement sa petite nièce.

– Bonne nuit, mon petit chat, dit-il. Fais de beaux rêves.

– Vous la gâtez, observa Skye.

Mais elle était ravie de la profonde affection que son frère portait à sa petite fille, qui d'ailleurs le lui rendait bien. Velvet avait un faible pour les messieurs, que ses charmes ne laissaient pas non plus insensibles.

– Qu'est-ce qui vous fait sourire? demanda Adam.

– Je pensais que Velvet était déjà très consciente de son pouvoir sur les hommes, répondit Skye.

– Sans aucun doute, fit Conn en souriant. Une vraie petite effrontée! Elle n'a que dix-neuf mois, mais je suis sûr qu'il vous faudra la marier très tôt. Vous réussirez peut-être à en faire une jeune dame bien élevée, mais je n'en jurerais pas!

– Nous avons plus important à discuter, pour l'instant. Il faudra vous méfier de votre sang chaud d'Irlandais, Conn. Il y a beaucoup d'Irlandais raffinés à la Cour, quoi qu'en disent certains imbéciles prétentieux, petits nobliaux anglais qui nous cherchent chicane pour se convaincre de leur propre importance. Ignorez-les. Ils se lasseront vite de leurs jeux stupides et se dévoreront entre eux.

– Ne savent-ils donc pas que nous avions déjà des universités et des poètes quand leurs ancêtres en étaient encore à se couvrir de peintures de guerre? demanda Conn avec irritation.

– Non, Conn. Ils croient que le soleil se lève et se couche sur l'Angleterre, et rien de ce que vous pourrez leur dire ne les fera changer d'avis.

– Croyez-vous que la reine nous recevra bientôt?

– Oh! oui. Elle sera curieuse de vous rencontrer. Vous avez des atouts considérables, Conn : vous êtes jeune, beau, intelligent et cultivé. En un mot, vous êtes exactement le genre de garçon dont Élisabeth Tudor raffole. Flattez-la, faites-lui un brin de cour, sans jamais oublier qu'il ne s'agit que d'un jeu, et vous gagnerez ses bonnes grâces ainsi que vos lettres de marque.

– Est-elle belle? Je sais que sa beauté est partout louée, mais comment est-elle vraiment?

– Elle aura quarante ans, cette année et pourrait être votre mère. C'est une femme majestueuse. Elle a la peau très blanche, des cheveux blond-roux et des yeux gris auxquels rien n'échappe. Elle est brillante, extrêmement cultivée, apprécie les réparties promptes et adore danser. Elle vous plaira, petit frère, mais méfiez-vous, car elle sait aussi, quand il le faut, se montrer plus forte et plus dure qu'aucun homme de ma connaissance.

– Vous piquez ma curiosité, Skye. Je suis plus impatient que jamais de la rencontrer.

L'avant-veille du jour de Noël de l'an 1574, Conn O'Malley faisait son entrée à la Cour. Il était vêtu d'un pourpoint de velours vert brodé de fils d'or, passementé de perles, de turquoises et de diamants, dont le col et les manches s'ornaient de dentelle. Une courte cape espagnole doublée de castor tombait de ses épaules tandis qu'à son cou brillait, au bout d'une lourde chaîne d'or, le dragon des O'Malley aux yeux de rubis. Au dernier moment, Skye avait convaincu son frère de se raser barbe et moustache qui, comme elle l'avait soupçonné, dissimulait un visage d'une exceptionnelle séduction.

– Palsambleu! jura Adam. Vous pourriez passer pour le jumeau de Skye.

– Étant donné que j'ai quinze ans de plus que lui, vous lui faites là un charmant compliment, Adam! fit Skye en riant. Vous aurez toutes les femmes à vos pieds, Conn, et vous pourrez choisir la fine fleur de la Cour.

– Et dire que je ne ferai la cour qu'à Élisabeth Tudor! Les pauvres filles!

Adam et Skye éclatèrent de rire, puis, ensemble, ils quittèrent Greenwood pour descendre en barque jusqu'à Greenwich. A proximité du palais, ils prirent place dans la file des embarcations qui se dirigeaient vers le débarcadère royal.

– Skye! Oh! Skye.

Une jolie femme aux cheveux roux les hélait en agitant frénétiquement son mouchoir de dentelle.

– Un article de tout premier choix, observa Conn. Me la présenterez-vous, Skye?

– Vous présentez à Lettice Knollys? C'est la comtesse d'Essex. Elle est d'un rang bien trop élevé pour vous. Je la soupçonne, en outre, d'avoir une liaison avec lord Dudley. Une liaison qui pourrait fort bien lui coûter sa jolie tête, si la reine venait à la découvrir.

Leur barque aborda et lorsque, aidés par les laquais de la reine, ils eurent mis pied à terre, Lettice Knollys s'approcha d'eux.

– Skye, ma chère! Vous voilà de retour! Qui sont donc ces deux superbes gentilshommes qui vous accompagnent?

– Permettez-moi de vous présenter mon époux, Adam de Marisco.

Adam baisa la main de la comtesse d'Essex qui le contemplait avec une franche admiration.

– Et voici mon frère cadet, Conn O'Malley. Conn, la comtesse d'Essex.

Avec une lenteur calculée, Conn porta la main de Lettice à ses lèvres et, tout en la couvant d'un regard passionné, y posa un baiser brûlant.

– On m'a dit que vous n'étiez qu'un pâle reflet de votre cousine la reine, madame, mais l'éclat de votre beauté est aveuglant.

Le compliment frappa la comtesse de stupeur. Elle se sentait près de défaillir.

Avec un sourire, Conn glissa fermement son bras sous le sien.

– Permettez-moi de vous escorter, dit-il d'une voix douce.

Skye se mordit les lèvres pour ne pas éclater de rire.

– Conn vient de faire une première conquête d'importance, observa-t-elle lorsqu'elle eut repris son sérieux. Je prie simplement pour que

Dudley ne le voie pas tourner autour de Lettice comme un bourdon autour d'une fleur odorante.

– Dudley ne peut pas montrer ouvertement qu'il convoite Lettice, remarqua Adam sinon il se retrouverait à la tour de Londres. Si Conn se montre discret, tout ira bien.

Dès leur entrée dans le palais, le secrétaire de lord Burghley se porta à leur rencontre pour les prier de le suivre. Mais il fallut d'abord arracher Conn à Lettice Knollys...

– Vous voilà donc de retour, madame, déclara William Cecil. J'espère que vous apportez de bonnes nouvelles à Sa Majesté.

– Peut-être, répondit Skye.

– Peut-être ? Allons, madame ! Il nous faut un succès total.

– Vous l'aurez, monsieur, mais en échange d'une faveur.

– Comment ? Nous avons déjà donné des terres à votre fils, reconnu votre mariage, donné à votre époux l'île de Lundy et un manoir dans le Worcestershire. La reine a consenti au mariage de votre fille et du comte d'Alcester. Que pourriez-vous encore exiger d'autre ?

– Convenez avec moi, monsieur, que si la reine s'est montrée d'une grande générosité envers mon époux et mes enfants, elle ne m'a personnellement rien octroyé. Je sollicite une faveur pour les O'Malley. Lord Burghley, permettez-moi de vous présenter mon frère, Conn O'Malley. Conn, William Cecil, lord Burghley, le secrétaire d'État de la reine.

Conn s'inclina respectueusement, comprenant instinctivement qu'il lui fallait faire preuve devant cet homme d'une totale honnêteté.

– Un O'Malley, sans aucun doute, fit lord Burghley après l'avoir observé attentivement. Eh bien, jeune homme, quelle est votre requête ?

– Nous vous demandons des lettres de marque, monsieur. Il n'y a pas meilleurs marins que les O'Malley et comme il est normal, nous harcelons les Anglais, nos ennemis héréditaires. Ma sœur nous a toutefois assuré qu'en persistant dans ces enfantillages, nous courions à une perte certaine et elle nous a suggéré d'aller exercer nos talents sur les mers du Nouveau Monde. Corsaires de la reine, notre sécurité serait plus grande... et nos succès plus nombreux conclut Conn avec un large sourire.

Lord Burghley resta impassible, mais, en son for intérieur, il admirait, une fois de plus, l'intelligence de Skye.

– Il faut que j'en parle à la reine, déclara-t-il. L'Angleterre attache une grande valeur aux lettres que vous nous réclamez.

– Les services que nous lui offrons en échange ne sont pas d'un moindre prix, répliqua Conn.

Bien que le ton fût aimable, il y avait dans son regard une dureté qui n'échappa pas à lord Burghley. Le jeune homme était sans conteste le digne frère de sa sœur.

– Nous verrons, murmura-t-il. Monsieur de Marisco, poursuivit-il j'ai ici les titres qui vous confèrent la propriété de Queen's Malvern, un domaine royal aux abords de Worcester.

– J'espère pouvoir remercier moi-même Sa Majesté ce soir, répondit Adam.

– Ah! les réjouissances de Noël! C'est vrai, il faut que je vous laisse vous divertir. Je suis heureux de vous dire que vos enfants réussissent fort bien à la Cour. La reine est très satisfaite de Mlle Willow qu'elle ne cesse de citer comme le modèle de toutes les vertus féminines.

– Pauvre Willow! s'exclama Skye étourdiment. Comme cela doit être pénible pour elle!

– Au contraire, madame. Elle soulève non seulement l'envie, mais également l'amour et l'admiration. Une jeune femme parfaite, madame, vraiment parfaite.

– En un mot, vous vous étonnez que j'aie pu engendrer une telle perfection, monsieur? fit Skye d'un ton gentiment narquois.

– En effet, madame, en effet, répondit lord Burghley avec un petit rire.

– Patience, monsieur. J'ai deux autres filles encore dont l'une, je crois, me ressemblera davantage.

– Il ne nous reste plus qu'à attendre, madame.

Skye fit une profonde révérence à Cecil, et remarqua qu'en dépit de ses prétentions à la vertu il ne dédaignait pas d'attarder un regard admirateur sur sa poitrine.

– Je vous réserverai une danse, monsieur, fit-elle malicieusement avant de sortir de son cabinet, suivie de Conn et d'Adam.

La reine se mettait à table et, malgré la foule, ils trouvèrent rapidement à s'installer près de Lettice Knollys. Celle-ci ne demandait qu'à faire place à Conn, à côté d'elle.

– Elle ne va en faire qu'une bouchée, vous ne croyez pas? murmura Skye à Adam.

– Non. Lettice est peut-être vorace, mais elle est également sage. Elle le dégustera avec lenteur, répondit Adam en riant.

Les guirlandes de feuillage qui décoraient la salle, les branches de houx et de pin qui s'amoncelaient sur les cheminées, embaumaient la pièce d'un parfum inhabituel. Sur les nappes damassées, reposaient des fourchettes en or, cette nouvelle invention florentine qui ne dataient que de quelques années, ainsi que des assiettes et des coupes d'argent gravées aux armoiries royales.

Skye avait appris à Conn le maniement de la fourchette et lui avait expliqué que la haute noblesse, et tout particulièrement les personnages royaux, répugnaient désormais à voir des dagues sur leur table : il était trop facile, pour un invité, de tailler son hôte en pièces, plutôt que son quartier de viande.

Coquillages et poissons, volailles et gibier, viandes de toutes sortes, pâtés d'alouette et de lièvre, salades à profusion – le repas fut plantureux et Conn, incapable de résister à tant de délices, mangea de bon cœur, mais en homme raffiné.

– J'aime qu'un homme ait bon appétit, murmura Lettice en lui pressant discrètement la cuisse.

– Un appétit qui en cache un autre, répliqua Conn en lui souriant.

– Retrouvez-moi après le banquet, suggéra Lettice.

– Une offre bien tentante, madame, répondit Conn avec un réel regret. Mais ma fortune dépend de votre royale cousine et, si nous étions surpris, je pourrais lui dire adieu.

– Tous les hommes fraîchement arrivés à la Cour ne pensent qu'à plaire à Élisabeth, remarqua Lettice d'un ton boudeur.

– Elle est l'astre qui se lève et se couche sur notre univers, belle dame.

– Mon Dieu, mon cher, vous ne manquez certes pas d'éloquence! Quelques compliments de ce genre et Élisabeth se comportera comme une adolescente.

– Je l'espère, murmura Conn.

Lettice s'esclaffa.

– Dites-moi, Conn, faites-vous l'amour aussi bien que vous parlez?

– Mieux! Cela me demande beaucoup moins d'effort et de réflexion.

– J'incline à penser que vous avez en effet quelques connaissances en la matière, Conn O'Malley, mais je vous soupçonne également de n'en pas posséder toutes les finesses. Venez me voir lorsque vous aurez obtenu ce que vous voulez de ma cousine. Je me ferai un plaisir de vous instruire dans les arts de l'amour.

– Vous n'aurez jamais élève plus appliqué, madame, je peux vous l'assurer

Après avoir caressé ses seins d'un regard brûlant, il lui embrassa la main et le poignet.

– Démon! murmura Lettice en frissonnant de plaisir.

– Conn! intervint Skye. La reine a fini de manger. Il est temps pour nous d'aller la saluer.

Élisabeth Tudor quitta la table pour s'installer sur un siège confortable d'où elle embrassait toute la salle. Se tournant vers Skye et Adam, elle leur adressa un sourire éclatant dont elle gratifia également Conn, après l'avoir jaugé un instant de son regard perçant.

– Votre Majesté, dit Adam. Permettez-moi de vous présenter Conn O'Malley, le frère de mon épouse.

– Soyez le bienvenu à notre Cour, monsieur, fit aimablement la reine.

En la regardant avec une profonde admiration, Conn s'agenouilla et baisa le bas de sa robe.

– En Irlande, on dit que vous êtes fille du diable, déclara-t-il de sa voix mélodieuse et chantante, mais depuis que j'ai vu Votre Majesté, je m'inscris en faux contre ce jugement. Vous êtes la Gloire en personne, madame, et c'est de grand cœur que je dépose mes hommages à vos pieds.

Élisabeth réprima un accès d'hilarité. Elle n'était pas assez stupide pour croire à l'entière sincérité de ce compliment exorbitant, mais elle en était néanmoins flattée.

– Relevez-vous, Conn O'Malley, que je puisse vous regarder.

Elle l'examina ouvertement. C'était vraiment un beau garçon, et avide de lui plaire. Un Irlandais qui devait avoir de l'esprit et de l'éloquence à revendre. Bref, le genre de gredins dont elle raffolait.

– Dansez-vous, Conn O'Malley ?

– Oui, madame.

– En ce cas, vous ouvrirez le bal avec moi ce soir, Conn O'Malley.

Sir Christopher Hatton qui s'attendait à ce que cette faveur lui soit accordée, en fut visiblement dépité.

– Les maîtres de danse ne font décidément que passer, murmura une voix à son oreille. Je me demande combien de temps tiendra ce cul terreux ?

– Voilà un moment que vous ne bénéficiez plus, vous non plus, de toute l'attention de la reine, Dudley, répliqua sir Christopher. C'est une femme intelligente et raffinée qui apprécie la diversité. Vous l'ennuyez à mourir depuis bien longtemps.

– Ils sont pires que des femmes jalouses, observa Adam à voix basse.

– La reine encourage ses rivalités afin qu'aucun n'ait trop de pouvoir sur elle, répondit Skye.

– Quelle finesse, madame ! intervint William Cecil qui s'était approché d'eux à leur insu.

– Sapristi, monsieur ! Vous marchez donc comme un chat ! s'exclama Skye avec irritation.

– Un talent qui m'a souvent été fort utile, madame, répondit Cecil avec un petit rire. Puis-je vous demander de me suivre ? J'ai à vous entretenir en privé.

Skye et Adam le suivirent jusqu'à un couloir désert.

– Eh bien, monsieur ?

– Si votre frère s'avère digne de la confiance de Sa Majesté, les lettres de marque qu'il sollicite pour votre famille lui seront accordées dans les prochains mois. Pour l'heure, Sa Majesté souhaite qu'il reste à la Cour afin qu'elle puisse juger de sa valeur. Votre époux et vous-même pourrez toutefois quitter la Cour après le jour des Rois pour vous rendre à Queen's Malvern. Mais en aucun cas vous ne partirez pour la France. Est-ce bien entendu ?

Skye acquiesça.

– Puis-je en informer mon frère, monsieur ?

– Non. Il vaut mieux qu'il n'en sache rien pour l'instant.

– C'est préférable, mon amour, intervint Adam. Tant qu'il croira n'avoir pas atteint son but, Conn se conduira de manière exemplaire. Il ne serait pas souhaitable qu'il perde toute réserve...

– En effet, dit lord Burghley. La reine verrait d'un assez mauvais œil que le jeune O'Malley la délaisse pour, mettons... la comtesse d'Essex.

– Y a-t-il quelque chose qui vous échappe jamais, monsieur ? demanda Skye, amusée.

– Rarement, madame, très rarement, répondit lord Burghley avec un petit rire.

Il ajouta en lui baisant la main :

– Me ferez-vous l'honneur de m'accorder votre première danse ?

– Tout l'honneur sera pour moi, répondit Skye.

– Les O'Malley ont beaucoup de charme, madame, et je suis sincèrement soulagé de vous voir sous la garde d'un loyal sujet de Sa Majesté. Mais il nous faudra également gagner votre jeune frère. Je tremble à l'idée que l'un d'entre vous puisse encore s'attaquer à l'Angleterre.

– Il y a peu, vous trembliez à bon droit, lord Burghley. Mais dois-je vous rappeler que la perfidie n'a jamais été de mon côté ? Je respecterai notre pacte tant que l'Angleterre respectera le sien.

– Venez, madame, fit William Cecil sans relever ses paroles. La soirée est déjà fort avancée.

La reine avait toujours pour cavalier le jeune Conn, danseur empressé et plein de grâce, mais lorsque la belle lady de Marisco et William Cecil se mirent à danser avec entrain, ce furent vers eux que se tournèrent tous les regards. Le loyal et austère serviteur d'Élisabeth Tudor ne se livrait que très rarement à ce divertissement et personne ne lui avait encore jamais vu pour partenaire que son épouse ou la reine.

– Toute la Cour va m'envier, lord Burghley, fit Skye en riant.

– Absurde ! répondit-il. C'est moi qu'ils devraient envier !

– Votre conduite va susciter d'interminables commérages. On va s'interroger pendant des jours entiers sur les raisons qui vous ont amené à danser avec moi.

– Ils vont être intrigués, en effet, murmura lord Burghley.

– Vous le faites donc de propos délibéré ? demanda Skye, amusée.

– Je préfère que personne, pas même vous, madame, n'ait de certitude en ce qui me concerne.

– Il y en a pourtant une qu'on peut avoir à coup sûr.

– Vraiment ? Et laquelle ?

– L'indéfectible fidélité que vous portez à la reine.

– Vous avez raison, Skye O'Malley. Je vous remercie de m'avoir accordé cette danse, ajouta-t-il. Il y avait bien longtemps que je ne m'étais permis pareille frivolité.

Il ramena Skye auprès d'Adam, s'inclina galamment et alla rejoindre la reine.

– Vous allez être enviée et redoutée par tout le monde, observa Adam en souriant.

– Je dois dire que rares sont ceux, ici, que je pourrais qualifier d'amis.

– Vous n'aurez donc aucun regret à quitter la Cour ?

– Non. J'aimerais qu'au moins un de mes enfants connaisse un véritable foyer. Je me demande à quoi ressemble Queen's Malvern... Est-ce une belle région ou la reine a-t-elle voulu nous punir ?

– Je ne suis allé qu'une seule fois dans les Midlands. C'est un paysage de vertes vallées et de douces collines. L'endroit le plus paisible d'Angleterre, sans doute.

Skye se rappela ces paroles quand, trois semaines plus tard, par une belle et froide journée de janvier, ils contemplèrent leur nouvelle demeure pour la première fois.

Niché au fond d'une petite vallée dans les collines de Malvern, entre la Wye et la Severn, *Queen's Malvern* était un pur joyau, datant du règne d'Édouard IV, une centaine d'années auparavant. Propriété de la couronne depuis lors, mais ne servant guère que d'étape, le manoir n'avait encore jamais été véritablement habité.

Un petit homme les accueillit devant l'entrée principale.

– Seriez-vous lord de Marisco ? demanda-t-il poliment.

– C'est bien moi.

– Je suis Peter, le régisseur, monsieur. Soyez le bienvenu à *Queen's Malvern*. La maison est en bon état, mais vous n'y trouverez pas beaucoup de meubles : la famille royale avait l'habitude de tout apporter avec elle. En cas de nécessité, il y a un bon ébéniste au village.

– Nous avons laissé notre famille et tous nos biens à Worcester pour venir visiter le manoir. Nous ne manquons pas de mobilier, mais je suis sûr que mon épouse mettra les services de l'ébéniste à contribution.

– Ma femme et moi, nous habitons une petite maison à la limite de la propriété. Si vous avez besoin de quoi que ce soit...

– Il va nous falloir des domestiques, dit Skye. Faites annoncer au village que je recevrai demain matin ceux qui souhaitent entrer à notre service.

Le régisseur acquiesça et s'en fut.

Un long moment, Skye et Adam contemplèrent leur nouvelle demeure, absorbés dans leurs pensées. Malgré l'attachement qu'il avait pour Lundy, Adam devait reconnaître que ce magnifique domaine était beaucoup plus digne de sa femme et de son enfant. Quant à Skye, elle était heureuse d'avoir un foyer où elle pourrait enfin s'installer avec Adam, dégagée de toute responsabilité envers les O'Malley.

En effet, la reine avait pris à sa place une décision qu'elle n'aurait peut-être jamais eu le courage d'envisager elle-même : elle lui avait suggéré de faire de son frère, Michael O'Malley, le chef du clan.

– Mais c'est un prêtre! avait protesté Skye. J'ai souvent pensé que s'il avait choisi le sacerdoce, c'était justement pour ne pas avoir à assurer cette charge.

– Il était très jeune, alors, madame. Je sais par l'ambassadeur d'Espagne que le pape a l'intention de lui donner l'évêché laissé vacant par la mort de votre oncle. Il n'est pas dans les habitudes de l'Église de confier de hautes charges à ceux que les responsabilités effraient. Vous ne pouvez pas décemment témoigner moins d'estime à votre frère que ne le fait le pape. Laissez-le donc diriger votre famille, d'autant plus que, d'après, ce que le jeune Conn m'en a dit, aucun de vos autres frères n'en sera jamais capable.

– J'imaginais que Conn pourrait peut-être faire l'affaire?

– Ah! fit la reine avec une lueur malicieuse dans le regard, Conn O'Malley est un jeune homme ambitieux, madame. Il souhaite chercher fortune en Angleterre et fera bientôt partie de ma garde personnelle. Un jeune homme bien tourné y a toujours sa place.

– De votre garde personnelle? s'écria Skye, stupéfaite.

– Oui. C'est un gredin, je vous l'accorde, mais il a un bon fond. Soyez raisonnable, ma chère. Quel avenir aurait Conn O'Malley en Irlande? Il est le fils cadet de votre famille, il n'a ni terres, ni biens. S'il doit être l'artisan de sa propre fortune, n'est-ce pas à mon service qu'il a les meilleures chances d'y parvenir?

Skye dut reconnaître que la reine avait raison et, après s'être entretenue avec son jeune frère, elle avait décidé de faire de Michael O'Malley le chef de sa famille. Élisabeth Tudor lui avait d'ailleurs clairement fait entendre qu'elle ne tolérerait plus qu'elle exerçât ce pouvoir.

– Peu m'importe que vous vous occupiez de commerce, madame, mais je ne veux plus que vous vous serviez des navires O'Malley contre moi alors que je vous donne asile sur mon territoire.

Skye ne s'était pas rebellée. Entourée de l'affection d'Adam et de ses enfants, elle n'aspirait plus qu'à mener une vie paisible. Elle avait donc écrit à ses frères pour leur faire part de sa décision, en y joignant les lettres de marque qui faisaient d'eux des corsaires de Sa Majesté.

Skye et Adam avaient quitté Londres pour leur nouvelle demeure quelques jours après la nuit des Rois. Bran Kelly et Robbie ayant l'intention de partir en expédition pour l'Extrême-Orient, Daisy avait décidé de suivre Skye, avec ses deux fils et sa belle-mère. Quant à dame Cecily, les Marisco l'avait convaincue de fermer Wren Court et de venir vivre avec eux.

– Vous avez toujours été une mère pour moi et une grand-mère pour mes enfants. Je mourrais d'inquiétude si je vous savais seule dans le Devon.

– J'ai l'habiude de la solitude, ma chère Skye, avait faiblement protesté la vieille dame.

– Mais j'ai besoin de vous, dame Cecily!

– Si vous êtes vraiment sûre d'avoir besoin de moi...

– Nous avons tous les deux besoin de vous, avait renchéri Adam en l'enlaçant.

Skye sourit en se souvenant de l'émotion de la vieille dame. Et maintenant, arrivée devant Queen's Malvern, elle comprenait avec certitude qu'elle allait enfin trouver le bonheur.

– Vous êtes heureuse, remarqua tranquillement Adam.

– Oui, je suis heureuse, mon amour, dit-elle en lui prenant la main. Vous rendez-vous compte que, pour la première fois, nous sommes vraiment chez nous? Nous avons enfin un foyer, Adam!

– Oui, répondit Adam. Un foyer pour aujourd'hui pour demain, et pour tous les jours merveilleux à venir!

Adam de Marisco l'étreignit avec passion, la souleva de terre et lui fit franchir le seuil de *Queen's Malvern*, dans ses bras.

Cet ouvrage a été réalisé sur
Système Cameron
par la SOCIÉTÉ NOUVELLE FIRMIN-DIDOT
Mesnil-sur-l'Estrée
pour le compte des Éditions Trévise
le 3 juin 1985

Imprimé en France
Dépôt légal : juin 1985
N° d'édition : 85088 – N° d'impression : 2282
ISBN 49-51-3240-01-6